Michelle Schrenk
Wen immer wir lieben

Bisher bei Loewe Intense erschienen:

Wen immer wir lieben

MICHELLE SCHRENK

WEN IMMER WIR LIEBEN

Loewe
INTENSE

ISBN 978-3-7432-1164-3
1. Auflage 2021
© Loewe Verlag GmbH, Bindlach
Dieses Buch wurde vermittelt von der Literaturagentur
erzähl:perspektive, München (www.erzaehlperspektive.de).
Umschlaggestaltung: Andrea Janas
Innen- und Klappenillustrationen: Laura Rosendorfer
Redaktion: Elena Hein
Printed in the EU

www.loewe-verlag.de

Für meine wundervollen Leser, Herzmenschen und alle, die an die Liebe glauben.

PLAYLIST

Bausa vs. Apache 207 – Madonna
Capital Bra feat. Juju – Melodien
Céline – Blessed
Céline – Tränen aus Kajal
Céline – Überall
Franzi Harmsen – Dein Shirt
Franzi Harmsen – Vielleicht ist nicht genug
Fynn Kliemann – Alles, was ich hab
Fynn Kliemann – Zuhause
Georg Stengel – Höher, weiter, schneller
Juju x Loredana – Kein Wort
Kayef – Beton
Kayef – Egal wie spät
KitschKrieg feat. Jamule – Unterwegs
KLAN – Tut mir leid
LEA – Immer wenn wir uns sehn
LEA – Treppenhaus
LEA & Capital Bra – 7 Stunden
Lotte – Alles zieht vorbei
Lotte – Mehr davon
Lotte – Schau mich nicht so an
Mike Singer – 100Tausend
Wilhelmine – Eins sein

Das Bad-Boy-Prinzip

Sieben Stufen – und dein Herz bricht? Dreh den Spieß um und entlarve die Tour der Bad Boys, bevor sie deine Gefühle entlarvt!

Du hast einen heißen Kerl kennengelernt? Mit arrogantem Blick, Lederjacke und verdächtig engem Shirt? Die Frauen laufen ihm scharenweise hinterher? Er wirkt geheimnisvoll? Hat er vielleicht Tattoos oder sogar eine Narbe und zieht dich regelrecht magisch an? Ja?

Jetzt ist Vorsicht geboten! Denn dieser Kerl ist nicht nur ein Bad Boy, sondern auch ein Herzensbrecher. Und wenn er dich im Visier hat, wird er alles versuchen, um dich rumzukriegen. Und zwar nach einem siebenstufigen System.

In den nächsten Wochen werde ich auf diesem Blog davon berichten, wie du es schaffst, einen Bad Boy zu durchschauen, denn ich habe das Experiment gewagt: Begleite mich und lerne von meinen Erfahrungen. Alle Bad Boys gehen nach dem gleichen Prinzip vor, und wenn du dessen Stufen kennst, kannst du nicht nur die Spielregeln ändern, du schreibst sie neu.

Und am Ende bricht nicht dein Herz, sondern seins.

KAPITEL 1

»Ich brauche einen Drink und eine Waschmaschine. Sofort!«
Ich knallte mein Handy wohl etwas zu fest auf den Tresen, an dem bereits meine Freundinnen Emma und Kati saßen, denn ihre Drinks – zwei Aperol Spritz – begannen, verdächtig zu wackeln. Musik dröhnte aus den Boxen. Es roch nach Parfüm und Schweiß und auch ein wenig nach Holz, so wie immer im *Hinz und Kunz*, einem besonders bei Studenten beliebten Club mitten in der Nürnberger Innenstadt.

»Unsere Lina ist mal wieder in ihrem Element.« Emma lachte und linste neugierig auf das Display meines Handys, während sie sich eine helle Haarsträhne aus dem Gesicht strich. Ihre Wimpern waren heute wieder mal unglaublich lang und geschwungen, der Lidschatten glitzerte. Typisch Emma. Ich wohnte mit ihr und den sicher über 150 Beautyprodukten zusammen in einer WG. Wir kannten uns seit der Schulzeit und studierten an derselben Uni. Ich war unendlich froh, sie in meinem Leben zu haben. Mit ihrer Liebe zu Beautyprodukten, die sie täglich auf Instagram und Co. auslebte, war es immer lustig. Manchmal auch etwas gruselig, wenn sie wieder eine ihrer merkwürdigen Masken im Gesicht hatte, aber das war eben Emma. Und ja, ich genoss auch einige Vorteile, denn durch sie hatte ich nach langem Suchen endlich die perfekte Pflege für mein blondes Haar gefunden, konnte jegliche Flechtfrisur in Sekundenschnelle zaubern und wusste, wie ich durch kleine Tricks meine blauen Augen besser in Szene setzen konnte.

»Was ist denn los?« Auch Kati, die nun ebenfalls mein Display begutachtete, grinste und ihre Augen funkelten dabei. Kati verbreitete immer gute Laune, wenn sie dabei war. Größtenteils verbrachte sie ihre Freizeit aber mit ihrer Band *Visionless*, deren Leadsängerin sie war. Das ein oder andere Mal waren Emma und ich auch schon bei einem ihrer Auftritte gewesen.

»Oha, jetzt verstehe ich die Aufregung. Ziemlich heiß, der Kerl. Wer ist das?« Sie ließ einen Finger über das Display wandern.

Meine Hände schwitzten noch immer und mein Puls ging spürbar schnell. *Ziemlich heiß.* Ja, genau das war ja das Problem. »Erst der Drink, dann erzähle ich euch alles«, sagte ich abgehetzt, ehe ich mich umdrehte und die Hand hob, um den Barkeeper zu rufen. »Ich bekomme bitte auch einen Aperol Spritz.« Während der Barkeeper damit begann, das bestellte Getränk zu mixen, wandte ich mich wieder den Mädels zu, die noch immer das Foto auf meinem Handy musterten.

Emma sah zu mir auf. »Okay, das mit dem Drink verstehe ich. Aber wofür zur Hölle brauchst du jetzt eine Waschmaschine? Um dich darauf von unserem Adonis hier während des Schleudergangs packen zu lassen? Nackt?« Sie lachte und auch Kati, die gerade einen Schluck aus ihrem Glas nehmen wollte, prustete augenblicklich los.

»Ja, das würde euch gefallen.« Ich spürte, wie sich ein Grinsen auf meinem Gesicht ausbreitete. »Aber nein, ich ...« Ich wollte gerade loslegen, hielt dann aber doch inne, weil der Barkeeper in diesem Moment den Aperol vor mir abstellte. Ich fummelte einen Zehneuroschein aus der Tasche meiner engen Jeans und legte ihn mit einem Lächeln auf den Tresen. »Danke, stimmt so«, sagte ich und fuhr an meine Freundinnen gewandt fort: »Also, die Waschmaschine brauche ich, damit ich Nika da reinpacken kann, um mal wieder alles in ihrem Kopf zurechtzurütteln.« Ich ließ meinen Zeigefinger neben dem Kopf kreisen wie bei einem Schleudergang. »Da ruft sie Kaia und mich an und meint, sie bräuchte sofort ihre Schwestern um sich. So ein Alex wäre gemein und komisch zu ihr. Ich erkläre ihr, dass dieser Alex ein bescheuerter Bad Boy ist, der nach einem Stufenprinzip vorgeht. Und dass sie bereits in Stufe vier feststeckt. Und sie? Sie hört gar nicht wirklich zu. Denn auf einmal ist wieder alles gut, weil er sie anruft und ihr Honig um den Mund schmiert.« Frustriert nahm ich einen tiefen Schluck aus meinem Glas. Dem Blick der beiden nach zu urteilen, verstanden sie nur Bahnhof. Ich nahm einen weiteren Schluck. Erst spürte ich die kühle Flüssigkeit meinen Hals hinunterrinnen, dann breitete sich Wärme in meinem Bauch aus und ich entspannte mich ein wenig. Was für ein Tag.

»Ähm, noch mal von vorne. Was? Nach Prinzip? Welches Prinzip denn?«, wollte Emma wissen und Kati fügte an: »Und welche Stufen?« Ich konnte die Fragezeichen in ihren Augen buchstäblich sehen. Es war der gleiche Blick wie der meiner Schwestern, als ich ihnen kurz zuvor alles erklärt hatte: der typische *Was-hat-Lina-jetzt-schon-wieder-ausgeheckt?-*Blick.

Ich streckte den Rücken durch. »Jaaa, nach Prinziiip«, wiederholte ich und zog die Worte dabei in die Länge.

»Okay, und welches *Prinziiip* soll das bitte sein?«, imitierte mich Emma.

Ich sah von ihr zu Kati und wieder zurück, bevor ich schließlich antwortete: »Das Bad-Boy-Prinzip! Und Nika fällt leider voll darauf rein.« Ich stöhnte auf.

Die beiden lachten. Sie hatten mich weder verstanden noch nahmen sie mich ernst. »Der wievielte Drink war das jetzt?«, wollte Emma wissen und Kati ergänzte: »Sei doch nicht so streng mit der armen Nika, sie ist eben verliebt. Und der Kerl ist ja auch unübersehbar heiß.« Sofort dachte ich an das Gespräch mit meinen Schwestern. Nika hatte ein unglaublich großes Herz, schon immer. Sie war gutmütig, aber leider auch ein bisschen naiv. Vielleicht machte ich mir deshalb solche Sorgen um sie oder eben, weil ich die Älteste von uns dreien war und deshalb einen gewissen Beschützerinstinkt entwickelt hatte. Während Nika nämlich immer nur das Beste in den Menschen sah, waren Kaia und ich skeptischer. Als Nika also von diesem Alex erzählte, schoss mir augenblicklich die Erklärung für sein Verhalten in den Sinn. Und auch, warum sie so von ihm gefangen zu sein schien. Ganz klar, meine Schwester war in die Falle eines Herzensbrechers getappt.

»Dieser Alex ist ganz offensichtlich ein mieser Kerl. Mit seiner Lederjacke, diesem Blick und der geheimnisvollen Aura: Er spielt ein Spiel, aber ich habe es durchschaut. Er weist alle Alarmsignale auf.« Seufzend griff ich nach meinem Handy, öffnete erneut Alex' Instagram-Profil und deutete auf die Bilder, die er dort gepostet hatte. »Schaut mal, ich erkläre es euch. Allein sein Account. Und auf Tinder sieht es nicht anders aus. Zum Beispiel hier, ein Oben-ohne-Foto. Und da, in der Lederjacke, verrucht und sexy. Und dort, seht doch mal, wie er sich beinahe schüchtern durchs Haar fährt. Noch besser: einmal in Farbe und einmal in Schwarz-Weiß zum

Vergleich.« Ich schob das erste Bild nach links, um ihnen auch das zweite zu zeigen. »Und dazu noch diese Texte ... *Was findet ihr besser, Leute? Schwarz-Weiß oder Farbe? Oder beides?* Da leidet jemand ganz eindeutig an einem Aufmerksamkeitsdefizit.«

»Also, jetzt übertreibst du aber«, meinte Kati. »Klar, ein paar Bilder sind schon etwas ... na ja. Aber auf diesem hier sieht er doch ganz normal aus, süß sogar, mit der Strickmütze. Ist jetzt kein schlechtes Foto.«

»Darum geht's aber nicht.« Ich zeigte den beiden ein Bild, auf dem er halb nackt an einer Wand lehnte, das Handy verdeckte sein Gesicht und ich stieß erneut einen Seufzer aus. »Mal ernsthaft, was soll das immer? Warum halten sich die Typen andauernd das Handy mitten ins Gesicht?«

»Gute Frage, vielleicht flext er mit dem neuen iPhone«, überlegte Emma.

»Womöglich, vielleicht ist aber auch seine Nase aus der Nähe zu groß«, entgegnete ich grinsend und wischte weiter zum nächsten Foto. »Und schaut mal hier, der Text, so poetisch und kreativ: *Always on fire. Fight for your desire. Niemals aufgeben. Never give up. Always on top. Gib es zu! Wie viele Liegestütze schaffst du?«*

Kati lachte. »Reimemonster!«

Jetzt musste auch ich lachen. »Mädels, mal ehrlich: Dieser Blick, was soll der einem sagen?«

Emma hob kichernd die Hand und schnippte heftig mit den Fingern. »Ich weiß es, Frau Lehrerin!«

»Ja, Emma?« Ich hob mein Glas und deutete damit auf sie.

»Dass er richtig toll dichten kann – nicht!« Emma stupste mich an und ich fuhr lachend zusammen. »Lina, ey, du übertreibst.«

»Was sagt uns denn sein Blick deiner Meinung nach?«, bohrte Kati hingegen weiter.

Ich stellte das Glas wieder ab. »Ganz einfach. Sein Blick soll uns zeigen, wie selbstbewusst er ist und dass er jede haben kann, aber dass er doch auch angeblich so verletzlich ist. Ein typisches Lockmittel. Dazu noch Texte wie dieser hier: *Wer würde mich jetzt gern umarmen? Umarmung zu verschenken.* Wie bescheuert ist das denn!« Ich deutete auf ein weiteres Bild und sofort begannen die beiden zu lachen.

»Er ist halt liebesbedürftig«, sagte Emma. Und als sie sich beruhigt hatte: »Spaß beiseite. Du redest von Alarmsignalen. Aber Signale sind nun mal bloß Signale. Daraus ergibt sich doch nichts weiter. Du hast nicht ernsthaft ein passendes Prinzip entwickelt, oder?«

Und ob ich das hatte, denn ich war anderer Meinung. Im Zuge meines Studiums beschäftigte ich mich zurzeit mit dem Selbstbild der Frau in der modernen Literatur. Erst war ich nicht so begeistert gewesen von dem Thema, aber dann hatte es mich gepackt. Vor allem aber hatte es mich auf eine Idee für meinen Blog gebracht.

Darauf teilte ich der Welt meine Gedanken mit, alles, was mich bewegte. Stress war bereits ein Thema gewesen, außerdem Drogen, Beautywahn, Lifestyle … Ich liebte es, auf Aktuelles jeglicher Art einzugehen und Erfahrungen mit meinen Leserinnen zu teilen, ob es meine eigenen waren oder die von Menschen, die mir ihre Geschichten anvertrauten – inkognito natürlich. Deswegen wusste kaum jemand, dass ich unter dem Pseudonym *Linaria* schrieb. Eine Verbindung aus meinem Namen und Lunaria – einer Pflanze, die man auch Silberling nannte und die mich schon immer faszinierte. Denn ihre Bedeutung lag darin, Licht ins Dunkel zu bringen. Und genau das hatte ich mir zur Aufgabe gemacht. So auch bei meinem neuesten Blogbeitrag. Denn Schürzenjäger und Tunichtgute waren nicht mehr wegzudenken aus Büchern, Filmen und der Realität. Viele Frauen fuhren total auf sie ab. Leider! Nachdem ich also das Verhalten analysiert hatte, das diese Kerle an den Tag legten, war ich sicher, dass ein Prinzip dahinterstecken musste. Denn ihr Vorgehen war immer erschreckend ähnlich.

»Lasst es mich erklären, bevor ihr mich für verrückt erklärt«, setzte ich an und rückte dabei meinen Hocker zurecht. »Ich habe doch für die Uni diese Arbeit zu schreiben, über Frauenliteratur«, fuhr ich fort. »Dabei habe ich gemerkt, dass in Büchern und Filmen immer nach dem gleichen Prinzip vorgegangen wird. Und in der Realität genauso. Alex ist der lebende Beweis.«

Die beiden wirkten nun etwas überfordert. »Du meinst das echt ernst, oder?«, fragte Kati, während Emma mich mit offenem Mund anstarrte.

»Klar meine ich das ernst! Und deshalb darf ich euch hier und heute mit Stolz mitteilen, dass ich ihr Prinzip durchschaut habe. Und in Stufen aufgeteilt. Da schaut ihr, was?« Ich grinste sie an und nahm einen Schluck von meinem Aperol. Es wurde immer voller in dem kleinen Club, während sich die kühlen lila Lichtstrahlen mit warmen gelben vermischten und im Takt der Musik vibrierten.

»Stufen, okay ... Erklär es uns.«

»Na ja, ich habe eine Art Herzensbrecherskala entwickelt. Moment, ich zeig es euch mal.« Oh, oh, der Aperol machte sich langsam bemerkbar. Aber egal. Ich war Feuer und Flamme, tippte aufgeregt auf meinem Handy herum und rief den Entwurf des Blogbeitrags auf.

»Das Bad-Boy-Prinzip«, las Kati mit zusammengekniffenen Augen vor. »Die Alarmsignale.«

»Und welche Signale sind das genau?« Emma beugte sich über den Tresen, um einen Blick auf meine Notizen zu erhaschen.

»Ganz einfach eigentlich, wie ich es hier stehen habe: Bad Boys haben Narben, Tattoos, tragen bevorzugt Lederjacken und hautenge Shirts, sind unnahbar und doch charmant. Irgendwie arrogant. Eine tragische Geschichte spielt eine wichtige Rolle in ihrem Leben. Sie sind natürlich Draufgänger, haben ihre eigenen Regeln. Und klar, sie küssen umwerfend und sind ausgesprochen gut im Bett. Meistens jedenfalls. Ausnahmen bestätigen die Regel. Aber vorwiegend machen sie einen süchtig mit ihren Küssen und ...«

»Mit ihren flinken Fingern«, ergänzte Emma grinsend, während sie die Finger ihrer linken Hand wackeln ließ.

»Das auch«, bestätigte ich ebenso grinsend. »Und sie machen einen auf gleichgültig, haben diese verschlossene Art. Typ einsamer Wolf, ihr wisst schon. Aber dann suchen sie doch wieder deine Nähe. Sie bringen dich zu ihren Lieblingsorten, vorzugsweise auf dem Motorrad, und hauchen dir dabei aufregende Dinge ins Ohr. Ja, sie geben dir das Gefühl, die Welt erobern zu können, dabei ist ihre Welt nicht besonders spannend, wenn man alles erst mal durchschaut hat. Und all das verpacken sie in sieben Stufen.«

»Du meinst das Ganze also tatsächlich ernst«, stellte Kati mit großen Augen fest. »Holy ...«

»Holy was? Fuck? Shit?«

»Holy Boys.« Emma lachte. »Und wo hast du das recherchiert? In Teenagerheftchen, oder was?«

»Veräppelt mich nur, meine Schwestern haben genau das

Gleiche gesagt. Aber nein, man muss nur ganz genau hinsehen, Filme aufmerksam schauen und Bücher konzentriert lesen. Es ist immer der gleiche Ablauf.«

Kati zog eine Augenbraue nach oben. »Ja, diese Quellen sind in der Tat sehr aufschlussreich.«

»Ihr könnt es so lange ins Lächerliche ziehen, wie ihr wollt. Aber ich habe den Durchblick.« Erneut nippte ich an meinem Aperol. »Sieben einfache Stufen, Mädels. Sieben.« Ich hob die Hand und spreizte die Finger.

»Das sind fünf«, scherzte Kati.

»Und Nika?«, mischte sich nun Emma wieder ein.

Ich seufzte. »Na ja, wie schon gesagt, die befindet sich in Stufe vier. Oder sogar schon in Stufe fünf, sie trifft sich ja gerade mit Alex. Bald ist Herzschmerz angesagt. Noch ein Date, dann Sex – und schließlich der Abschuss.« Ich verzog das Gesicht.

»Lina, mal echt jetzt.« Kati konnte sich das Lachen nun kaum mehr verkneifen. »Du hast wirklich recherchiert und diese Signale in ein Stufensystem verpackt? Ist das dein Ernst?«

»Mein voller Ernst. Und wenn man diese Stufen bei einem Kerl erkennt, sollte man sich schleunigst umdrehen und abzischen.« Ich machte ein Geräusch wie von einer startenden Rakete.

Emma lachte. »Nicht jeder Kerl ist so wie in den Büchern beschrieben. Also bleib mal locker, dieser Alex ist vielleicht ein ganz Netter. Am Ende mag er deine Schwester wirklich. Und Dating-Apps sind auch nicht so schlecht, da gibt es durchaus Kerle, die nicht nur Sex wollen. Oliver Pocher hat seine Amira schließlich auch darüber kennengelernt und die haben mittlerweile schon zwei Kinder.« *Ein ganz Netter …*

»Ich glaube leider, dass an diesem Alex überhaupt nichts *Nettes* ist«, gab ich zu bedenken.

»Na ja, ich meine, Ausnahmen bestätigen die Regel. Hast du vorhin selbst gesagt!«, verteidigte sich Emma.

Nun lachte ich. »Nur, wenn du die Regeln machst. Denn deine Ausnahmen, die bleiben Ausnahmen. Mädels, jetzt seid doch mal nicht so gutgläubig! In die Trashformate gehen die Kandidaten ja auch *nur wegen der Erfahrung* und nicht wegen der Hoffnung auf Follower.« Die beiden kicherten. »Und was Nika anbelangt«, fuhr ich fort, »er will sie nur ins Bett kriegen. Eine Zehn auf der Herzensbrecherskala ist der Kerl.« Es war ziemlich voll für einen Donnerstagabend und dementsprechend warm in meinem Strickcardigan. Ich zog ihn aus und atmete tief durch.

»Okay, jetzt noch mal zum Mitschreiben, Lina«, sagte Emma. »Du erkennst diese Kerle also an bestimmten Merkmalen. *Alarmsignalen.* Leuchtet oberflächlich betrachtet erst mal ein. Aber dass sie alle nach dem gleichen Prinzip vorgehen, kommt mir doch recht unwahrscheinlich vor. Gibt's da 'ne Schule, oder was?«

Ich grinste sie an und nahm einen weiteren Schluck von meinem Getränk. »Tatsächlich habe ich da was entdeckt. Schaut einfach bei Google mal nach *Pick-up Artist* und ihr werdet erleuchtet sein.«

Emma sah mich verständnislos an. »Was soll das sein?«

»Pick-up Artists sind hochmanipulativ und verfolgen einen ganz bestimmten Plan, mit dem sie Frauen ins Bett kriegen wollen und ...«

»Okay, Mädels, ich hab 'ne Idee!«, unterbrach mich Kati, während sie von ihrem Barhocker aufsprang und in die Hände klatschte. »Wir spekulieren hier doch eh nur. Alles reine Theorie. Jetzt wird's Zeit für eine Studie am lebenden Objekt. Für deinen Blog und vielleicht sogar die Hausarbeit wäre die Idee, die ich habe, sicher enorm hilfreich«, meinte sie schmunzelnd und setzte sich wieder.

»Und die wäre?«, fragte ich skeptisch.

Ihre Augen funkelten. »Lasst uns ein Spiel daraus machen. Du, Lina, behauptest, du erkennst sie alle, die Kerle, die diese Alarmsignale aufweisen? Und kannst sie auf einer Herzensbrecherskala einordnen von null bis zehn: Langweiler bis Bad Boy?«

»So ist es«, sagte ich feierlich.

Kati zückte ihr Handy und öffnete eine App. »Dann lass uns mal auf Tinder deine Skala checken.«

»Ihr und euer Tinder …«, seufzte ich. »Aber gut, meinetwegen.« Ich beugte mich zu ihr rüber. Sofort wurde ihr ein Kerl angezeigt: Toby23. Toby mit y. Weniger als einen Kilometer entfernt. Dunkle Haare, blaue Augen, natürlich oben ohne.

»Bad Boy oder nicht? Wie hoch ist der Faktor?«, fragte sie mich mit einem Augenzwinkern. »Was siehst du?«

Ich griff nach dem Handy, um ihn genauer zu betrachten. »Okay, das weiß ich schon beim ersten Bild. Da muss ich nicht mal genauer hinsehen. Und erst der Text. Schaut doch mal, was da steht: *Ich nehme das Leben leicht, wie ist es mit dir? Mein Motto: Lebe in den Tag hinein. Hobbys: Fitness, Travel the World*«, las ich vor.

»Und?«

»Heißt: lockere Nummer, mehr nicht, Baby. Der kommt und geht, wann er will. Und Aufmerksamkeit widmet er ausschließlich sich selbst. Ein Poser, mindestens Herzensbrecherskala acht.«

»Na gut.« Kati wischte ihn weg. »Und was ist mit dem?«
Nun wurde ein junger Kerl mit Brille und schmalem Gesicht angezeigt. Johann, 25 Kilometer entfernt. Hobbys: Spielen und Schildkröten.

»Eindeutig«, antwortete ich diesmal, »ein Nerd, aber sicher kein Herzensbrecher.«

»Aber was, wenn er eine Lederjacke im Schrank hat und sich nachts verwandelt?«, fragte Emma von links. Ich stupste sie in die Seite und wir alle lachten. Kati wischte auch ihn weg.

Sofort erschien ein weiterer Kerl, von dem man nur Muskeln zu sehen bekam. Sie kicherte. »Echt jetzt, was denkt man sich dabei? *Hallo Sixpack, ja, ich will ein Date mit dir?*«

»Na, dem geht's wohl eher um Körperkontakt. Er will Sex. Auch mindestens 'ne Acht«, sagte ich trocken.

Als uns der nächste Kerl angezeigt wurde, zischte Emma durch die Zähne. »Oh, schaut mal, wie er dasteht. Wirkt irgendwie düster. Als hätte er ...«

»Was zu verbergen? Ein Geheimnis?« Ich grinste sie an.

»Ja, schon irgendwie«, antwortete Emma zögerlich.

»Hör auf, er macht einen auf einsamer Wolf und du springst darauf an. Bei so einem wird immer die Vergangenheit die perfekte Entschuldigung für alles sein. Und seht euch seine Augen an. Der kifft doch.« Die beiden blickten mich verwundert an. »Nein, Mädels, sorry, mindestens eine Neun, also ganz klar in Richtung Bad Boy. Das sind fast alles Kerle, die man auf keinen Fall in seine Nähe lassen sollte, wenn man sich verlieben will. Die gehen alle nach dem Prinzip vor, ganz sicher«, seufzte ich.

»Na schön, ich probier es auch mal.« Emma zog jetzt ebenfalls ihr Handy aus der Tasche. »Nehmen wir den da. Was sagt uns das Foto? Jan, 15 Kilometer entfernt. Liebt die Natur. Helles Shirt, breite Brust. Mit der Hand streicht er unter dem Stoff darüber.«

Ich musste nicht lange nachdenken. »Er findet sich so heiß, dass er eigentlich am liebsten mit sich selbst ausgehen würde. Aber er hat dieses eine Problem: Sex allein macht nicht so viel Spaß. Der ist eindeutig süchtig danach.«

Wieder lachten die beiden und Emma wiegte nachdenklich ihren Kopf hin und her. »Mal ehrlich, Lina, nur weil dieser Alex ein paar Oben-ohne-Fotos bei Instagram postet oder dieser Typ auf einer Dating-App in der Lederjacke dasteht, weil sich jemand durchs Haar fährt, Narben oder Grübchen hat, ist er doch nicht gleich ein Herzensbrecher. Das heißt überhaupt nichts.«

In diesem Augenblick begann Emmas Handy zu vibrieren. Sie entsperrte es und ein Strahlen breitete sich auf ihrem Gesicht aus. »Ha, ich habe ein Match!«, rief sie und legte das Handy vor uns auf den Tresen. Ich zog es ein wenig näher zu mir heran und musterte den Kerl auf dem Foto. »Na los, sag schon«, drängte Emma. »Was hast du diesmal wieder auszusetzen?«

Doch Kati, die hinter mich getreten war und mir über die Schulter lugte, kam mir zuvor. »Ach, mit dem hatte ich auch schon ein Match«, meinte sie nur.

»Oh, ach so.« Konnte es sein, dass Emmas Stimme ein klein wenig enttäuscht klang?

»Seht ihr«, bekräftigte ich, »so einer wie er gehört euch nie allein. Die matchen so viele. Wählerisch sein kennen sie überhaupt nicht.«

»Also gut, weg mit ihm«, sagte Emma bestimmt. »Ich muss zugeben, das Spiel gefällt mir. Deine Interpretationen sind interessant. Ganz allgemein gesehen. Und ich bin offen für Neues.« Sie spitzte die Lippen. »Oder hättet ihr gedacht, dass Chili, Vaseline und Zimtöl so einen Balsam für die Lippen zaubern? Der Mega-Boost.«

Ich lachte und hauchte ihr ein Luftküsschen zu, bevor ich mich wieder dem eigentlichen Thema widmete. »Ist nicht nur allgemein so, glaubt mir.«

Kati sah mich nun ernst an. »Du behauptest also, jeder dieser Bad Boys nutzt die gleiche Masche. Das bedeutet, du könntest ihnen nie verfallen, weil du sie vollkommen durchschaust?«

»Ja, dafür stehe ich mit meinem Aperol!« Ich hob mein Glas und nahm einen tiefen Schluck.

»Okay. Das war allerdings nur die digitale Welt, wie sieht es in echt aus? Wie gesagt, *lebende Objekte*.« Sie kniff die Augen zusammen. »Also sag mal, wer hier im Club ist noch ein typischer schürzenjagender Herzensbrecher?«

Ausführlich ließ ich meinen Blick durch den Raum und über die Gäste schweifen, über den dunklen Holztresen, der beleuchtet war von den vielen Lichtern, die an der Decke funkelten, über die Schaukeln, die vor der Bar angebracht waren. Mein Blick blieb in einer der Ecken hängen. »Da drüben an der Säule bei der Tanzfläche, seht ihr den? Der mit dem grauen Shirt. Breit gebaut, braun gebrannt, hundert Kilo Hantelbank.« Die beiden lachten. »Wartet, ich enttarne euch noch einen«, sagte ich. »Ah, der da. Schaut mal, er hat dieses Tattoo am Arm, die Lederjacke lässig über der Schulter. Und ist das 'ne Narbe an seiner Wange? Irgendwas hat er da jedenfalls. Und der Blick, absoluter Bad Boy. Ihr solltet die Finger von ihm lassen.« Während Emma und Kati interessiert zu dem Kerl hinübersahen, fuhr ich fort: »Der ist der absolute Aufreißer. Er nimmt jeden Abend eine andere mit, erzählt aber allen, dass sie etwas Besonderes seien. Das ist einer von der ganz schlimmen Sorte. Herzensbrecher hoch zehn!«

Mit einem Mal sahen sich die beiden verschwörerisch an. »Okay, du bist also überzeugt davon, dass du dich niemals in einen wie ihn verlieben würdest? Dass du immun bist gegen seinen Charme? Und für deinen Blog brauchst du den eindeutigen Beleg, dass es klappt?«, fragte Emma. Ich nickte.

»Dann beweis es und mach den Test. Wir suchen einen potenziellen Herzensbrecher und du lässt dich auf ihn ein und zeigst, dass er nach den Stufen vorgeht. Dass er all diese Alarmsignale aufweist und Mädchen sich trotzdem Hals über Kopf in ihn verlieben. Und dass es dieses Happy End aus den Romanen nicht gibt. Du schreibst darüber auf deinem Blog, und wenn du es durchziehst, ganz ohne Gefühle, kannst du ihn am Ende abservieren. Bam! Theorie bestätigt! Sozusagen eine *Wie-bricht-man-einem-Bad-Boy-das-Herz?*-Challenge. Oder ganz simpel: *Die Bad-Boy-Challenge.*«

Wie bitte? Waren die beiden jetzt völlig verrückt geworden? Wobei ... irgendwie hatte es was. Mit einem Mal beschleunigte sich mein Herzschlag und ich spürte ein aufgeregtes Kribbeln auf meiner Haut. Ich könnte das wirklich tun. Stellvertretend für alle Mädchen, denen das Herz von solchen Kerlen gebrochen wurde, und um alle anderen zu warnen. Für Nika.

»Ich sehe es schon in den Geschichtsbüchern stehen.« Emma kicherte. »Das *Lina-Erleuchtungs-Prinzip*. Lasst uns einen Kerl suchen und die Challenge starten!«

Einen kleinen Moment dachte ich noch nach. *So ein Blödsinn.* Aber dann lachte ich, denn irgendwie war es verdammt komisch. Und ich bekam dadurch die Möglichkeit, meine These zu belegen, das Stufensystem zu testen, es anhand von Beispielen vorzustellen. Mir wurde warm im Bauch. Oder hatte ich etwa inzwischen zu viel Aperol intus? *Ach egal*, sagte ich mir, trank meinen Aperol aus und bestellte direkt noch einen.

»Wollt ihr auch einen?« Die beiden schüttelten den Kopf. »Gut«, brach ich schließlich mein Schweigen, als das neue Getränk vor mir stand. Ich rückte näher an meine Freundinnen heran und sie taten es mir gleich. Ich fühlte mich wie auf einer geheimen Mission. »Wir suchen also einen Bad Boy, der vor Alarmsignalen nur so strotzt. Eine Zehn. Und wenn ich bewiesen habe, dass mein Prinzip funktioniert, dann serviere ich ihn ab.« Ein paar Sekunden ließ ich den Vorschlag noch auf mich wirken, bevor ich grinste. Ja, die Idee war wirklich nicht schlecht und meine Schwestern und Freundinnen würden sich noch wundern. »Also gut, ich bin dabei. Ihr werdet sehen, es klappt.«

»Und wir suchen ihn auf Tinder«, ergänzte Kati.

»Ach nee, muss das sein?«, fragte ich flehend.

Sofort waren ihre Blicke auf mich gerichtet. »Ähm ja, natürlich.«

»Na schön. Aber nicht von euren Handys aus. Ich mache mir meinen eigenen Account«, sagte ich, während ich nach meinem Handy griff. »Euer Algorithmus ist doch schon total versaut von den ganzen Typen.«

»Ja, eben, ist doch der Sinn dahinter. Aber mach dir ruhig deinen eigenen«, stellte Emma lachend fest.

Dann ging es ganz schnell. Im Nullkommanichts war mein Profil eingerichtet. Drei Fotos in verschiedenen Posen. Eins in den Bergen, eins am Strand, eins mit Kussmund. Und schon hatte ich den perfekten Opfer-Account. Dazu ein kurzer Schnullitext: tralala verträumt und so. Das ideale Bad-Boy-Zielobjekt war geschaffen.

»Es geht los. Reichweite auf ein Minimum reduzieren. Altersspanne bis 25.«

»Das wird toll!« Emma hob ihr Glas. »Also, Lina, Deal?«

Ich griff ebenfalls nach meinem Glas und prostete den beiden zu. »Ja, ich bin dabei. Auf die Bad-Boy-Challenge!«

KAPITEL 2

»Hier, der Erste. Was meinst du, wäre der was? Oder nicht Bad Boy genug? Wobei, er hat einen Hund im Arm, der kann so bad nicht sein. Männer, die tierlieb sind, haben einfach ein gutes Herz.«

Ich lachte. »Die armen Plüschknäuel werden nur für Klicks missbraucht. Da wird vor nichts zurückgeschreckt. Oder kennt ihr den Kerl, der dauernd seine Mutter postet?«

Emma nickte. »Ja, kenn ich. Oder der Typ, der etliche Haustiere hat. Alles sehr beliebt im Netz. Nennt man den *Knuddelfaktor*, hab ich im Marketing-Seminar gelernt. Ich müsste das für Instagram eigentlich auch viel mehr nutzen. Wollen wir uns einen Hund holen, Lina? Oder 'ne Katze? Hauptsache irgendwas mit Fell.« Emma sah aufgeregt zu mir, doch ich schüttelte den Kopf, obwohl ich wusste, dass sie in Gedanken bereits ein Haustier für uns besorgt hatte.

»Nein, bestimmt nicht. Kauf dir einen Teppich.« Ich grinste sie an.

»Schade. Aber was ist denn jetzt mit dem Kerl?«

»Der sieht mir nur wie eine Sechs aus. Nicht brauchbar für die Challenge.« Ich wischte ihn weg.

»Und der hier? Was ist mit dem? *Mike, 22, hart, härter, ich.*« *Sicher nicht so hart wie die Musik, die aus den Boxen hämmerte.* Wir schauten uns noch weitere Profile an, die alle nicht infrage kamen, und bestellten eine weitere Runde Aperol, was uns zusehends in Laune versetzte. Langsam wurde meine Zunge schwer.

»Der ist mir zu primitiv.« Ohne Pardon wischte ich auch ihn weg. »Ein bisschen Niveau sollte der, der mich verführen will, schon haben«, ergänzte ich zwinkernd.

Ein weiterer Typ wurde auf dem Display angezeigt. »Oh mein Gott. Der, ja, der!«, rief Kati und deutete auf den Kerl. Ben, 24. Die braune Lederjacke lässig geöffnet, lehnte er an einer Wand. Seine Haare waren ebenfalls braun, an den Seiten kurz und oben etwas länger. Der Blick aus seinen dunklen Augen war undurchdringlich tief, was ihm einen Touch von Unnahbarkeit verlieh. Ich sah mir weitere Fotos von ihm an. Beim Sport, in der Stadt, mit Freunden, auf einem Motorrad – natürlich. Immer top gestylt. Auf einem war er oben ohne mit durchtrainiertem Körper zu sehen. Er konnte zeigen, was er hatte, und das wusste er. Auf dem nächsten Bild hatte er die Augen weit geöffnet, den Blick in die Kamera gerichtet, und eine kleine Narbe an seiner Wange war deutlich zu erkennen. Je länger ich ihn betrachtete, umso mehr hatte ich das Gefühl, dass er mir irgendwie bekannt vorkam. Aber woher bloß?

»Der, Emma! Schau mal, der ist heiß.« Aufgeregt hielt Kati Emma das Handy hin.

»Oh hallo, Mister Bad Boy. Jackpot! Der ist ja perfekt, wie einem Roman entsprungen«, stimmte Emma ihr zu und zappelte dabei unruhig auf ihrem Hocker herum.

In diesem Augenblick lief eine Gruppe Jungs an uns vorbei zur Theke. Schlagartig wurde mir bewusst, warum dieser Ben mir so bekannt vorkam. Er war der Kerl, den ich vorhin schon an einer Säule lehnend im Club gesehen hatte. Und den wir eindeutig als Aufreißer identifiziert hatten.

»Mal im Ernst, ist das nicht der Kerl, der da steht?«, fragte ich nun auch etwas aufgeregt und deutete mit dem Kopf in die Richtung der Jungsgruppe. Neugierig wandten die beiden ihre Blicke zu ihm.

Kati nickte eifrig. »Das ist er, tatsächlich.«

»Krass, das ist ja echt der Kerl von Tinder«, pflichtete Emma ihr bei. »Das ist dieser Ben. Ganz sicher!« Sie beugte sich nach vorn und da passierte es.

»Nein!« Ich versuchte noch, sie daran zu hindern, doch es war schon zu spät. Sie hatte auf das kleine Sternchen getippt und verpasste ihm damit ein *Superlike*. In mir begann es, heftig zu pulsieren.

Emma grinste. Ich schwitzte. »Doch, meine Liebe. Er ist der perfekte Bad Boy. Der wird's, Lina, der und kein anderer.« Das Pulsieren wurde stärker und schließlich zu einer unabwendbaren Gewissheit.

»Echt jetzt?«, stieß ich hervor.

»Ja! Der ist einfach nur heiß und weist alle deine sogenannten Alarmsignale auf. Er hat eine Narbe, ist supersportlich, fährt Motorrad und er ist ganz nah. Ist das nicht irgendwie Schicksal? Superlike eben.« Kati lachte und linste wieder in seine Richtung. Nun, ich hatte in Sachen Schicksal eigentlich andere Vorstellungen, aber gut. Verstohlen linste nun auch ich in seine Richtung und tatsächlich, kurze Zeit später zückte er sein Handy, betrachtete das Display und begann, darauf herumzutippen. Ob er das dämliche Superlike entdeckt hatte?

Schon wurde mir auf meinem Handy eine neue Nachricht angezeigt.

»Tinder!«, rief Emma und schnappte es sich. »Match mit Ben. Aaah! Wie verdammt genial ist das denn bitte? Okay, das ist jetzt wirklich Schicksal, zumindest für die Challenge.« In meinem Bauch begann es zu kribbeln.

»Nicht dein Ernst?«, hakte Kati aufgeregt nach und klopfte dabei so heftig auf den Tisch, dass ich mein Glas festhalten musste. Doch es war ihr Ernst. Emma hielt uns das Display unter die Nase: Ben und ich hatten ein Match.

»Das ist ein Zeichen. Los! Schreib ihm, dass du im Club bist und ihn siehst«, schlug sie aufgeregt vor.

Aber ich schüttelte den Kopf. »Nein, das kommt doch total psycho. Als hätte ich ihn die ganze Zeit beobachtet.«

Emma kicherte. »Na ja, wenn man es genau nimmt, haben wir das ja auch.«

»Aber das muss er doch nicht wissen«, entgegnete ich verschwörerisch. Noch immer kribbelte es in meinem Bauch.

»Das ist echt Vorsehung!«, bekräftigte sie noch einmal.

»Wie oft willst du das jetzt noch sagen? Vorsehung, Schicksal … Du hörst dich schon an wie Mamas Freund, wenn er mit seinen Kristallen spricht. Hallo, wo sind hier die Realisten?«, rief ich in den Raum.

Kati deutete auf mich. »Ich würde mal sagen, eine sitzt hier – im Spitzentop und unübersehbar.« Sie lachte. »Los, Lina. Was willst du schreiben? Hast du schon eine Idee? Irgendwas musst du tun. Die Challenge könnte sofort starten!«

»Nein, ich …« Keine Ahnung, was ich sagen wollte. In meinem Kopf ratterte es. Sie hatten recht, ich könnte gleich loslegen. Was hielt mich noch zurück? Während ich darüber nachdachte, was ein guter Text wäre, bekam ich schon die nächste Meldung. Es war eine Nachricht von Ben: *Hey, wie ich merke, hast du ein Auge auf mich geworfen.*

Emma und Kati grinsten, als ich den Text laut vorlas. »Ist doch nett«, meinte Emma.

»Ist ja wohl total arrogant«, erwiderte ich. »Oder hat er uns etwa gesehen?« Ich blickte mich um. »Ehrlich gesagt würde ich am liebsten gleich schreiben, dass ich mich verdrückt habe, aber ...«, ich atmete tief durch und sah die beiden an, »es gibt eine Challenge und ihr wollt, dass sie startet, also ...« Ich tippte etwas in das Nachrichtenfeld ein und legte das Handy danach wieder so hin, dass die beiden meinen Text lesen konnten.

»*Dein Profil sieht nett aus. Und ich mag, dass du so sportlich bist. Okay, alles blöd ... Du bist mir einfach aufgefallen, als ich dich gesehen habe*«, las Kati vor und musterte mich anschließend mit zusammengekniffenen Augen. »Und du meinst, das zieht? Wirklich? Das ist ja mal oberlangweilig. Wo ist die coole Lina abgeblieben?«

»Hallo, ich bin ein Bad-Boy-Opfer«, antwortete ich, während ich meinen Blick noch einmal über die Zeilen wandern ließ. Vielleicht hatte sie recht. Und da kam mir eine Idee. »Okay, wartet.« Ich begann, hektisch zu tippen, und schickte den Text diesmal ab, bevor ich ihn meinen Freundinnen zeigte.

»*Kann gut sein. Vielleicht mehr als das, sieh dich vor. Augen auf*«, las Emma vor. »Das hast du geschrieben? Wie genial!« Sie rieb sich die Hände.

»Jap. Und jetzt gehe ich gleich weiter auf Angriff. Der Arme, er wird sich noch wünschen, mich niemals gematched zu haben.« Grinsend sah ich zu Ben, der auf sein Handy starrte.

»Er liest es«, raunte Emma uns gespannt zu. Ich beobachtete, wie sich auch sein Mund zu einem Grinsen verzog. Schließlich tippte er etwas und kurz darauf machte mein Handy wieder *Pling*.

»*Ach ja? Wie soll ich das verstehen?*«, las ich dieses Mal vor und das Kribbeln weitete sich auf meinen gesamten Körper aus.

»Uh!«, zischte Kati. »Jetzt geht's los, Emma!«

Emma verpasste mir einen Knuff in die Seite, der mich zusammenzucken ließ. »Geh hin, alles auf Angriff!«

Sanft rieb ich mir über die Stelle. »Moment. Erst noch eine Nachricht.« Ich tastete nach meinem Handy und schrieb: *Das wirst du gleich merken. Pass nur auf.*

Sofort begannen die Mädels zu kichern. »Was hast du vor?«, wollte Emma wissen, und als ich nicht gleich antwortete, ergänzte sie: »Jetzt sag schon!«

Ich lehnte mich auf meinem Hocker zurück. »In den klassischen Bad-Boy-Good-Girl-Geschichten würde das Mädchen jetzt an ihm vorbeigehen, tollpatschig stolpern und ihn dabei anrempeln. Die beiden würden sich tief in die Augen schauen. Doch dann wäre er ziemlich eklig zu ihr, schließlich hält er sich für den geilsten Typ auf Erden, sie würde sich tausendmal entschuldigen – und zack, sie wäre auf seinem Radar …«

Die beiden sahen mich fragend an. »Und?«

Ich stand auf. »Genau das tue ich jetzt auch. Damit mache ich ihn auf mich aufmerksam. Und«, ich zupfte mein Oberteil zurecht, »er wird anbeißen.« Ich zwinkerte den beiden zu.

»Wuhu, Baby!«, rief Kati, während Emma in die Hände klatschte. »Du ziehst das echt durch!«

Ich nahm noch einen Schluck von meinem Aperol, stellte ihn auf den Tresen und ließ mit einem Grinsen meinen Kopf kreisen. »Aber so was von. Wie gesagt, der Arme tut mir jetzt schon leid.«

Schwungvoll wandte ich mich um und steuerte direkt auf Ben zu, der nun ein bisschen weiter entfernt mit einer Bierflasche in der Hand an einer Wand lehnte. Bunte Lichter tanzten über sein Gesicht, das er dem Handy in seiner Hand zugewandt hatte. Während ich mich mit pochendem Herzen durch die Menge schob, versuchte ich, mich auf meinen Plan zu konzentrieren, schließlich musste ich gleich gegen ihn stolpern. Cool sein, aber irgendwie auch nicht. In den Büchern wirkte das immer so leicht, da stolperte ständig irgendein Mädchen in irgendeinen Kerl rein. Und es funktionierte. Doch ich merkte, wie meine Handflächen zu schwitzen begannen. Plötzlich erstarrte ich: Was zur Hölle tat ich hier? Wie hatte ich mich von Emma und Kati so bequatschen lassen können? Ich atmete einmal tief ein und aus und versuchte, mich zu beruhigen. Denn wenn ich in den letzten Jahren eines gelernt hatte, dann war es die Tatsache, dass man sich niemals von der Angst steuern lassen durfte. Ich sollte mir einfach nicht so viele Gedanken machen. Es würde schon klappen, ich bekäme das hin. Stolpern, Aufmerksamkeit erhaschen, nett sein, vielleicht ein bisschen schüchtern. Und mal ehrlich, diese Bad Boys konnten doch überhaupt nicht anders, als anzubeißen. Das würde bei Ben genauso sein.

Gut, wenn ich so darüber nachdachte, hörte es sich ziemlich merkwürdig und auch irgendwie peinlich an. Aber jetzt war es sowieso schon zu spät, ich steckte mittendrin in der Misere und würde es durchziehen. Schließlich zog ich alles durch, was ich angefangen hatte. Ich atmete noch ein letztes Mal tief durch und setzte mich schließlich wieder in Bewegung.

Aus dem Augenwinkel sah ich Ben. Er strich sich durchs Haar und ließ seine Hand anschließend auf seinem Nacken liegen. Seine Bilder hatten nicht zu viel versprochen, auch in echt sah er ausgesprochen gut aus. Ich ging etwas näher heran, wankte leicht nach links, was mir nicht schwerfiel – dem Aperol sei Dank –, und dann in seine Richtung. Keine Sekunde später ließ ich mich tatsächlich in seine Arme fallen. In Büchern wurde das alles immer wie in Zeitlupe beschrieben, die beiden versanken im Blick des jeweils anderen, spürten sich gegenseitig ... Hier war es nicht so. Der Aufprall fiel deutlich heftiger aus als gedacht, sodass Ben das Bier aus der Hand fiel. Dabei sah er in etwa so verwirrt aus wie ein Eichhörnchen, dem die Nuss geklaut wurde, und ließ mich dadurch unwillkürlich an Scrat aus *Ice Age* denken.

»Ups«, sagte ich leise, als es schepperte, und biss mir dabei auf die Lippe, um ein Kichern zu unterdrücken. Schnell richtete ich mich wieder auf. Ich musste jetzt ganz ruhig bleiben, seine Muskeln betrachten und sanft mit den Fingern darüberstreichen – oder so was in der Art. *Komm schon, Lina, das muss jetzt noch drin sein.*

»Mein Bier«, hörte ich Ben verärgert sagen, ließ mich aber davon nicht beirren. Stattdessen wanderten meine Hände über seine Brust, ich spürte den rauen Stoff, darunter die Wärme seines Körpers, und hob langsam den Kopf. Was nun? Ich könnte mir auf die Unterlippe beißen. Leicht, lasziv, verführerisch. Oder war das albern? *Vielleicht später*, dachte ich und entschied mich erst einmal für einen – wie ich vermutete – sinnlichen Augenaufschlag. Bens Blick traf auf meinen, das warme Braun seiner Augen vermischte sich mit meinem Blau. Einen Moment lang hielt ich den Atem an. Die tanzenden Menschen um uns herum stoppten in ihren Bewegungen und die sonst so laute Musik hörte ich nur noch leise im Hintergrund. Sein Blick veränderte sich. Ich glaubte, Neugier darin aufblitzen zu sehen. Doch schon im nächsten Moment war alles vorbei.

»Augen auf. Hab ich dir ja geschrieben«, sagte ich, als ich wieder in der Gegenwart angekommen war, woraufhin er mich fragend ansah. Sollte ich beleidigt sein, weil er mich nicht erkannte? »Tinder. Gerade eben.« Wusste er das echt nicht mehr? Zumindest regte sich nichts in seinem Gesicht. Schon wieder schob sich Scrats Gesicht vor seins.

»Ah, du bist es«, riss er mich aus meinen Gedanken, wirkte aber weiterhin unbeeindruckt. *Wie nett.*

»Ja, ich bin es. Von eben«, versuchte ich es noch einmal.

»Die mir geschrieben hat, ich solle meine Augen offen halten?«

Fragte er mich das jetzt ernsthaft? Hatte ich doch gerade überdeutlich gesagt. Aber war ja klar, ich war sicher nicht die Einzige, mit der er in den letzten Minuten geschrieben hatte.

»Kann sein«, antwortete ich etwas trotzig.

Er musterte mich. »Vielleicht hättest *du* besser mal deine Augen aufgemacht. Du hast nämlich mein Bier verschüttet ...« Ich bewegte mich nicht. Ben zeigte auf die Flasche, die noch immer auf dem Boden lag. »Darf ich die mal aufheben? Oder bist du noch beschäftigt?« Seine Worte klangen leicht verärgert.

»Mit was?«

»Mit tatschen?«

Noch immer lag meine Hand auf seiner Brust – einer äußert gut gebauten Brust, wie ich zugeben musste. »Ähm, erstens, ich tatsche nicht, und zweitens, ja, meinetwegen. Aber ist eh leer, oder?«, erwiderte ich unbeeindruckt.

Er hob eine Augenbraue. »Wahrscheinlich.« Ich musste endlich meine Hand da wegnehmen. *Unangenehm.*

»Darf ich dann jetzt oder was hast du hier vor?« Sein Tonfall wirkte inzwischen nicht mehr nur verärgert, sondern auch ziemlich genervt.

Eilig trat ich zurück, während er nach unten zu der Flasche vor seinen Füßen blickte.

»Ja, ich weiß, ich bin *so* tollpatschig, ich sollte besser aufpassen. Also, bevor du jetzt gleich loslegst und den Arroganten spielst: Sorry, ehrlich. Wobei … Bei den Muskeln müsstest du eine Flasche doch eigentlich halten können, streng genommen war es also nicht meine Schuld.« Die letzten beiden Sätze waren mir einfach so herausgerutscht. Ups. Der Aperol.

Er wandte mir wieder das Gesicht zu. »Was?« Ich begann, mir das Gehirn zu zermartern. Hätte ich mich doch lieber weiter entschuldigen sollen? Was hatte ich da noch mal gelesen? Wenn ich ihn um den Finger wickeln wollte, musste ich das schüchterne Mädchen von nebenan spielen. Schüchtern war schließlich mein zweiter – oder eher dritter – Vorname.

»Ähm, ja, sorry.« Ich beschloss, nun die Lippen ins Spiel zu bringen. Ich biss verführerisch – wie ich glaubte – auf meiner Unterlippe herum und stammelte verlegen: »Sorry, echt. Und deine Muskeln sind super, so richtig … hart.« Ich kniff in seinen Arm.

Auf einmal begann er, mich vom Kopf bis zur Taille zu mustern. Es war so weit, Jackpot! Er hatte angebissen. Schnell zupfte ich erneut an meinem Shirt und strich mir eine Haarsträhne aus dem Gesicht.

»Riesengroßes Sorry.«

»Schon gut, ist ja nur 'ne Flasche Bier.«

Ich nickte. Ich verstand sowieso nicht, warum bei einem Zusammenstoß immer so ein Drama veranstaltet wurde.

»Eben«, rutschte es mir da auch schon heraus.

Er hob eine Augenbraue. »Trotzdem war das nicht so cool.« *Fassung wahren, Lina.*

»Ja, total uncool. Was können wir denn da jetzt machen?« Ben runzelte die Stirn. »Wie meinst du das?« Moment, wie war noch mal der Plan? Ihn anrempeln, abchecken, Sorry sagen, nett sein. Auf alle Fälle seine Aufmerksamkeit erregen.

»Na ja, wir könnten zusammen ein Bier trinken. So als Entschuldigung«, versuchte ich es.

»Nee, schon okay.« Wie bitte? Etwas perplex schaute ich ihn an.

Er ging in die Knie, um die Flasche aufzuheben. Ich beugte mich ebenfalls hinunter – etwas zu schnell für diesen Abend – und geriet ins Wanken. Rasch hielt ich mich an ihm fest. Oh, oh, der Aperol. Zugegeben, ich hatte leichte Koordinationsschwierigkeiten.

Als ich mich wieder aufgerichtet hatte, versuchte ich es erneut: »Ich mache dir einen Vorschlag: Ich gebe dir ein Bier aus, so kriegst du dein Getränk wieder und ich kann mein schlechtes Gewissen etwas beruhigen.« Ben sah einen Moment lang zu mir hoch und wirkte dabei, als könnte er sich nicht entscheiden, doch dann schüttelte er den Kopf. »Ist schon okay. Ich hol mir später eins.« Er winkte ab und erhob sich wieder. »Pass einfach das nächste Mal besser auf.« Eine bessere Steilvorlage gab es ja wohl nicht. Ein Satz, wie er in einem Buch oder Film nicht typischer vorkommen könnte. Ich musste mich bremsen.

»Pfff«, kam es mir dennoch über die Lippen.

»Was?«

»Nichts.« Besser schnell wieder verletzlich wirken. Ich sollte meine große Klappe echt in den Griff kriegen. »Nichts, wirklich. Ganz im Ernst: Tut mir sehr leid mit deinem Bier.

Echt. Ich wollte nicht dein Getränk verschütten. Also sorry.« Ich versuchte es mit einem unschuldigen Augenaufschlag. »Ich weiß, ich sollte besser aufpassen. Du hast ja so recht.«

Ben verschränkte die Arme vor der Brust. »Veräppelst du mich gerade?« Mist. War das zu auffällig gewesen? Er sagte nun gar nichts mehr, sondern nickte nur. In meinem Kopf ließ ich noch einmal Stufe eins Revue passieren. War ich zu nett gewesen? Oder nicht nett genug? Sollte er sich nicht noch mehr aufregen? Was könnte ich nun sagen?

»Und jetzt?«, fragte ich also etwas zögerlich.

»Was jetzt? Nichts.« Er klang immer genervter.

»Bist du echt beleidigt? Ich hab doch Sorry gesagt und das, obwohl es nicht mal meine Schuld war. So war das doch gar nicht geplant.«

Er zog die Stirn kraus, doch dann breitete sich langsam ein Grinsen auf seinem Gesicht aus. »Ich sag doch, nichts. Alles gut.« Warum grinste er denn jetzt? »Du wolltest also zu mir? Hast mich erst auf Tinder entdeckt, dann hier. Rempelst mich mit Absicht an. Und jetzt ... willst du verrückten Small Talk?« *Mit Absicht? Verrückter Small Talk?*

Sein Grinsen wich einem durchdringenden Blick. Perfekt! Er fand mich also interessant. Oder verrückt, wie auch immer. Jedenfalls schien er irgendetwas an mir zu finden. Hauptsache Aufmerksamkeit. So lief es doch bei den Stars auch. Alles für den Fame. Und bei mir alles für die Challenge. Wuhu! Hatte ich gerade ernsthaft *Wuhu!* in meinem Kopf gerufen? Wie peinlich. Nie mehr Aperol.

Mit einem Mal rückte er ein Stück näher an mich heran und sofort strömte mir sein Duft in die Nase. Herb und unheimlich gut. »Also, trinken wir jetzt was zusammen? Du willst es ja anscheinend unbedingt. Mir ein Bier ausgeben oder so.« Für einen kurzen Moment hatte er mich aus dem Konzept gebracht, doch ich wusste, dass es funktionieren würde. *Cool bleiben, Lina.*

Ich zog eine Augenbraue nach oben. »Will ich das?«

»Kommt so rüber«, meinte er. Dabei lag sein Blick noch immer intensiv auf mir.

»Klar denkst du das jetzt, klappt auch sonst sicher immer gut. Mit deinen Muskeln, der verwegenen Lederjacke und der geheimnisvollen Narbe an deiner Wange.«

»Offensichtlich hat es gereicht, um dich auf einer Dating-App anzufixen«, konterte er. »Sogar mit Superlike.« Ich schmunzelte in mich hinein. Der war gut.

»Na ja«, begann ich und biss mir auf die Unterlippe. Immer wieder zog ich leicht mit den Zähnen daran. Das machte ihn sicherlich wild.

»Na ja was?«

»Na ja, da könntest du recht haben.«

Einen Moment lang sah er mich noch an, bevor er die Hand hob und sie mir reichte. »Lina also?«

»Jap, Lina.« Ich legte meine Hand in seine und spürte ein sanftes Kribbeln an den Stellen, an denen sich unsere Hände berührten.

»Nur mal 'ne Frage am Rande. Ist alles okay, Lina? Hast du irgendwie was genommen?«

Ruckartig zog ich meine Hand zurück. »Was? Wieso?«

»Du redest so wirr. Willst ein Bier mit mir trinken, dann wieder nicht. Und jetzt starrst du mich an. Und was ist das überhaupt die ganze Zeit mit deiner Lippe?«

»Warum? Was soll damit sein?«

»Du kaust dauernd darauf rum. Ist das eine Art Tick oder so was?« Fragend hob Ben eine Augenbraue.

»Soll das witzig sein? Also wirklich, das ... das ... verletzt mich jetzt schon.« Ich versuchte, verletzt zu wirken, woraufhin er schnell einen Schritt zurücktrat. Ich setzte noch einen drauf: »Was, wenn ich wirklich 'nen Tick hätte? Also einen krankhaften? Echt jetzt. Schon mal was von Diskriminierung gehört?«

Er runzelte die Stirn. »Hast du denn einen? Also, außer den mit der Lippe und den Koordinationsschwierigkeiten.«

»Nicht witzig!«

»Irgendwie schon.« Ein kleines Grinsen huschte über sein Gesicht.

»Ich sag ja nur. Hättest mich ja total treffen können mit dieser Aussage«, entgegnete ich schmollend.

»Okay, ich glaub, du brauchst 'ne Pause.« Ben machte Anstalten, sich abzuwenden. »Ich geh dann mal.« Echt jetzt? Er ließ mich einfach stehen? Mist, so sollte das aber nicht laufen.

Schnell hielt ich ihn zurück. »Warte! Na gut, ich ... ich ... versuche nur, sexy zu sein.«

Er stoppte und sah mich an. Sein Blick verriet mir, dass er mit dieser Antwort nicht gerechnet hatte. »Du findest es also sexy, wenn du gegen jemanden stößt, wirres Zeug redest, auf der Lippe herumkaust und ihn unbeholfen antatschst?« Als wäre es genau so abgelaufen ...

»Ich tatsche dich an?« Ich ging einen Schritt auf ihn zu.

»Ganz richtig, das hast du vorhin getan.« Ben rückte nach. Ganz dicht standen wir plötzlich voreinander.

»Das wünschst du dir vielleicht«, erwiderte ich und tippte dabei mit dem Zeigefinger gegen seine Brust.

Er blickte auf meine Hand, die ich sofort wieder wegzog. »Das ist nicht tatschen«, berichtete ich ihn, »ich hab dich nur angestupst.«

»Ah, entschuldige. Du willst mich also anstupsen und sexy schauen. Wenn es dir hilft ... bei was auch immer. Also, bis dann.« Er hob nun wieder die Hand, diesmal zum Abschied. Was sollte ich jetzt tun? Wenn er mich für verschroben hielt, wäre die gesamte Challenge zum Scheitern verurteilt. Ich blickte mich nach Emma und Kati um, deren Gesichter mir verrieten, dass sie das Gleiche dachten wie ich.

»Sorry, ich bin einfach nervös«, gab ich kleinlaut zu und suchte seinen Blick. Das war nicht mal gelogen. Die ganze Sache war doch etwas verrückt geworden und lief in eine völlig verkehrte Richtung. Ich steckte fest. Wenn Nettsein nicht funktionierte, musste ich mir wohl etwas anderes überlegen. Und außerdem: Wenn jemand ging, dann ich. Also probierte ich es auf die toughe Schiene: »Na ja, ich hab's versucht, trotzdem sorry noch mal! Man sieht sich.« Mit diesen Worten wandte ich mich ab und ließ ihn stehen. Hinter mir hörte ich ihn irgendetwas murmeln, drehte mich aber nicht mehr zu ihm um.

Nach ein paar Schritten siegte jedoch die Neugier in mir. Ich blieb kurz stehen und warf einen Blick über die Schulter zurück. Mein Blick traf seinen. Wuhu, doch nicht alles verloren! Ich musste unbedingt mit diesem *Wuhu* aufhören. In diesem Augenblick schüttelte er grinsend den Kopf. Mist, sah doch nicht so gut aus. *Noho.*

»Und?«, fragte Emma, als ich wieder bei ihr und Kati am Tresen saß. »Sah ja ... interessant aus. Stufe eins erfolgreich absolviert?« Sie veräppelte mich, eindeutig.

»Die Antennen sind aktiviert, der Bad Boy hat mich auf dem Schirm. Check!«, antwortete ich siegessicher, obwohl ich in diesem Moment alles andere als überzeugt davon war.

Kati lachte. »Wirklich? Wirkte eher etwas ... na ja, cringy.«

»Gut, okay, es war die totale Katastrophe«, gab ich schließlich stöhnend zu. »Zumindest habe ich aber seine Aufmerksamkeit erregt … Und wenn es der nicht sein soll, dann gibt es noch so viele andere Bad Boys auf Tinder und überall auf der Welt«, redete ich mir selbst Mut zu.

Das war es doch, was ein Genie auszeichnete: nicht gleich beim ersten Versuch aufzugeben. Und wer wusste es schon, vielleicht klappte es ja doch noch.

»Von deiner Aufmerksamkeit ist anscheinend nicht viel übrig geblieben«, meinte Emma zerknirscht, nachdem etwa eine halbe Stunde vergangen war. Sie deutete mit dem Kopf hinüber zu Ben, der nun am Rand der Tanzfläche stand. Doch er war nicht allein. Er unterhielt sich angeregt mit einer jungen Frau mit kurzen dunklen Haaren, durch die sie sich immer wieder strich. Sie stand also auf ihn.

Okay. Auch nicht untypisch. Schließlich befanden wir uns in einem Club. Und ein Bad Boy wie er war auf Beutefang. »Glaubt mir, alles Taktik. Ich bin sicher nicht die Einzige, um die die Spinne ihr Netz gewoben hat. Ich muss mich nur wieder in sein Gedächtnis rufen.« Insgeheim fragte ich mich allerdings, ob er vielleicht wirklich keinen Gedanken mehr an mich verschwendete. Unsere Begegnung war ja auch echt weird gewesen. Eine ganze Weile blickte ich in seine Richtung, bis auch er den Kopf hob und direkt zu mir herübersah. Unsere Blicke trafen sich, doch er wirkte nicht allzu begeistert. Hatte er gerade etwa mit den Augen gerollt?

»Stellen wir uns etwas näher an ihn heran«, schlug ich vor,

denn so etwas würde ich mir mit Sicherheit nicht gefallen lassen. Mein Ehrgeiz war geweckt. Und so suchten wir uns einen Platz in seiner Nähe. Zu dritt quetschten wir uns auf eine der Schaukeln, die vor der Bar hingen.

Der Club war bekannt für seine Schaukeln, für lockere Gespräche, gute Musik – dafür, in seiner Atmosphäre dem Alltag entfliehen zu können. Doch heute gelang mir das nicht sonderlich gut. Immer wieder schaute ich zu Ben, aber er schien mich gar nicht mehr zu registrieren. Oder gekonnt zu ignorieren. Was nun?

»Wirkt nicht so, als ob er angebissen hätte«, stellte Emma nach einer Weile fest.

Kati sah es ähnlich: »Außerdem solltest du nicht andauernd zu ihm rüberstarren, das wirkt abschreckend. Lasst uns lieber gehen. Es war ein lustiger Abend, aber ich denke, es reicht für heute. Die Idee war witzig, aber nicht jede Idee kann funktionieren. Außerdem ist es schon spät.« Ich musste zugeben, dass sie recht hatte. Aber ich wollte nicht, dass sie recht hatte. Das konnte es doch nicht gewesen sein.

Mir war gar nicht aufgefallen, dass ich schon wieder in Bens Richtung starrte, bis er auf einmal aufblickte und erneut mit den Augen rollte. Was zur Hölle?

»Wisst ihr was? Wir gehen, jetzt sofort«, sagte ich energisch, stand auf und machte mich auf den Weg in Richtung Ausgang, ohne eine Antwort von meinen Freundinnen abzuwarten. Ich war gekränkt, beleidigt, vielleicht auch ein bisschen beschwipst. Das hatte ich mir wirklich anders vorgestellt. Bevor ich durch die Tür trat, hielt ich inne.

»Ach, mach dir nichts draus, Lina«, versuchte mich Emma aufzuheitern, als sie neben mir zum Stehen kam. »Das Ganze war doch sowieso nur Spaß.« Trotzdem störte mich das alles gewaltig, denn meine Theorie stimmte. Das Prinzip funktionierte. Ganz sicher. Mir fehlte nur der richtige Dreh.

»Ich muss noch eben auf die Toilette«, sagte Kati, nachdem sie bei uns angekommen war.

Ich nickte. »Ich geh mit. Emma, du auch?«

»Nein, nein. Aber geht ruhig. Gebt mir eure Marken, dann hole ich schon mal die Jacken«, schlug sie vor.

Genau wie Kati kramte ich in meiner Tasche, um die Garderobenmarke herauszufischen und sie Emma zu reichen. Während sie sich in Richtung Garderobe davonmachte, eilten Kati und ich zu den Toiletten. Als ich fertig war, war von Kati noch nichts zu sehen, also ging ich hinaus auf den Gang und zog mein Handy aus der Tasche. Eine Nachricht von Nika, die wissen wollte, ob wir gleich noch mal telefonieren konnten. Ob was mit Alex passiert war?

Gerade als ich ihr antworten wollte, entdeckte ich Ben. Die Dunkelhaarige war noch immer bei ihm, sogar ziemlich nah bei ihm, und flüsterte ihm etwas ins Ohr. Sie stand ganz eindeutig auf ihn. Einen Moment lang beobachtete ich die beiden. Wie er sie ansah, wie sie sich durchs Haar strich und dabei in seinen Augen versank … Er würde sie heute sicherlich noch klarmachen.

»Gehen wir?« Kati tauchte neben mir auf.

Und auch Emma stand mit einem Mal direkt vor uns. »Ging voll schnell, ich glaub, ich geh doch noch mal.« Sie reichte uns unsere Jacken und lief auf die Toiletten zu.

Erneut streifte mein Blick Ben. *Nein, Lina,* sagte ich mir, *heute macht es sowieso keinen Sinn mehr.* Etwas nervös zupfte ich an meinem Shirt und wollte mich gerade abwenden, als Ben von dem Mädchen zurücktrat und unerwartet auf mich zukam. Mist, hatte ich ihn etwa zu lange angestarrt?

»Er kommt«, raunte Kati mir überflüssigerweise zu.

Keine Sekunde später stand er vor uns. »Sag mal, stalkst du mich?«

Ich zuckte zusammen. »Was?«

»Na ja, du bist schon den ganzen Abend immer da, wo ich bin, oder starrst zu mir rüber.«

Ich stemmte die Hände in die Hüften. »Ach ja? Ich kann ja wohl hinsehen und hingehen, wo ich will. Ich würde mal sagen, du bist eher immer da, wo ich bin.« *Gut gekontert.* Wobei … Wieso verhielt ich mich gerade selbst wie ein Bad Boy? Ich kam mir vor, als hätten wir die Rollen getauscht.

Jetzt lächelte er. Wieso lächelte er denn auf einmal? Der Kerl machte mich verrückt. Ich sah zu Kati, doch sie hatte sich ein paar Schritte entfernt und blickte in Richtung Toilette. Dann war ich wohl auf mich allein gestellt.

»Pass auf, wenn du ein Date willst oder … keine Ahnung, was auch immer du von mir willst, ein Bier trinken oder so, sag es doch einfach. Vielleicht überleg ich es mir noch mal.« Er zwinkerte mir zu und ich rollte mit den Augen. »Aber starr nicht dauernd zu uns rüber, Anni ist das auch aufgefallen. Echt jetzt«, er fuhr sich durch die Haare, »das ist total unheimlich.« Der hatte sie ja wohl nicht mehr alle.

»Pass du mal auf! Nimm dich bloß nicht wichtiger, als du bist. Als ob ich dich anstarre oder sie oder wen auch immer.« Nun verschränkte ich die Arme vor der Brust.

»Ach, komm schon. Eifersüchtig?« Wieder blitzte diese Neugier in seinen Augen auf.

Ich lachte auf. »Eifersüchtig? Auf was denn? Dass sie mit dir vor dem Klo rumsteht? Wow, ich kann mir nichts Schöneres vorstellen.«

Als er auf meine Antwort hin grinste, wurde mir klar: Er

hatte mich tatsächlich irgendwie abblitzen lassen. Ich wollte etwas entgegnen, aber in diesem Augenblick kam Anni von der Toilette zurück und sah sich suchend um. Als sie Ben bei mir entdeckte, zog sie ein Gesicht, das klar und deutlich zeigte, dass es ihr nicht passte.

»Also, letzte Chance: Was willst du von mir?«, fragte Ben mich nun. »Was soll das Theater?«

»Nichts. Wie gesagt …«

»Lügnerin.«

Damit hatte ich nicht gerechnet. »Wie bitte?«, fragte ich überrascht und sah dabei sicher selbst aus wie Scrat.

»Du hast mich schon verstanden. Wenn du wirklich nichts von mir willst, dann geh mir auch nicht auf die Nerven, okay?« Mit diesen Worten wandte er sich ab, ging zu seiner Begleitung hinüber und lächelte sie an.

Ich sollte *ihm* nicht auf die Nerven gehen? »Was bildet der sich ein?«, presste ich hervor, als Emma und Kati sich zu mir gesellten.

»Ist doch egal mit der Challenge. Komm, lass uns jetzt gehen. Wir hatten genug Spaß heute Abend«, sagte Emma und Kati nickte zustimmend. »Es war ein Spiel, mehr nicht. Wir sind fertig für heute.« Die beiden hatten gut reden. Von wegen *Spaß*.

»Ich geh *ihm* auf die Nerven? Der spinnt wohl. Der ist echt schlimmer, als ich dachte«, schnaubte ich.

»Ein Bad Boy eben«, meinte Kati, »die ticken, wie sie wollen. Und nicht nach Plan, selbst wenn du das behauptest.«

Ich atmete tief durch. So einfach würde ich ihn sicherlich nicht davonkommen lassen. »Wartet. Dem versau ich die Tour.« Fest entschlossen drückte ich den Rücken durch.

»Was?«, rief Emma erschrocken.

»Ja, Challenge hin oder her. Das kann ich doch so nicht stehen lassen. Echt jetzt, die arme Anni! Er wird sie heute abschleppen und dann abservieren. Das geht nicht.«

Kati sah mich ernst an. »Lina, du hattest etwas zu viel Aperol. Lass es. Komm, wir gehen.«

Ich sah die beiden eindringlich an. »Nein, ich muss das jetzt machen.«

»Was hast du vor?«, hakte Emma nach.

»Ganz einfach.« Ich hatte mich bereits umgedreht. »Ich rette sie.« Zielbewusst wühlte ich mich durch die Menge, lief direkt auf die beiden zu und tippte Ben energisch auf die Schulter.

Als er mir sein Gesicht zuwandte, konnte ich tausend Fragezeichen darin erkennen. »Was gibt's denn noch?«

»Bin gleich weg«, erwiderte ich. »Nur kurz, sorry, aber du solltest dich echt nicht für unwiderstehlich halten. Und«, ich sah zu Anni, »weißt du, er und ich haben eben noch getindert. Ich mein's nur gut mit dir. Er ist ein Herzensbrecher, ein Frauenheld, ein Aufreißer. Lass lieber die Finger von ihm. Er hat jede Nacht 'ne andere und du hast nichts davon außer ein paar Minuten Spaß. Falls es überhaupt Spaß bringt, dafür aber jede Menge Herzschmerz.«

Anni starrte mich fragend an, dann glitt ihr Blick zu Ben, der sofort die Hände hob. »Sie ist nicht ganz normal!«, rief er. »Sie verfolgt mich schon den ganzen Abend. Ich hab keine Ahnung, was mit ihr los ist, nur, dass sie offensichtlich ein Glas zu viel hatte.« Er schaute mich ernst an. »Und glaub mir, mit mir hat man länger Spaß als nur ein paar Minuten.«

Ich lachte auf. »Das sagen sie alle. Glaub ihm kein Wort, Anni. *Er* verfolgt *mich* schon den ganzen Abend. So sieht die Sache nämlich aus.«

Ben warf mir einen bösen Blick zu. »Wie bitte? Du bist doch in mich reingelaufen und hast dieses wirre Zeug geredet, auf der Lippe rumgekaut und konntest nicht aufhören, mich anzutatschen.« Ja, da hatte er recht, aber das war nicht der Punkt.

»Okay, keine Ahnung, was das hier ist. Aber mir wird's etwas zu strange«, sagte Anni, winkte ab und ließ uns ohne ein weiteres Wort stehen.

»Oooh, dumm gelaufen für dich. Ich muss auch los. Schönen Abend noch!« Ich grinste Ben an. »Und keine Sorge, ich lass dich ab jetzt ganz sicher in Ruhe.« Schnell wandte ich mich ab und gab Emma und Kati ein Zeichen, mir zu folgen. Nichts wie raus aus dem Club.

Draußen vor der Tür sah ich mich nach einem Taxi um und entdeckte glücklicherweise auf Anhieb ein freies. Erst jetzt bemerkte ich, dass mein Puls raste.

»Das war so lustig«, Emma hielt sich den Bauch. »Wie er geschaut hat.«

»Ja, wie ein besoffenes Eichhörnchen«, Kati kicherte. Wieder schob sich Scrat in meine Gedanken.

»Total, er war megaperplex!«, stimmte ich ihnen lachend zu. »Aber jetzt nichts wie weg. Ich glaube, er ist ein bisschen sauer und taucht womöglich gleich noch hier auf.« Ich deutete auf das Taxi. »Nehmen wir das?« Ohne eine Antwort abzuwarten, lief ich los. Am Auto angekommen, öffnete ich die Beifahrertür. »Können wir mitfahren?«

Der Mann hinter dem Steuer nickte. »Klar, einfach einsteigen, die Damen. Seid ihr auf der Flucht?« Er lachte, während Emma und Kati auf den Rücksitz huschten und ich mich schnell hinterherquetschte. Nachdem wir unsere Adressen genannt hatten, ließ ich mich tiefer in den Sitz sinken. Mein

Herz klopfte noch immer heftig. Schon allein, wenn ich an Bens Blick dachte. Ich hatte es echt durchgezogen!

»Was für ein lustiger Zufall«, durchbrach Kati meine Gedanken. Doch ich glaubte nicht an Zufälle, vor allem nicht an solche, die durch Voreinstellungen auf Dating-Apps passierten.

»Ja, total«, pflichtete Emma ihr bei. »Ich meine, okay, als ob man so was durchziehen und belegen könnte, aber es war witzig, vor allem, wie du gegen ihn gestolpert bist. Das konnte ja nichts werden. Wie du dabei ausgesehen hast! Aber immerhin: Gelegenheit genutzt, würde ich sagen.« Sie kicherte.

Ich saß da und dachte nach. Ja, ich hatte die Gelegenheit genutzt. Aber … die beiden glaubten mir noch immer nicht, was die Theorie anging. Und obwohl die Challenge als Spiel begonnen hatte, war inzwischen mein Ehrgeiz geweckt. »Das wird schon noch werden«, entgegnete ich und sah Emma und Kati an. »Alles Taktik, Mädels, alles läuft.«

Sie lachten. »Jaja. Sorry, aber das ist ja wohl mal so was von *schief*gelaufen. Ich glaub leider, das Eichhörnchen ist aus dem Sack.«

Ich grinste. Sollten sie ruhig glauben, was sie wollten. Genauso wie meine Schwestern. Doch eines wusste ich: Gelegenheiten kamen selten allein. Und ich würde meine bei Ben auf jeden Fall nutzen. Das Spiel war noch nicht vorbei.

KAPITEL 3

Als Emma und ich die Tür zu unserer kleinen Altbauwohnung öffneten, atmete ich einmal tief durch. In der kurzen Zeit, in der wir nun hier wohnten, hatten wir es uns schon sehr gemütlich gemacht. Ein flauschiger weißer Teppich im Flur, Fotos an der Wand, Blumen und Pampasgras in den Ecken. Wir hatten allem einen Touch von Boho verliehen und ich liebte es.

Als ich gerade aus der Jacke geschlüpft war und sie an der Garderobe aufhängen wollte, machte sich mein Handy bemerkbar.

»Wer ist das?«, fragte Emma und streckte sich. Sie hatte bereits alles verstaut und ging auf den goldgerahmten Standspiegel zu, den wir uns gemeinsam zugelegt hatten. Ich liebte diesen Spiegel. Er war so einfach, aber gerade das machte ihn besonders und zu einem absoluten Eyecatcher in unserem Eingangsbereich.

»Kati vielleicht?«, überlegte Emma. »Sie könnte was vergessen haben.« Wir hatten Kati vor knapp zehn Minuten vor ihrer Wohnung abgesetzt und es wäre nichts Neues, wenn sie mal wieder irgendwas im Auto oder in unseren Handtaschen vergessen hätte. Aber ich war mir sicher, diesmal war sie es nicht.

»Das muss Nika sein«, entgegnete ich. »Sie hat vorhin schon geschrieben, ob sie sich melden könne. Hab das voll verpeilt.« Ich fischte das Handy aus meiner Tasche. »Ja, sie ist es. Bestimmt geht es um Alex. Oh Mann, ich hab es ja gesagt, sicher gibt es ein Drama«, seufzte ich.

»Wer weiß, vielleicht ist das mit Alex ja auch ganz und gar kein Drama«, meinte Emma.

»Kann ich mir ehrlich gesagt nicht vorstellen. Aber ich halte dich auf dem Laufenden. Und wette, es ist ein Drama.« Ich hielt ihr die Hand hin.

»Mach das. Ich geh schlafen, bin total müde. Aber ich wette dagegen!« Gähnend schlug sie ein.

»Schlaf schön, okay? Aber dass du mir ja nicht von irgendwelchen heißen Kerlen träumst. Wenn was ist, gib Bescheid, ich rette dich!«, versicherte ich ihr augenzwinkernd.

Sie grinste. »Ich lass es dich wissen.«

»Gut. Ich flitze noch schnell ins Bad und …«

Mit einem Mal blitzten Emmas Augen auf. »Das war echt abgefahren. Aber auch richtig lustig. Auf so einen Blödsinn kommen wirklich nur wir.« Sie gab mir einen kleinen Kuss auf die Wange. Dann wandte sie sich ab, und gerade als sie hinter der Tür am Ende des Flurs verschwand, klingelte mein Handy erneut. Das Bad musste wohl warten. Ich ging in mein Zimmer und nahm das Gespräch an.

»Lina, bist du noch wach?«, hörte ich meine kleine Schwester am anderen Ende der Leitung flüstern. In meinem Zimmer war es dunkel. Licht, ich brauchte Licht. Und ich wollte schleunigst raus aus den Klamotten, die ein wenig unter der Bierdusche gelitten hatten. Ich drückte auf den Schalter neben der Tür und schlüpfte unbeholfen aus der engen Hose. Oh Gott, ich war echt nicht mehr fit.

»Nein, ich schlafwandele nur«, antwortete ich matt und versuchte, nun auch noch mein Shirt auszuziehen. Irgendwie, ich wusste selbst nicht wie, gelang es mir und ich machte mich daran, in meinem Kleiderschrank nach etwas Schlaftauglichem zu suchen.

»Haha, sehr witzig. Bist du schon daheim?«, wollte Nika wissen.

»Ja, gerade zur Tür reingestolpert!« Ich klemmte mir das Handy zwischen Ohr und Schulter und wühlte in der obersten Schublade.

»Warst du bis jetzt im Club?«

»Haben morgen nur eine Vorlesung, was gibt's?«, fragte ich. »Alles okay? Warum flüsterst du überhaupt?«, fügte ich hinzu.

Sie seufzte. »Ja, alles so was von okay. Ich ... ich bin bei Alex. Also, in seinem Badezimmer.«

Nachdem ich ganz unten in der Schublade ein altes Bandshirt meines Papas gefunden hatte, zog ich es über und ließ mich aufs Bett fallen. »Was machst du denn im Badezimmer von Alex?«

»Na ja, mich hat das mit deinem Prinzip einfach nicht losgelassen und ich sag dir, ich war wirklich achtsam, ähm, wachsam. Aber ich muss dir auch sagen: Alex ist anders, denn sonst wäre ich ja jetzt nicht in seinem Badezimmer.«

»Ich versteh immer noch nur Bahnhof. Warum ist er anders, weil du im Badezimmer sitzt? Ist Badezimmer ein Codewort für irgendwas?«

Sie kicherte. »Na gut, nein, ja, also die Sache ist so: Wir hatten Sex, und zwar echt guten Sex, und ...« *Hatte ich es doch gewusst.*

»Und?«, hakte ich nach.

»Ich bin noch bei ihm, heißt also, er hat mich nicht rausgeworfen. Und ich schlafe sogar bei ihm. Was ja ein gutes Zeichen ist.« In ihrer Stimme schwang Stolz mit.

»Du schläfst in seinem Badezimmer? Das finde ich jetzt nicht so ein gutes Zeichen«, erwiderte ich irritiert.

»Unsinn.« Sie lachte.

»Aber was machst du dann da? Warum schläfst du nicht, sondern sitzt flüsternd in seinem Badezimmer?«, versuchte ich es noch einmal und kuschelte mich unter die Decke.

»Weil ich dir davon berichten wollte, Schwesterherz. Um dir klarzumachen, dass dein Prinzip nicht greift.« Sie machte eine kurze Pause. »Nur bei ein paar kleinen Details hattest du vielleicht recht.« Ich lag also richtig.

»Okay, und wobei? Lass mich raten: Er war wirklich mit dir an seinem Lieblingsplatz?«

Sie räusperte sich. »Wenn du es genau wissen willst, ja. Wir sind zu einem See gefahren und … Ach, es war so romantisch. Irgendwie wirkte er nachdenklich und war doch ganz bei mir. Und dann … Hattest du schon mal so ein heftiges Gefühl, wenn du mit jemandem, also … du weißt schon was. Er hat sich mir geöffnet und anvertraut. So leicht hatte er es nicht im Leben. Er hat immer viel zu wenig Taschengeld bekommen und gute Sneaker sind ja teuer und …« Ich verdrehte die Augen, obwohl ich wusste, dass sie es nicht sehen konnte. Meinte sie das etwa ernst?

»Echt jetzt? Das klingt ja herzzerreißend. Das war also seine dramatische Geschichte? Er konnte sich keine Markenschuhe leisten? Der Arme, ja, ich schätze, davon muss er einen ganz schönen Schaden davongetragen haben.« *Offensichtlich.*

Sie merkte wohl selbst, was sie da gerade von sich gegeben hatte. »Nein, so meine ich das doch gar nicht. Aber egal! Jedenfalls, als wir zurück waren, haben wir miteinander geschlafen. Er war stürmisch und bestimmend, aber das hat mir so gefallen! Das hätte ich nicht gedacht. Weißt du, was ich meine? So als wäre ich die einzige Frau auf der Welt.«

Ich lachte.

»Lina!«

»Sorry.«

»Also weißt du, was ich meine? Ich habe mich einfach fallen lassen und ... keine Ahnung. Das war irgendwie so ... so anders, ich hab mich beinahe gefühlt wie in *Fifty Shades of Grey*, so hat er mich herumgewirbelt und gepackt und ...«

»Dich dann ins Badezimmer geschubst?«, fragte ich neckend und Nika seufzte am anderen Ende der Leitung.

»Kannst du mal ernst bleiben?«

Ich rollte mich auf die andere Seite. »Ja, sorry, also er hat dich richtig gepackt. Alex Grey sozusagen.«

Nika kicherte. »Irgendwie schon und ... Lina, ich weiß, du bist da skeptisch, aber es war echt Wahnsinn. Ich denke, es geht in eine gute Richtung und laut deiner Theorie müsste er mich ja jetzt abschießen, ich dürfte nicht hier im Bad sitzen, oder? Und bisher ist das nicht passiert.«

»Ich habe ja nicht gesagt, dass er dich direkt danach abserviert. Nur, dass es jetzt so kommen wird. Und versteh mich nicht falsch, ich hoffe so sehr für dich, dass es positiv ausgeht. Aber ... ich möchte einfach nicht, dass du verletzt wirst, Nika.«

»Das werde ich nicht, sicher nicht. Ich passe schon auf. Du machst dir einfach zu viele Sorgen um mich.« Nika stoppte. »Ich meine, gut, ein paar Dinge finde ich schon merkwürdig, aber ... doch, ich denke, das mit uns kann was werden. Man muss nur geduldig sein, oder? Und das mit den Stufen, ich ...«

»Inwiefern merkwürdig? Und wieso geduldig?«, unterbrach ich sie.

»Na ja, in … in Sachen Beziehung eben«, druckste Nika herum.

»Also hattet ihr ein Gespräch, das in diese Richtung ging?«, hakte ich nach.

»Nur angedeutet. Er meinte, dass wir alles langsam angehen und einfach mal sehen sollten, was kommt … ja, dass er gern in den Tag hineinlebt und halt nichts plant. Einfach mal chillen.«

Oh, oh, ein absolutes Alarmsignal. Was sollte ich ihr jetzt sagen? Ich wollte sie nicht unglücklich machen, aber noch weniger wollte ich, dass sie verletzt wurde.

Bevor ich zu Ende denken konnte, fuhr sie schon fort: »Trotzdem, ich bin hier, bei ihm. Alles kommt, wie es kommt, Theorie hin oder her, Stufen, Prinzipien. So ist sie eben, die Liebe …«

»Ja, Liebe ist … bescheuert«, knurrte ich in meine Decke.

»Was? Nein, sie ist toll und unberechenbar, verstehst du? Und weißt du …«

Als sie nicht weitersprach, fragte ich vorsichtig: »Ja?«

»Na ja, ich habe mir Gedanken über dich gemacht. Du, ich … ich hoffe, du lässt dich auch mal darauf ein. Nicht alle Kerle sind gleich. Auch wenn es vielleicht manchmal so wirkt. Auch wenn du, wenn wir es anders erlebt haben, und Papa ist halt …«

»Jaja«, antwortete ich nur. Ich hatte keine Lust, über altes Zeug zu reden. Vergangenes war vergangen. Außerdem fühlte ich mich gerade nicht so, als ob ich es schaffen könnte. Nach dem heutigen Abend war ich nicht mehr imstande, meinen Standpunkt wie sonst mit Pauken und Trompeten zu verteidigen. Auch wenn ich im Auto noch überzeugt und guter Dinge gewesen war, das Gespräch mit Nika hatte mich nachdenklich gestimmt. War ich wirklich zu festgefahren, zu negativ? Aber ich wollte die aufkommenden Zweifel nicht die Überhand gewinnen lassen.

»Also, schlaf jetzt mal gut«, sagte ich stattdessen. »Husch ins Bett mit dir! Das Bad ist sicher kalt.«

Sie lachte. »Okay. Schlaf du auch gut, große Schwester. Morgen ist ein neuer Tag.« Ich hörte ein Küsschen-Geräusch am anderen Ende der Leitung. »Ich hab dich lieb, Lina.«

»Ich dich auch, Nika«, flüsterte ich in den Hörer.

Als wir aufgelegt hatten, drehte ich mich auf den Rücken und starrte eine Weile an die Decke. Liebe. Ich fand sie nervig. Sie hielt einen von wichtigen Dingen ab. Gab es sie überhaupt? Auf alle Fälle nicht dort, wo sie so viele suchten. Das Ganze mit Tinder, all diese Profile – das war doch nicht echt. Um Liebe ging es überhaupt nicht mehr. Sich in irgend so einen Kerl zu verlieben, brachte nichts. Außer Herzschmerz, wenn es nicht klappte.

Mit einem Mal tauchte Bens Gesicht vor meinem inneren Auge auf. Ich griff nach meinem Handy und öffnete Tinder. Doch der Chat mit Ben war verschwunden. Was hatte das zu bedeuten? Hatte er etwa das Match aufgelöst?

Ein merkwürdiges Gefühl breitete sich in meiner Magengegend aus. Ich ließ den Abend noch einmal in meinem Kopf Revue passieren. Der letzte Aperol war wohl einer zu viel gewesen und die Taktik nicht vollständig durchdacht. Am Ende hatte ich ihm auch ganz schön was an den Kopf geknallt. Aber es war doch nur die Wahrheit! Die aber nicht sonderlich nett und für die Challenge auch nicht gerade förderlich gewesen war. Ich hätte das alles anders einfädeln sollen. An sich war die Idee gut, aber vorhin hatte ich sie echt mies umgesetzt …

Wie auch immer, heute würde ich sowieso keine Lösung mehr finden. In diesem Augenblick hörte ich die Badezimmertür. Emma war fertig. Jetzt würde auch ich mich bettfertig machen. Gesicht waschen, Zähne putzen und dann schlafen.

Während ich unter der Bettdecke hervorschlüpfte, dachte ich an Nika. Ja, morgen war ein neuer Tag. Und irgendwas würde mir schon einfallen.

Stufe 1

Er hat dich entdeckt. Sein Blick ist dunkel, geheimnisvoll, anziehend. Er hat eine Lederjacke und nur Augen für ... dich. Unsinn. Er hat nur Augen für *sich*.
Der Bad Boy findet sich selbst absolut attraktiv, obwohl er gar nicht so heiß ist. Natürlich findest du ihn heiß, aber das hat einen Grund: sein Auftreten. Du fragst dich, ob er diesen Blick geübt hat? Ja, das hat er!
Schon bei der ersten Begegnung wirst du dich von ihm angezogen fühlen. Er mustert dich von oben bis unten, denn er will sehen, ob du eines der Mädchen bist, das die Alarmsignale übersieht, sie sogar anziehend findet. Den Blick, die Arroganz, die abweisende Haltung. Doch selbst wenn du denkst, er checkt dich ab – das tut er nur, um herauszufinden, ob du ein potenzielles Opfer bist. Das Zusammentreffen wird ganz zufällig sein, vermutlich ein ungeschicktes Anrempeln: *Hey, wieso rennst du in mich rein? Wie kannst du mich übersehen? Pass mal besser auf.* Du fühlst dich schlecht, aber so ticken diese Aufreißer, denn sie glauben, der Nabel der Welt zu sein. Und durch deine Reaktion bestätigst du ihn noch darin. Du wirst dich entschuldigen, ihm einen Drink spendieren wollen. Unterbewusst sendest du dabei die typischen *Oh-mein-Gott-der-Kerl-ist-heiß-und-geheimnisvoll!*-Signale aus.
Und zack, hat er in dir sein nächstes Opfer gefunden. Wenn du jetzt nicht aufpasst, tappst du direkt in seine Falle. Lauf lieber weg, bevor es zu spät ist!

KAPITEL 4

»Kaffee?« Emma hielt mir eine Tasse entgegen. Mein Kopf pochte. Das war schon so gewesen, als ich kurz zuvor die Augen geöffnet hatte. Die Erinnerung an den gestrigen Abend hatte es nicht besser gemacht. Mist. Ja, ein Riesenmist. Plötzlich waren all die Bilder in meinen Kopf geschossen. Der Aperol. Die Typen auf Tinder, die Idee mit der Challenge. Ben. Mein Verhalten. Wieder Ben. Ich fühlte mich mies.

»Oh ja, bitte!« Seufzend griff ich nach der Tasse.

»Und wenn das nicht hilft, habe ich einen tollen Tipp: Teebeutel auf die Augen. Hab ich heute auch schon gemacht.« Mit dem Zeigefinger deutete sie auf ihr Gesicht.

Ich verzog meins zu einem Grinsen. »Alles gut. Kaffee ist perfekt.« Ich nahm einen Schluck von dem heißen Getränk und atmete tief durch. Mein Blick blieb für einen Moment an einer Postkarte hängen, die hinter Emma am Kühlschrank klebte. *New Orleans.* Dann setzte ich mich an unseren großen runden Tisch, auf dem bereits die ersten Tulpen in einer Vase blühten. »Der ist echt gut. Mir tut alles weh. Vor allem mein Kopf.«

»Auweia, so schlimm?«

»Geht schon …«, murmelte ich.

»Und, was war gestern noch mit Nika? Drama oder nicht?«, wollte Emma wissen, während sie sich zu mir an den Tisch setzte.

Ich war froh, dass sie damit das Thema wechselte. »Kein Drama. Sie hat nur geschwärmt, wie gut Alex doch im Bett sei und dass sie bei ihm schlafen werde. Sie meinte, ich solle mich doch mal verlieben. Es würde guttun. Und überhaupt sei doch mein Prinzip der totale Unfug. Und das, obwohl Alex gesagt hat, dass er nicht so viel planen und sich Zeit lassen wolle.« Seufzend sah ich sie an. »Ganz ehrlich, da weiß man doch schon, wohin das alles geht. Nika befindet sich kurz vor Stufe sechs, ähm, sieben. Denn Sex hatten sie ja mittlerweile schon.«

»Wette gewonnen!« Emma strahlte übers ganze Gesicht. Doch als sie meinen Blick sah, fügte sie hinzu: »Du meinst also immer noch, er serviert sie bald ab?«

Lange musste ich nicht darüber nachdenken. »Ja, das meine ich, leider. Das ist das Prinzip, weißt du?« Zerknirscht blickte ich zu ihr, bevor ich einen Schluck von meinem Kaffee nahm.

»Na ja, ehrlich gesagt, weiß ich nichts. Es sah jetzt gestern nicht unbedingt danach aus, als ob das mit diesem Prinzip wirklich klappen würde.« Sie strich sich eine Strähne aus dem Gesicht. »Und dieser Ben war echt etwas sauer.«

Ich seufzte noch einmal und verzog das Gesicht. »Hör auf, erinnere mich bloß nicht daran.«

»Warum?«

»Weil ich mich so blamiert habe«, erwiderte ich und warf dabei die Arme in die Luft. »Das mit der Challenge bin ich ganz falsch angegangen. Eine Katastrophe. Stell dir vor, Ben hat sogar das Match aufgelöst.« Ich legte meine Hände wieder um den dampfenden Kaffee.

Emma grinste. »Heißt das etwa, du wolltest das wirklich noch weiter durchziehen?«

Ich zuckte mit den Schultern. »Irgendwie schon. Nur anders, nicht so verrückt wie gestern. Das war echt daneben.«

»Und mit wem dann?«

»Keine Ahnung. Am liebsten wäre mir schon Ben. Er ist der perfekte Bad Boy, an ihm könnte ich meine Theorie ganz wunderbar beweisen. Aber … kein Plan. Vielleicht sollte ich mich entschuldigen«, überlegte ich laut.

»Ich will dir nicht zu nahe treten, mein Herz, aber ich glaube, der hat mal so was von keine Lust mehr auf dich. Vergiss es einfach. Vergiss das Ganze.«

Ich sah Emma nachdenklich an, ihr Blick wirkte ernst. »Kann alles sein, aber abwarten, man sieht sich schließlich immer zweimal im Leben, richtig?«

Als wir den Kaffee ausgetrunken, uns gewaschen und geschminkt hatten, machten wir uns auf den Weg. Denn heute war Uni angesagt, trotz des etwas zu ausufernden Vorabends. Da unsere Wohnung nicht allzu weit vom Unigelände entfernt lag, brauchten wir zu Fuß nicht länger als eine Viertelstunde. Ich hatte eine Jeansjacke über meine weiße Bluse gezogen, dazu trug ich dunkle Jeans und Boots. Bald würde der Frühling Einzug halten und wir bräuchten keine Jacken mehr, doch jetzt war es noch etwas frisch am Morgen.

Mit meinem leichten *Tages-lass-die-gestrige-Nacht-verschwinden*-Make-up wirkte ich gegen Emma eher blass. Sie hatte wie so oft ihre Augen groß geschminkt. Der Lidschatten war golden und ihre Lippen schienen voll und überzogen mit Lipgloss.

Sie blickte auf das Display ihres Handys, nachdem es *Pling* gemacht hatte. »Kati schreibt, wir sind eingeladen. Celine feiert am Wochenende ihren Geburtstag im *Hinz und Kunz*. Wollen wir hin? Dann fügt sie uns der Gruppe hinzu.«

»Klar, können wir machen. Du weißt, beim Feiern bin ich immer dabei.« Ich zwinkerte, doch spürte noch immer die Müdigkeit.

Emma boxte mir sanft in die Seite. »Jaja«, kicherte sie, weil sie wusste, dass ich innerlich noch immer litt.

Bevor an Feiern zu denken war, mussten wir allerdings unsere Kurse rumkriegen. Ich lief in Richtung Hauptgebäude, wo ich den ersten Stock ansteuerte. Als ich in dem kleinen Vorlesungssaal angekommen war, suchte ich nach einem freien Platz in den hinteren Reihen und ließ mich schließlich auf einen der Klappstühle aus Holz fallen. Professor Brandner stand vor dem großen weißen Board, auf dem bereits ein paar Begriffe zu lesen waren. Früher hatte ich mir Vorlesungen immer vorgestellt wie in amerikanischen College-Filmen: große, überfüllte Hörsäle, in denen es nach Schweiß und Deo roch. Hier roch es nur nach frischer Farbe und altem Holz.

»Dann wollen wir mal«, begann Professor Brandner und tippte gegen das Board. »Sprache im Wandel.« Ich lehnte mich zurück. *Dann wollten wir mal.*

Im Anschluss an mein Linguistik-Seminar wartete ich vor dem Haupteingang auf Emma. Als ich sie erblickt hatte, lief ich auf sie zu und streckte ihr einen Zettel entgegen. »Was meinst du? Lust?«

Sie griff danach. »Was ist das? Oh, eine Lesung mit anschließender Diskussion zum Thema *Zufälle und Schicksalsbegegnungen in Romanen der Neuzeit*. Heute im *Salon Regina* in Gostenhof. Das hört sich zwar verdammt verlockend an … aber nein.« Sie schüttelte den Kopf.

Ich lachte. Ich hatte natürlich schon geahnt, dass Emma keine Lust darauf haben würde, und wollte den Abend sowieso mit meinen Schwestern verbringen. Professor Brandner hatte die Flyer am Ende seines Seminars verteilt, und da ich bei ihm meine Hausarbeit schrieb, war ich quasi indirekt zur Teilnahme gezwungen. Ein bisschen hatte die Beschreibung aber auch mein Interesse geweckt, denn ich glaubte weder an *Zufälle* noch an *Schicksal*. Bei Kaia war ich mir sicher, dass sie dabei sein würde. Wenn es um Vorträge jeglicher Art ging, war sie immer am Start. Und bei Nika, na ja, da hatte ich darauf gehofft, sie emotional packen zu können, indem ich ihr sagte, wie schön es wäre, mal wieder etwas zusammen zu machen. Und siehe da, sie hatte zugesagt. *Lina, die Schwesternflüsterin.*

»Warum? Wird bestimmt total interessant. Oder hast du was anderes vor?«, fragte ich neckend.

Als Emma von dem Zettel in ihrer Hand aufblickte, konnte ich bereits an ihrem Gesicht ablesen, dass sie etwas anderes vorhatte. »Ich liebe es, Zeit mit dir zu verbringen …«

Ich lachte und ihr Blick wurde fragend. »Schon okay, reingelegt. Ich habe Kaia und Nika gefragt. Ich wusste, dass du darauf keine Lust hast.« Ich knuffte sie in die Seite und wir setzten uns in Bewegung.

»So ein Glück! Außerdem treffe ich mich eventuell kurz mit Kati.« Emma gab mir den Zettel zurück. »Sie wollte, dass ich sie mal style, probeweise für ihren nächsten Auftritt sozusagen. Falls du also das lieber machen möchtest …?«

»Nee, ich muss mir das echt anhören.« Nach einer kurzen Pause fügte ich hinzu: »Und ich habe so das Gefühl, der Abend könnte wirklich interessant werden.«

Als ich gegen sieben vor der *Regina* stand, einer kleinen Bar im Stile der Siebzigerjahre, war schon einiges los. Ich mochte es hier, ihr ganz besonderes Flair machte die Bar zu einem der coolsten und beliebtesten Orte in Nürnberg. Normalerweise kam ich zum Frühstücken vorbei oder auf ein leckeres Stück Kuchen. Heute freute ich mich auf die erste Lesung, die in der außergewöhnlichen Bar stattfand.

Ich war noch alleine und sah mich suchend nach meinen Schwestern um. Nika war die Erste, die um die Ecke bog und mich gleich darauf an sich drückte.

»Na, da bin ich aber mal gespannt, was das wird.« Sie sah sich um. »Wo ist Kaia?«, fragte sie, als diese schon keuchend um die Ecke und schließlich kurz vor uns zum Stehen kam. Sie trug einen schicken grauen Blazer, darunter ein weißes Shirt, lässige Jeans und hatte ihre Haare zu einem Dutt verknotet, während Nika in einem geblümten Kleidchen und Strumpfhosen danebenstand. Ich lächelte, als ich wieder mal bemerkte, wie unterschiedlich wir drei waren – aber wie verbunden im Herzen.

»Da bin ich! Sorry, ich musste noch ein bisschen was machen. Ich sag's euch, diese App macht mich echt fertig. Aber es macht so Spaß!« Sie pustete sich eine lose Strähne aus der Stirn.

»Welche App?«, wollte ich interessiert wissen und Kaia grinste.

»Erzähl ich euch gleich.«

»Okay, dann lasst uns schnell reingehen.« Ich hakte mich bei den beiden unter und zog sie Richtung Eingang.

»Ich hoffe, du hast reserviert«, meinte Kaia sofort an mich gerichtet, ganz die Strukturierte, die sie war. Ich nickte, während wir die Bar betraten. Die meisten der Tische rund um den türkisfarbenen Tresen mit roten Hockern waren schon belegt. Kaia zupfte an meinem Jackenärmel. »Du hast doch reserviert, oder?«

Ich sah sie an. »Ja, hab ich. Mach dir keine Sorgen.«

Sie wirkte erleichtert. »Zum Glück. Wohin müssen wir?«

Ich ließ meinen Blick schweifen und suchte mit den Augen nach einem Kellner. Ziemlich schnell entdeckte ich einen jungen Kerl mit dunkler Schürze, der gerade an einem der kleinen runden Tische stand. Unsere Blicke trafen sich und ich lächelte. Er nickte und wandte sich zu einem Kollegen um. Als ich sah, wer sein Kollege war, ging ein kurzer, aber intensiver Ruck durch mich hindurch. Das durfte doch wohl nicht wahr sein!

Der Kollege war Ben.

Ja, man sah sich tatsächlich immer zweimal im Leben. Ohne dass ich es wollte, beschleunigte sich mein Herzschlag. Sofort musste ich an den letzten Abend denken und daran, und wie wütend er am Ende gewesen war.

Als er mich entdeckte, wirkte er alles andere als begeistert. Eher ziemlich genervt. Na wunderbar. Ich war auch nicht gerade begeistert, ihn zu sehen. Doch Ben ließ mir keine Zeit, länger darüber nachzudenken, denn schon kam er schnurstracks auf uns zu. Er trug ein helles Hemd, das er an den Armen hochgekrempelt hatte, wodurch seine definierten Unterarme deutlich zum Vorschein kamen, dazu dunkle Jeans und eine Schürze mit dem Lokallogo der *Regina*. Er arbeitete hier. Shit.

»Du schon wieder?«

Meine Schwestern sahen mich fragend an. Ich beschloss, nicht weiter darauf einzugehen. »Ich habe einen Tisch für drei reserviert. Auf Schiffner.«

Er nickte, zückte sein Lesegerät und schaute mich dann an.
»Alles klar, Schiffner habe ich hier. Mir nach.«

»Kennst du ihn?«, wollte Nika sofort flüsternd wissen. Ich reagierte erst mal nicht und folgte stumm Ben, der zielstrebig vorausging. Vorbei an einem lila Sofa, auf dem sich zwei Mädels in unserem Alter angeregt miteinander unterhielten, hin zu einem Tisch, der nicht weit entfernt war von der kleinen Bühne. Wobei *Bühne* übertrieben war. In erster Reihe stand mittig ein Tisch, davor ein Stuhl und ein Mikrofon.

»Da wären wir, kann ich euch was zu trinken bringen?« Er wirkte gereizt. Eher Soto als Scrat. Ob es meinetwegen war?

»Was gibt's denn? Oder was kannst du uns empfehlen?«, fragte Kaia, nachdem sie sich gesetzt hatte.

Ben musterte meine Schwester, während sie ihren Blazer über die Stuhllehne hängte. »Wir haben heute spezielle Limonaden im Angebot. Die alkoholische Variante mit Rosé und zwei weitere mit Zitronengras und Holunder.«

»Super.« Sie sah uns an. »Jeweils eine? Dann probieren wir durch?«

»Okay«, sagte ich und Ben nickte.

»Alles klar, wird erledigt.« Er wandte sich ab und Kaia und Nika schauten mich eindringlich an.

»Was?«

»Wer ist das?«, wollte Nika schon wieder wissen.

Ich griff nach der Karte, die vor uns auf dem Tisch lag, und betrachtete die Zeichnungen darauf. »Niemand. Ein Idiot.«

»Ein sehr heißer Idiot«, gab Nika mit einem Schmunzeln auf den Lippen zu bedenken. »Habt ihr seine Unterarme gesehen?«

Ich stöhnte auf und legte die Karte wieder weg. »Das war ja klar, dass so einer wie der in dein Beuteschema fällt. Aber glaub mir, er ist bescheuert. Und mit seinen starken Armen kann er nicht mal ein Bier halten.«

Sofort versteifte sich Nika. Augenblicklich tat es mir leid, ich wollte nicht so forsch sein.

»Etwa auch ein *Bad Boy* und *Herzensbrecher*?«, fragte sie und betonte die beiden Wörter dabei besonders. »Hmmm? Aber dann frage ich mich, woher du ihn kennst? Nach deinem Prinzip ist er ja nichts für dich … Und was meinst du eigentlich mit dem Bier?«

Am liebsten hätte ich den beiden von der Challenge erzählt, doch das ging in diesem Moment leider schlecht. »Es tut mir leid, ich hab's nicht so gemeint. Aber meine Theorie stimmt. Und er ist wirklich bescheuert und …« Ich stoppte, als Ben mit einem Mal wieder vor uns stand.

»Die Getränke«, sagte er nur und Nika kicherte. *Gar nicht lustig.*

»Danke.« Kaia sah entschuldigend zu ihm hoch, dabei hatte er sicherlich nichts mitbekommen. Und falls doch, war es mir egal.

»Alles klar, wenn was ist, einfach Bescheid geben.« Und schon war er wieder weg.

»Er ist doch nett. Ich frag mich echt, wo dein Problem ist.«

»Jetzt streitet nicht, dafür sind wir nicht hier«, mischte sich nun Kaia ein. »Der Plan war, gemeinsam einen schönen Abend zu haben. Wenn ihr also nicht aufhört, poste ich auf Instagram das Bild von dem Tag, an dem ihr euch die Haare blau gefärbt habt.« Herausfordernd blickte sie uns an.

Als ich mich daran zurückerinnerte, musste ich lachen. »Genau, und auch nicht, um über Kerle wie Alex und Ben zu reden.« Ich streckte Nika die Zunge heraus, doch grinste sie gleich darauf an. Ein bisschen kindisch vielleicht, aber unter Schwestern durfte man das. Kaia war immer diejenige, die kleine Streitereien wie diese zwischen uns schlichtete. Sie war top organisiert und überließ nichts dem Zufall. Im Gegensatz zu Nika, die bei Weitem die Emotionalste von uns war. Deswegen gerieten wir auch öfter mal aneinander. Und ich? Ich war irgendwie eine Mischung aus den beiden.

»Dafür, dass du ihn nicht kennst, weißt du aber seinen Namen.« Nika streckte mir nun ihrerseits die Zunge raus.

»Schluss, aus! Ihr wollt also was über die App wissen? Oder soll ich den Post schon mal vorbereiten?« Kaia blickte schelmisch zwischen uns beiden hin und her. Lachend schüttelte ich den Kopf.

Hinter mir wollte sich jemand setzen, also rückte ich kurz mit meinem Stuhl vor, bevor ich gespannt antwortete: »Ja, ich will auf alle Fälle etwas darüber wissen!«

»Okay, passt auf. Ich bin gerade dabei, eine App zu entwickeln, und ihr glaubt es nicht, wenn das klappt, das wäre einfach so genial! Man könnte sich so gut organisieren damit. Die App ist nämlich vorausschauend.« Sie sprach so schnell, dass sie sich bei dem letzten Wort fast verhaspelte. »Zusammen mit dem Team aus meinem Zukunftsseminar. Wir wollen sie einreichen bei einem Wettbewerb für junge Entwickler. Wer da gewinnt, wird finanziell bei der Umsetzung unterstützt.«

»Du bist eindeutig ein Superhirn«, bemerkte ich anerkennend, was Kaia eine leichte Röte auf die Wangen trieb.

»Na ja, jetzt übertreib mal nicht. Aber ich denke, die Idee ist gut. Nika, ich hab da auch an dich gedacht.« Sie drehte sich auf die andere Seite. »Wie oft verschwitzt man mal einen Arzttermin? Oder andere Termine. In die App kannst du alles eintragen und sie sagt dir, wann du wieder hinsollst, und erinnert dich ganz automatisch. Aber nicht nur das: Sie macht das gleich auch mit anderen Ärzten und schlägt dir Termine vor. Ist das nicht toll?«

Wir sahen zuerst uns und dann unsere Schwester begeistert an. »Das ist es. Allerdings!«

Kaia strahlte. »Ja, und sie berechnet sogar noch mehr. Man kann allerlei Befindlichkeiten eintragen und sie reagiert darauf. Ich bin so gespannt, ob das alles funktioniert. Und ob wir für den Wettbewerb alles hinbekommen. Bis jetzt ist es nur ein Pitch, die besten Ideen werden gefördert. Danach wäre ein Prototyp an der Reihe.«

»Lina hat recht, du bist echt ein Superhirn.« Nika hob ihr Glas. »Auf dich und deine grandiosen Ideen!« Kaia und ich hoben ebenfalls unsere Gläser und stießen mit Nika an.

Ich war froh, dass durch dieses Thema Ben und das Prinzip nicht mehr zur Sprache gekommen waren. Gleich würde es sowieso losgehen. Ich sah auf mein Handy: noch zehn Minuten. Kaum vorstellbar, dass dann all die Gespräche verstummen würden. Mein Blick wanderte von den vielen Menschen in dem kleinen Raum zu der bunte Tapete, den hellen Blüten auf moosgrünem Grund, bevor ich mich aufrichtete.

»Ich gehe mal eben auf die Toilette, gleich fängt's an. Muss noch jemand?« Kaia und Nika schüttelten den Kopf.

»Geh ruhig und beeil dich.«

Lächelnd nickte ich den beiden zu und bahnte mir schließlich meinen Weg an den Tischen vorbei in Richtung der ausgeschilderten WCs. Ein herber Duft kroch mir in die Nase, der mir irgendwie bekannt vorkam. Als ich an der Treppe angekommen war, erkannte ich, warum.

Da stand ausgerechnet Ben.

Er unterhielt sich mit einem Kerl, doch sah in meine Richtung. Sein Gesicht hellte sich auf, und nachdem er sich über die Schürze gestrichen hatte, winkte er mir zu. Merkwürdig ... vielleicht hatte er sich wieder beruhigt? Vielleicht war doch alles halb so wild – aber warum hatte er dann das Match aufgelöst? Ich überlegte, was ich nun tun sollte. Zurückwinken? Wenn die Challenge eine Chance haben sollte, musste ich das wohl oder übel tun. In dem Moment, in dem ich die Hand hob, erkannte ich jedoch, dass sein Winken nicht mir gegolten hatte, sondern einem Kerl, der nun an mir vorbei und direkt auf Ben zuging. Wie peinlich!

Du gehst einfach vorbei, sagte ich mir und lief eilig auf die Treppe zu, die zu den Toiletten führte. Er hatte mich nicht bemerkt. Hoffte ich jedenfalls. *Einfach nicht weiter darüber nachdenken.* Als ich unten angekommen war, beeilte ich mich auf der Toilette, wusch mir fix die Hände und strich noch einmal schnell durch mein Haar. Nachdem ich fertig war, ging ich genauso eilig wieder zurück.

Ben hatte sich nicht vom Fleck bewegt. Unsere Blicke trafen sich. Diesmal wirklich. *Schnell vorbeigehen*, erinnerte ich mich, bis ich eine Stimme hörte.

»Wer ist das?« Die Frage richtete sich wohl an Ben.

»Die? Echt crazy ist die. Hat mich gestern den ganzen Abend verfolgt, mir irgendwelche Anschuldigungen an den Kopf geknallt und jetzt denkt sie, ich würde ihr danach noch zuwinken.« Um ihn herum brach Gelächter los. Ich stoppte mitten in der Bewegung. Lästerte der etwa über mich? Das konnte ja wohl nicht wahr sein!

Betont langsam drehte ich mich zu ihm um und hob eine Augenbraue. »Was hast du gerade gesagt? Redest du etwa über *mich*?«

Ben wandte sich mir zu. »Wer? Ich?« Seine Stimme klang ganz entspannt.

»Ja, du!« Wütend machte ich einen Schritt nach vorn.

»Möglicherweise.« Herausfordernd blickte er mich an.

»Und wieso erzählst du hier so einen Schwachsinn?«

»Schwachsinn? Es stimmt doch, dass du gestern Abend überall dort aufgetaucht bist, wo ich war, nur um mich anzuzicken. Und jetzt echt geglaubt hast, ich winke dir zu.«

Ich verschränkte die Arme vor der Brust. »Wenn, dann warst *du* überall dort, wo ich war. Und nein, das dachte ich nicht. Ich habe jemand anderem gewunken, sicher nicht dir.«

»Ach ja? Und wem?« Shit, wem könnte ich gewunken haben? Glücklicherweise entdeckte ich genau in diesem Moment etwas weiter vorne ein Mädchen, das ich aus der Uni kannte. Zumindest hatte ich sie schon mal auf dem Unigelände gesehen. Mira? Oder Melli? Oder … egal.

»Ihr da hinten, wir kennen uns aus der Uni. Also bild dir mal nichts ein.«

»Ach so, klar, na dann.« Seine Mundwinkel begannen zu zucken. *Nichts wie weg.* Ich wandte mich ab und ging schnell auf den Tisch zu, an dem meine Schwestern bereits warteten. Natürlich hatten sie alles mitbekommen.

Aufgeregt wippte Nika mit einem Bein. »Okay, raus mit der Sprache, was ist da los?« Sie sah mich eindringlich an. Und auch Kaias neugieriger Blick war auf mich gerichtet.

»Ich hab ihn gestern im Club getroffen und er ist ein Idiot, mehr nicht. Ein Idiot, der gerade über mich gelästert hat.« Ich kniff die Augen zusammen.

»Was? Warum denn das?«, fragte Nika überrascht.

»Keine Ahnung, weil … ich ihm vielleicht die Tour mit

einem Mädchen versaut habe?« Stöhnend ließ ich mich gegen die Stuhllehne fallen. Beiden standen nun noch mehr Fragezeichen im Gesicht. »Ach egal, unwichtig. Ich …«

»Du hast dem Mädchen doch nicht etwa von deinem Prinzip erzählt, oder?«, unterbrach mich Nika mit gerunzelter Stirn.

Zögerlich antwortete ich. »Und wenn doch?«

»Das hast du nicht!« Schockiert starrten mich die beiden an, bevor sie in einen Lachanfall ausbrachen. »Du bist echt unverbesserlich. Lina, die Rächerin der gebrochenen Mädchenherzen!«

Glücklicherweise kam in genau diesem Moment Professor Brandner auf die *Bühne* und Applaus übertönte meine Worte, als er sich auf den Stuhl setzte und ihn näher zum Tisch rückte. Sofort wurde es ruhiger, die Gespräche verebbten.

»Guten Abend, es freut mich sehr, dass so viele gekommen sind. Wie Sie alle wissen, widme ich mich heute einem äußerst interessanten Thema in der Literatur und auch in unser aller Leben: *Zufälle oder Schicksalsbegegnungen*?«

Die Zeit verflog nahezu, während wir gebannt Professor Brandners Vortrag lauschten. Zumindest die meiste Zeit, denn immer wieder riskierte ich einen heimlichen Blick zu Ben. Er hatte sich ebenfalls gesetzt und verfolgte Herrn Brandners Ausführungen. Nur ab und zu wurde er für eine Bestellung gerufen.

Ich versuchte wirklich, ihn zu ignorieren, was allerdings nicht so leicht war, da mich die Sache von eben tatsächlich ein wenig getroffen hatte. Was dachte er eigentlich, wer er war?

Noch dazu konnte ich ihn von meinem Platz aus genau sehen. Ich erwischte mich sogar dabei, wie ich ihn zwischen

Vorsehung und *Bestimmung* abcheckte. Zu meinem Widerwillen musste ich zugeben, dass er gut aussah in dem hellen Hemd, das sich verdächtig um seine Schultern spannte. Von seinem Tinderprofil wusste ich ja, dass er viel Sport trieb.

»Wir reden oft von Zufällen«, riss der Professor mich aus meinen Gedanken, »aber nur, wenn sie uns als solche bewusst sind. Ein Beispiel: Zwei Menschen sind zufällig am gleichen Ort. Ist das wirklich Zufall oder doch Fügung?«

»Nun, kommt drauf an«, hörte ich Bens Stimme. Ich erstarrte. Warum mischte er sich denn jetzt ein?

»Inwiefern?«, wollte der Professor wissen.

»Ab und an wirken Dinge wie Zufälle, aber sind es nicht.«

Einen Moment lang überlegte Herr Brandner, bevor er wieder ansetzte: »Interessant, führen Sie das weiter aus.«

»Na ja, es ist doch in der Literatur genau das Gleiche. Es gibt verschiedene Handlungsstränge. Der eine führt ganz zufällig zum anderen. Aber eigentlich ist es genau so gewollt – eingefädelt –, richtig?«

»Ja, vom Autor«, bestätigte der Professor.

»Genau. Und irgendwie sind wir ja die Autoren unseres Lebens. Heißt, wenn nach außen hin jemand *aus Versehen, ganz zufällig* in etwas hineinpfuscht, das eigentlich anders verlaufen wäre, wenn die Person nicht da gewesen wäre, schreibt diese Person die Geschichte um. Wenn jemand einen zum Beispiel auf einer Dating-App anschreibt, sagen wir Tinder, und so tut, als hätte er ihn zufällig angerempelt, sich etwas davon verspricht und ihm dann eins auswischen will, wenn es nicht funktioniert – aus Eifersucht, weil der Angeschriebene kein Interesse an besagter Person hat –, verändert diese Person durch ihr Verhalten den Lauf der Dinge. Das ist weder Schicksal noch Zufall, das ist gewollt.«

»Genau, das ist es eben. Wir wissen nicht, ob eine Begegnung zufällig ist oder Fügung. Wir werden immer nur einen Weg im Leben nachvollziehen können. Dadurch kann durchaus ein Ungleichgewicht entstehen, das ...«

»Ein Ungleichgewicht. Soso.« Ben blickte direkt in meine Richtung. »Das bedeutet, eine Person, die etwas ins Ungleichgewicht gebracht hat, kann es wieder ausbügeln. Und das Gleichgewicht damit wiederherstellen?«

»So ein Unsinn. Man kann doch nie wissen, was gewesen wäre, wenn. Dinge im Leben kommen, wie sie kommen«, rutschte es mir heraus und mit einem Mal waren alle Augen auf uns gerichtet. Es war mucksmäuschenstill im Raum. Man hätte eine Stecknadel fallen gehört.

Bens Blick lag noch immer auf mir. »Das würde ich an deiner Stelle jetzt auch sagen.«

»Ähm, meint der dich?« Nika sah mich mit großen Augen an.

»Spannend, ich mag Diskussionen. Also, ja, ich würde es genauso formulieren. Ungleichgewicht wird durch Gleichgewicht ausgebügelt, aber ...« Herrn Brandners Worte verschwammen in meinem Kopf. Ich war erleichtert, dass er mit ihnen die Aufmerksamkeit von uns nahm. Wieso tat Ben das?

»Du hast ja kein Tinder, also kann er dich nicht meinen, oder?«, sagte Kaia jetzt und ich nickte.

»Ganz genau, der nervt nur, vergessen wir ihn.« Ich nippte an meiner Limo, um nicht weiter darauf eingehen zu müssen. Aus dem Augenwinkel sah ich, wie Kaia und Nika sich verschwörerisch angrinsten, aber ich tat so, als wäre es mir vollkommen egal.

Als die Lesung vorbei war, hatte ich Ben zum Glück aus

den Augen verloren. Aus dem Kopf ging mir die Diskussion allerdings nicht.

»Also, dann machen wir uns mal auf«, meinte Kaia, nachdem wir ausgetrunken und gezahlt hatten – bei einem anderen Kellner – und schließlich vor der Tür der *Regina* standen.

»Sollen wir dich mitnehmen?«, wollte Nika wissen. »Mama kommt gleich und holt uns ab.«

Ich schüttelte den Kopf. Emma hatte mir vor ein paar Minuten eine Nachricht geschickt, dass sie mich einsammeln könne. Sie war schon von Kati losgefahren.

»Okay, dann sehen wir uns die Tage, war schön!« Wir umarmten uns und die beiden machten sich auf zu der großen Kreuzung. »Und reden noch mal«, rief mir Nika über die Schulter zu. *Na toll.*

»Sind deine Freundinnen schon weg?« Erschrocken wirbelte ich herum. Ben. *Na ganz toll.*

»Was willst du?«, fuhr ich ihn an. Die Schürze hatte er nun ausgezogen und durch eine dunkle Lederjacke ersetzt. War ja klar.

»Nichts, ich schau nur.«

»Dann schau woanders hin.« Ich wusste selbst, dass ihn das nur in dem bestätigen würde, was er sowieso schon von mir dachte. Ich war wirklich zickig. Aber er hatte mich so provoziert und das vor all den Gästen! Er konnte vergessen, dass ich jetzt irgendwie nett zu ihm war. Und dann auch noch diese unverschämte Sache vor der Treppe.

»Du hattest heute Morgen sicherlich 'nen ganz schönen Kopf, oder?«, wollte er wissen.

»Hast du nichts anderes zu tun, abkassieren zum Beispiel?«, fragte ich schnaubend.

»Ich helfe nur aus. Carlo, meinem besten Freund, gehört die Hälfte der Bar. Ist Teilhaber. Also?«

Ich atmete tief durch. »So schlimm war's nicht. Aber schön, dass du dir Gedanken darüber gemacht hast. War das heute Morgen, als du alleine aufgewacht bist ohne deine Begleitung aus dem Club? Da hattest du bestimmt viel Zeit zum Nachdenken.« Ich blickte ihn herausfordernd an.

Er verzog das Gesicht zu einem leichten Grinsen. »Für dich war es sicherlich schlimmer zu sehen, dass ich das Match aufgelöst habe. Wo du doch so scharf auf mich warst. Oder warum bist du heute hier?« Dieses Grinsen würde ihm schon noch vergehen.

»Ich war sicherlich nicht scharf auf dich. Und bin wegen der Lesung hier«, schoss ich zurück.

»Klar, die Lesung.« Er schaute mich an mit einem Blick, den ich nicht deuten konnte. »Hat Spaß gemacht eben. Wie schön du dich aufregen kannst … Gefällt mir.«

Ich verdrehte die Augen. Er wollte mich also in Verlegenheit bringen? Darauf konnte er lange warten. »Freut mich, dass ich dir den Abend versüßen konnte.« Lichter blendeten mich. »Viel Spaß noch, ich muss dann mal.« Eilig ging ich auf den Wagen zu, der direkt vor uns anhielt. Emma, endlich!

Ohne mich noch einmal nach Ben umzudrehen, stieg ich ein und ließ mich erschöpft in den Beifahrersitz fallen. Emma hingegen verdrehte sich ganz schön, um Ben hinterherzublicken. »Ist das Ben?«

»Jap.« In diesem Moment drehte er sich noch einmal um und hob die Hand. Als ich nicht zurückwinkte, wendete er sich schmunzelnd ab. »Idiot!«

»Oh, mein armes Baby.« Emma fuhr los. »Was ist passiert? War es so schlimm?«

Stöhnend ließ ich meinen Kopf in die Hände fallen. »Der hat mich total genervt, wer konnte denn damit rechnen, dass er da sein würde? Also echt. Was für ein Zufall.«

Emma lachte. »Irgendwie lustig, hast du eben etwa nicht aufgepasst?« Ich sah sie an, ohne ihr eine Antwort zu geben. »Nein, okay. Du hast ja recht, ist wirklich überraschend.«

»Und als es dann um ein paar Beispiele zu Zufällen, Schicksal und Gleichgewicht ging, hat er mich vor allen bloßgestellt und irgendwelche Vergleiche und Anspielungen gebracht, mit denen er eindeutig auf mich abgezielt hat. Und ich hatte heute Morgen tatsächlich noch überlegt, mich zu entschuldigen!« Wütend verschränkte ich die Arme vor der Brust.

Emma sah über ihre Schulter und anschließend zu mir, bevor sie den Blick wieder auf die Straße richtete. »Echt jetzt? Du wolltest dich entschuldigen? Wie denn das? Wolltest du ihn suchen? Übers Radio? Oder Fernsehen? *Hi, ich bin Lina und suche Bad Boy Ben. Melde dich bei mir!*«

»Sag mal, hast du bei Kati zu viel Haarspray eingeatmet?«, fragte ich sie lachend. »Keine Ahnung, auf Insta vielleicht oder doch noch mal über Tinder. Ich weiß nicht. Ich hätte mir was einfallen lassen.« Ich ließ meinen Kopf gegen die Stütze fallen. »Wegen der Challenge, verstehst du? Ich wollte weitermachen und hatte überlegt, das alles noch mal anders aufzurollen. Denn in einem sind wir uns ja hoffentlich einig: Er ist ein bescheuerter Bad Boy und ich will ihn enttarnen. Für meine Leserinnen. Für Nika.«

»Wirklich? Du wolltest das echt weitermachen?« Emma sah entgeistert zu mir rüber.

»Ja, hatte ich vor. Aber darüber bin ich hinweg. Weißt du, was er sich danach noch geleistet hat? Nicht nur, dass er so frech war und diese Anspielungen gemacht hat.«

»Erzähl.«

»Gerade eben ist er auch noch angekommen und hat mich geärgert. Von wegen, ob ich bemerkt hätte, dass er das Match aufgelöst hat. Wie arrogant ist er denn bitte? Als ob mich das interessieren würde.« Dass ich tatsächlich ein wenig getroffen war, erwähnte ich nicht.

Sie runzelte die Stirn. »Tut es das nicht?«

»Nein, natürlich nicht. Alles, wozu ich ihn gebraucht habe, war zu beweisen, dass mein Prinzip Hand und Fuß hat. Nur darum ging es. Gut, gestern habe ich mich schon etwas danebenbenommen, aber ich musste auch erst überlegen, wie ich das alles angehe, und bin praktisch ins kalte Wasser gesprungen.« Ich hatte mich in Rage geredet.

Emma legte mir beschwichtigend eine Hand auf den Arm und parkte das Auto. »Wir sind da.« Vor lauter Ben-Gefluche hatte ich gar nicht gemerkt, dass wir schon an unserem Wohnhaus angekommen waren. »Ist doch egal, was der Kerl sagt, lass ihn einfach. Hak es ab.«

»Versuch ich auch, aber ...« Ich atmete tief durch. »Irgendwie hat mich der Ehrgeiz gepackt in Bezug auf dieses Challenge-Zeug. Und abhaken ist da gerade irgendwie nicht. Ich meine, schau mal, offensichtlich ...« Und da dämmerte es mir. »Ja, offensichtlich sucht er meine Nähe. Was, wenn es kein Zufall war, dass er heute da war, wenn er irgendwo gesehen hat, dass ich dort sein würde. Wenn er mich stalkt, auf Insta oder so, und ...«

»Du verrennst dich da. Wie sollte er dich auf Insta stalken können? Da müsste er schon deinen ganzen Namen wissen. Ab und an muss man Dinge sein lassen.« Sie stieg aus. Ich tat es ihr gleich und folgte ihr nach oben zu unserer Wohnung.

»Ja, aber ...«, versuchte ich es noch mal.

»Lina, was ich dir damit sagen will: Ich bewundere deinen Ehrgeiz. Aber du solltest deine Energie lieber in Wichtigeres stecken als in diese Challenge. Du verstehst, was ich meine?«

Vor unserer Wohnungstür angekommen, atmete ich noch einmal tief durch. »Ja, ich verstehe es. Nach heute Abend verschwende ich sicher keine Energie mehr daran.«

»Tust du wohl.«

In diesem Moment bekam ich eine Nachricht von Nika, die in unsere Schwesterngruppe geschrieben hatte: *Hey, Schwestern! War echt schön heute. Wiederholen wir das die Tage? Und Lina, du hast Tinder … ich hab es gesehen. Nur mal so. Ich will eine Erklärung.* Wo hatte sie das gesehen, etwa bei Alex? Er hatte noch eine Dating-App?! Mein Puls beschleunigte sich.

»Wer ist das?«, unterbrach Emma meine Gedanken und schloss die Tür auf.

»Nika. Sie will, dass wir uns die Tage wiedersehen, und hat mich nach Tinder gefragt. Diese alte Spionin.«

Emma lachte. »Wie kommt sie auf Tinder?«

»Ich hab doch gesagt, Ben hat Anspielungen gemacht. Dabei hat er mal schön Tinder mit ins Feld geworfen und natürlich wurden die beiden da gleich hellhörig.«

Wir traten durch die Tür. Während wir Jacke und Schuhe auszogen, erklärte ich Emma noch mal ganz genau, was Ben gesagt hatte, dann sah ich sie an und wartete auf ihre Reaktion.

Sie verzog das Gesicht. »Im Ernst, das mit der Challenge war lustig. Dein Ehrgeiz und deine Prinzipien in allen Ehren, aber lass es gut sein. Stress dich nicht wegen dem Typen und seinen Provokationen oder der Challenge. Das ist doch morgen schon wieder vergessen.«

»Du verstehst nicht«, widersprach ich ihr, schlüpfte in meine Hausschuhe und lief in die Küche. »Es ist nicht nur wegen dieser Challenge, sondern auch wegen meines Blogs. Und vor allem wegen Nika. Es wäre tatsächlich super gewesen, wenn ich all meine Thesen hätte belegen können … Egal, ich krieg das auch so hin. Irgendwas fällt mir schon ein.« Die letzten Worte kamen nur noch gemurmelt aus mir heraus.

»Da glaube ich ganz fest dran. Aber jetzt ab ins Bett.« Emma nahm sich eine Flasche Wasser aus dem Kühlschrank, gab mir ein Küsschen auf die Wange und verabschiedete sich in ihr Zimmer. Auch ich wollte ins Bett. Der Tag war lang gewesen und ich war müde. Wirklich müde.

Emma hatte recht, ich durfte meine Energie nicht verschwenden. Die Challenge war durch und mir würde schon was anderes einfallen, wie ich meine Theorie beweisen konnte. Irgendwie musste ich Nika schließlich davon überzeugen, dass es nicht normal war, wenn Verliebte Dating-Apps hatten. Blieb nur die Frage, wie. Ich sollte einen Plan aufstellen. Einen richtigen. Einen, der durchdacht war, meine Gedanken und …

Mein Handy summte. Wahrscheinlich hatte nun auch Kaia ihren Senf zum *Tinderskandal* abgegeben. Ich sollte die Gruppe stumm stellen. Doch als ich mein Handy aus der Hosentasche zog, erkannte ich, dass die Nachricht von einer unbekannten Nummer stammte. Ich öffnete WhatsApp und ließ meinen Blick über den Text wandern:

> Muss dir nicht peinlich sein, das Winken vorhin.
> ;) Ben

Ich spürte, wie sich mein Herzschlag beschleunigte, während ich die Nachricht noch einmal las. Erstens: Woher hatte er meine Nummer? Und zweitens: Warum interessierte es ihn überhaupt? Hatte er etwa doch angebissen? Gab es noch eine Chance?

Ich starrte die Wörter an. Ich hatte recht gehabt, von Anfang an. Ben hatte angebissen. Emmas Worte schoben sich in meinen Kopf: Ich sollte meine Energie lieber in Wichtigeres stecken. Ich wusste, dass sie recht hatte – und doch war da dieser Drang in mir. Ich tippte auf *Kontakt speichern* und gab Bens Namen ein, bevor ich mich meiner Antwort widmete:

> War mir nicht peinlich. Peinlich ist, erst das Tindermatch aufzulösen und sich dann meine Nummer zu besorgen. Woher hast du sie?

Ich drückte auf *Senden* und wartete. Die Haken wurden blau und schließlich schickte Ben drei Lachsmileys zusammen mit einem kurzen Text zurück.

> Ich hab sie halt. Woher, ist doch egal. Ich bin eben ein super Detektiv. ;)

So was Bescheuertes. In meinen Fingerspitzen kribbelte es.

> Jetzt sag schon.

> In die Reservierungsliste muss man seine Nummer eintragen.

> Das sagst du mir einfach so? Das ist eine Straftat! Datenschutz und so?

Ich war völlig baff. Das hatte er getan, um an meine Nummer zu kommen? Ich lief zu unserem Esstisch und ließ mich auf den erstbesten Stuhl fallen.

> Verklag mich doch. ;)

Meine Finger schwebten einen Moment über dem Display, dann gab ich die Frage ein, die ich mir seit unserem Wiedersehen stellte:

> Was willst du von mir?

Es dauerte nicht lange, da folgte schon Bens Antwort.

> Ich habe mir Gedanken gemacht. Laut dem Professor hast du gestern durch deinen gespielten Zufall ein Ungleichgewicht in mein Leben gebracht. Dafür brauche ich jetzt eine Entschädigung. Heißt, du schuldest mir was, um das Gleichgewicht wiederherzustellen. Du verstehst?

Oh. Mein. Gott. Ich hatte es tatsächlich geschafft! Seine Aufmerksamkeit galt nun mir. Aufgeregt tippte ich eine weitere Nachricht:

> Ich wüsste nicht, weshalb ich dir irgendetwas schulde. Und was heißt hier überhaupt Ungleichgewicht und Gleichgewicht wiederherstellen? Unsinn! Funktioniert nicht.

> Ich wüsste schon, wie das funktioniert. Also?

> Also was?

> Also wie stehst du zu einem Date? Wegen des Gleichgewichts und alldem? Denn wenn der Professor recht hat, müssen wir das durchziehen, sonst endet es für dich und mich richtig mies.

Der Kerl war verrückt. Noch verrückter als ich. Und da fiel es mir wie Schuppen von den Augen: Wir waren schon längst in Stufe zwei!

Entspannt lehnte ich mich in dem Stuhl zurück und schickte meine letzte Nachricht des Abends:

> Erinnerst du dich an Herrn Brandners Theorie über Zufälle? Entweder sehen wir uns wieder – zufällig – oder eben nicht. Ich bin gespannt, was in dir steckt.

Dann packte ich das Handy weg.

KAPITEL 5

»Hey.« Ich setzte mich zu meinen Schwestern, die im *Café Oase* unweit der Uni bereits einen Tisch ergattert hatten. Der kleine Lunchtreff war sehr beliebt, denn es gab hier nicht nur die Möglichkeit, sich zum Lernen zurückzuziehen, den Laptop oder andere Geräte aufzuladen, sondern auch, mit anderen Studenten oder Nicht-Studenten ins Gespräch zu kommen, wenn man wollte. Wenn nicht, gab es gemütliche Lese- und Chillecken, um die Seele zwischen den Vorlesungen baumeln zu lassen.

»Na, hast du die letzten Tage gut überstanden?«, wollte Nika wissen. Seit unserem Abend in der *Regina* hatte sie mir immer wieder geschrieben – der Inhalt ihrer Nachrichten: Ben, Tinder und wieder Ben.

Fieberhaft hatte ich in dieser Zeit über meine nächsten Züge nachgedacht, bis ich irgendwann zu dem Schluss gekommen war, mich einfach zurückzulehnen. Er würde schon auftauchen.

Ich hob eine Augenbraue und fragte scheinheilig: »Was meinst du? Die Vorlesungen?« Ich stupste sie in die Seite. »Ja, mir geht es gut. Auch wenn ich echt müde war. Und daran bist du nicht ganz unschuldig, Madame. Schließlich habe ich mir stundenlang deine Sexerlebnisse mit Alex anhören müssen.« Eine gekonnte Ablenkung, innerlich klopfte ich mir auf die Schulter.

Augenblicklich schoss ihr die Röte ins Gesicht und Kaia sah sie ein wenig empört an. »Deine was? Du bist doch nicht etwa schon mit ihm im Bett gelandet?«

Nika verzog das Gesicht, aber ich erkannte, wie ein Grinsen an ihren Mundwinkeln zupfte. Ich wusste, meine Worte passten ihr nicht, aber wenn sie mir eine Spitze zuschoss, musste sie damit rechnen, dass ich zurückschießen würde.

Kaia schüttelte den Kopf und nahm die Karte in die Hand. »Ich nehme einen Latte und ein Panini mit Avocado. Esst ihr auch was?«

Ich griff nun ebenfalls nach der Karte und nickte. »Ja, eins mit Schinken und Käse. Und du?«, fragte ich Nika.

»Für mich nur einen Latte, ich esse später noch mit Alex.« Ein Lächeln huschte über ihr Gesicht. »So viel zu deiner Theorie im Übrigen.«

»Okay, klingt ernst«, meinte Kaia. »Auch wenn ich es nicht gut finde, dass du sofort mit ihm in der Kiste gelandet bist, weil ...«

»Weil?«

»Na ja, es gibt da ein paar Theorien, wie intensiv sich etwas entwickelt, wenn man eine bestimmte Anzahl von Tagen oder Wochen wartet, ehe man mit jemandem ins Bett steigt. Kann man berechnen.«

Nika stöhnte auf. »Ihr mit euren Theorien und Berechnungen, die kein bisschen funktionieren«, ereiferte sie sich. »Wenn Alex mich so bescheuert finden würde und ein Aufreißer wäre, warum sollte er sich dann heute schon wieder mit mir treffen? Und warum durfte ich sogar bei ihm schlafen?« Trotzig verschränkte sie die Arme vor der Brust.

Ich räusperte mich. »Wir wollen bloß das Allerbeste für dich, okay? Aber nur mal so aus Interesse: Wo geht ihr essen?«

Nika schwieg, woraufhin Kaia die Stirn runzelte. »Gut, lass mich raten. Bei ihm daheim? Kocht er für dich? Netflix und chillen?«

Nika rollte mit den Augen. »Na und? Ich will ja auch mit ihm zusammen sein, ihn spüren. Das ist megaschön. Ihr seid nur neidisch und verbittert und voller Prinzipien und Theorien. Auch du, Kaia. Lass dich doch mal fallen. Man muss das Leben leben, nicht so heftig wie Lina vielleicht, aber …«

»Heftig? Was soll das denn heißen?«, fragte ich entrüstet.

Sie legte ihre Hände auf den Tisch und rückte ein Stück nach vorn. »Ganz einfach: Beispiel Bad-Boy-Theorie. Wenn du dich in etwas reinsteigerst, ziehst du es so heftig durch, was ja durchaus gut sein kann, weil es zeigt, wie ehrgeizig du bist, aber es gibt nun mal nicht nur geradeaus, sondern auch links und rechts.«

»Dem ist nichts hinzuzufügen«, erklärte Kaia nüchtern.

Ich sah die beiden streng an, doch in meinem Kopf begann es zu arbeiten. Wenn ich etwas angefangen hatte, dann wollte ich es um jeden Preis durchziehen, da hatte Nika recht. War ich dabei manchmal wirklich zu ehrgeizig? Zu verbissen?

»Müssen wir uns jetzt eigentlich so anzicken?«, fragte ich seufzend und blickte mich nach einem Kellner um. Etliche Leute wuselten auf der Suche nach freien Plätzen zwischen den Tischen umher, bloß einen Kellner entdeckte ich nicht. »Ben und ich sind mittendrin in Stufe zwei und sicher kurz vor Stufe drei«, ergänzte ich, nachdem ich mich den beiden wieder zugewandt hatte. »Wir haben uns zwar noch nicht wiedergesehen, aber er meldet sich hin und wieder. Und ich schreibe fleißig an meinem Blogbeitrag.«

»Wir zicken doch nicht«, sagte Nika nun etwas kleinlaut, bevor sie mit einem schelmischen Grinsen hinzufügte: »Ein

Beitrag über das Prinzip, das du nicht belegen kannst? Das wird ja wahnsinnig spannend.«

»Vielleicht bist du ja mein Experiment«, sagte ich nun ebenfalls grinsend an Nika gerichtet, woraufhin sie mir die Zunge entgegenstreckte.

»Von wegen!«

»Was sagt eigentlich Mama zu Alex? Hast du ihn ihr schon mal vorgestellt?«, schaltete sich nun Kaia ein.

»Sie wünscht mir alles Gute und Helle. Und ja, gerade ist es hell – in mir und überall.«

Ich konnte mir das Lachen nicht verkneifen. »Alles Helle. Das hat sie von Bernd. Du weißt schon, dass du diese Aufhelllampe für die Zähne nur in den Mund stecken sollst und nicht woandershin, ja?«

»Was? Du bist echt so …«

Ich lachte. »Sorry. Ich musste nur gerade an Emma denken. Sie hatte die neulich zum Testen, ich sag's euch, die sah aus. Echt schlimm.« Die beiden stimmten in mein Lachen ein.

»Ach, du bist doof. Jetzt mal ehrlich«, Nika beugte sich vor und fügte flüsternd hinzu: »Ich wusste gar nicht, dass so was möglich ist. Mein Gott! Ich meine, wie er mich berührt hat da unten. Dass man so was fühlen kann, ich …« Gut, dass in diesem Augenblick endlich ein Kellner an unserem Tisch auftauchte, damit blieben Kaia und mir weitere *helle* Details erspart. Vorerst.

Er musste dennoch mitbekommen haben, worum es ging, denn grinsend sagte er: »Sorry, bin gleich wieder weg. Was kann ich euch bringen?«

»Dreimal Latte Macchiato, ein Panini mit Schinken und Käse und eins mit Avocado, bitte«, bestellte Kaia für uns alle.

»Wird erledigt.« Er zwinkerte uns zu und wandte sich ab.

Als er gegangen war, hörte ich das Klappern von Geschirr und Tastaturen leise im Hintergrund, sog den Geruch von gerösteten Kaffeebohnen ein und spürte mit einem Mal diese kleine Wärme in meinem Herzen, die ich nur spürte, wenn ich mit meinen Schwestern zusammen war. Die sich anfühlte wie Zuhause.

»Also, wo waren wir stehen geblieben?«, nahm ich das Gespräch wieder auf. »Du wusstest nicht, dass so was möglich ist«, zitierte ich Nika, woraufhin Kaia gespielt theatralisch die Augen verdrehte.

»Natürlich ist das möglich, statistisch gesehen sogar sehr möglich«, entgegnete sie.

Nika legte ihr einen Finger auf die Lippen. »Es geht ums Fühlen, okay? Ich habe das einfach gefühlt. Nichts mit Statistiken …«

»Ich hatte auch mal einen, der das konnte. Das war schon echt sehr …« Ich grinste. »… heiß. Aber ansonsten war er total selbstverliebt. Ich weiß auch nicht, hat mir irgendwann nichts mehr gegeben.« Ich zuckte mit den Schultern.

Nika nickte mir zu. »Meine Rede, man muss es fühlen. Und das tue ich. Alex kann das einfach, dieses sanfte Drüberstreichen, mal langsam, dann wieder schneller. Mmmh.« Wieder war da dieser Glanz in ihren Augen. Ich hoffte wirklich, dass alles gut gehen würde, ich wollte nicht, dass sie verletzt wurde. Aber ich zweifelte zunehmend daran.

»Und was ist das jetzt mit Tinder? Und diesem Ben?«, wollte Nika da schon wieder wissen.

»Was?«, fragte ich scheinheilig. »Nichts, ich hab kein Tinder.«

Doch schon schnappte sie sich mein Handy. »Hast du wohl, also?«

Ich stöhnte auf. »Na gut, ich wollte es nicht erzählen, weil ihr ja nichts über meine Theorie wissen wollt. Wir haben versucht ... also, ach egal.«

»Nein, jetzt will ich es wissen.« Nika beugte sich neugierig zu mir vor. »Was habt ihr versucht?«

Kurz überlegte ich noch, doch dann legte ich los: »Als ich mit den Mädels weg war, also nachdem Kaia und ich bei dir waren wegen deiner kleinen Alex-Krise, da habe ich ihnen von Alex erzählt und von meinem Prinzip. Daraufhin haben sie vorgeschlagen, dass wir es testen. Am lebenden Objekt. Und nachdem auch sie der Meinung waren, dass ich es nicht belegen könne, wollte ich es ihnen beweisen. Und euch auch übrigens! Na ja, und der Aperol hat vielleicht auch eine klitzekleine Rolle gespielt, das gebe ich zu.«

Die beiden starrten mich ungläubig an. »Was? Du willst das belegen? An wem denn?« Dann dämmerte es ihnen. »Ach nee, Ben! Jetzt checke ich es«, rief Nika.

»Nicht so laut!«, zischte ich und sah mich um, bevor ich weitererzählte. »Wir haben getindert. Emma und Kati meinten, ich bräuchte die App, um einen Bad Boy zu finden. Dabei sind wir auf Ben gestoßen, er war noch zufällig gerade im *Hinz und Kunz* – und los ging's.«

»Du erzählst doch Quatsch, oder?« Kaia musterte mich kritisch.

»Nein, kein Quatsch.«

»Deswegen war er so komisch? Das ist ja mal das Verrückteste, was ich je gehört hab!«

»Nein, eher das Bescheuertste«, warf Nika ein.

Doch Kaia schien angebissen zu haben. »Und was ist jetzt der Plan?«

»Ich werde ihn daten, zeigen, dass der Ablauf typisch ist

und diese Kerle in Stufen vorgehen, um ein Mädchen rumzukriegen. Darüber schreibe ich. Bevor es dann intimer beziehungsweise inniger wird, serviere ich ihn ab. Damit will ich andere Mädchen warnen und beweisen, dass man sich nicht verlieben muss, sondern durchaus Spaß haben kann, wenn man nicht alles so ernst nimmt. So weit der Plan.«

Beide sahen mich mit weit aufgerissenen Augen an. »Aber du spielst am Ende mit den Gefühlen eines Menschen!« Nika war empört.

Sofort griff ich nach ihrer Hand, die noch immer auf dem Tisch lag. »Tu ich nicht. Er ist ein Bad Boy, es wird ihm nicht wehtun. Und mir auch nicht. Ihr wisst ja, dass mir das Ganze nichts anhaben kann. Aber ich kann ganz viele Mädchenherzen zukünftig vor dem Schmerz bewahren.«

»Bad Boys sind auch Menschen«, sagte Nika. »Ich finde das nicht so gut.« Sie lehnte sich zurück, wodurch ihre Hand meiner entglitt. »Ehrlich, du musst diese Sache echt mal überwinden. Es war blöd für uns alle, das mit Papa, aber … « Ich warf ihr einen ernsten Blick zu. »Schon gut, ich sage ja gar nichts.«

»Hat auch überhaupt nichts damit zu tun. Außerdem ist es nicht nur ein Spiel, sondern wirklich ernst. Und es hat durchaus interessant begonnen.« Ich merkte, wie ein Schmunzeln über mein Gesicht huschte.

»Es läuft also schon?«, fragte Kaia aufgeregt. »Erzähl, los.«

Ich berichtete meinen Schwestern, wie bescheuert ich mich am Anfang aufgeführt hatte, aber wie es dann doch noch in die richtige Richtung gegangen war. Und dass Ben mich nach dem Abend in der *Regina* angeschrieben und durch die Blume um ein Date gebeten hatte.

»Du hast aber gesagt, du willst nicht?«, hakte Kaia nach.

»Ja, das ist der Plan, beziehungsweise habe ich geschrieben, nur wenn wir uns zufällig sehen. Jetzt wird er sicher noch mal fragen. Oder zufällig irgendwo auftauchen. Ganz sicher sogar. Stufe zwei, meine Lieben.«

Nika rollte mit den Augen. »Ach, das ist doch Unfug.«

In diesem Moment trat der Kellner an unseren Tisch und stellte die Panini und Getränke vor uns ab. Es roch köstlich. Während ich Zucker aus dem kleinen Beutelchen in meinen Latte kippte, hatte Nika bereits ihren ersten Schluck genommen.

»Das tut so gut«, meinte sie schwärmerisch. »Ich liebe es einfach, im Café zu sitzen. Und mit euch ist es immer noch schöner. Auch wenn du, meine liebe Schwester, wirklich ab und an sehr schräge Ansichten hast.«

Kaia winkte ab und wandte sich wieder mir zu. »Schräg, ja, aber interessant. Du denkst also wirklich, dass er noch mal nach einem Date fragt? Oder irgendwo auftaucht?«

»Ich denke es nicht bloß, ich weiß es sogar«, erwiderte ich bestimmt und nahm einen Bissen von meinem Panini. »Das Bad-Boy-Prinzip lügt nicht«, fügte ich mit einem Augenzwinkern hinzu.

»Das ist doch Blödsinn«, knurrte Nika, als sich die Tür des Cafés öffnete. Ich hob den Kopf und mein Herz setzte für einen kurzen Augenblick aus.

Mein Blick wanderte von den hellen Sneakers über die dunklen Jeans hinauf zur Taille, über das enge Shirt, das die Muskeln darunter fest in seinem Griff hatte. Weiter nach oben den Hals entlang und über die vollen Lippen bis hin zu den braunen Augen. Wie ein Bild setzte er sich vor mir zusammen.

Ben.

Ich hatte zwar damit gerechnet, ihn bald wiederzusehen, aber genau in dem Moment, in dem wir darüber sprachen, das war schon ein merkwürdiger Zufall ... oder eben nicht?

Nika fuhr fort: »Was ist los? Was schaust du denn so?« Als sie meinem Blick folgte, breitete sich ein Grinsen auf ihrem Gesicht aus. »Das gibt's doch nicht, das war doch ausgemacht?«, flüsterte sie. Ich schüttelte den Kopf.

»Das ist Ben!«, rief Kaia.

»Pssst jetzt«, raunte ich den beiden zu und bedachte sie mit einem bösen Blick. »Schaut nicht so hin! Und Kaia, geht's noch lauter? Er merkt es und fühlt sich gleich noch heißer.«

Sie hob eine Braue. »Du findest ihn also heiß? Du hast es zugegeben!« Ben sah hoch, entdeckte uns und lächelte.

»Na toll, er hat uns gesehen«, stöhnte ich auf.

»Ja und? Was ist daran so schlimm?«, fragte Nika mit einem unschuldigen Augenaufschlag. »Wir trinken Kaffee.« Sie schaute sich verstohlen um. »Er übrigens auch.«

»Prima«, scherzte ich. Nun wandte auch ich vorsichtig den Kopf in Bens Richtung. Er zahlte gerade und ging dann mit einem Kaffee auf seinem Tablett in Richtung des Chillbereichs, in dem Selbstbedienung war. Noch immer lag ein Schmunzeln auf seinen Lippen.

»Und jetzt?«, fragte Nika aufgeregt.

»Nichts. Er ist da, wir sind da.«

Kaia lachte, nur Nika schüttelte den Kopf. »Das meinte ich nicht. Wie geht das jetzt weiter mit euch? Du glaubst, er kommt und fragt noch mal nach einem Date. Und dann?«

Ich zuckte mit den Schultern und rührte in meinem Latte. »Keine Ahnung, ich sag noch mal Nein. Er wird es wieder versuchen. Ich tu so, als würde ich einknicken. Wir machen was. Er wird mich küssen. Danach schiebt er mich weg, will mich eifersüchtig machen. Wird mit einer anderen auftauchen und doch sagen, dass er an mich denkt. Date, Geheimnis und so weiter. Der Ablauf ist immer der gleiche.«

Zweifelnd wiegte Nika den Kopf hin und her. »Ich glaub das ja nicht, aber ich lass mich überraschen.«

»Jetzt sitzen wir schon eine halbe Stunde hier und Ben ist immer noch nicht aufgetaucht«, stellte Nika irgendwann fest.

Ich blickte zu ihm hinüber. Tatsächlich, seit seiner Ankunft saß er vor seinem Laptop, AirPods in den Ohren, und schien nichts um sich herum wahrzunehmen. Anfangs hatte ich gedacht, er würde zu uns an den Tisch kommen oder wenigstens mal zu mir herübersehen, aber dann hatte ich den Gedanken auch wieder verworfen. Denn es wäre zu einfach gewesen. Vielleicht ging der eine oder andere so vor, aber Ben war keiner der Bad Boys, die verzweifelt wirkten. Er war eine Zehn. Und deswegen war er unberechenbar, das hatte ich mittlerweile gelernt. Doch das war gut, denn all das würde ich für den Blog brauchen können. Die Signale waren eben nicht nur Signale, sie waren mehr als das. Sie waren echt.

»Ich muss mal weiter«, unterbrach Kaia meine Gedanken. »Hab noch ein bisschen was zu erledigen. Bleibt ihr?«

Ich tippte kurz mein Handy an, um die Uhrzeit abzulesen. »Ich pack's auch, muss an der Hausarbeit weiterschreiben.«

Nika seufzte gespielt. »Ich will echt nicht mit euch tauschen. Sorry, aber ich freue mich jetzt einfach auf Alex' flinke Finger.« Sie hob die Hand und winkte dem Kellner. »Wir zahlen dann, bitte.«

»Das geht auf mich«, sagte Kaia.

Wir sahen sie fragend an. »Das ist doch gar nicht nötig!«

Sie winkte ab. »Doch, weil ... also ...« Warum druckste sie denn so herum? »Ich wollte es eigentlich nicht einfach so doof sagen, aber wir sind mit unserem Pitch für die App in die Förderung aufgenommen worden und haben sogar gleich einen kleinen Vorschuss bekommen. Und, na ja, jetzt geht's los, wir werden die App weiter ausbauen und ... es ist so abgefahren. Ich habe so viele Ideen.« Sie strahlte übers ganze Gesicht. »Und deswegen will ich euch einladen. Danke, dass ihr immer da seid. Und die App testet?«, fragte sie nervös. »Und danke fürs Zuhören. Ich weiß, dass ich ab und zu mal langweilig bin, ich ...«

Nika und ich sprangen gleichzeitig auf und zogen Kaia an uns heran, ohne sie weiter zu Wort kommen zu lassen. »Oh mein Gott, das ist der Wahnsinn. Glückwunsch!«, rief ich. »Das ist genial, ich bin so gespannt, was du dir überlegt hast und wie die App funktioniert. Selbstverständlich testen wir! Und du bist alles andere als langweilig, okay?«

Kaia strahlte wieder. »Danke!«

In der ganzen Aufregung hatten wir den Kellner total übersehen, der inzwischen längst neben uns stand. »Glückwunsch auch von mir«, sagte er. »Macht dann 17,84 Euro.«

Kaia legte ihm einen Zwanzigeuroschein hin. »Stimmt so.«

Lächelnd steckte er ihn ein. »Vielen Dank und bis zum nächsten Mal.«

»Wann hast du das denn erfahren?«, hakte ich sofort nach, als er gegangen war.

»Vorhin. Deswegen wollte ich euch ja sehen.«

Ich runzelte die Stirn. »Aber warum hast du denn nicht gleich was gesagt?«

Sie kicherte. »Ich fand euren Schlagabtausch so interessant.« Ich sah zu Nika und wir mussten gleichzeitig loslachen. *Ich hatte so ein Glück mit den beiden.*

Als wir unsere Sachen zusammenpackten, fand Nika ihr Handy nicht, also suchten wir danach, bis sie es schließlich doch in ihrer Tasche entdeckte – typisch Nika –, und zusammen gingen wir zum Ausgang. Flüchtig sah ich mich um.

»Willst du zu ihm hingehen?«, fragte Kaia leise.

In diesem Augenblick knuffte Nika mir in die Seite. »Das ist jetzt wohl nicht mehr nötig.«

Denn Ben kam tatsächlich auf uns zu. »Hey«, sagte er, als er vor uns zum Stehen gekommen war, und meine Schwestern hoben gleichzeitig die Hand.

»Hey, na. Du musst Ben sein«, hörte ich Nika sagen. Entgeistert sah ich sie an. Warum tat sie das? Wobei ... vielleicht war es auch gar nicht schlecht. Sollte er sich ruhig wichtig fühlen.

»Jap, der bin ich.«

»Ich bin Nika«, sagte meine kleine Schwester. »Kaia«, stellte sich Kaia vor.

»Meine Schwestern«, ergänzte ich und Ben nickte.

»Oh, gleich drei von deiner Sorte.« Ich hob eine Braue.

»Wir sind alle sehr unterschiedlich«, konterte Nika, »und dann mal weg. Viel Spaß noch!« Und schon machten sie auf dem Absatz kehrt. Ben und ich sahen den beiden nach, wie sie das Café verließen, bevor er sich zu mir umwandte.

»Sehr nett, deine Schwestern. Ich wollte mir gerade noch 'nen Kaffee holen. Möchtest du auch einen?«

»Danke, ich hatte erst einen.«

Doch er ließ nicht locker. »Oder einen Espresso? Ich gebe dir einen aus. Obwohl ... genau genommen müsstest eigentlich du mir einen ausgeben.« Er musterte mich eindringlich. »Aber egal.«

»Warum denn das?«

»Na ja, wegen des Biers.«

Ich runzelte die Stirn. »Das wolltest du ja nicht.«

»Da wusste ich auch noch nichts vom Ungleichgewicht.« Er zwinkerte mir zu. »Spaß. Also? Wenn wir schon zufällig hier stehen?«

»Meinetwegen.« Ich versuchte, gelangweilt zu klingen, obwohl sich meine inneren *Wuhu!*-Girls mal wieder meldeten.

Nachdem Ben die Getränke entgegengenommen und bezahlt hatte, lief er einfach los. *Hey, was sollte das?* »Ähm, Ben?«, rief ich ihm hinterher, aber er reagierte nicht. Na toll. Ich folgte ihm also zu seinem Platz, wo er die Tassen bereits abgestellt hatte. Lächelnd sah er zu mir auf.

Seufzend setzte ich mich. »Wieso rennst du so schnell?«

»Irgendwie musste ich dich ja an den Platz bekommen. Tja, ich würde sagen, der Plan ist aufgegangen. Schon haben wir ein Date«, verkündete er schmunzelnd. Ich schüttelte den Kopf. »Wie sähe denn dann ein Date für dich aus? Schließlich steht das Gleichgewicht auf dem Spiel«, fragte er noch immer schmunzelnd.

Ich musterte ihn einen Moment lang, versuchte, aus ihm schlau zu werden, und legte dabei den Kopf schief. »Ach Ben«, seufzte ich, um ihm zu zeigen, wie sehr ich mit mir haderte. »Nein, kein Date«, antwortete ich schließlich. »Wieso liegt dir plötzlich so viel daran, mit mir auszugehen? Warst du nicht derjenige, der im Club gesagt hat, ich solle dich in Ruhe lassen? Ich für meinen Teil halte mich daran, du hingegen nicht. Zumindest bist du immer genau dort, wo ich auch bin.«

Lächelnd zuckte er mit den Schultern. »Ich hab's mir eben anders überlegt.«

Fragend sah ich ihn an. »Aber warum?«

»Ich habe gemerkt, dass es dir leidtut, also verzeihe ich dir und gebe dir die Möglichkeit, es wiedergutzumachen. Mit einem Date.« Ein Lächeln huschte über sein Gesicht. Hatte er das gerade wirklich gesagt?

»Was? Es tut mir gar nicht leid«, verteidigte ich mich.

Er sah mich einen Moment lang durchdringend an. »Lügnerin. Das tut es wohl.« Was hatte er nur immer mit diesem *Lügnerin*? Langsam beugte er sich über das kleine Tischchen zwischen uns und war nun dicht vor mir. Ich konnte ihm direkt in die Augen schauen. Das Braun darin erinnerte mich an … *Oh nein, Lina, denk jetzt bloß nicht an Honig!*, ermahnte ich mich selbst.

»Also, wann treffen wir uns?«, wollte er wissen und riss mich damit aus meinen Gedanken. Zum Glück. Was da gerade passiert war, kam mir unwirklich vor. Nach dem verbockten Start schien ich ihn tatsächlich zu interessieren. Was bedeutete, dass ich es ihm nicht so leicht machen durfte.

»Sorry, ich denke nicht, dass das gut wäre …« Ich strich mir eine Haarsträhne aus der Stirn und suchte gleich darauf wieder seinen Blick. *Diese Honigaugen.* »Ich glaube, das mit uns beiden funktioniert nicht, auch wenn ich es mir kurz gedacht habe.«

Er musterte mich einen Moment, dann lächelte er. »Du lügst schon wieder. Jetzt noch den wahren Grund, bitte.«

»Was soll das? Warum behauptest du andauernd, dass ich lüge?« Ich atmete schwer. Er hingegen ließ sich nicht aus der Fassung bringen.

»Ich durchschaue dich. Also los, raus damit.«

Langsam legte ich den Kopf zur Seite. »Ich lüge nicht, ich … ich meine das so.« Er räusperte sich, sagte aber nichts. Ich seufzte. Es blieb mir wohl nichts anderes übrig. »Okay, ja, es hat mir leidgetan. Aber nur ein ganz kleines bisschen und auch nur ganz kurz. Bis du mich in der *Regina* so hast auflaufen lassen, dann nicht mehr. Möglicherweise wollte ich am Anfang ein Date, aber jetzt? Nein danke. Du und ich … keine Ahnung, das geht nicht.« Das war nicht mal gelogen. Und genau die richtige Taktik im Hinblick auf die Challenge.

Er nickte. »Ja, das dachte ich auch erst. Deswegen habe ich dich gelöscht. Und wenn ich ehrlich sein soll, fand ich dich ziemlich bescheuert. Und verrückt, echt total verrückt …«

»Wie nett«, unterbrach ich ihn amüsiert.

»Aber dann hab ich dich in der *Regina* gesehen – und die Schuld in deinen Augen.« Er verzog den Mund zu einem schiefen Grinsen.

»Die Schuld in meinen Augen? *Du* bist so …«

»Arrogant, ich weiß. Wie hast du noch gleich zu Anni gesagt: *Er ist ein Herzensbrecher, ein Frauenheld, ein Aufreißer. Lass lieber die Finger von ihm. Er hat jede Nacht 'ne andere und du hast nichts davon außer ein paar Minuten Spaß. Falls es überhaupt Spaß bringt, dafür aber jede Menge Herzschmerz.*« Verdammt, ja, das hatte ich gesagt. Und er hatte sich echt jedes einzelne Wort gemerkt?

Ich spürte, wie mir die Röte in die Wangen schoss. »So schlimm finde ich dich nicht, aber …«

Er lachte. »Lügnerin!« *Nicht schon wieder.*

»Was willst du denn jetzt von mir hören? Dass ich genau aus diesem Grund keine Lust auf dich habe? Weil die Alarmsignale knallrot leuchten und ich das, was ich da gesagt habe, in dem Moment erkannt und genauso gemeint habe?«

Er nickte langsam und beugte sich dabei noch ein Stück weiter zu mir. »Okay, ja, das nehme ich dir ab. Das sind klare Worte.« Ich schluckte. »Aber wenn ich wirklich dieser Typ bin, vor dem Mädchen gewarnt werden müssen, warum bist du dann überhaupt zu mir gekommen und hast mir ein Superlike gegeben? Was steckt dahinter?« Wieder glaubte ich, für den Bruchteil einer Sekunde echte Neugier in seinem Blick aufblitzen zu sehen.

Weil wir dich in einem leichten Aperol-Rausch ausgesucht haben. Weil du ein Bad Boy bist. Weil es ein unterhaltsames Spiel sein sollte. Weil ich nach Belegen für meine Theorie suche. Weil du mein Testobjekt bist und wir uns in Stufe zwei befinden.

Natürlich konnte ich ihm das alles nicht sagen. »Äh, also, weil ich …«

»Ja?«

Ich räusperte mich. »Ich weiß nicht. Ich dachte, du könntest vielleicht doch nett sein. Das warst du aber nicht, sondern genauso, wie ich es vermutet hatte. Ich … ich wollte dich nur nicht gleich vorverurteilen und in eine Schublade stecken.« Mir war bewusst, dass ich schwindelte, aber es klang einleuchtend. Am Ende des letzten Satzes brach meine Stimme ein bisschen. Nichtsdestotrotz versuchte ich, seinem Blick standzuhalten.

Noch immer sah er mir tief in die Augen. Würde er jetzt gleich wieder *Lügnerin* rufen?

Doch er nickte nur. »Gut. Dann würde ich sagen, die Fronten sind geklärt und wir treffen uns, um uns richtig kennenzulernen. Ohne Vorurteile. Einverstanden?« Einen Moment lang ließ ich seine Worte noch sacken: Es könnte tatsächlich funktionieren, die Ausgangslage war eine andere. Er schöpfte keinen Verdacht. Obwohl ich mich schon wunderte, weshalb er mich kennenlernen wollte, das wollten diese Kerle doch eigentlich nie. *Jetzt nur nicht zu schnell einknicken, Lina. Erst mal zieren. Und dann zuschnappen.*

»Ben, echt, sorry, aber ich glaube, das bringt nichts. Wie gesagt, ich habe das alles so gemeint und … na ja, ein Date geht leider nicht.«

Er kam nun noch ein wenig näher und sah mir tief in die Augen. »Lügnerin«, raunte er mir zu.

Auf einmal spürte ich seine Hand sanft auf meinem Knie und mein Herz begann, heftig zu klopfen. »Ich lüge nicht.« *Ruhig bleiben, Lina. Alles läuft nach Plan.*

»Was wird das jetzt?«

Noch immer lag sein Blick intensiv auf mir. »Macht dich das nervös, Lina?«

»Was? Dass du mich so anstarrst? Oder antatschst? Ähm, nein. Ich bin gegen all das hier absolut immun.« Dennoch rutschte ich vorsichtshalber ein Stück zurück.

»Lügnerin«, flüsterte er nun erneut, und ohne dass ich es wollte, huschte mir ein kleines Lächeln übers Gesicht. Verdammt. Bestimmt hatte er es bemerkt.

»Immun? Von wegen.« Er rückte noch weiter nach vorn.

»Doch, ich bin immun … gegen all deine Tricks. Das schützt das Herz.« Ich schluckte.

Mit einem Mal lachte er. »Wer hat denn gesagt, dass ich es brechen will? Ach, stimmt ja, fünf Minuten Spaß und so. Aber du bist ja immun. Wobei … warum bist du dann so nervös? Nur weil du meine Fingerspitzen auf deiner Haut spürst?«

»Bilde dir mal bloß nichts ein.« Noch immer saßen wir viel zu nah voreinander. »Kein Date, es geht nicht«, bekräftigte ich. »Wir hatten einfach keinen guten Start, wir … wir sollten uns voneinander fernhalten.« Beinahe musste ich über mich selbst lachen. Ben tat es.

»Ach ja? Voneinander fernhalten gleich? Wie theatralisch. Also darf ich mich ab sofort nicht mehr in deiner Nähe aufhalten? Oder soll ich so etwas sagen wie: *Ich kann mich nicht von dir fernhalten, Lina, es tut mir leid, bitte gib uns eine Chance?*«

Nun konnte auch ich das Lachen nicht mehr länger zurückhalten. »Okay, ja, war ein bisschen zu viel des Guten, aber ...aber es macht keinen Sinn«, ergänzte ich schließlich. »Du bist, wie du bist, und ich ... na ja, ich muss mich davor schützen.« Ernst legte ich mir eine Hand auf die Brust. Der war gut. Beinahe hätte ich mir selbst auf die Schulter geklopft.

Ben lachte schon wieder dieses ansteckende Lachen. »Ach, komm jetzt.«

»Ich muss dann mal los, aber gut, dass wir das geklärt haben«, sagte ich so tough wie möglich. Ich trank meinen Espresso aus, stellte die Tasse ab und stand auf. Er war mittlerweile kalt geworden. Ich hingegen glühte innerlich und freute mich wie verrückt. »Danke für den Espresso. Vielleicht sehen wir uns bald mal wieder, so ganz zufällig. Heutzutage gibt es schließlich so viele Möglichkeiten herauszufinden, wo sich jemand herumtreibt. Nicht wahr?« Verschwörerisch lächelte ich ihn an.

»Ganz zufällig.« Er zwinkerte mir zu. »Also schön. Wir werden sehen. Möglicherweise finde ich tatsächlich heraus, wo du demnächst bist.«

»Stimmt, meine Nummer hast du ja auch herausgefunden. Illegal zwar, aber na ja ...« Er lachte noch einmal. »Also, bis dann, Ben«, sagte ich, ehe ich mich abwandte.

»Wir sehen uns, Lina«, rief er mir hinterher. »Vielleicht schneller, als du denkst.«

Stufe 2

Plötzlich taucht er wie von Zauberhand immer wieder in deiner Nähe auf. Er wird dir auf Instagram vorgeschlagen, ist im selben Club, am selben Ort in der Stadt. Egal, wo du bist, er ist schon da. Und selbst wenn er erst so tut, als ob er ganz und gar keine Lust auf dich hat und du scheinbar so attraktiv für ihn bist wie ein Stück Fleisch für einen Vegetarier, hat er insgeheim nur ein Ziel: dein Herz zu gewinnen. Um es zu brechen.

Aber warum? Ist dir diese Frage auch gerade durch den Kopf geschossen? Ganz bestimmt. Ich sage dir, warum: Weil er dich erobern will. Weil er will, dass du ihm verfällst. Denn was diese Kerle brauchen wie die Luft zum Atmen, ist Bestätigung. Dass sie die heißesten Maschinen auf diesem Erdball sind. Obwohl ihr Pimmel in echt so klein wie ihr Ego groß ist, und du, meine Liebe, sollst es nun zusätzlich aufpolieren. Eigentlich sind wir nur riesengroße Ego-Aufpolier-Maschinen für sie. Denn je mehr Herzen sie sammeln, desto genialer finden sie sich. Eigentlich ziemlich einleuchtend, oder?

Und dennoch geht er dir nicht mehr aus dem Kopf. Warum war er so arrogant, so ekelhaft? Warum flirtet er deine beste Freundin an? Warum mustert er dich so merkwürdig? Ja, warum? Ganz einfach: Damit du ihn nicht mehr aus dem Kopf bekommst.

Bist du bereit für das Spiel?

KAPITEL 6

»Okay, und wo ist er jetzt? Draußen war er auf alle Fälle nicht«, sagte Emma, als wir das *Hinz und Kunz* betraten. »Ey, ich bin so hibbelig, kann es gar nicht glauben. Meinst du, er wird heute wirklich hier auftauchen?«

Ich grinste sie an. »Man könnte fast meinen, es wäre deine Challenge.«

»Ich bin halt aufgeregt. Du nicht?«

»Ich bin absolut cool«, antwortete ich, obwohl der Gedanke, Ben wiederzusehen, mich insgeheim ein wenig nervös machte.

An der Garderobe schlüpften wir erst mal aus unseren Jacken und reichten sie dem Mädchen hinterm Tresen.

»Du glaubst also wirklich, dass er kommt?«, hakte Emma erneut nach.

Ich lächelte das Mädchen dankbar an, bevor ich mich wieder Emma zuwandte. »Ja, das glaube ich. Schließlich habe ich in meiner Insta-Story gepostet, wo wir hingehen. Und nachdem er mir gleich nach unserer Begegnung im Café eine Anfrage geschickt hat, wird er es mit hundertprozentiger Wahrscheinlichkeit sehen. Außerdem sind wir nicht wegen ihm hier, wir wollen feiern, erinnerst du dich? Immerhin hat Celine Geburtstag. Das mit Ben ist nicht mehr als ein interessanter Zusatz.«

»Ja, schon gut. Alte Miesmacherin. Ich dachte, du bist vielleicht ein bisschen nervös, und wollte dir einfach nur die Möglichkeit geben, darüber zu reden.« Ich stupste sie in die Seite und sie zuckte lachend zusammen. »Hörst du auf«, gab sie grinsend von sich und spitzte dann die Lippen. »Soll ich dir vielleicht diesen sexy Gloss ausleihen? Falls heute noch was geht.« Sie zwinkerte mir zu. »Was meinst du, sind meine Lippen damit voller?«

»Ja, viel voller«, entgegnete ich lachend.

Wir zahlten, bekamen die Marken und endlich ging es los. Ich freute mich unheimlich darauf, einen ausgelassenen Abend mit meinen Freundinnen zu verbringen.

»Ich finde es trotzdem spannend, wie alles so weitergeht mit euch. Ich weiß, ich habe gesagt, du sollst es lieber lassen. Doch jetzt interessiert es mich irgendwie doch«, fing Emma schon wieder an, während sie mir folgte.

Mittlerweile waren wir im Barbereich angekommen, wo ich mich kurz nach Ben umsah. Auf Anhieb entdeckte ich ihn nicht, und so beschloss ich, es dabei zu belassen, um nicht wieder wie diese nervige Stalkerin von vor ein paar Tagen rüberzukommen, als das alles hier losgegangen war. Außerdem war ich mir sicher, dass er auf mich zukommen würde, wenn er im Club war.

Schließlich entdeckten wir Celine und ein paar andere Mädels am Tresen. Manche davon kannte ich aus der Uni. Vor ihnen stand eine große Wanne mit Eis, in der einige Flaschen schwammen.

»Alles Gute zum Geburtstag!«, riefen Emma und ich beinahe gleichzeitig, während wir auf sie zuliefen.

Celine wischte sich gespielt entzückt ein Tränchen aus dem Auge, dann fiel sie uns um den Hals. »Schön, dass ihr da seid, ich geb bereits eine Runde aus. Schade, dass Kati es nicht schafft. Aber sie hat wohl gerade noch eine Bandprobe«, erwiderte sie und verzog dabei leicht das Gesicht.

Wir kannten Celine noch nicht sonderlich lange, zum ersten Mal waren wir uns auf einer Uniparty begegnet, aber jedes Mal, wenn wir mit ihr zusammen waren, machte es jede Menge Spaß.

Sie sah zu den anderen. »Wie wär's mit einer Runde Schnaps?«

Celine bestellte für jede von uns einen Shot, und nachdem wir angestoßen hatten, ließen wir uns auf die Tanzfläche treiben. Wie selbstverständlich bewegte ich mich zur Musik, schnelle Beats und ein hämmernder Bass dröhnten aus den Boxen. Ich genoss die mir so vertraute Atmosphäre, die mich beinahe vergessen ließ, dass Ben auch irgendwann hier auftauchen könnte.

Irgendwann zog Celine Emma und mich zu sich. »Los, Mädels, zeigen wir, was wir haben, oder?« Lachend bewegte sie die Hüften im Takt der Musik und ich tat es ihr gleich.

Doch dann sah ich ihn.

Am Rand der Tanzfläche, zusammen mit einem Kumpel. Ein kurzes Kribbeln fuhr durch meinen Körper.

»Ben ist da«, raunte ich Emma zu. »An der Bar gegenüber.«

Emma drehte sich suchend um. »Ah, da, tatsächlich. Gut sieht er aus. Meinst du nicht auch?«

Da musste ich ihr leider zustimmen. Er trug ein beigefarbenes Shirt, unter dem seine Muskeln mal wieder deutlich hervortraten. Ich ertappte mich dabei, wie ich meinen Blick darübertanzen ließ. Der Beat der Musik vibrierte in meinem Körper, während ich jeden Zentimeter von seinem begutachtete. Er sah echt sexy aus. Die lässige verwaschene Jeans passten perfekt zu dem hellen Shirt. Er hatte sie an den

Knöcheln hochgekrempelt, darunter trug er weiße Sneaker. Mein Blick wanderte zurück zu seinem Gesicht, wo sich mit einem Mal ein Lächeln ausbreitete. Ich lächelte zurück. So für den Anfang.

»Und jetzt?«, wollte Emma wissen und riss mich damit aus dem Moment.

»Nichts. Er wird schon noch herkommen. Ich mache jetzt erst mal gar nichts.« Und genau das tat ich dann auch. Zumindest in Sachen Ben. Die Musik war gut, wir tanzten weiterhin ausgelassen. Ich wollte einfach nur den Abend genießen zusammen mit meinen Freundinnen und sehen, was passieren würde. Celine war in ihrem Element, Emma ebenso und auch ich feierte die angespielten Lieder. Hip-Hop-Tracks, die sich mal mit tieferen Klängen und dann wieder mit leichteren Charthits abwechselten. Der DJ schaffte es, die perfekte Mischung zu erzeugen. Wieder bewegte ich mich wie selbstverständlich zu den Klängen, bis ich einen Blick auf mir spürte. Ich drehte mich um und bemerkte, wie sich auf Bens Gesicht erneut ein Lächeln stahl. Er hatte mich also im Visier – so wie ich ihn an unserem ersten Abend. Schmunzelnd drehte ich mich zurück zu den anderen.

Ich wusste nicht, wie lange wir schon getanzt hatten, als ich irgendwann Durst bekam. Auch den übrigen Mädels schien es nicht anders zu gehen.

Als wir uns einen Drink an der Bar holten, schaute ich mich zum ersten Mal nach längerer Zeit wieder nach Ben um, doch von ihm war keine Spur zu sehen. Dabei hätte ich schwören können, dass er meine Nähe suchen würde. Oder er spielte jetzt den Unnahbaren. Konnte ich mir zumindest gut vorstellen, nachdem ich seine Date-Anfrage ausgeschlagen hatte. *Zu viele Gedanken, Lina.*

»Ist er weg?«, fragte Emma in das Chaos in meinem Kopf hinein und ich zuckte mit den Schultern.

»Keine Ahnung, gesehen habe ich ihn jetzt jedenfalls nicht.«

In diesem Augenblick blieb ein blonder Kerl mit ziemlich breiten Schultern vor mir stehen. »Hey, na du. Ich bin Elias.«

»Hey«, sagte ich kurz angebunden und sah dann zu Emma, die schon wieder in Richtung Tanzfläche zu Celine und den anderen lief. Sie ließ mich doch jetzt nicht tatsächlich allein?

»Hey, Emma!«

»Ich bin mal wieder tanzen«, rief sie mir über die Schulter zu. *Na toll, vielen Dank auch.*

Elias stupste mich an. »Was willst du trinken? Ich gebe dir einen aus.« Irgendwie kam er mir bekannt vor. Aber woher bloß? In seinen kurzen blonden Haaren, von denen sich das braun gebrannte Gesicht beinahe unnatürlich abhob, klebte ziemlich viel Gel. Während ich ihn noch weiter musterte, dämmerte es mir: Den Kerl hatten wir neulich auch bewertet. Er war der mit dem grauen Shirt! Breit gebaut, braun gebrannt, hundert Kilo Hantelbank. Als mir das wieder einfiel, musste ich kichern.

»Ähm, nein danke, ich habe mir schon selbst was bestellt.« Ich deutete auf das Getränk, das der Barkeeper gerade vor mir abstellte. Ich hatte beschlossen, nach dem Shot vorhin bei Weinschorle zu bleiben. Ich wollte das Geld dafür aus meiner Hosentasche kramen, doch Elias war schneller und reichte dem Barkeeper einen Schein. »Geht auf mich.« Dieser nickte und steckte das Geld ein.

»Danke, sehr nett«, sagte ich und musterte ihn noch einen Moment. Muskulöse Arme, breite Brust. Wirklich ziemlich braun gebrannt.

»Wie gesagt, ich bin Elias. Und du?«

»Das ist Lina«, kam mir eine männliche Stimme zuvor. Ich zuckte zusammen, denn wie aus dem Nichts stand auf einmal Ben direkt neben mir.

»An deiner Stelle würde ich nicht so viel mit ihr reden. Das habe ich neulich auch. Auf Tinder schien sie echt heiß und nett zu sein. Aber dann hat sie angefangen, mich zu stalken und eifersüchtig auf andere Mädchen zu reagieren. Einfach so. Nichts für ungut, du kannst natürlich tun und lassen, was du willst, ich warne dich nur«, erklärte Ben an Elias gewandt, während ich ihn perplex anstarrte. Schelmisch warf er mir einen Blick von der Seite zu. »Ich würde aufpassen. Zieht sie wohl öfter ab, diese Tour. Bisschen keck auf der Lippe rumknabbern, einen sinnlichen Augenaufschlag.«

Elias hob die Augenbrauen. »Ach ja?«

»Wie bitte?«, schaltete ich mich nun empört ein, »so ist das ja nun wirklich nicht. *Er* ist doch wegen *mir* hier und beobachtet mich. Er hat nämlich versucht, sich mit Espresso ein Date zu erpressen. Aber das hätte er wohl gerne.« Ich wandte mich Ben zu: »Ich habe gesagt, dass wir es auf uns zukommen lassen, wenn wir uns mal *ganz zufällig* über den Weg laufen. Aber jetzt, nachdem du, lieber Ben, so eine Nummer abziehst ...« Ich blickte ihm fest in die Augen. »Dass das klar ist: Ich habe dir kein Date versprochen und dich auch nicht gebeten, mir was auszugeben, ja?«

Elias sah nun etwas verstört aus. Was man ihm nun wirklich nicht verdenken konnte. »Also, ich geh dann mal, ihr diskutiert das hier besser allein aus.« Er hob die Hand und wandte sich ab. Ich sah ihm kurz hinterher, bevor ich mich wieder zu Ben drehte. »War das jetzt nötig?«, fuhr ich ihn an, kaum dass Elias in der Menge verschwunden war.

Er grinste. »Überraschung, da bin ich. Reg dich mal nicht so auf. Stell dir vor, ich hätte mich noch zusätzlich gegen dich geschmissen, so wie du es bei mir veranstaltet hast.« *Punkt für ihn*, da hatte er recht.

Aber das wollte ich mir nicht anmerken lassen, also hob ich bloß eine Augenbraue. »Stimmt, wäre doof gewesen, dann wäre mir die arme Weinschorle vor Schreck aus der Hand gefallen. Und ich hätte mich furchtbar aufregen müssen, so wie du.« Ich beobachtete, wie sich seine Lippen zu einem Lächeln verzogen, woraufhin ich versuchte, ein Schmunzeln zu unterdrücken, was mir jedoch nicht ganz gelang. Ja, dieses Spiel könnte durchaus interessant werden.

»Das findest du also lustig, hm?« Er lehnte sich gegen die Theke, wobei die Sehnen an seinem Arm deutlich hervortraten. »Ich habe mich erschrocken, okay? Da kann man schon mal was fallen lassen.«

»Sicher. Ich habe mich nur gewundert, deine Muskeln sahen so aus, als könnten sie eine Bierflasche stemmen«, sagte ich betont nachdenklich.

Wieder lachte er, diesmal klang es tiefer. »Jaja, meine Muskeln. Die gefallen dir, was? Willst du noch mal anfassen? Du gehst doch so gern auf Tuchfühlung.« Er spannte seinen rechten Oberarm an. *Was für ein Angeber.*

Ich schüttelte den Kopf. »Nee, lass mal. Das beeindruckt mich nicht.«

»Klar, überhaupt nicht.« Aus dem Augenwinkel sah ich Ben grinsen, während mein Blick Elias suchte, der jetzt ein bisschen weiter weg bei Celine, Emma und den anderen Mädels stand. Ich wollte Ben provozieren, was mir auf Anhieb gelang.

Prompt fragte er: »Sorry, hab ich dir die Tour mit Mister

Sonnenbank vermasselt? Stehst du etwa auf so Kerle wie ihn?« *Kerle wie ihn*, hallte es in meinem Kopf nach. Ben spielte sein Spiel tatsächlich gut, aber was er konnte, konnte ich schon lange.

»Ob er ein Bier halten kann, was meinst du?«, fragte ich ihn herausfordernd.

Ben lachte laut auf. »Du bist echt unverbesserlich, Lina.«

»Und um auf deine Frage zurückzukommen«, fuhr ich fort, »ich denke, er überlebt es. Das hast du ja auch.«

Ben schmunzelte. »Dann würde ich sagen, wir sind quitt. Du hast mir die Tour versaut und ich dir. Langsam, aber sicher kommt alles wieder ins Gleichgewicht.« Sein Blick verband sich mit meinem. Ich hielt ihm stand. Ben kam ein Stück näher. »Und jetzt? Wir sind beide hier. Ich habe dich gefunden, was ist meine Belohnung? Ein Date?«

Ich musste ein Grinsen unterdrücken, als er sich über die Lippen leckte. »Hey, das ist doch mein Ding! Machst du mich etwa nach?«

»Erwischt. Spaß beiseite, also, ist unser Date fix?« Innerlich meldeten sich mal wieder meine *Wuhu*-Girls, während ich nach außen hin gespielt empört schnaubte: »Was? Bestimmt kein Date. Ich habe dir gesagt, ich will keins. Wir sollten keins haben, weil du …«

»Komm mir jetzt bloß nicht mit *fernhalten* und damit, dass du dich schützen musst. Ich bin weder ein Vampir, noch bin ich Christian Grey oder sonst wer.« Ich schmunzelte und nahm einen Schluck von meiner Weinschorle. Tja, vielleicht war er das nicht, aber ich war mit Sicherheit auch keine Bella oder Anna.

»Das kann jeder sagen. Aber wer weiß das schon?« Unschuldig lächelte ich ihn an, während die Vorstellung, mehr

Zeit mit ihm zu verbringen, ein Gefühl in mir auslöste, das ich ganz schnell wieder unterdrückte.

Er lachte. »Ach Lina, du müsstest doch inzwischen wissen, dass das bei mir nicht zieht. Also, was meinst du? Schließlich haben wir eine Mission zu erfüllen.«

Ich schüttelte den Kopf. »Nein. Ich lasse mich bestimmt zu keinem Date zwingen, nur um irgendein angebliches Gleichgewicht wiederherzustellen ...«

»Aber du willst, gib es zu!«

»Ich gebe überhaupt nichts zu. Das ist ja wie im Mittelalter bei dir«, entgegnete ich lachend.

»Ja, schlimm, diese Folter. Und die Folgen erst, die dir danach blühen ... Ein Date mit mir.« Ernst schüttelte Ben den Kopf. »Ich glaube, so ging es Frauen, die als Hexen angeklagt waren, damals auch. *Los, trinken Sie diesen Wein und gestehen Sie Ihre Schuld! Haben Sie dieser Kuh Flügel wachsen lassen? Gestehen Sie, sonst werden Sie verbrannt! Obwohl, das werden Sie dann auch ... Ja, Sie werden auf alle Fälle verbrannt.*«

Ich prustete los und stieß dabei beinahe mein Glas um. Ben stimmte in mein Lachen ein, das Geräusch vibrierte in meinem Körper. Als ich mich wieder eingekriegt hatte, entgegnete ich: »Also, Ben, es war schön, dich gesehen zu haben, aber ich muss mal wieder zu den Mädels.« Ich wollte mich umdrehen und gehen, als er mich sanft am Arm berührte und damit leicht zu sich zog. Sofort wanderte ein Kribbeln durch meinen Körper.

»Setz dich doch mal kurz, Lina, bitte.« Ich sah ihn einen Moment lang nachdenklich an, setzte mich aber dann doch. Schließlich hatte ich eine Challenge am Laufen. »Pass auf. Lange Rede, kurzer Sinn: Du willst kein Date, weil ich angeblich so ein mieser Kerl bin, aber was kann dabei schon groß schiefgehen? Wir könnten uns das Gegenteil beweisen. Ich zeige dir, dass ich nicht so mies bin, wie du glaubst. Und du beweist mir, dass du nicht so verrückt bist, wie ich denke. Oder es stimmt und wir sind beide so, wie wir voneinander denken. Dann haben wir es wenigstens versucht.«

Ganz kurz stand mir wirklich der Mund offen, aber ich fasste mich rasch wieder. »Das ist dein Ernst, oder?«

»Klar. Also, wie wäre es? Was willst du machen? Eis essen? Kino? Oder soll ich dir einen coolen Platz zeigen?«

»Deinen Lieblingsplatz? Jetzt schon?«, rutschte es mir heraus und er sah mich fragend an.

»Was für ein *Lieblingsplatz*?«

»Nichts.« Schnell winkte ich ab.

»Ich habe gesagt, *einen coolen Platz*. Nicht *meinen Lieblingsplatz*. Einen Platz, der alles wieder ins Gleichgewicht bringt. Wirklich alles. Ich denke, das könnte der perfekte Ort für uns sein.« Er berührte mein Knie und unsere Blicke trafen sich.

»Ich bin echt nicht auf eine Beziehung aus oder so was.« Sanft zog ich mein Bein weg.

»Wer ist denn von vornherein auf eine Beziehung aus? Dann läuft gehörig was schief. Entweder es funkt oder eben nicht. So sehe ich das. Also?« Okay, das klang nicht schlecht … aber auch berechnend.

»Das hören die Mädchen sicher gerne«, stellte ich schmunzelnd fest und nippte an meiner Weinschorle.

»Also?« Er ließ nicht locker.

»Ein Date, jetzt? Ich bin eigentlich wegen Celine hier.«

»Aber ich würde dir den Platz gern zeigen. Was meinst du, Lust auf ein Abenteuer?« Er stand auf und kam einen Schritt auf mich zu.

»Ein Abenteuer? Du veralberst mich, oder?«, wollte ich skeptisch wissen.

Er schüttelte den Kopf. »Nein, ich meine es ernst. Es gibt immer irgendwo ein Abenteuer.« Ich sah Ben an. Was war seine Intention? Plante er nun, alles viel schneller abzuhandeln? Warum wollte er mit mir woanders hingehen?

»Ein Abenteuer?«, wiederholte ich immer noch misstrauisch.

»Ja, wir beide, jetzt sofort, ein Abenteuer. Soll ich es dir buchstabieren?« Ein leichtes Grinsen breitete sich auf seinem Gesicht aus.

»Ich weiß nicht. Erstens kann ich nicht einfach von einem Geburtstag abhauen«, ich tippte ihm gegen die Brust, »und zweitens muss ich zuerst wissen, wohin du mit mir gehen willst. Was hast du vor? Nicht dass du mich verschleppst.«

»Ach, willst du das wohl?«

»Unsinn!«, erwiderte ich empört. Ben lachte. »Los, sag schon.«

»Keine Chance«, antwortete er immer noch lachend. »Es ist eine Überraschung. Aber ich könnte mir vorstellen, dass sie dir gefällt.«

Erstaunt sah ich ihn an. »Warum so motiviert?«

»Ich …« Das Grinsen war verschwunden und sein Blick lag nun intensiv auf mir. Als er sich zu mir vorbeugte und dabei seine Hand erneut auf mein Bein legte, hämmerte mein Herz schneller als der Beat um uns herum. »Ich mag dich eben.«

Ich musterte ihn einen Moment lang, doch er hielt meinem Blick stand. »Lügner«, sagte ich schließlich und er lachte, als ich ihn in die Seite boxte. »Jetzt mal ehrlich: Warum?«

»Warum denn nicht? Ich will dich halt kennenlernen.«

Ich versuchte es noch einmal. »Ich bin mit Emma und Celine da. Einfach abhauen ist nicht cool …«

Ben drehte den Kopf in Richtung Tanzfläche, wo Celine recht gestenreich mit einem Kerl mit hellen Haaren redete.

»Schau mal«, meinte Ben, »ich schätze, sie vermissen dich nicht. Das ist übrigens mein Kumpel Carlo. Kennst du vielleicht noch aus der *Regina*. Also?«

»Und Emma?« Ich wusste, Emma würde klarkommen. Sie war nicht allein, hatte Spaß mit den anderen und unterstützte mich bei der Challenge. Als ich zu ihr blickte, winkte sie mir zu und grinste.

»Bevor wir gehen, will ich wissen, was du vorhast«, wiederholte ich nun noch einmal.

»Wie gesagt, ich möchte alles wieder ins Gleichgewicht bringen und dafür gibt es nur einen einzigen Ort. Ich nehme dich mit auf ein Abenteuer.«

Ich zögerte einen Moment, doch schließlich gab ich mich geschlagen. Ich hatte mich lange genug gewehrt. Außerdem war ich sogar ein klitzekleines bisschen aufgeregt. »Du mit deinem *Abenteuer*, aber gut, gehen wir. Ich muss nur noch eben den anderen Bescheid geben.«

Ben sah mich erstaunt an. »Ja? Du sagst Ja?«

»Ja. Aber es ist kein Date, hörst du? Oder willst du jetzt nicht mehr, weil ich Ja gesagt habe?«

»Nein, nein, alles gut. Kein Date. Nur ein *Leben-wieder-ins-Gleichgewicht-bringen*«, entgegnete er.

»Okay, ich gehe schnell rüber zu den beiden, dann können wir uns an der Garderobe treffen. Ich muss sowieso meine Jacke holen.«

»Gut, bis gleich.« Während Ben in Richtung Garderobe verschwand, lief ich auf Emma und Celine zu.

»Dreh jetzt nicht durch«, zischte ich Emma zu, »aber ich würde gern mit Ben mitgehen. Er will mir was zeigen, einen *besonderen Ort*. Ist das okay für dich?« Ich spürte eine beschwingende Überlegenheit. »Stufe drei, here we come!«

»Was? Echt jetzt?«, rief sie. Als ich den Zeigefinger auf ihre Lippen legte, fuhr sie leiser fort: »Er will was mit dir machen? Was denn? Es ist doch schon kurz nach elf, wo will man da hin außer in Bars oder Clubs?«

»Ich weiß. Ich habe auch keine Ahnung, aber ich bin gespannt. Er sagte irgendwas von *Abenteuer*. Also, kommst du allein heim?«

»Kommst du es denn?«, wollte sie wissen.

Ohne nachzudenken, antwortete ich: »Klar, ich komme auf alle Fälle heim.«

»Gut. Lass dein Handy an, und wenn was ist, dann ruf mich an oder schreib mir, klar?«

»Klar.« Ich gab Emma ein Küsschen auf die Wange und ging zu Celine. »Hey, ich wollte nur kurz Bescheid geben, dass ich gehe. Ich habe da einen netten Kerl kennengelernt und … na ja, mal sehen«, ließ ich sie flüsternd wissen.

Celine grinste. »Soll ich dir was sagen?«, flüsterte sie zurück. »Ich auch, also alles paletti. In den nächsten Tagen mache ich sowieso noch eine kleine WG-Feier, da kommst du aber, ja? Nachträglich Geburtstag feiern und den Einzug in die neue Wohnung.«

Ich lächelte ihr zu. »Ist gebongt.«

Wir verabschiedeten uns voneinander, und als ich schließlich an der Garderobe ankam, stand Ben bereits mit seiner Lederjacke über dem Arm davor. Nachdem ich meine Jacke ausgelöst hatte, gingen wir nach draußen. Es konnte losgehen. Ich war bereit.

Die Luft war noch frisch und kühl, doch man merkte, dass es nicht mehr lange dauern würde, bis es milder wurde. Es lag dieser Duft in der Luft, der einem zeigte, dass der Frühling bald da war.

»Okay, wo willst du alles wieder ins Gleichgewicht bringen?«, fragte ich und atmete tief durch, während ich die Jacke enger um mich zog. Ich sah, wie Ben neben mir schmunzelte.

»Dafür müssen wir nichts weiter tun, als«, er deutete nach rechts, »in diese Richtung zu gehen.«

»Und dann?«

Er blickte mich verschwörerisch an. »Das wirst du gleich sehen.«

KAPITEL 7

»Ein Spielplatz? Hier willst du alles wieder ins Gleichgewicht bringen?«

Ben lachte und ich sah ihn fragend an. »Ich würde sagen, es ist alles da. Eine Wippe, um das Gleichgewicht wiederherzustellen, eine Schaukel, um ein Abenteuer zu erleben ...« Er zwinkerte mir zu. Der Typ war doch echt nicht mehr ganz bei Trost.

»Ja sicher, sehr abenteuerlich hier. Muss ich schon sagen«, entgegnete ich zögernd, eher aus Höflichkeit.

»Lügnerin.«

Ich lachte. »Okay, ich habe vielleicht was anderes erwartet. Aber alles klar, ein Spielplatz. Und jetzt setzen wir uns auf die Wippe und alles läuft wieder rund?«

»Na ja, wir könnten es zumindest ausprobieren. Wenn wir irgendwo das Gleichgewicht wiederherstellen können, dann hier, oder?« Ben ging direkt auf die Wippe zu und ließ sich auf dem einen Ende nieder. »Na, komm schon!« Im sanften Licht der Straßenlaternen löste sich der Umriss der Wippe immer klarer aus der nächtlichen Dunkelheit heraus. Dahinter entdeckte ich eine Rutsche, einen Sandkasten, zwei Schaukeln und ein Klettergerüst. Ich schmunzelte, strich mir eine Strähne aus dem Gesicht und folgte Ben. Ich hatte mit vielem gerechnet, aber sicher nicht damit.

»Und wie soll ich da raufkommen? Du musst schon ein

Stück runtergehen, du Schwergewicht.« Ben lachte und ließ die Wippe sinken.

»So, jetzt besser?«

»Ja, etwas«, sagte ich von einer plötzlichen Abenteuerlust gepackt und krabbelte auf die andere Seite.

Doch da Ben schwerer war als ich, wurde ich sofort nach oben gehoben, als er sein volles Gewicht wieder auf die Wippe senkte. Ein kurzer Schrei entfuhr mir, doch dann musste ich lachen, während meine Beine in der Luft baumelten. »Wirkt jetzt nicht unbedingt wie das totale Gleichgewicht auf mich.«

Ben stieß sich mit den Beinen vom Boden ab und schon ging es wieder nach unten. Wir begannen, auf und ab zu wippen.

»Besser?«

»Nicht wirklich, oder? Müssten wir nicht die Balance halten?« Ich sah ihn fragend an.

Wieder lachte Ben. »Du musst dich weiter nach hinten setzen, Lina, damit aus dir ein so muskelbepacktes Schwergewicht wird, wie ich eines bin.«

»Aber wieso ich? Du kannst dich doch auch weiter nach vorn setzen.«

»Du bist sicher gelenkiger«, antwortete er zwinkernd. Ich rollte mit den Augen, machte mich aber dann doch daran, nach hinten zu klettern. Was gar nicht so leicht war, weil Ben einfach nicht mit dem Wippen aufhörte.

»Du musst stillhalten! Oder willst du mich gleich auf unserem ersten Date umbringen?«

»Ha«, rief er triumphierend in die Nacht hinein, »du hast Date gesagt!« Verdammt.

»Du musst dich verhört haben!«, erklärte ich sofort.

Er nickte. »Okay, dann eben *Nicht-Date*.« Ich spürte, wie sich mein Herzschlag bei dem Klang seiner Worte beschleunigte. Fieberhaft kramte ich in meinem Kopf nach einer Erklärung dafür. Sicher lag es nur daran, weil das Klettern so anstrengend war. »Schon besser. Und jetzt halt mal still.« Ich verwarf den Gedanken und kletterte auf den hinteren Platz. Nach einigen gescheiterten Versuchen und viel Luftanhalten auf Bens Seite, das mich noch mehr zum Lachen brachte – als würde er so plötzlich weniger wiegen –, hatten wir es geschafft. »Das Gleichgewicht ist wiederhergestellt!«, jubelte ich und hampelte dabei so herum, dass die Wippe gefährlich zu schwanken begann. Hatte ich gerade etwa wirklich Spaß? Oh nein! Schnell an etwas anderes denken. »Und jetzt? Wie lange müssen wir das machen?«

»Ich habe das Gefühl, es wird schon besser, lass uns auf die Schaukel gehen. Oder traust du dich nicht?«

»Zu schaukeln?«

»Ja, nicht dass dir schwindelig wird.« Seine Worte klangen herausfordernd. »Oder ist dir etwa schon schwindelig?«

»Warum? Wegen unseres Abenteuers hier?«, wollte ich wissen.

»Wegen mir.« Er grinste und ich rollte mit den Augen. »Los, lass uns schaukeln.« Er ließ sich nach unten sinken, sodass ich nun schon wieder in der Luft hing.

»Witzig! Und wie soll ich jetzt runterkommen?«

»Überleg dir was, Abenteuer und so«, erwiderte er zwinkernd.

»Haha, du bist ein richtiger Witzbold. Lass mich runter.« Ich begann, mit den Beinen zu schwingen.

»Nö!«

»Ben!«

»Gut. Bei drei steigen wir ab?«

»Was?« Augenblicklich klammerte ich mich an dem Griff der Wippe fest.

»Spaß!« Sanft ließ er mich runter, sodass ich von der Wippe steigen konnte. Als ich unten war, machte ich mich auf den Weg zur Schaukel.

»Warte!«, rief er mir hinterher.

»Auf was?«

»Ich denke, wir sollten noch nicht schaukeln. Wir müssen vorher noch ein paar andere Sachen machen. Schau mal, die Ringe da drüben. Was meinst du? Schaffst du es, dich daran entlangzuhangeln? Ohne abzusetzen?«

»Sind wir jetzt etwa bei den Vorbereitungen für *Ninja Warrior*?«, fragte ich neckend.

»Du hast Angst, dass du es nicht schaffst, oder?« Ben stand mit einem Mal direkt neben mir und berührte mich – wie zufällig. Eine Gänsehaut breitete sich auf meinem Unterarm aus. Wie ein leichter Schauer kroch sie über meine Haut und schlüpfte unter meine Jacke.

»Und ob ich das schaffe, du bist nicht der Einzige hier mit Muskeln.« Herausfordernd reckte ich das Kinn.

Er schmunzelte. »Spann an!«

»Was?«

»Na, deine Muskeln.«

»Das muss ich nicht, ich überzeuge durch Können!« Langsam ging ich ein paar Schritte rückwärts. Ben steckte seine Hände in die Hosentaschen seiner Jeans, wodurch sie ein kleines Stück nach unten rutschten und ich einen kurzen Blick auf die blauen Shorts darunter erhaschte.

»Na dann, beweise es. Wer schneller ist!«

Ich drehte mich um und rannte zu den Ringen, sprang

hoch und spürte das kühle Holz an meinen Händen. Schnell begann ich, mich daran entlangzuhangeln. Als ich noch drei Ringe vom Ziel entfernt war, merkte ich ein Ziehen in den Armen, doch ich wusste, dass Ben mich beobachtete, also ignorierte ich den Schmerz. *Wenn ich etwas angefangen hatte, zog ich es auch durch.*

»Jetzt bist du platt, was? Das waren nicht mal dreißig Sekunden.«

Er nickte. »Ja, durchaus beeindruckend. Jetzt komm ich.« Ich sah zu, wie Ben zu den Ringen ging und sich nun ebenfalls daran entlanghangelte, wobei *hangeln* übertrieben war, denn er war so groß, dass er einfach an den Ringen entlanglaufen konnte.

»Tja, ich würde sagen, das waren nicht einmal fünfzehn Sekunden. Ich gewinne!«

»Du hast geschummelt!« Empört stemmte ich die Arme in die Seiten.

»Nein, ich habe doch die Ringe berührt, jeden einzelnen. Gewonnen!« Er lachte.

Mein Ehrgeiz war geweckt. »Wer zuerst bei der Rutsche ist!«, rief ich und rannte auf die Leiter zu, die nach oben zur Rutsche führte. Natürlich war ich als Erste da und lachte von oben zu Ben herunter. »Gewonnen!«

Ben sah mich an. »Das war unfair.«

»Nein, das mit den Ringen war unfair.«

Seine Mundwinkel zuckten. »Na, dann los, rutsch runter«, forderte er mich auf.

»Das mach ich, und zwar mit Schwung und Eleganz. Das kannst du mir mit Sicherheit nicht nachmachen.« Schon setzte ich mich und ließ mich mit so viel Würde wie möglich die schmale Rutschte hinuntergleiten. »So macht man das«, sagte ich und klopfte mir die Hände ab, als ich unten angekommen war.

»Ich kann das mindestens genauso elegant.« Mittlerweile war auch Ben oben angekommen und setzte sich. »Schau zu und lerne«, tönte er.

Und blieb stecken.

Ich prustete los. »Ja, sieht wirklich sehr elegant aus, Ben.«

Mit den Händen versuchte er, sich voranzuschieben, was jedoch zum Brüllen komisch aussah. »Das machst du echt spitze! Ob du jemals wieder rauskommst?«

»Haha. Ich bin wohl einfach zu muskulös.« Noch immer versuchte er mit aller Kraft, sich durch die enge Rutsche zu schieben.

Ich lachte erneut. »Ja sicher, du bist zu sportlich zum Rutschen. Der Punkt geht eindeutig an mich.«

»Also pass auf.« Ben war inzwischen unten angekommen. »Wir machen einen Contest und der Gewinner darf bestimmen, wie der restliche Abend verläuft, okay?«

»Was schwebt dir vor?«

»Wir starten hier.« Er zog mit dem Fuß einen Strich in den Sand. »Es geht zuerst zu den Ringen, dann zur Wippe, weiter zur Rutsche und schließlich rüber zur Schaukel. Wer am schnellsten ist, gewinnt. Und wir müssen natürlich noch abspringen.«

»Du hast jetzt schon verloren. Wir stoppen die Zeit.«

»Geht klar! Also, willst du anfangen?«

Siegessicher nickte ich ihm zu. Ben zückte sein Handy und sah mich an. »Bei drei. Also: eins, zwei, drei, los!« Schon rannte ich auf die Ringe zu, hangelte mich an ihnen entlang, sprintete zur Wippe, um darüberzubalancieren, und kletterte hinauf zur Rutsche. Alles klappte super und ich erreichte spielend leicht die Schaukel. Ich stieß mich ab, holte ein paarmal Schwung und sprang.

»Jetzt schaust du, hm?«

Ben nickte anerkennend. »Du hast das echt gemacht.«

Ich sah ihn an. »Natürlich, ist ja auch eine Challenge, so was ziehe ich immer durch.« *Wenn der wüsste ...*

»Alles klar, dann muss ich jetzt wohl auch.«

»Absolut, du wolltest doch was Abenteuerliches machen.«

»Also schön.« Er ging in die Knie. »Deine Zeit war eine Minute dreißig. Ich hoffe, du bist gleich nicht allzu enttäuscht.«

Ich schüttelte den Kopf, dann schrie ich: »Eins, zwei, drei, go!« in die Nacht hinein. Ben rannte los. Zuerst zu den Ringen, aber er nahm den Parcours nicht, sondern tippte sie nur an, dann zur Wippe, die er ebenfalls bloß antippte. Das Gleiche machte er bei der Rutsche, lief weiter zur Schaukel, schwang sich darauf, stieß sich ab und sprang weiter als ich. Das konnte er ja mal so was von vergessen.

»Fertig!«, rief er und ich starrte ihn an.

»Du bist disqualifiziert!«, entgegnete ich empört.

»Sag die Zeit an, Lina.«

»Keine ganze Minute, aber das gilt nicht.«

»Oh doch, ich hab gewonnen!« Ben klatschte in die Hände und grinste breit.

»Von wegen, du hast ja gar nichts gemacht, außer zu schaukeln. Alles nur angetippt.«

»Na und?«

»Was, na und?«

»Ich habe gesagt, dass man zu den einzelnen Stationen *gehen*, nicht, dass man sie ausführen muss.« Er hob eine Braue, ganz so, als wäre das selbstverständlich und mehr als logisch.

»Du bist …«, entfuhr es mir und er lachte schallend los. Mit einem Mal stand er wieder ganz dicht vor mir. Sein herber Duft kroch mir in die Nase, vermischt mit der fast frühlingshaften Nachtluft.

»Los, lass deine Wut raus. Zeig mir deine Muskeln!« Er tippte an meine Nasenspitze.

»… so ein Idiot!«, sagte ich in dem Augenblick, als er sie berührte.

Er lachte noch immer. »Nachdem ich jetzt der Bestimmer bin, entscheide ich, wie der Abend weitergeht. Zuerst setzen wir uns in diese wirklich gefährliche Schaukel.« Er deutete auf die Vogelnestschaukel. Noch immer spürte ich seinen Finger an meiner Nase. Ich könnte ihn erwürgen dafür, aber gleichzeitig merkte ich, wie mir dieser Abend immer mehr Spaß machte.

»Eigentlich hast du ganz und gar nicht gewonnen und ich müsste bestimmen. Aber gut, meinetwegen. Wenn du das brauchst.«

Er zwinkerte und ging auf die Schaukel zu. »Komm.« Ich gab nach und folgte ihm. Ben kletterte hinein und reichte mir die Hand.

»Das schaffe ich schon. Ich brauche keine Hilfe, um in eine Schaukel zu steigen, und schon gar nicht von gemeinen Spielbetrügern.«

Er nickte und ich sah, wie seine Mundwinkel dabei zuckten. »Na schön. Du schaffst also alles ganz allein, ich verstehe schon.«

Als ich etwas zögerlich zu ihm in die Schaukel krabbelte, verlor ich jedoch den Halt und keine Sekunde später spürte ich seinen Körper unter meinem. Sofort rauschte ein Gefühl von Aufregung durch mich hindurch.

»So willst du also schaukeln«, neckte er mich, ohne sich dabei zu bewegen. Ich musste mich ganz schnell aufsetzen, wegdrehen, irgendwas.

»Ich bin nur … ausgerutscht oder eben draufgerutscht … auf dich«, erwiderte ich atemlos. Augenblicklich richtete ich mich auf.

Lachend erhob auch er sich. »Gut, dann legen wir mal los, festhalten. Gemeinsam bewegen wir jetzt was, was meinst du?«

»Haha.« Doch schon schwang er mit dem Körper nach vorn und ich stieg automatisch mit ein.

Wir wurden schneller und schneller, und als Ben fragte: »Höher?«, erinnerte mich dieses kleine Wörtchen daran, wie mein Puls in die Höhe geschnellt war, als wir einander so nah gewesen waren.

Ich schüttelte heftig den Kopf, um den Gedanken daran zu vertreiben. »Nein, ich glaub, mir wird sonst schlecht.«

Er nickte und ließ die Schaukel wieder langsamer werden. Als sie zum Stehen gekommen war, sah er mich einen Moment lang an. Dann ging er in die Knie und legte sich hin. »Der Himmel ist echt schön, oder?«

»Ach ja?«

»Ja, schau es dir selbst an. Die Sterne sind ganz deutlich zu sehen, die Nacht ist klar.« Ich tat es ihm gleich und legte mich neben ihn. Ich lauschte den Blättern, wie sie im Wind raschelten, hörte einen Vogel, dessen Ruf die Stille durchbrach, und etwas, das sich anhörte wie das Klopfen von Absatzschuhen auf Asphalt. *Tak, tak, tak.* Wie ein Herz, das plötzlich schneller schlug in der Brust. Wie mein Herz.

»Du musst dir jetzt einfach vorstellen, wir würden irgendwo in schwindelerregender Höhe liegen. Ganz nah am

Himmel. Ist das nicht aufregend?«, riss mich Ben aus meinen Gedanken.

Ich drehte meinen Kopf zu ihm. »Ja, sehr«, neckte ich ihn. »So vertreibst du dir also die Zeit? Mit verrückten Vorstellungen und auf dem Spielplatz herumtobend?«

Unsere Blicke trafen sich für einen kurzen Moment und ich sah, wie sich auf Bens Gesicht ein sanftes Lächeln ausbreitete. »Ja, ich bin ein harter Kerl, der jeden Tag das Abenteuer sucht. Und heute mir dir, Baby!«

Ich rollte mit den Augen, musste aber dann doch lachen.

Er atmete tief ein, ließ den Blick kurz schweifen und sah mich erneut an. »Nee, mal im Ernst, ich finde, wenn man sich etwas vorstellen kann, ist das enorm viel wert.«

»Ja, ist es, aber dass ich jetzt irgendwo über den Niagarafällen baumle, ich weiß nicht«, entgegnete ich skeptisch.

»Ach Lina, du musst es dir nur vorstellen! Der Himmel ist dort sicherlich auch nicht anders. Nur mehr Sterne vielleicht. Vorstellung ist alles.«

»Okay, dann stell dir vor, wir wären nicht an den Niagarafällen, sondern baumelten über Lava. So wird's doch erst richtig spannend. Aber du magst ja das Abenteuer.«

»Lava …« Ben schmunzelte. »Ich muss gerade daran denken, wie wir früher, also ich und meine Freunde, immer so getan haben, als wäre der Boden Lava. War zwar nur das Wohnzimmer. Aber hey, es wirkte verdammt echt.«

Ich musste lächeln, denn mit einem Mal erinnerte auch ich mich daran, wie ich dieses Spiel mit meinen Schwestern gespielt hatte. Meistens war Nika gestürzt, Kaia hatte den sicheren Weg gewählt und ich, ich hatte immer versucht, weiterzukommen. Was witzig war, denn diese Charakterzüge waren noch immer vorhanden.

»Woran denkst du?«

»Daran, wie meine Schwestern und ich auch immer so einen Unfug gemacht haben.« Ich spürte, wie sich meine Lippen zu einem Lächeln verzogen. Ich hörte das Gelächter meiner Schwestern in meinem Kopf widerhallen, sah uns ausgelassen durchs Haus toben.

»Ja, die Kindheit, wie unbeschwert das alles war«, hörte ich Ben neben mir.

»Du tust ja gerade so, als wären wir schon fast fünfzig.« Ich drehte mich auf die Seite.

Er sah mich an. »Nein, aber die Zeit geht doch wirklich extrem schnell vorbei, oder?«

Ich seufzte. »Ja, das tut sie.«

»Und ich will sie nutzen. Auf alle Fälle.«

»Ach ja und was hast du vor?«

»Ich sammle sie ein.«

Jetzt musste ich lachen. »Ein brillanter Einfall. Warum macht das nicht jeder? Einfach Zeit sammeln, super Idee. Ben, der Zeitensammler.«

Er schwieg für einen Moment und schüttelte leicht den Kopf. Ich überlegte, ob ich etwas Falsches gesagt hatte, doch dann setzte er zum Sprechen an. »Es geht, glaub mir, besondere Momente kann man sammeln. Wenn man sie findet, zum Beispiel an besonderen Orten, die nicht jeder gleich auf dem Schirm hat, muss man sie festhalten.«

»Besondere Orte? Na ja, so besonders ist ein Spielplatz jetzt auch wieder nicht.«

»Für ein Date?«

»Wir haben kein Date.«

Ben lachte und mir wurde warm in dieser kühlen Frühlingsnacht. »Stimmt, entschuldige. Habe ich ganz vergessen.«

Ich räusperte mich und fing mich wieder. »Du magst also besondere Orte? Um Zeit zu sammeln, also schöne Momente?«, setzte ich die Unterhaltung fort.

»Jeder verbindet etwas mit gewissen Orten und genau das ist es, was mich interessiert.«

Erstaunt musterte ich ihn. »Ja, okay, aber wie kann man Orte sammeln? Wie kommst du darauf?«

»Genauer gesagt, kann man deren Geschichten sammeln. Oder die der Menschen, die zu diesen Orten gehören. Erinnerungen. Schau mal, wir sind jetzt hier und, na ja, wer weiß, welche Geschichte wir noch schreiben. Auf einem einfachen Spielplatz. Obwohl wir uns anfangs nicht wirklich grün waren, liegen wir jetzt hier und haben Spaß, oder? Vielleicht denkst du irgendwann mal daran, wie es mit mir war. Hier ist es uns gelungen, das Gleichgewicht wiederherzustellen. Eine Wahnsinnsgeschichte, oder?«

Ich ließ seine Worte einen Moment in mir nachhallen und betrachtete dabei sein Profil. Vor meinem inneren Auge tauchten die Postkarten auf, die an dem Kühlschrank in unserer Wohnung klebten, jede aus einem anderen Ort. Ben hatte recht, auch sie erzählten Geschichten. Geschichten, die ich sammelte, die mich daran erinnerten, wie die Zeit mit meinem Papa gewesen war. »Ich habe eine Ausbildung gemacht zum Grafiker. Mediendesign«, hörte ich Ben sagen. »Und ich interessiere mich schon immer für alles mögliche Unmögliche. Für Abstraktes. Dinge, die auf den ersten Blick anders erscheinen. Ich will hinter die Fassade blicken.«

Sofort dachte ich an meinen Blog. »Und deswegen wolltest du mich treffen?«

»Ja, so ist es. Ich wollte wissen, was hinter deinem, zugegebenermaßen sehr merkwürdigen, Verhalten steckt.« Bens

Lippen verzogen sich zu einem Lächeln, das seine Augen glänzen und etliche kleine Lachfältchen um sie herum entstehen ließ. Ich hatte ihn also tatsächlich mit meinem verrückten Verhalten angezogen. »Du glaubst, da steckt mehr dahinter?«

»Das tut es. Meistens zumindest. Und dann …«

»Was dann?«, fragte ich. »Dunkle Geheimnisse werden auf beiden Seiten enthüllt?«

Er lächelte vielsagend. »Wer weiß.« Er stieg von der Schaukel und sie stoppte. Ich setzte mich auf.

»Was ist los? Ist dir schwindelig?«

»Total.«

Ich starrte ihn an. »Echt jetzt?«

»Ja, mir wurde früher schon immer schlecht vom Schaukeln. Das muss ich wohl verdrängt haben.« Er lehnte sich gegen die Stütze der Schaukel. »Oder ich wollte Eindruck auf dich machen. Aber wenn ich mich übergeben würde, wäre das sicherlich nicht sehr sexy.«

Jetzt musste ich lachen. »Ich merke schon, du bist der geborene Abenteurer. Und jetzt, Herr Bestimmer? Wippen haben wir bereits hinter uns. Balancieren? Rutschen?«

»Oder einfach setzen?«

»Du bist so ein harter Kerl.« Ich stieg aus der Schaukel. »Ist zwar nicht gerade abenteuerlich, aber gut …«

Er lachte und steuerte eine Bank an, auf der er sich niederließ. Ich folgte ihm, und als ich mich gesetzt hatte, spürte ich Bens Hand an meiner. Sie fühlte sich rau an auf meiner weichen Haut.

Ich grinste. »Ach komm, jetzt schon? Bitte!«

»Was?«

»Na ja, ich hätte gedacht, du brauchst etwas länger mit

deinen Annäherungen.« Er grinste nun auch. »Du nimmst also einfach so meine Hand?«

»Ja, einfach so. Wie fühlt es sich an?«

»Ich fühle nichts, nur dass sie schwitzt«, entgegnete ich in dem Versuch, locker zu klingen.

»Ach ja?« Herausfordernd blickte er mich an und verschränkte seine Finger mit meinen.

»Ja«, sagte ich, während ich meine Hand aus seiner befreite und die Wärme, die erneut in mir aufstieg, zu unterdrücken versuchte. »Warst du schon mit vielen Mädels hier? Gleiche Tour. Abenteuer versprechen und von Geschichten und Orten reden, die du sammelst, und dann romantisch nach ihrer Hand greifen?«, fragte ich also etwas kühl, woraufhin er eine Braue hob.

»Nein, wie kommst du darauf?«

»Ich weiß nicht, ist so ein Gefühl.«

Ernst sah er mich an und murmelte: »Weil du mich für so einen schlimmen Kerl hältst, nicht wahr? Stimmt, da war ja was.« Er schüttelte den Kopf und rieb die Hände aneinander. »Aber wenn wir jetzt anfangen, uns Fragen zu stellen, zeige ich dir was. Bereit?«

»Was hast du vor? Willst du … noch in den Sandkasten?«

»Sehr witzig. Nein, es gibt einen Ort in Nürnberg, an dem man immer die Wahrheit sagen muss. Das könnte spannend sein. Außer du traust dich nicht?« Einen Ort in Nürnberg, an dem man die Wahrheit sagen musste? Meine Neugier war geweckt.

»Also schön. Zeig mir diesen Ort.«

Ben lächelte. »Auf in ein weiteres Abenteuer.«

KAPITEL 8

»Die Kirche kenn ich, was ist an der so besonders? Warum muss man hier die Wahrheit sagen? Wegen der Tatsache, dass es ein Gotteshaus ist?«, fragte ich Ben ungeduldig und er lachte.

»Nein. Ich meine nicht die Kirche, sondern den Brunnen da.« Er deutete auf einen kleinen Brunnen, der ganz rechts an der Kirche stand. Bisher war er mir nie wirklich bewusst aufgefallen. Als wir davorstanden, grinste Ben mich an.

»Ah, jetzt kommt eine Geschichte, verstehe. Du willst Eindruck schinden.«

»Halb richtig. Eine Geschichte, ja. Aber ich will damit keinen Eindruck schinden. Das ist ein Teufelsbrunnen. Siehst du den Jungen ganz rechts, der vom Teufel gepackt wird?«

Ich musterte die Figuren und Verzierungen darauf und entdeckte, was Ben meinte. »Ja, eine ziemlich große Nase hat dieser Teufel.«

»Ist ja auch der Teufel«, meinte er und stupste mich dabei mit der Schulter an. »Nun«, fuhr er plötzlich mit förmlicher Stimme fort, »einer alten Legende nach gab es in Nürnberg einen Schuljungen. Einen, der immer nur Ärger machte. Er schwindelte alles und jeden an und eines Tages wurde er, weil er mal wieder gelogen hatte, vom Teufel bestraft. An diesem Ort. Und es soll eine Warnung an alle sein, nicht zu lügen. Denn der Teufel hört hier ganz genau hin.«

»Oh, oh«, sagte ich und musste mir das Lachen verkneifen. »Und damit willst du mir Angst machen und mich ausfragen? Was liegt dir auf dem Herzen, Ben?«

»Da wäre zum einen die Frage an dich ...« Er sprach noch immer mit seiner Stadtführerstimme.

»Ja?«

»Was ist dein peinlichster Lieblingssong?«

Verblüfft sah ich ihn an. »Was?«

»Sag schon!«

»Ähm, keine Ahnung. Ich habe keinen speziellen Song ... aber wenn ich sauer bin, höre ich ab und an Schlager, um runterzukommen.«

»Das ist strange.«

Ich lachte. »Vielleicht lüge ich ja auch.«

»Nein, leider nicht.« Seine Lippen verzogen sich zu einem Grinsen und ich merkte, wie ich sie dabei beobachtete.

»Das weißt du also?«

»An diesem Ort darf man nicht lügen.«

Noch immer lachend schüttelte ich den Kopf. »Okay, jetzt frag ich dich. Was ist das Dümmste, was du jemals gemacht hast?«

»Schwer zu sagen, ich mache ständig dumme Sachen.«

»Ach ja?«

»Ja, aber das Allerdümmste war wohl ... ich habe mal im Winter an einer Eisenstange geleckt. Nicht zu empfehlen.«

Ich prustete los. »Du schwindelst, so dumm ist niemand, das weiß man doch.«

»Denkst du! Deswegen ist meine Zunge jetzt mindestens zwei Zentimeter länger. Aber das hat auch Vorteile.« Er zwinkerte mir zu und ich rollte mit den Augen.

»Sicher doch. Du schwindelst, jetzt aber wirklich.«

»Okay, ja! Du hast mich erwischt.« Er fasste sich gespielt theatralisch an die Brust. »Magst du lieber romantische Filme oder Action?«

Ich überlegte einen kurzen Moment. »Eher romantische. Gemischt mit ein bisschen Action vielleicht. Im Kino läuft doch jetzt dieser neue Film, wie heißt er noch? Den würde ich mir gern ansehen. Aber Emma zeigt mir den Vogel. Ist gar nicht ihrs!«

»Gut zu wissen«, entgegnete er schmunzelnd. »Ich bin dran: Hat dir schon mal jemand gesagt, dass du toll bist?« Ich spürte, wie sich mein Herzschlag beschleunigte. Hatte er das gerade einfach so gesagt?

»Was? Du bist überhaupt nicht dran!«, antwortete ich empört, bevor ich schmunzelnd hinzufügte: »Vielleicht.«

»Und wer zuletzt?«, fragte er interessiert.

»Müsste Emma gewesen sein, weil ich die Spülmaschine ausgeräumt habe.« Mit einem Mal veränderte sich Bens Blick, er wirkte tiefer, intensiver. Was hatte er vor?

»Darf ich dir was sagen, Lina?«

»Was?«

»Du bist … echt toll. Es macht Spaß mit dir. Und das ist ernst gemeint.« Ich erwischte mich dabei, wie ich lächelte, doch dann trat ich einen Schritt zurück. *Spiele machten immer Spaß.*

»Da hab ich doch gleich eine Frage für dich, Ben. Wie viele Mädchen hast du schon hierhergebracht und ihnen nach deiner Geschichte – also dieser Geschichte vom Teufelsbrunnen hier – gesagt, wie toll du sie findest und dass es keine Lüge ist, weil sonst der Teufel dich gepackt hätte?« Ich lachte und bemerkte selbst, dass es bitter klang. So schnell würde er mich nicht rumbekommen.

Ben schüttelte den Kopf. »Du bist wirklich schlimm. Warum sollte ich das tun?«

»Weil es, wenn ich gerade so darüber nachdenke, echt ein genialer Aufreißerplan wäre.«

Er schaute mich einen Augenblick lang durchdringend an. Schließlich antwortete er: »Noch nie.«

»Oh, oh, du sollst nicht lügen. Der Teufel hört alles ...«, sagte ich gespielt fröhlich. Denn die Vorstellung, dass ich nicht die Erste war, die mit ihm hier war, gefiel mir nicht.

Leicht kniff er die Augen zusammen. »Ich lüge nicht.«

»Sorry, kann ich mir nicht vorstellen«, erwiderte ich schulterzuckend.

Ben ging einen Schritt zurück. »Aber du kannst dir vorstellen, dass ich ein gemeiner Kerl bin, ohne dass du mich überhaupt kennst? Und mir noch allerhand anderes Zeug um die Ohren hauen?«

»Nein, ich habe nie gesagt, dass du gemein bist!«, wehrte ich mich.

Jetzt machte er einen großen Schritt auf mich zu und durchbrach damit die Distanz, die er kurz zuvor zwischen uns geschaffen hatte.

»Los, sag schon. Was ist es, was dich an mir stört?«

Ich versuchte, mich von der plötzlichen Nähe nicht beirren zu lassen. »Weißt du, Ben ... Die Alarmsignale sind unübersehbar.«

»Ach ja, und die wären?«

»Schau dich an. Dein Auftreten, dein Profil auf Tinder, die Blicke, deine ganze Art ...«

»Okay, und das macht mich automatisch zu einem Herzensbrecher?«, unterbrach er mich. Mist, ich hatte zu viel gesagt. »Und trotzdem bist du zu mir gekommen?«, fragte er weiter. »Ich gebe zu, ich würde wirklich gerne wissen, warum. Und zwar die Wahrheit ...« Wie kam ich da bloß wieder raus?

Ich wich seinem Blick aus und antwortete zögerlich: »Wie gesagt, ich wollte dich nicht gleich in eine Schublade stecken.«

Er lachte. »Nicht eher, weil du gerne spielst?«

»Spielen?«

»Ja, mit dem Feuer zum Beispiel? Oder dem Teufel?« Ben grinste mich schelmisch an.

»Unsinn. Ich spiele nicht gerne und wenn, dann nur nach meinen Regeln.«

Das Grinsen verschwand und sein Blick wurde nachdenklich. »Deine Regeln, soso ...«

»Und jetzt bin ich dran«, sagte ich entschieden. »Aber ich will eine Antwort und nicht nur ein komisches Grinsen.«

»Okay.«

»Spielst *du* denn gerne und bist deswegen mit mir hier?«

Ben strich sich durchs Haar. »Nein. Ich bin mit dir hier, weil ich wie gesagt neugierig bin und wissen will, was in deinem Kopf vorgeht. Was dahintersteckt.« Wieder lag sein Blick intensiv auf mir. Dumpf drangen Gelächter und Gitarrenklänge an mein Ohr.

Gerade als ich drohte, in Bens Blick zu versinken, schüttelte ich mich und entgegnete: »Aha, was dahintersteckt ... Eine Frage habe ich noch.«

»Und welche wäre das?«

»So wie ich dich einschätze, reißt du jedes Wochenende eine andere auf. Stimmt das?«

Heftig schüttelte er den Kopf. »Nein.«

»Sei vorsichtig ...«

»Gibt es jemanden in deinem Leben, dem du alles anvertraust?«, lenkte er von meiner Frage ab.

Kurz überlegte ich. »Ja, mir selbst. Ist die sicherste Variante.«

»Sonst niemandem?«

»Emma einiges, meinen Schwestern zum Teil etwas. Du?«

»Glaubst du an die eine große, wahre Liebe?« Die Frage kam völlig unerwartet.

Nun schüttelte ich den Kopf. »Nein, ich glaube zwar, dass es die Liebe gibt, aber auch, dass man sich dagegen wehren kann. Und keine Ahnung, Liebe …« Ich blickte zur Seite, wollte nicht weiter darauf eingehen. Wollte die Musik nicht hören, nicht in seinen Augen versinken. »Können wir solche ernsten Themen bitte lassen?«

Ben zog die Stirn kraus. »Liebe ist also ein ernstes Thema für dich?«

»Klar. Und ein nerviges. Lass uns ein bisschen Spannung reinbringen: Was war dein prickelndster Moment in letzter Zeit?«, traute ich mich, ihn zu fragen. Meine Hände begannen, leicht zu zittern. Ben sah mich an, undurchsichtig, tief. Hatte ich zu viel verraten? Hätte ich das mit der Liebe besser nicht sagen sollen? Vermutete Ben jetzt etwa, dass mehr dahintersteckte, ein Geheimnis, mit dem er mich packen konnte? Noch während ich darüber nachdachte, wer hier wen packte, nahm er meine zitternden Hände in seine und drückte mich mit dem Rücken gegen die Sandsteinmauer der Kirche.

»Dieser irgendwie.«

Da war er, der typische Bad Boy. Hatte ich es doch gewusst.

»Das macht dich heiß?« Ich versuchte, mir nicht anmerken zu lassen, dass mein Herz in dem Moment, in dem er mich berührt hatte, ein wenig außer Kontrolle geraten war. Dass mich die Wärme, die von seinem Körper ausging, ebenso einhüllte wie der Blick aus seinen Honigaugen.

»Ist es denn sexy?« Seine Stimme war gefühlt eine Oktave tiefer geworden.

»Wie du weißt, bin ich gegen diese Tricks immun. Und das hier ist eindeutig ein Trick«, sagte ich mit belegter Stimme.

»Ach ja?« Sein Blick haftete glühend auf mir, während ich die kalte Wand im Rücken spürte. »Du bist also gegen alles immun. Liebe, Gefühle … Küsse. Und dass wir hier so stehen, macht dir gar nichts aus?« Inzwischen waren seine Hände zu meiner Taille hinabgewandert.

Ich zögerte einen Moment. Seine Hände erzeugten Hitze an den Stellen meines Körpers, an denen sie lagen. Was sollte ich jetzt tun? Die Wahrheit sagen oder ihm eine Lüge auftischen? Ich riskierte einen kurzen Blick zu dem steinernen Teufel, bevor ich Ben fest in die Augen sah. »Ein wenig vielleicht.« Das war zumindest die halbe Wahrheit. »Jedenfalls wusste ich, was passieren würde. Dass wir uns wiedertreffen, du mir tief in die Augen blicken, mich berühren würdest …«

Ein leichtes Schmunzeln umspielte seine Lippen. »Du glaubst also ernsthaft, ich hatte das alles geplant?«

»Ja!«

»Und was wird dann deiner Meinung nach jetzt passieren?«

»Du wirst mich küssen.« Ich konnte den Blick nicht von seinen halb geöffneten Lippen abwenden.

Er rückte noch ein wenig näher an mich heran, sodass sein Atem über meine Wange strich. »Du denkst, das will ich?«, flüsterte er mir ins Ohr.

»Ja.«

»Willst du es denn?«

Als ich kaum merklich den Kopf schüttelte, wich er ein Stück zurück, nur um sich kurz darauf noch enger an mich zu pressen.

»Lügnerin«, seufzte er. Sein Duft kroch mir in die Nase, herb und unglaublich gut. Schon bei unserer ersten Begegnung im Club war mir sein Duft aufgefallen. Doch jetzt, wo er mir so nah war, roch ich ihn noch viel intensiver. »Ich frage noch mal: Willst du mich denn küssen?« Er rückte nach, ein winziges Stück, seine Lippen waren nur noch wenige Zentimeter von meinen entfernt.

Und dann, ohne eine Antwort zu geben, legte ich meine Lippen auf seine. Erst zart und langsam, dann bestimmter, bis er meinen Körper ganz gegen die Wand presste. Umgeben von der kühlen Nachtluft und den vielen Fragen, die noch offen waren, dem Spiel, das wir spielten, war da nur noch Ben. Er legte seine Hand an meine Wange, drückte mich an sich. Ich spürte die Wand in meinem Rücken und seinen Körper an meinem, seine Hüften, die meine berührten, und seine Lippen, die immer gieriger mit meinen verschmolzen. Er atmete schwer, woraufhin ich mich nur noch mehr gegen ihn drängte. Ich war überrascht, wie sehr mich sein Kuss beflügelte, was ich dabei fühlte. Seine Hände glitten an meinem Körper entlang, ich öffnete den Mund und ließ meine Zungenspitze sanft seine berühren.

Es dauerte eine Weile, ehe er sich von mir löste und mich ansah. »Immun? Ganz sicher?«, fragte er mit einem leichten Lächeln im Gesicht.

Ich nickte. »Ja, ich bin immun«, flüsterte ich atemlos, fühlte aber an meinem gesamten Körper, dass ich schwindelte. Und dann küsste ich ihn erneut, einfach so, weil ich es wollte.

»Lügnerin«, hauchte er gegen meine Lippen, bevor der Kuss tiefer wurde, inniger. Hitze breitete sich in jedem Winkel meines Körpers aus. Mit seiner Zunge drang Ben in meinen Mund, und obwohl ich mich dagegen wehren wollte, es sollte, tat ich es nicht. Mein Brustkorb vibrierte. Selbst wenn ich immun dagegen war, dieser Kuss war unglaublich. Noch nie war ich so geküsst worden. Zart und doch so fordernd. Bens Lippen wanderten von meinem Mund zu meinem Ohr und über meinen Hals. Als ich schließlich nach einer gefühlten Ewigkeit erneut seine Lippen suchte, schob er mich von sich. Sein Blick, der nach wie vor auf mir haftete, war dunkel geworden. Noch immer klopfte mein Herz wie verrückt. Heftig und erbarmungslos. In diesem Moment wusste ich nur eins: Ich wollte ihn noch mal küssen. Nach diesem berauschenden Gefühl, das er in mir ausgelöst hatte.

Ich erstarrte bei dem Gedanken daran. War ich etwa doch nicht immun? War ich wirklich eine Lügnerin?

»Und was ist das jetzt?«, fragte ich noch immer atemlos.

»Keine Ahnung, wir werden sehen, vielleicht ein Abenteuer?«, antwortete Ben lächelnd. »Oder der Beginn einer spannenden Geschichte?«

Ich lachte. »Wirst du diesen Ort jetzt also auch einsammeln?«

In mir kribbelte es heftig und ich musste mich selbst ermahnen: Es war ein Spiel, eine Challenge, mehr nicht. Dennoch musste ich zugeben, dass es mir mit einem Mal gefiel, dieses Spiel zu spielen. Aber würde es tatsächlich gut ausgehen?

Solange du die Spielregeln machst, flüsterte mir meine innere Stimme zu und ich wusste, sie hatte recht.

Warum schlug mein Herz dann nur so heftig?

KAPITEL 9

immer

»Und, war der Abend so vorhersehbar, wie du dachtest?«, fragte Ben, als wir unten vor meinem Wohnhaus angekommen waren, und fuhr sich dabei einmal kurz durch die Haare.

Ich lächelte. »War doch ganz okay.«

Er lachte. »Ganz okay, soso. Sei froh, dass wir nicht mehr am Brunnen stehen.«

»Bitte was? Ich lüge nicht! So überraschend war der Ablauf des Abends eben nicht.« Rasch blickte ich zur Seite.

»Ach ja?«

»Ja«, antwortete ich, »erst im Club, dann unser Ausflug. Es war klar, dass du mich küssen würdest. Da war ich mir schon ziemlich sicher.«

»Unsere Geschichte ist also geschrieben?« Ben trat näher an mich heran. »Ich für meinen Teil würde mir wünschen, dass sie weitergeht und wir uns wiedersehen. Wie sieht es bei dir aus?« Ich ignorierte das Gefühl, das die Nähe zwischen uns in mir auslöste, und konzentrierte mich auf meinen Plan. Die nächste Stufe stand an.

»Du willst mich also wiedersehen? Mir noch mehr Plätze zeigen. Mich küssen und …«

Er atmete tief durch und schluckte ein paarmal schwer, bevor er erneut ansetzte. »Was ist dein Problem, Lina?« Er wich mir aus. Ich versuchte, Anzeichen in seinem Blick dafür zu finden, wie es weitergehen würde, doch es gelang mir nicht.

»Geschichten sind schön. Aber weißt du, was in den meisten Geschichten passiert und daher Fakt ist?« Er sah mich fragend an. »Ein Mädchen, ein Junge, sie könnten unterschiedlicher nicht sein. Er ist ein harter Kerl, sie vertraut ihm blind. Erst mögen sie sich und alles ist schön. Zumindest glaubt das Mädchen das. Aber weißt du, was? Ich kann dir genau sagen, was jetzt passiert. Du wirst mir sagen, dass du an mich denkst. Doch von jetzt auf gleich höre ich nichts mehr von dir. Und dann tauchst du irgendwo mit einer anderen auf. Es ist ein Spiel, mehr nicht.« Während ich die letzten Worte aussprach, verspürte ich einen Stich.

»Ach ja, so läuft das also in deinem Spiel ab?« Sein Blick war noch immer unergründlich. Ich wollte ihm standhalten, doch es gelang mir nicht. »Ja, allerdings.«

Ben schüttelte den Kopf. »Warum denkst du bloß so schlecht von mir?« Seine Frage brachte mich aus dem Konzept, für einen Augenblick wusste ich nicht, wie ich reagieren sollte.

»Ich denke nicht schlecht von dir«, antwortete ich schließlich zögerlich. »Ich bin einfach realistisch. Wenn man schon von vornherein genau weiß, was passiert, ist man hinterher nicht so sehr getroffen, wenn es tatsächlich so kommt.«

»Ihr habt euch also geküsst?«, fragte Emma neugierig, als wir am nächsten Morgen zusammen auf dem Sofa saßen. Jede von uns mit Augenpads, die Emma gerade testete. Kühlend und wahre Wundermittel gegen Augenringe. Ich konnte sie nur allzu gut gebrauchen, die letzte Nacht war lang gewesen.

»Ja, haben wir. Und es war okay, also ganz brauchbar …« Ich lehnte mich zurück und schloss die Augen.

Emma lachte. »Also war es richtig gut? Gib es zu!« Sie boxte mir in die Seite.

Ich schreckte hoch. »Hey, das ist Folter zur Erpressung der Wahrheit!« Emma kicherte. »Na gut, küssen kann er, aber das können die meisten Bad Boys, oder? Weil sie Kussübungen machen und viel und ständig trainieren.«

Sie lachte. »Ja, auf der Bad-Boy-Kussschule, du redest vielleicht immer einen Quatsch.« Ich versuchte, das Kribbeln auf meinen Lippen zu ignorieren. Noch immer hatte mich das Gefühl nicht verlassen, etwas Falsches gesagt zu haben. Zu viel gesagt zu haben.

»Blöderweise kann ich nur echt oft nicht den Mund halten«, seufzte ich und Emma sah mich fragend an.

»Was war denn noch? Hab ich's mir doch gleich gedacht.«

»Ach, ich habe ihm wieder ein paar Dinge um die Ohren gehauen, die ich mir hätte sparen sollen. Unnahbar sein klappt bei mir oft nicht. Ich rede zu sehr, wie mir der Schnabel gewachsen ist.« Ich zupfte nervös an den Fransen des Kissens neben mir.

»Was ja auch gut ist.« Sie grinste mich an und klopfte mir dabei auf die Finger. »Das Kissen kann nichts dafür, also hör auf.«

Ich legte es weg. »Wenn ich Ben sage, dass ich weiß, wie er vorgeht, ist das eher nicht so gut. Warum konnte ich nicht einfach aufhören und das Mädchen spielen, dem man sofort anmerkt, dass es Gefühle entwickelt hat? Weißt du, wie ich meine?«

»Oh.« Ihr Grinsen verflog und wich einem zerknirschten Ausdruck.

Ich griff nach meinem Handy, das vor mir auf dem Couchtisch lag. Keine Nachricht von Ben. Es sollte mich nicht wundern – und doch nervte es mich irgendwie. Ich musste weiterschreiben, aber ohne Material ging das schlecht.

»Hat er sich nicht gemeldet?«

»Nee, ich hätte tatsächlich gedacht, er würde sich noch ein paar Tage länger ins Zeug legen, bevor er auf Abstand geht. Aber gut, da habe ich mich wohl getäuscht. Am Ende habe ich ihm wahrscheinlich zu viel an den Kopf geknallt. Oder wir sind schon in Stufe vier, kann auch gut sein.« Je länger ich darüber nachdachte, desto wahrscheinlicher kam es mir vor. Ich seufzte.

»Alles in Ordnung mit dir? Du wirkst so bedrückt«, schob sich Emma in meine Gedanken.

»Nein, alles gut.« Schnell lächelte ich. »Ich habe nur darüber nachgedacht, wie ich das alles jetzt in dem Blogbeitrag verpacken kann. Aber ich habe schon eine Idee.« Ich hatte keinen blassen Schimmer.

»Du hast keinen Schimmer, oder?«

Ich lachte. »Erwischt.« Emma kannte mich einfach zu gut.

Wieder schielte ich zu meinem Handy. Noch immer nichts.

»Aber hat jetzt nichts bei dir ausgelöst, oder? Der Kuss, meine ich. Also wirklich … Du wirkst irgendwie so«, hakte Emma nach.

»Nein, sicher nicht. Nur … ja, war gut.«

Ein Grinsen huschte über ihr Gesicht. »Ganz und gar nichts? Also wirklich nichts?«

»Wirklich ganz und gar nichts«, wiederholte ich, schnappte mir noch einmal das Kissen neben mir und legte meine Hand darauf. »Ich schwöre.« *Zum Glück stand ich nicht vor dem Brunnen.*

Emma lachte. »Dir ist schon klar, dass ich dir das nicht abnehme, oder? Aber nachdem du ja weißt, wie man damit umgeht, bin ich gespannt, wie sich das Ganze entwickelt. Hast du eigentlich noch mal was von Nika gehört? Wegen Alex und so?«

Ich schüttelte den Kopf und legte das Kissen auf meinen Beinen ab. »Nein, scheint bisher alles okay zu sein, das hoffe ich zumindest. Kann man ja nie wissen, das geht ganz schnell.«

»Du bist und bleibst also davon überzeugt?«

»Oh ja, allerdings«, sagte ich und legte dabei so viel Überzeugungskraft wie möglich in meine Stimme. »Gibt's bei dir irgendwas Neues?«, versuchte ich, das Gespräch in eine andere Richtung zu lenken.

Nachdem sie mir im Schnelldurchlauf ein Update zu den Produkten gegeben hatte, die sie gerade testete, zückte sie ihr Handy, tippte kurz darauf herum und hielt es mir dann hin.

»Wegen diesem ganzen Challenge- und Bad-Boy-Zeug ... Ich habe da ein Match mit einem und, na ja, er ... Kannst du ihn dir vielleicht mal ansehen?«, fragte sie etwas kleinlaut, was ich gar nicht von ihr gewohnt war.

Stirnrunzelnd entgegnete ich: »Du willst also wissen, auf welche Stufe der Skala ich ihn setze?«

Emmas Wangen färbten sich in einem hellen Rot, bevor sie abwinkte. »Nicht dass ich die Einschätzung wirklich brauche ... Ich denke, er ist okay. Aber trotzdem.«

Ich ließ den Blick auf das Handy in meiner Hand sinken. *Tim, kurze helle Haare, blaue Augen, ein nettes Lächeln.* »Da steht, er mag Schnecken«, murmelte ich skeptisch, »meint er damit Frauen?«

»Wollte ich auch wissen, weil ... keine Ahnung, ich fand

ihn einfach interessant und dann hatten wir ein Match und jetzt weiß ich, dass er gerne *Zimtschnecken* mag. Und den Traum hat, einen kleinen Laden in der Stadt zu eröffnen.« Während sie sprach, stahl sich ein kleines Grinsen auf ihr Gesicht, das zunehmend breiter wurde. »Wir haben schon viel geschrieben. Er ist echt … ja, irgendwie sehr nett.« Sie sah mich abwartend an.

Schmunzelnd erwiderte ich: »Du magst ihn, Emma, du fühlst etwas!« Ich knuffte ihr in die Seite und sie schreckte zusammen.

»Also? Skala?«, wollte sie nun wieder etwas kleinlaut wissen.

Ich lächelte und griff nach ihrer Hand. »Ich denke, er ist ein guter Kerl, ich kann zumindest nichts Nachteiliges entdecken.«

Sie nickte und wieder stahl sich dieses kleine Grinsen auf ihr Gesicht. »Okay, ich halte dich auf dem Laufenden.«

Den restlichen Tag ruhten wir uns von der letzten Nacht aus, quatschten viel und abends kochte Emma Nudeln mit Pesto, mehr konnten wir in unserem Vorratsschrank nicht finden. Zum Nachtisch gab es Eis mit Smarties – davon hatten wir mehr als genug –, während wir uns durch Netflix klickten. Ich versuchte, Ben und die Challenge aus meinem Kopf zu kriegen, doch es gelang mir nicht. Als ich abends im Bett lag, beschloss ich, ihm zu schreiben. Sozusagen als Test, wie er reagieren würde.

> Na, was machst du gerade?

Ich schickte die Nachricht jedoch nicht ab, sondern löschte sie wieder. Männer konnten diese Frage überhaupt nicht leiden. Wirkte so kontrollierend. Angeblich. Stattdessen tippte ich:

> Sehen wir uns die Tage?

Ich war immer noch nicht zufrieden. Was jetzt?

Genau in diesem Moment bekam ich eine Nachricht von Ben:

> Kann es sein, dass du ständig Nachrichten eintippst und sie anschließend wieder löschst?

Oh Shit.

> Unfug. Als ob ich vor dem Handy sitzen und nur darüber nachdenken würde, was ich dir schreiben könnte. Das tust du aber anscheinend. Woher wüsstest du sonst, dass ich tippe?

Ich schickte die Nachricht ab und erhielt als Antwort ein Smiley. Dann kam eine ganze Weile nichts. Bis ich sah, dass Ben wieder tippte.

> Ich bin die Tage ein bisschen beschäftigt, aber wir sehen uns hoffentlich demnächst.

Klar, der Klassiker. Abstand. Damit hatte ich gerechnet. Stufe vier. Sicher würde er jetzt mit einer anderen rumhängen oder …

> Klar, kein Ding.

Schließlich hatte ich gewusst, dass es so kommen würde.

Alles läuft nach Plan, Lina, versuchte ich, mich selbst zu überzeugen.

Jetzt musste ich es nur noch glauben.

Stufe 3

Ein merkwürdiger, fieser Gedanke verankert sich in deinem Kopf: Wenn du ihn wiedersiehst, möchtest du die Sache klären. Nächster Fehler. Denn genau das beabsichtigt er. Und was ist das Resultat davon? Du bestätigst ihn darin, dass du das perfekte Herzklau-Opfer und die optimale Ego-Aufpolier-Maschine bist.

Doch weil er nicht die ganze Zeit über fies zu dir sein kann, bittet er dich schließlich um ein Date. Und er wird nicht lockerlassen – bis er dich endlich dazu gebracht hat. Sieh dich vor, schon bald wird er dich zum ersten Mal küssen. Auch hierbei stellt sich nun die Frage: Warum? Denn eigentlich macht das ja überhaupt keinen Sinn. Schließlich will er dich nur ins Bett kriegen.

Doch, das macht Sinn. Damit will er dir in seiner verqueren Bad-Boy-Logik zeigen, dass er gar kein so schlechter Kerl ist, und lässt deine *Er-ist-geheimnisvoll*-Antennen ausschlagen. Irgendetwas muss schließlich hinter seinem merkwürdigen Verhalten stecken. Der Spruch *harte Schale, weicher Kern* existiert ja nicht umsonst. Er wird so tun, als ob er gar nicht so hart ist. Als ob er ein Herz hat.

Doch das ist alles nur Show.

KAPITEL 10

»Ach herrje, da braucht aber jemand mindestens eine Kanne Kaffee«, empfing mich Mama mit einem Stirnrunzeln, nachdem sie die Tür geöffnet hatte. Wie immer waren ihre hellen Haare leicht toupiert und die grünen Augen zurückhaltend geschminkt. Unsere blauen Augen hatten wir von Papa, Kaia, Nika und ich. Jede von uns ihr ganz eigenes Blau. Genauso wie unsere Namen. Er hatte gewollt, dass sie ebenso besonders waren wie wir.

Aus dem Inneren der Wohnung ertönten Geräusche, die sich stark nach Bernds Meditationsklängen anhörten.

»Kaffee wäre gut.« Ich seufzte. »Kannst du ihn mir bitte direkt in die Venen pumpen?«

Gestern war hart gewesen. Nicht nur, dass sich ständig Ben in meine Gedanken geschlichen hatte, die Hausarbeit machte es mir ebenfalls ganz schön schwer. Es war unmöglich gewesen, auch nur ein einziges Wort zu Papier zu bringen.

Mama hob eine Augenbraue. »Als Krankenschwester könnte ich das sicher. Aber nein, so weit kommt's noch. Und jetzt rein mit dir. Was ist denn los?« Sie küsste mich auf die Stirn und gab mir damit sofort ein Gefühl von Geborgenheit.

Ich liebte meine Mama, auch wenn unser Verhältnis hin und wieder mal schwierig gewesen war – gerade in der Phase, als Papa unsere Familie praktisch über Nacht verlassen hatte. Papa war Musiker, die beiden hatten sich in einer Bar kennengelernt. Er hatte für sie gespielt und sie hatten sich ineinander verliebt. Früher hatte ich diese Geschichte immer gemocht, denn sie ließ mich an die Liebe glauben. Aber dann stellte ich mir die Frage, was nach dem Happy End passierte. Das vergaß man leider viel zu oft. Im Falle meiner Eltern war es ein immerwährendes Auf und Ab gewesen. Ich wusste, dass Papa uns liebte, aber die Freiheit liebte er noch mehr. Wie ein Vogel, der in den Süden flog. Und so war er schließlich losgezogen. Immer wieder schrieb er uns Karten aus aller Herren Länder mit den ungewöhnlichsten Geschichten.

Am Anfang war es hart für Mama gewesen und die Kerle, die sie zu Hause angeschleppt hatte, waren mehr als gewöhnungsbedürftig gewesen. Aber dann kam Bernd. Ja, zugegeben, auch er war etwas *anders* mit seinem Detox-Saft und den ständigen Entschlackungskuren oder Meditationsklängen, die quasi jeden seiner Schritte begleiteten, allerdings auf eine liebevolle Art und Weise.

»Hey, Schlafmütze«, rief Nika mir lächelnd entgegen. Sie war noch in ihrem Pyjama.

Auch Kaia saß schon am Frühstückstisch. Ich drückte die beiden kurz, ehe ich mich an den gedeckten Tisch setzte und den Duft von Kaffee und frischen Brötchen einatmete. Ich liebte es, gemeinsam mit meiner Familie zu frühstücken. Auch eine Kanne mit undefinierbarem grünen Saft stand bereit. Etwas, das Bernd eingeführt hatte.

»Wie geht es dir, Lina?«, wollte er wissen, während er mir eine Tasse mit Kaffee vollfüllte und über den Tisch reichte. Dabei lächelte er wie immer entspannt. Ich konnte mir sehr gut vorstellen, dass sich seine Patienten in der Zahnarztpraxis dadurch gleich sicherer fühlten.

»Gut, war nur etwas lang gestern.« Ich hatte tatsächlich noch viel geschrieben. Zwar nicht an der Hausarbeit, wie ursprünglich geplant, aber an dem nächsten Blogbeitrag. Ich hatte es nicht geschafft, meine Gedanken still zu halten. Also hatte ich es genutzt und alles, was mir im Kopf herumgespukt war, aufgeschrieben.

»Ach übrigens, ich muss euch warnen«, sagte Bernd, als er die Kanne wieder abgestellt hatte. »Mein Edelstein-Roulette hat mir gesagt, dass etwas in der Luft liegt. Es könnte später noch Regen geben.«

Ich sah zu Mama, die am Kühlschrank stand. Sie lächelte.

Inzwischen hatten Nika und Kaia die Köpfe zusammengesteckt und starrten auf Nikas Handy. »Ich habe Kaia gerade den neuesten Post von Alex gezeigt«, erklärte Nika mir ganz aufgeregt, als sie meinen Blick bemerkte.

»Oh, was hat er denn gepostet? Wie sieht er aus?«, fragte ich. »Verwuschelte Haare, einfach mal total casual oder doch lieber der sexy-elegante Look?«

Nika verdrehte die Augen und Mama, die sich gerade zu uns an den Tisch gesetzt hatte, warf mir einen tadelnden Blick zu. »Deine Schwester ist glücklich, Liebes. Ist doch schön. Mach nicht immer alles so schlecht.«

»Ja, das bin ich echt.« Nika seufzte leise und warf Mama einen dankbaren Blick zu. »Immer noch.«

Kaia musterte weiterhin Nikas Display. »Er sieht schon nicht schlecht aus«, meinte sie, »zumindest auf dem Foto.«

»Ja, ich weiß. Du wirst schon sehen, es ist alles super. Und es bleibt auch super mit ihm. Manche Dinge brauchen eben Zeit und …«

»Die Zeit ist wirklich wichtig und groß und mächtig«, mischte sich nun auch Bernd ein.

Mama griff nach seiner Hand. »Ja, sie hat mir dich gebracht. Na ja, sie und mein schmerzender Zahn, dafür bin ich heute noch dankbar.«

Bernd nickte. »Und ich erst.« Die beiden küssten sich und ich räusperte mich mehrmals.

»Hallo, wir frühstücken. Ich wollte nichts von Zähnen hören und Zungen sehen.«

»Das ist Liebe, Kinder. Ja, Liebe …«

Nika lächelte. »Eben, seht ihr. Aber meine beiden Schwestern scheinen ja dagegen immun zu sein.«

Immun. Sofort baute sich vor meinem inneren Auge die Szene auf von Ben und mir in der Vogelnestschaukel. Dann am Teufelsbrunnen. Unser Spiel, das Wortgeplänkel, die Küsse …

»Und, wie läuft deine Challenge mit Ben?« Mit diesen Worten riss mich Kaia aus meinen Gedanken und beförderte mich zurück an den Frühstückstisch, an dem nun auf einmal alle Augen auf mich gerichtet waren.

»Was für eine Challenge? Und wer ist Ben?«, wollte Mama neugierig wissen.

»Ups, ja, also …« Ich warf Kaia einen genervten Blick zu. Das hätte echt nicht sein müssen. Sie wusste doch, wie neugierig Mama immer war. »Soll ich?«, fragte Kaia versöhnlich und ich nickte. Sie setzte sich auf und begann zu erzählen: »Lina will beweisen, dass alle Bad Boys gleich ticken und nur darauf aus sind, ihren Spaß zu haben und die Herzen unschuldiger Mädels zu brechen. Sie behauptet, dass sie Kerlen ansehen könne, was sie im Schilde führen, und dass sie alle nach einem Muster vorgingen. Sie nennt es das Bad-Boy-Prinzip und … es ist echt lustig.«

Mama musterte mich stirnrunzelnd. »Das klingt … interessant. Und wie willst du das beweisen?« Zögernd begann ich, alles zu erzählen. »Du hast dir diesen Ben ausgesucht und willst jetzt beweisen, wie er tickt?«, fragte Mama, nachdem ich fertig war. »Und es scheint zu funktionieren?«

»Ja, er macht sich jedenfalls gerade rar. Ich bin gespannt, wie es weitergeht.«

Sie runzelte die Stirn. »Und was soll das bringen? Du gibst dich mit einem vermeintlichen Bad Boy ab und willst beweisen, dass du dich nicht in ihn verliebst?«

»Zum einen, ja. Viel mehr aber will ich beweisen, dass diese Kerle immer nach dem gleichen Prinzip vorgehen. Damit möchte ich andere Mädels vor solchen Idioten bewahren.« Ich warf einen schnellen Blick in Nikas Richtung. »Und ich will zeigen, dass man kontrollieren kann, wen man liebt. Man muss sich in solche Kerle nämlich nicht verlieben.«

Plötzlich wirkte Mama angespannt. Ich konnte tausend Fragezeichen in ihrem Gesicht erkennen.

»Ist das nicht etwas engstirnig?«, wandte Bernd lächelnd ein. Immer wenn er etwas sagte, geschah das mit einer so weichen Stimme und einem so milden Gesichtsausdruck, dass man ihm nie böse sein konnte.

»Nein, ich … es ist so. Am Ende ist alles …«

»Also, ich sage dir nur eines: Was du machst, meine Liebe, ist, mit dem Feuer zu spielen. Und das ist nicht klug. Das Universum merkt das.«

»Ja, Lina, denk ans Universum«, ermahnte mich Kaia und ich boxte ihr spielerisch in die Seite.

»Ja, das Universum findet sicher einiges nicht so toll.« Ich sah zu Nika, die ihr Gesicht verzog. Den Ausdruck hatte sie definitiv von Mama. »Können wir jetzt vielleicht das Thema wechseln?«, unterbrach sie mich barsch.

»Niemand hat von Alex gesprochen«, wehrte ich ab. »Also, ich zumindest nicht.«

»Gut, denn er ist toll. Alles klar? Ende der Geschichte.«

Statt einer Antwort hob ich beide Hände in schützender Abwehrhaltung vor meinen Körper und griff schließlich nach einem Brötchen. Ich hatte sowieso keine Lust, über Alex zu reden. Auch nicht über Ben oder die Challenge oder sonst irgendwas.

»Man kann nicht kontrollieren, wen man liebt, mein Schatz«, sagte Mama inbrünstig. Ich hatte gewusst, dass sie nicht lockerlassen würde.

»Ach ja? Kann man nicht?« Unsere Blicke trafen sich und ich fragte mich, ob sie wohl gerade das Gleiche dachte wie ich.

Schließlich antwortete sie: »Nein, kann man nicht.«

»Ich schon«, erwiderte ich bestimmt.

Sie sah mich lange an, bevor sie aufgab. »Wenn du meinst. Und wer ist der Kerl, den ihr ausgesucht habt? Kann ich ihn mal sehen?« Ihre Miene wirkte jetzt wieder entspannter.

Ich zückte mein Handy und zeigte Mama Bens Profilbild auf WhatsApp. Sie betrachtete es eine ganze Weile und runzelte dabei die Stirn. Ich wusste, was sie dachte, zumindest glaubte ich, es zu wissen. Aber ich wollte jetzt nicht daran denken. Nicht an damals. Nicht an Papa. An überhaupt nichts.

»Wer will die letzte Salami?«, durchbrach nun ausgerechnet Nika die merkwürdige Stille.

»Ich«, rief ich rasch, griff danach und schob sie mir in den Mund. Alle lachten.

Die Stille war vorüber und ich erleichtert. Denn eine solche Stille hatte mich schon zu oft ergriffen, wenn es um dieses Thema gegangen war.

KAPITEL 11

Nach dem Frühstück bei Mama und Bernd ging ich nach Hause und machte mich an die Arbeit. Da es am Abend zuvor nicht so gut geklappt hatte und ich zügig vorankommen musste, setzte ich mich direkt an den Schreibtisch. Während ich schrieb, wurde ich immer motivierter. Schreiben war eine Leidenschaft. Etwas, das mir immer geholfen hatte. In meinen Texten verarbeitete ich so vieles. Einiges davon war real, anderes hatte sich mit der Fiktion vermischt. Die Welt der Geschichten und Gedanken war groß und mächtig und eine Welt, in der ich mich geborgen fühlte. Weil die Gedanken dort fliegen konnten. Weil Geschichten Augenblicke festhielten und lebendig machten. Sooft man wollte. Wenn es mir mal nicht so gut ging, schaffte ich es, dieses Gefühl in meinen Texten auszudrücken.

Und mit einem Mal dachte ich nun doch an Papa. An die Geschichte, die ich damals verfasst hatte. Von einem Vogel, der jeden Winter in den Süden ziehen musste. Papa war dieser ewige Vogel gewesen. Er hatte weiterziehen *müssen*. Mit dieser Erklärung, die sich mein elfjähriges Gehirn zusammengesponnen hatte, tat es weniger weh. Noch heute. Das Schulheft, in das ich die Geschichte geschrieben hatte, war zusammengeklebt mit einem Cover, das ich selbst gemalt hatte. Ich wusste nicht, ob er es je gelesen hatte, zumindest hatte ich es ihm in die Tasche gesteckt. Damals, als er sich zu mir runtergebeugt und gesagt hatte: *Lina, mein Herz, wir können selbst entscheiden, wen immer wir lieben. Und ich werde immer dich lieben.*

Ich schob den Gedanken weg. Weil ich nicht zu sehr an den Entscheidungen der Vergangenheit festhalten wollte. Es half nichts, machte nur traurig, nachdenklich, wehmütig. Was passiert war, war passiert. Daran konnte man nichts ändern. Nicht wirklich jedenfalls.

Das Klingeln meines Handys riss mich aus meinen Gedanken.

»Hey, Kati, alles klar?«, wollte ich wissen, nachdem ich rangegangen war.

»Alles richtig gut. Pass auf, ich rufe an, weil ich gerade einen neuen Song geschrieben habe. Und du, meine Liebe, hast mich dazu inspiriert.«

»Was? Ich?« Ich ließ mich gegen die Rückenlehne meines Schreibtischstuhls fallen.

»Oh ja, aber ich will noch nicht zu viel verraten. Wir haben in den nächsten Wochen einen Auftritt im *Hirsch*. Wir sind gerade noch in den letzten Zügen. Das ist so ein Bandcontest. Ich würde sagen, du musst unbedingt kommen. Und Emma auch.«

»Jetzt spann mich doch nicht so auf die Folter!«

»Doch, das muss leider sein. Haltet euch auf alle Fälle mal den Donnerstag in zwei Wochen frei, klar?«

Ich notierte mir den Termin auf einem Post-it. »Klar!«

»Und wie läuft es sonst so bei dir?«, hörte ich Kati am anderen Ende der Leitung.

»Mit der Hausarbeit inzwischen wieder ganz gut, und auch wenn ihr gedacht habt, das Ganze mit Ben ist bescheuert und es ja anfangs auch so wirkte, das muss ich zugeben … es läuft, wir haben uns noch mal gesehen. Aber das kannst du alles auf meinem Blog lesen, ich bin schon fertig mit den ersten beiden Stufen.«

Kati lachte. »Ich bin gespannt.« Im Hintergrund hörte ich einen Trommelwirbel. »Oh, wir müssen weitermachen! Also dann, save the date, alles klar?«

Nachdem wir aufgelegt hatten, fiel es mir schwer, mich weiter durch die dicken Wälzer an Sekundärliteratur zu arbeiten. Viel lieber würde ich an dem Beitrag für meinen Blog schreiben, doch ich steckte fest. Also klemmte ich mir den Laptop unter den Arm und suchte Emma. Ich entdeckte sie schließlich in der Badewanne. Mit einer Meerjungfrauenflosse. Auf dem Kopf.

»Was tust du da bitte?«, fragte ich.

»Ist für Insta, sieht mega aus, oder?«

»Ich weiß zwar nicht, was das mit der Flosse soll, aber gut, meinetwegen.«

»Das ist eine Haarkur. Mit Meerjungfrauenschimmer. Angeblich verleiht sie dem Haar so viel Glanz, dass selbst Meerjungfrauen neidisch werden.«

Ich schmunzelte in mich hinein. »Oder man direkt zu einer wird?«, wollte ich wissen.

»Wie du siehst, hast du damit nicht ganz unrecht.« Sie kicherte und ich setzte mich neben der Wanne auf den Boden.

»Kann ich dir mal was vorlesen? Einen Gedanken in Bezug auf die Challenge?«

»Klar, immer her damit. Ich bin ganz Ohr. Moment.« Sie legte sich zurück, schloss die Augen und ich begann zu lesen.

Wenn du an diesen Punkt gelangst, denk an dein Herz. Denk daran, dass du die Regeln machst.

Ich seufzte. »Keine Ahnung, es soll darum gehen, die Regeln selbst zu schreiben, weißt du?«

Sie hob den Kopf und blickte mich an. Sie sah echt verrückt aus. »Das klingt doch nicht schlecht. Du machst also die Regeln.«

»Genau.«

»Du bist die Chefin. Die Boss Bitch?« Keck zwinkerte sie mir zu.

Ich lachte. »Ja, so ist es.«

»Und trotzdem merkst du, dass dein Herz zu schnell klopft, wenn du an ihn denkst, richtig?«

»Ja … nein!«

Sie lachte und ich fühlte mich ertappt. »Mir machst du nichts vor. Es nervt dich, dass er sich nicht meldet. Weil du das Gefühl hast, er macht die Regeln. Dabei hast du doch genau damit gerechnet. Also wo ist das Problem? Bleib mal entspannt. So wie ich.« Emma zwinkerte mir zu.

Sie hatte recht. Ich klappte den Laptop zu, bedankte mich bei ihr und verließ das Badezimmer. Jetzt wusste ich, was ich noch hinzufügen musste, um Stufe drei perfekt zu machen.

Er versucht, die Zügel in die Hand zu nehmen. Aber bleib entspannt. Wenn du bis hierher gekommen bist, weißt du, wie er tickt. Jetzt nur nicht das Ziel aus den Augen verlieren. Du wirst den Bad Boy überführen.

Wer einmal lügt, den küsst man nicht.

KAPITEL 12

Neben dem Studium arbeitete ich für ein kleines Stadtmagazin. Zuerst hatte ich gedacht, in einem größeren Verlag Erfahrungen zu sammeln, wäre besser. Sinnvoller für meine Zukunft. Aber mittlerweile war ich froh, in der kleinen Redaktion zu sitzen. Hier lernte man alles Mögliche. Vom richtigen Recherchieren und Schreiben der Beiträge übers Setzen bis hin zur Gestaltung, was meine zweitliebste Tätigkeit war. Am liebsten schrieb ich.

Jeder hier half dem anderen und ich genoss die wenigen Tage, die ich im Büro verbrachte, und den Vorteil, überall mal reinschnuppern zu können. Außerdem konnte ich so gut mein Studium finanzieren, ohne Mama und Bernd auf der Tasche zu liegen.

Als ich die Redaktion Dienstagmittag betrat, war schon einiges los. Es roch nach Kaffee und frisch bedrucktem Papier, Kollegen wuselten durch die Gänge, tippten auf ihren Tastaturen oder unterhielten sich am Telefon. Ich sah mich nach Volker um. Wenn jemand die Auszeichnung zu meinem Lieblingskollegen verdiente, dann war es Volker. Er war einfach immer gut drauf und hatte tolle Ideen. Ich arbeitete meistens mit ihm zusammen. An seinem Platz konnte ich ihn nicht entdecken und fand ihn schließlich in der Kaffeeküche, in der er sich gerade ein gesundes Müsli mit frischen Beeren, Haferflocken und Chia-Samen mixte. Dabei ließ er sich einen Kaffee aus der Maschine. Kaffee war hier das Lebenselixier.

»Hey, Lina, wie war dein Wochenende?«, fragte er grinsend, als ich den kleinen Raum betrat.

»War ganz okay. Und bei dir?« Ich wusste, dass er zurzeit mit seiner Freundin Jana die Eigentumswohnung renovierte, die sie vor Kurzem gekauft hatten.

»In der Wohnung läuft es gut. Alles nimmt mehr und mehr Form an.« Er grinste erneut und zückte dann sein Handy, um mir ein paar Bilder zu zeigen.

»Das sieht ja mega aus!«, rief ich erstaunt, während ich Fotos vom fertig gestalteten Esszimmer betrachtete.

»Ich bin auch echt begeistert, danke! Wie läuft die Uni, wie kommst du mit der Hausarbeit voran?«

»Hör mir auf«, stöhnte ich und meine Gedanken schweiften für einen Moment ab. In den letzten Tagen hatte ich versucht, nicht zu viel an die Challenge zu denken und mich auf die Hausarbeit zu konzentrieren, aber es wollte mir einfach nicht gelingen.

»So schlimm?«

Ich sah Volker an. »Ich habe da was ausgeheckt. Nur leider ist es nicht ganz so einfach, wie ich dachte.«

Er schob sich einen Löffel Müsli in den Mund und antwortete kauend: »Okay, jetzt wird es spannend. Erzählst du mir davon?«

Ich ließ mir einen Kaffee aus dem Automaten, und obwohl ich mir zunächst unsicher war, polterten die Wörter schließlich nur so aus mir heraus und ich berichtete Volker alles rund um die Challenge und den Plan, den ich ausgetüftelt hatte.

»Wow, das ist ja mal krass.« Typisch Volker. »Kann ich lesen, was du bisher hast? Nur so aus Interesse?«

Ich zögerte kurz, doch dann willigte ich ein. »Klar, ich habe alles auf dem Laptop«, sagte ich und folgte Volker ins Büro, wo ich ihm das bisher Verfasste ausdruckte. Während er die Texte überflog, arbeitete ich offene Mails ab.

Nach einer Weile stellte sich Volker an meinen Schreibtisch. »Lustig, keck, ich bin gespannt, was da rauskommt.« Er sah mich eindringlich an. »Du wolltest doch immer mal einen Artikel bringen, also selbst entscheiden, worüber du schreibst, wie du das Ganze aufziehst. Was hältst du davon, wenn wir das hier in unserer nächsten Online-Ausgabe bringen, sozusagen als eine Art Reportage? Dann hast du eine echte Referenz für die Zeit nach dem Studium. Ich weiß, wir sind nur ein kleines Magazin, aber hier im Umkreis doch sehr bekannt. Und deine Idee ist mal was ganz Neues. Dieser Ben, das ganze Drumherum. Ich würde echt gern mehr darüber erfahren. Mich hast du auf jeden Fall schon angefixt.« Er lachte und ich starrte ihn mit großen Augen an. Meinte er das etwa ernst? Volker nahm einen Schluck von seinem Kaffee und musterte mich. »Ich könnte es in der Redaktionssitzung vorstellen. Natürlich nur, wenn es für dich okay ist!« Ich sprang auf und fiel Volker um den Hals. Er lachte wieder. »Ich halte dich auf dem Laufenden. Und du mich bitte auch. Ich bin gespannt, wie dein Experiment weitergeht. Ich habe jetzt einen Termin. Du kannst ja noch ein bisschen daran feilen und dich anschließend um die Überarbeitung der letzten Texte kümmern. Sind ja auch nicht gerade uninteressant.« Er zwinkerte mir zu.

Nun lachte auch ich. »Ja, ich denke, jeder sollte wissen, wo es das beste Essen in der Stadt gibt, oder Geheimtipps zu den schönsten Plätzen kennen. Wobei ich gestehen muss, ich bin noch nicht so weit ...«

Nach dem letzten Satz musste ich erneut an Ben denken. Wie er über die Orte gesprochen hatte, die er sammelte. Spezielle Geschichten, die ihn faszinierten. Dass er hinter die Fassade blicken, entdecken wollte, was … Ich ließ mich zurück auf meinen Stuhl fallen.

»Kein Ding, du hast ja noch etwas Zeit, wenn ich das richtig mitbekommen habe. Aber nächste Woche sollte dazu was auf dem Tisch liegen«, riss mich Volker aus meinen Gedanken.

»Klar, krieg ich hin«, sagte ich und er wandte sich ab, um den Raum zu verlassen.

Also dann, Lina, an die Arbeit. Motiviert überarbeitete ich den Text, mit dem ich in der letzten Woche angefangen hatte, und ergänzte ein paar Anmerkungen am Rand. Danach fing ich an, mir meinen Beitrag noch einmal durchzulesen und daran zu feilen. Die Möglichkeit zu haben, einen echten, realen Artikel daraus zu machen, war einfach nur genial. Ich begann, die ganze Sache noch mal etwas anders aufzuziehen, und schrieb alles detailgenau auf. Meine Finger flogen nur so über die Tastatur.

»Was für eine Challenge?« Ich zuckte zusammen, als ich die Stimme meiner Kollegin Esther hinter mir hörte. Ich wirbelte auf meinem Drehstuhl herum und blickte in ihr grinsendes Gesicht. In der Hand hatte sie eine Käsestange.

»War gerade beim Bäcker, willst du auch was? Hab noch eine.« Esther war für den Bereich Kultur zuständig und war sicherlich gekommen, um sich nach dem Stand bei den *Nürnberg-Geheimtipps* zu erkundigen.

Ich schüttelte den Kopf. »Nein, ich brauche nichts, danke.«

Sie hob eine Braue. »Na gut, und was ist das jetzt für eine Challenge? Ist das echt oder eine Geschichte? Liest sich ziemlich lustig.« Wie lange hatte sie denn schon hinter mir gestanden? »Wie da von den Stufen die Rede ist. Zu gut. Und die Ego-Aufpolier-Maschine, ein toller Begriff.« Sie lachte und nahm einen großen Bissen von ihrer Käsestange.

»Es ist … also… ich mache da gerade ein Experiment.«

»Dann ist das echt? Die Challenge und den Kerl gibt es?« Sie sah mich mit aufgerissenen Augen an.

»Um ehrlich zu sein … ja, er heißt Ben. Ich habe Volker auch schon davon erzählt und er wollte die Idee in eurer Sitzung vorschlagen. Eigentlich war das Ganze nur für meinen Blog geplant. Aber jetzt habe ich ein bisschen was geändert und so könnte man es verpacken, was meinst du?«

»Ich finde, es ist richtig lustig zu lesen. Hier müsstest du vielleicht noch ein bisschen mehr ausführen, wie genau du vorgegangen bist, aber ansonsten ist es echt stark. Volkers Idee gefällt mir.«

Ich spürte, wie meine Wangen warm wurden. Dass ich so viel Zuspruch bekommen würde, hätte ich niemals vermutet und freute mich daher umso mehr darüber. Gerade von Esther, die schon in großen Verlagshäusern als Lektorin gearbeitet hatte und immer sehr kritisch und eher skeptisch war. Lobende Worte von ihr zu hören, ermutigte mich enorm.

Sie wartete noch auf meine Antwort, als mein Handy summte. Auf dem Display wurde eine Nachricht von Mama angezeigt.

> Wie geht's dir? Noch immer hinter Ben her?

»Ist er das?«, wollte Esther wissen.

»Fast.« Ich grinste. »Meine Mama. Sie ist unheimlich neugierig.«

Esther lachte. »Und wie geht es jetzt weiter? Lässt du ihn noch eine Weile zappeln?«

Verschwörerisch schüttelte ich den Kopf. »Wart's ab. Du willst dich doch nicht selbst spoilern?«

»Der arme Kerl, ich kann es kaum erwarten, was noch passiert.« Mit einem Mal sah sie mich ernst an. »Hast du keine Angst? Also … wenn ich das so lese, schwingt darin auch mit, dass du ihn nicht ganz schlecht findest, oder?«

Schnell winkte ich ab. »Quatsch, er ist einfach ein Versuchsobjekt … und …«

Sie lachte und auch das letzte Stück ihrer Käsestange verschwand in ihrem Mund. »Na gut, Lina, dann glaube ich dir mal. Aber lass dir eins von mir gesagt sein: Es haben schon ganz andere ihr Herz verloren.«

»Das ist nicht der Plan«, sagte ich überzeugt.

»Okay, und denk an die *Geheimtipps*, ja? Ich bin gespannt, was du uns nächste Woche dazu berichtest. Und natürlich, was sich in Sachen Ben so tut.« Esther warf ihre Serviette in meinen Mülleimer und verabschiedete sich.

Als ich gegen fünf die Redaktion verließ, war ich mehr als guter Dinge. Ich antwortete Mama:

> Alles läuft nach Plan.

Aus einer Aperol-Idee war plötzlich so viel mehr geworden. Eine Chance für mich, beruflich weiterzukommen. Im *Leben* weiterzukommen.

Das Spiel konnte fortgesetzt werden, ich war bereit.

KAPITEL 13

immer

Ende der Woche hatte ich noch einiges mehr geschrieben, angepasst und verfeinert. Und meine Stunden in der Uni abgesessen. Von Ben hörte ich nichts. Ich versuchte mich daran zu erinnern, dass es zum Plan gehörte. Doch die Zeit war nicht *groß* und *mächtig*, sie war einfach nur zäh.

Ich kam gerade vom Joggen zurück, als Emma mir zurief, dass wir am Abend zu Celines WG-Feier eingeladen waren.

»Wollen wir in einer halben Stunde los?«, fragte sie, während ich die verschwitzte Jacke auszog und über den Rand der Badewanne warf.

»Puh, eine Stunde musst du mir schon geben. Ich muss erst mal duschen und mich dann noch fertig machen.«

»Stimmt, am Ende taucht Ben auf.« Emma zwinkerte mir zu. »Was geht da jetzt eigentlich?«

»Was geht denn mit Zimtschnecken-Tim?«, fragte ich stattdessen und spürte sogleich einen Pikser in die Seite. »Autsch!«, rief ich, doch Emma lachte nur.

»Wir schreiben und wollen uns demnächst treffen.« Wieder huschte dieses kleine Grinsen über ihr Gesicht.

»Um Zimtschnecken zu backen?«, wollte ich neckend wissen, bevor ich Emmas strengen Blick sah und schließlich seufzend nachgab. »Zurzeit nichts, aber das wird schon.« Um ihr nicht zeigen zu müssen, dass ich gerade selbst nicht so ganz von meinen Worten überzeugt war, ging ich in mein

Zimmer. Emma folgte mir und blieb neben meinem Schreibtisch stehen. Während ich mir die Leggings über die Beine streifte, hörte ich sie hinter mir: »Oh, oh, die Party kommt ja wie gerufen. Ich denke, du brauchst wirklich Ablenkung. Wenn ich das da lese …«

Verdammt.

»Was? Nein. Das sind nur zusätzliche Gedanken.« Ich ging zum Schreibtisch und schob die losen Blätter zusammen.

Doch Emma grinste unerbittlich. »Anscheinend wurmt es dich doch, dass Ben sich nicht meldet, hm? Wie viele Tage ist es jetzt schon her?«

»So zwei, drei, fünf. Ist ja auch egal. Wurmt mich null.« Und ob es mich wurmte. Aber wir würden ja noch sehen, wer die Zügel in der Hand hatte.

Ich scheuchte Emma aus dem Zimmer und griff nach meinem Handy. Erst wollte ich eine Nachricht an Ben schicken, doch dann beschloss ich, es lieber sein zu lassen und duschen zu gehen. Es wartete schließlich eine Party auf uns.

Als wir etwa eine halbe Stunde nach der vereinbarten Uhrzeit vor Celines Tür standen, drang gedämpft Musik nach draußen. Wir warteten eine ganze Weile, aber es tat sich nichts.

»Da ist bestimmt ganz schön was los, sie merkt es sicherlich nicht wegen der Musik«, sagte Emma und drückte noch mal auf die Klingel.

»Das hört sie doch nie«, entgegnete ich und wollte gerade mein Handy aus der Tasche kramen, um Celine zu schreiben, als sich die Tür endlich öffnete.

»Dachte mir doch, dass ich was gehört hab«, rief Celine gegen den Lärm an und umarmte uns flüchtig. »Kommt rein.« Celine sah heiß aus. Zu engen Jeans hatte sie ein kurzes hellrosa Top und auffälligen Schmuck kombiniert.

Wir folgten ihr in die kleine Wohnung, und nachdem wir unsere Jacken im Flur aufgehängt hatten, betraten wir das Wohnzimmer. Bunte Bilder hingen vor einer glitzernden Tapete, die an eine pinke Wand anschloss. Musik von Capital Bra lief, die Stimmung schien gelöst, einige tanzten, andere saßen auf einem großen einladenden Sofa und unterhielten sich. Wobei *unterhielten* eher *schreien* bedeutete, weil die Lautstärke der Musik nichts anderes zuzulassen schien.

»Ein paar Jungs sind auch da«, erklärte Celine, während ich mich umsah. »Auch der von neulich Abend, als wir feiern waren, ihr wisst schon.« Sie deutete mit dem Kopf an uns vorbei. Stimmt, das war der Kerl. Der Kumpel von Ben. Er winkte Celine zu. »Ihr bedient euch einfach, ja? Ich bin mal wieder weg. Fühlt euch wie zu Hause!«

Neugierig ließ ich meinen Blick durch den Raum wandern. Auf einem Tapeziertisch standen Platten mit Häppchen, daneben Gläser und Getränke. Emma steuerte direkt darauf zu. »Komm, wir holen uns was. Und dann hauen wir uns da irgendwo hin, okay?«

»Gute Idee.«

Während ich Emma folgte, entdeckte ich mit einem Mal Ben. Er hatte mir den Rücken zugekehrt, aber er war es, ganz sicher. Unwillkürlich machte mein Herz einen kleinen Satz. Bilder unseres Abends auf dem Spielplatz und am Teufelsbrunnen schossen mir durch den Kopf. Doch dann machte Ben einen Schritt zur Seite und sofort blieb ich wie angewurzelt stehen. Denn er war nicht allein. Er unterhielt sich mit einem Mädchen. *Stufe drei*, versuchte ich, mich zu beruhigen. *So ticken sie, die Bad Boys.* Es dauerte keine zwei Sekunden, bis er sie an der Hand nahm, sich mit ihr aufs Sofa setzte und sie verführerisch anlächelte. Ich lief zu Emma, griff nach einer Flasche Bier und nahm einen tiefen Schluck daraus, nachdem ich sie geöffnet hatte.

Das Mädchen hatte dunkle Haare und kurz fragte ich mich, ob es Anni von neulich aus dem Club war. Aber dafür waren ihre Haare zu lang. Während ich mir sagte, dass es nur um die Challenge ging und mich das Ganze absolut nicht aufregen durfte, verspürte ich einen leichten Druck im Bauch, den ich nicht spüren wollte. Bilder von unserem gemeinsamen Abend tauchten erneut in meinem Kopf auf und ich erinnerte mich, wie viel Spaß wir gehabt hatten. Und an die Küsse. Die sanfte Berührung unserer Lippen, das Spiel unserer Zungen.

Schnell schob ich den Gedanken beiseite und ärgerte mich über mich selbst. Es *musste* mir egal sein. Schließlich waren keine Gefühle involviert. Ben hatte sicher Dutzende von Mädchen am Start, die er jederzeit zu Verabredungen mitnehmen konnte. Und ich wusste, wie er vorgehen würde, deswegen war ich keines dieser Mädchen. Natürlich hatte er mich in den letzten Tagen auf Abstand gehalten, mit einem Mal wurde es klar und deutlich. Das alles gehörte dazu, natürlich. Ich hatte es gewusst. Darüber geschrieben. Ben war ein Herzensbrecher.

Schnell wandte ich mich Emma zu, die mit den Häppchen beschäftigt war. Ich zwang mich regelrecht, nicht mehr zu den beiden hinüberzuschauen, doch meine Gedanken setzten sich darüber hinweg. Ob Ben gewusst hatte, dass ich auch kommen würde? Ich hatte nichts auf Instagram gepostet, dafür war die Zeit nach dem Joggen zu knapp gewesen. Doch eigentlich musste ich davon ausgehen, denn er wusste, dass ich mit Celine befreundet war, und laut Prinzip war das genau seine Masche.

»Da ist ja Ben«, flüsterte Emma plötzlich direkt an meinem Ohr und schmatzte leicht dabei.

Ich versuchte, cool zu reagieren, und vermied es, sie anzusehen. »Ich weiß, ist mir aber egal.« Doch Emma war Emma und wusste sofort, was in mir vorging.

»Red keinen Unsinn.« Sie deutete auf einen freien Platz. »Hat er dich schon gesehen?«, wollte sie wissen, während wir darauf zusteuerten. Seufzend ließ ich mich nieder.

»Nein, ich denke nicht. Mir aber auch total egal, wie gesagt.«

»Dass er mit einer anderen da ist?«

»Klar, das gehört alles zum Spiel«, sagte ich kühl und spürte dabei wieder diesen Stich in mir.

»Okay, wenn du das sagst …« Emma sah mich zweifelnd an.

Ich seufzte. »Alles gut. Ich bin cool.« Ich nahm einen weiteren Schluck von meinem Bier und konnte es mir nun nicht mehr länger verkneifen, mich noch einmal nach Ben umzusehen. Aber der war noch immer in ein Gespräch mit der Dunkelhaarigen vertieft und schien keinerlei Gedanken an mich zu verschwenden.

»Dafür starrst du aber ziemlich oft hin«, stellte Emma fest und schob sich eins der Häppchen in den Mund. »Solltest du ihn nicht lieber ignorieren?«

»Mach ich doch.« Ich drehte mich zu ihr. »Ich bin gerade noch am Üben. Lass uns über was anderes reden. Also, wann trefft ihr euch, du und Tim?«

Sie schaute hinunter auf ihre Hände. »Ich weiß nicht ... Meinst du, es ist noch zu früh? Ich würde schon gerne ...«

»Hey, Emma.« Sie blickte auf. »Wenn du dich mit ihm treffen willst, tu es. Wenn er nichts ist, war's das eben. Aber gib ihm eine Chance.«

Überrascht sah sie mich an. »Lina, bist du's?« Mit dem Zeigefinger tippte sie gegen meinen Kopf. »Hallooo, ist meine beste Freundin Lina da drin?« Ich musste lachen, denn sie hatte recht, die Aussage passte tatsächlich nicht zu mir. Ich wusste auch gar nicht genau, wie ich überhaupt darauf gekommen war.

Wieder wanderte mein Blick zu Ben, genau in dem Moment, in dem Celine neben uns auftauchte. »Er ist zusammen mit ihr gekommen.« Sie deutete mit dem Kopf in die Richtung der beiden. »Dabei dachte ich, ihr versteht euch. Ihr seid ja neulich sogar zusammen abgedampft.«

»Ja, schon, aber kein Stress.« Ich nickte energisch, als wollte ich mich selbst davon überzeugen. »Und bei dir? Wie läuft es mit ihm?« Nun deutete ich mit dem Kopf in Richtung von Bens Kumpel.

»Mit Carlo? Ja, er ist echt cool. Ich mag ihn. Und ist doch mega, dass er Teilhaber von der *Regina* ist, oder?« Von weiter hinten rief jemand Celines Namen. »Oh sorry, ich muss schon wieder!« Grinsend verschwand sie im Getümmel.

»Er ist also mit ihr gekommen«, wiederholte Emma.

Ich zuckte mit den Schultern. »Mir egal, ehrlich. Das ist Stufe drei.« Ein weiterer Schluck von meinem Bier. Wann war die Flasche so leer geworden? »Willst du auch noch eins?«, fragte ich.

Emma schüttelte den Kopf. »Wie schnell bist du denn heute?«

»Megaschnell. Heute feiere ich mich und mein Wissen.« Grinsend stand ich auf, ging zu dem klapprigen Tapeziertisch mit den Getränken hinüber und griff nach einem weiteren Bier.

Als ich mich umdrehte, stand Ben vor mir. Sein Blick vermischte sich mit meinem. »Hey.«

Ich nahm den Flaschenöffner vom Tisch und öffnete das Bier. »Hey.« Und damit ging ich einfach an ihm vorbei. Zumindest war das der Plan, doch er hielt mich an der Schulter zurück.

»Alles okay?«

»Klar, warum nicht? Viel Spaß noch.« Schnell schob ich mich an ihm vorbei, diesmal wirklich. Er sollte bloß nicht denken, dass mich das irgendwie interessierte.

»Was wollte er?«, fragte Emma, als ich mich neben sie auf das Sofa fallen ließ.

»Was weiß ich, wahrscheinlich Aufmerksamkeit. Das ist schließlich alles, was bei diesen Kerlen zählt.« Warum regte mich das nur so auf? Es durfte mich überhaupt nicht beschäftigen. Es war doch alles klar.

Neben uns setzten sich zwei Kerle, die auf den ersten Blick nett aussahen. Der eine war ziemlich groß und sportlich, der andere etwas kleiner mit einem strahlenden Lächeln. Eines, das sofort auffiel. *Wer war schon dieser Ben?*

»Hey, woher kennt ihr Celine?«, fragte ich die beiden über Emma hinweg.

»Vom Sport«, antwortete der Größere. »Wir gehen oft zusammen laufen oder mal ins Fitness.«

»Sehr cool. Ich bin Lina und das ist Emma.«

»Hi.« Emma hob die Hand, warf mir gleich darauf aber einen skeptischen Blick zu.

»Sam und Pietro«, stellten sich die beiden nun vor. Ich hob eine Augenbraue. »Pietro? Ist das italienisch?«

»Sì«, entgegnete der Kleinere und strahlte dabei übers ganze Gesicht.

Aus dem Augenwinkel sah ich Ben, der zu uns herüberblickte. Was der konnte, konnte ich schon lange. Ich biss mir auf die Unterlippe. »Ich mag Italien. Meer, Strand, Sonne. Bist du öfter dort?«, fragte ich Pietro.

»Klar, ein Teil meiner Familie lebt noch da, nahe der Küste.«

»Das ist ja spannend. Warte, ich komm mal zu dir rüber.«

Schnell stand ich auf und setzte mich dicht neben Pietro, nachdem ich Emma in Sams Richtung geschoben hatte. Sie warf mir einen nicht ganz so begeisterten Blick zu, doch dieses Opfer musste sie für die Challenge bringen. Ich wollte Ben zeigen, wie uninteressant seine Show für mich war, indem ich meine eigene inszenierte.

Pietro erzählte von Italien und dass er oft im Studio trainierte. Ich betastete seinen Oberarm. »Wow, ziemlich gut«, stellte ich lachend fest. Das Ganze begann, echt Spaß zu machen. Und durch das Bier wurde ich immer lockerer.

Als die zweite Flasche auch leer war und ich überlegte, was ich als Nächstes trinken könnte, tauchte Celine auf – genau im richtigen Moment. »Na ihr, ich hab da was für euch.« Sie trug ein Tablett, auf dem einige Plastikbecher mit rosafarbenem Inhalt standen. »Die müsst ihr probieren, ist 'ne richtig gute Bowle.« Jeder von uns nahm einen Becher. Celine hatte der Himmel geschickt.

»Also, auf uns«, sagte ich und wir stießen an, bevor sich Celine auf den Weg zu den nächsten Gästen machte. Die kühle Flüssigkeit bitzelte auf meiner Zunge.

»Wo waren wir stehen geblieben?« Ich hatte beschlossen, das Gespräch mit Pietro fortzuführen. Zwar interessierte mich das ganze Fitnesszeug nicht, aber er war nett und es machte Spaß, sich mit ihm zu unterhalten.

Nach einer Weile schaute ich erneut zu Ben, der die Dunkelhaarige in diesem Moment breit anlächelte. Ich schluckte, als ich beobachtete, wie er seine Hand auf ihr Knie legte. Echt jetzt, die exakt gleiche Nummer? Ich starrte noch immer zu ihm, als er sich umwandte und sein Blick meinen traf. Für den Bruchteil einer Sekunde waren da nur noch wir beide.

Doch dann sah ich weg und rückte noch näher an Pietro heran.

»Was ist das mit diesem Kerl und dir?«, fragte er. Ich konnte das Misstrauen in seiner Stimme förmlich fühlen.

Ich tat überrascht. »Mit wem?«

»Ich bin nicht blöd, Liebes. Zwischen dir und ihm, da ist irgendwas. Ich kann das spüren.« Er hob eine Braue und grinste.

»Ehrlich? Wie kommst du darauf?«

»Ja, wenn Spannung in der Luft liegt, krieg ich das sehr gut mit.«

Ich rückte ein Stück von ihm weg und sah hinunter auf meine Hände. »Keine Ahnung, er ist ein Idiot ... und eigentlich ist da auch nichts.«

Pietro lächelte. »Vielleicht ist er ja ein Idiot, aber ein ziemlich heißer.«

Verblüfft sah ich auf. »Du findest ihn heiß?«

»Ja. Und sorry, aber ich würde ihn dir jederzeit vorziehen, wenn du verstehst, was ich meine.« Er zwinkerte mir zu.

Jetzt begriff ich. »Du stehst auf Männer?«

»So ist es.«

»Oh verdammt, dann hätte ich gar keine Chance bei dir?«, fragte ich und stöhnte auf.

Er schüttelte den Kopf. »Nein, nicht wirklich. Und ich habe deine Show durchschaut. Aber wenn du möchtest, kannst du mir erzählen, was bei euch beiden los ist.«

Ich seufzte. Da hatte ich mir ja genau den Richtigen ausgesucht. »Das ist eine merkwürdige Geschichte, wenn ich ehrlich bin.«

Er beugte sich nach vorn und rieb sich die Hände. »Ich liebe merkwürdige Geschichten. Also?«

»Ach, ich … na gut, pass auf.« Keine Ahnung, warum, aber ich erzählte Pietro von der Idee mit der Challenge. Ich erzählte ihm alles, von Anfang an. Irgendwie fiel es mir leicht bei ihm. Und es war sicher nicht schlecht, die Einschätzung eines Mannes zu bekommen. Als ich fertig und fast ein bisschen aus der Puste war, lachte er. »Ich muss sagen, das ist wirklich ziemlich schräg. Aber auch interessant. Ich mag so was. Du kannst mich also gerne für dein kleines Spiel benutzen.«

»Benutzen. Wie das klingt …«

Er strich sich durch die Haare. »Na ja, es ist ein Spiel zwischen euch beiden. Die Frage ist nur, wer die Züge besser umsetzt.«

»Hey, Leute«, ertönte auf einmal Celines Stimme und die Musik wurde heruntergedreht. Die, die getanzt hatten, hielten in ihren Bewegungen inne. Celine hatte sich in der Mitte des Raums aufgestellt. »Megaschön, dass ihr alle da seid. Ich hoffe, ihr habt ein bisschen Spaß. Und damit wir uns alle besser kennenlernen, dachte ich, wir spielen ein kleines Spiel.« Die Leute stöhnten auf. »Ja, ein Spiel, schaut nicht so.

Ich bin das Geburtstagskind und wünsche mir das. Außerdem seid ihr in meiner Wohnung.« Sie lachte. »Also, herkommen und einen Kreis bilden, wir spielen jetzt.«

Tatsächlich richteten sich nach und nach alle auf und schon kurze Zeit später saßen wir in einem Kreis auf dem Boden. Ben genau gegenüber, wie sollte es auch anders sein.

»*Was wäre wenn* heißt das Spiel«, erklärte Celine. »Ich habe hier Karten mit lustigen Fragen und Aufgaben. Das kennt ihr vielleicht schon, aber ich habe mir gedacht, es wäre noch spannender, wenn jeder nach seiner Karte auch noch in dieses Glas greift und damit einen Namen aus der Runde zieht.« Celine erläuterte weiter, dass reihum gezogen werden sollte. Die Aufgabe oder Frage musste mit der Person umgesetzt werden, deren Namen man gezogen hatte.

Ein Kerl, den ich nicht kannte, zog die erste Karte und anschließend ausgerechnet Emmas Namen. »Was wäre, wenn du«, er lachte und setzte Emmas Namen in die Frage ein, »Emma versaute Dinge ins Ohr flüstern müsstest?« Er sah sich um. »Okay, wer ist Emma?«

Emma hob die Hand. »Hier!«

Der Kerl kam auf uns zu und begann, ihr etwas ins Ohr zu *flüstern*. Es war so laut, dass es jeder verstehen konnte. »Dann würde ich sagen: Du hast einen supersexy Hintern, Baby!« Alle lachten und klatschten, während sich Emmas Wangen zartrosa färbten.

So ging es weiter. Das Spiel begann, mir Spaß zu machen, was vor allem an den Aufgaben lag, von denen einige wirklich amüsant waren. Pietro zog zum Beispiel eine Karte mit der Aufgabe, sexy zu tanzen – und zwar für eine gewisse Mia, die, wie sich herausstellte, das Mädchen war, mit dem Ben die ganze Zeit über beschäftigt gewesen war. Celine sollte ihren BH ausziehen und ihn Susi schenken, die zum Glück eine gute Freundin von ihr war. Zwischendurch sah ich immer wieder heimlich zu Ben, er war noch nicht an der Reihe gewesen. Was er wohl tun musste? Ständig lächelte er Mia zu. Warum machte er das so offensichtlich?

In diesem Augenblick stupste Emma mich an. »Du bist dran, Lina.« *Shit.*

Ich griff nach dem Stapel mit den Karten, und als ich die Aufgabe darauf las, spürte ich ein heftiges Kribbeln in meinem Bauch. *Versuche, eine Person deiner Wahl zu verführen und dazu zu bringen, dich zu küssen. Geh dabei so weit, wie du willst, gern auch in einen anderen Raum ...*

»Okay, das ist ein Scherz«, sagte ich nur.

»Hey, was steht drauf?«, rief Celine durch den Raum. Nachdem ich die Aufgabe vorgelesen hatte, entgegnete sie mit einem kecken Augenaufschlag: »Mal sehen, wer der Glückliche ist.«

Ich atmete tief durch, griff mit geschlossenen Augen in das Glas und zog ein Stück Papier daraus hervor. Schon während ich den Zettel öffnete, begannen meine Hände zu schwitzen.

»Und, wer ist es?«, fragte Celine aufgeregt.

»Pietro.«

Celine klatschte, Emma lachte und überhaupt kam mit einem Mal Bewegung in die Gruppe. Okay, warum eigentlich nicht? Pietro war vielleicht nicht das schlechteste Los. Bei ihm war ich inzwischen ziemlich locker geworden. Ich sah zu Ben. Vielleicht gelang es mir sogar, ihn damit ein klein wenig zu provozieren.

»Und, was machst du jetzt?«, drang Celines Stimme erneut an mein Ohr. »Wie verführst du unseren begehrenswerten Italiener hier?«

Kurz überlegte ich, bevor ich langsam auf allen vieren auf Pietro zukrabbelte. »Hey«, flüsterte ich, als ich direkt vor ihm kniete. Ich strich über seine Wange, dann langsam eine Strähne hinter mein Ohr und seufzte dabei gespielt: »Ich bin ganz aufgeregt. Weißt du, was mir jetzt helfen würde? Ein Kuss. Auf die Lippen.« Ich fuhr sanft mit meinen Fingern über seinen Mund. Langsam näherte ich mein Gesicht seinem, kam näher und näher. Pietro grinste, und gerade als ich mich noch ein wenig weiter nach vorn beugen wollte, um seine Lippen mit meinen zu berühren, durchdrang ein lautes Poltern den Raum.

Ich hob den Kopf. Ben hatte das Wohnzimmer verlassen und die Tür hinter sich zugeworfen.

»Was ist denn mit dem los?«, fragte Pietro erstaunt.

Ich schaute zu Emma, die mit den Schultern zuckte. Und auch Mia sah ganz schön überrascht aus.

Pietro zwinkerte mir zu. »Go for it«, flüsterte er in mein Ohr.

Ohne lange nachzudenken, stand ich auf und räusperte mich. »Bin gleich wieder da.« Mit diesen Worten ging ich zur Tür und trat hinaus in den Flur. Wo war er hin? Nach kurzem Suchen entdeckte ich Ben in der Küche. Er hatte mir den Rücken zugekehrt.

Mit verschränkten Armen lehnte ich mich an den Türrahmen. »Was sollte das denn? Hast du ein Problem?«

Er drehte sich zu mir um. »Hast du denn eins?«, fragte er mit bebender Stimme. Dass er das überhaupt fragte. »Auch schön, dich zu sehen«, setzte er hinterher.

Ich verdrehte die Augen. »Lügner.« Ich konnte sehen, dass er schwer schluckte. »Also, was ist dein Problem?«

»Ich hab kein Problem. Ich fand es nur etwas ... na ja, wie

du dich an den Kerl rangeschmissen hast … unpassend, oder?«

»Was? Du findest es unpassend, wie ich mich an ihn rangeschmissen habe? Und das sagst du zu mir? Was hast du denn den ganzen Abend mit dieser Mia gemacht? Und da war es keine Aufgabe aus irgendeinem dämlichen Spiel. Außerdem hast du dich nicht mehr gemeldet und … ich wüsste auch gar nicht, was dich das überhaupt angeht.« Ich funkelte ihn an.

Er funkelte zurück. »Klar, natürlich nicht«, schnaubte Ben. »Ach, weißt du was?«, setzte er hinterher. »Ist mir zu blöd.« Ruckartig drehte er sich zur Küchenzeile, nur um gleich im nächsten Moment herumzuwirbeln und auf mich zuzukommen. Er stellte sich ganz nah vor mich. »Was stört dich bloß an mir?« Sein Blick war intensiv, viel zu intensiv.

»Nichts. Du kannst machen, was du willst.« Ich wandte mich ab, eilte zurück ins Wohnzimmer und schnappte mir als Erstes einen neuen Becher Bowle.

Pietro stellte sich neben mich. Das Spiel hatte ich wohl beendet. »Alles okay?«, fragte er vorsichtig.

»Ja, alles gut«, antwortete ich gedankenverloren, während meine Augen schon wieder nach Ben suchten. Und tatsächlich bestätigte er meine Theorie, indem er sich erneut zu der Dunkelhaarigen setzte und sogar noch näher an sie heranrückte. Dass sie das nicht blöd fand. Kein Wort würde ich mehr mit so einem Kerl reden. Der hatte sie doch nicht mehr alle.

Egal, ich musste cool bleiben. Ich hatte genau gewusst, was passieren würde. Eigentlich lief doch alles so, wie es laufen sollte. Und es waren meine Worte: Er tauchte mit einer anderen auf, um mich aus der Reserve zu locken. Um ein Eifersuchtsdrama heraufzubeschwören. Und damit sein viel zu großes Ego in andere Sphären zu pushen.

»Was meinst du?«, flüsterte Pietro mir ins Ohr. »Lust, mit dem Spiel woanders weiterzumachen?«

Ich wandte mich zu ihm um und bedachte ihn mit einem mehr als erstaunten Blick. »Und zusammen abhauen? Um ihn eifersüchtig zu machen?«

»Klar. Der Abend war nett, aber so könnte ich dich sicherlich auf andere Gedanken bringen in Bezug auf den da. Und noch besser: Er wird sich einen Kopf machen, vertrau mir.« Pietro nickte unauffällig in Bens Richtung.

Einen Moment überlegte ich, doch als ich sah, dass Ben der Dunkelhaarigen etwas ins Ohr flüsterte und ihr dabei *noch* näher kam – dass das physikalisch überhaupt möglich war –, stimmte ich zu. »Ja, warum nicht? Du hast recht. Lass uns abhauen.«

Er schmunzelte. »Gefällt mir.«

»Ich spreche nur noch kurz mit Emma, ja?« Sie unterhielt sich wieder mit Pietros Kumpel Sam. Ich ging zu ihr hinüber und tippte ihr kurz auf die Schulter. »Hey, Emma, wäre es okay, wenn ich jetzt schon gehe? Kommst du allein nach Hause?«

Sie runzelte die Stirn, bevor sie mir antwortete. »Klar, aber wieso?« Dann entdeckte sie Pietro hinter mir. »Du willst jetzt echt mit ihm gehen? Du kennst ihn doch gar nicht und ...«

»Ich tu nur so, wegen der Challenge, okay? Und unter uns, Pietro steht nicht auf mich. Er steht auf Jungs. Und er weiß von der Challenge, ich habe ihn eingeweiht. Er will mir sogar helfen«, raunte ich ihr ins Ohr.

»Was? Ehrlich?« Emmas Augen weiteten sich.

»Ja, du kannst mich also beruhigt mit ihm gehen lassen.«

Sie atmete tief durch. »Ich weiß nicht, ob ich das gut finde. Also willst du Ben damit reizen?«

»Natürlich«, sagte ich grinsend.

»Okay. Oh Mann, ey.« Ihr Blick wanderte zu Ben, der noch immer mit Mia beschäftigt war. »Also gut, geh und zeig es dem Kerl!«

»Bis später!« Ich drückte ihr ein Küsschen auf die Wange und stellte mich wieder zu Pietro, der sich gerade mit einer überschwänglichen Umarmung von Celine verabschiedete.

»Danke für den coolen Abend«, sagte ich. »Wir hauen dann mal ab.«

Sie grinste und drückte nun auch mich an sich. »Alles klar, viel Spaß.« Kurz dachte ich darüber nach, ihr alles zu erklären, doch dann entschied ich mich dagegen. Es sollten so wenige Menschen wie möglich von meiner *geheimen Mission* wissen.

Draußen im Flur suchte ich nach meiner Jacke, als wie aus dem Nichts Ben neben mir auftauchte. »Gehst du?«, wollte er wissen.

»Sieht so aus, oder?«

Er verdrehte die Augen. »Können wir kurz reden?«

»Worüber willst du reden?« Ich schüttelte den Kopf. »Nein, wir gehen jetzt. Pietro?«

Pietro hob die Hand und nickte Ben zu. »Hey, alles klar?«

Ben antwortete nicht, nur sein Blick verdunkelte sich. Sehr gut. Sollte er ruhig denken, dass ich Spaß haben würde, allein mit Pietro. »Komm bitte kurz mit«, sagte er, trat auf mich zu und wollte mich an der Hand nehmen, doch ich zog sie weg.

»Ich habe gesagt, ich gehe jetzt. Geh du mal lieber wieder zu deinem Date.«

Er fuhr sich durch die Haare, sodass sie nach allen Seiten abstanden. »Pass auf, okay, das war scheiße von mir. Aber ...« Erneut griff Ben nach meiner Hand und zog mich schließlich mit sich in eine etwas versteckte Ecke am Ende des Flurs, wo er sich dicht vor mich stellte. Meine Finger kribbelten unter seiner Berührung.

»Aber was?«, fragte ich ungeduldig.

Sein Kiefer trat deutlich hervor, beinahe so, als würde er die Zähne aufeinanderbeißen. »Aber ich war genervt von dir, okay?«

»Genervt? Aha. Warum? Weil du an mich denken musstest? Kommt jetzt diese Leier?« In dem Versuch, Abstand zwischen uns zu bringen, verschränkte ich die Arme vor der Brust.

Er zog eine Augenbraue nach oben. »Nein, genau wegen solcher Sprüche. Du tust so, als wüsstest du immer alles schon vorher. Was ich tue, wie ich handle. Du gehst davon aus, dass alles total bescheuert ist, obwohl ich doch nett zu dir bin. Was nicht immer leicht ist, zugegeben. Mal ganz ohne Mist.« Leicht schüttelte er den Kopf.

»Ich hab dich nicht darum gebeten«, entgegnete ich kühl.

Er stockte kurz, dann wurde seine Stimme sanfter. »Nein, das musst du auch nicht. Ich bin echt bescheuert. Wirklich. Es tut mir leid.« Er wollte seine Hände auf meine Arme legen, doch ich schüttelte sie ab.

»Warum hast du dich nicht gemeldet?«, fragte ich stattdessen und suchte seinen Blick. »Wir hatten diesen schönen Abend, haben uns geküsst, einander intime Fragen gestellt. Und dann meldest du dich einfach nicht mehr und machst hier schon gleich mit der Nächsten rum? Vor meinen Augen!« Ich schnaubte. »Aber egal.«

»Egal? Lina, genau das ist doch das Problem!«

»Was?«

»Du bist eine Lügnerin!« Er fuhr sich durch die wirren Haare.

»Ich lüge nicht, es ist mir egal. Weil zwischen uns nichts ist.«

»Ach ja?« Er kam noch einen Schritt näher und drückte mich damit sanft gegen den Schrank in meinem Rücken.

»Du drückst mich immer irgendwohin«, presste ich hervor.

»Das magst du doch.«

»Ich würde eher sagen, du magst das.« Ich konnte nicht verhindern, dass mein Blick zu seinen Lippen glitt.

Er schmunzelte. »Mache ich dich nervös?«

Sofort richtete ich meinen Blick wieder auf seine Augen. »Kein Stück.«

»Lügnerin«, flüsterte er und legte seine Lippen auf meine. Als er mich küsste, schlug mein Herz höher und mein Atem ging schneller. Unsere Zungen verschmolzen miteinander. Doch schon kurz darauf schob ich ihn grob von mir.

»Du glaubst doch nicht ernsthaft, du ziehst hier so 'ne Show ab und küsst mich dann? Du bist mit *ihr* hier. Was denkt sie denn jetzt? Es ist ihr sicher nicht so egal wie mir …«

Weiter kam ich nicht, denn schon wieder näherte er sich mir. »Es ist dir alles andere als egal«, widersprach mir Ben, als ich ihn gleich darauf wieder von mir schob. »Du bist mir längst verfallen.« Sein Blick war dunkel.

»Was? Das wünschst du dir vielleicht. Aber du vergisst da was: Ich spiele immer nur nach meinen Regeln.«

»Ach ja? Tust du das? Wirkt aber nicht so.« Wie er mich dabei ansah …

»Dann merkst du wohl nicht, was dahintersteckt«, schnaubte ich.

Ben neigte den Kopf zur Seite und kniff die Augen zusammen. »Wenn es tatsächlich so wäre, würde dich das alles überhaupt nicht stressen. Aber das tut es. Und das wollte ich dir zeigen.« Er trat einen Schritt zurück. »Auch wenn du es abgestritten hast, weil du ja alles immer so viel besser weißt. Wie Geschichten ablaufen und all das. Ich durchschaue dich und ...«

Mein Herzschlag beruhigte sich, meine Atmung ebenso. Fast wäre ich Opfer meines eigenen Prinzips geworden. Fast hätte ich das Wichtigste aus den Augen verloren. Er hatte gespielt, all das hier war ein ausgetüftelter Plan. Er wollte, dass ich so reagierte. Also würde ich ihm jetzt genau das geben.

»Das ist ein Scherz, oder?«, zischte ich. Er hatte vielleicht aufgeholt, aber ich war noch immer zwei Züge voraus. »Du bist echt ein bescheuerter Aufreißer und ich wäre fast auf deine Masche reingefallen. Das hier war von Anfang an geplant?« Ich holte alles aus mir heraus. Jede Emotion. Und auch wenn das meiste davon gespielt war, war da doch ein kleiner Teil in mir, der wirklich verletzt war. »Dass du dich tagelang nicht meldest, mich abspeist mit einer blöden Nachricht, dann hier auftauchst, mit einer anderen! Das ist so was von ...« Energisch schob ich mich an ihm vorbei und lief schnell den Flur entlang zurück zur Garderobe. In meinem Kopf wirbelten tausend Fragen durcheinander, doch da war nur eine, die zählte: Ob er mir die Show abgenommen hatte?

Erstaunt stellte ich fest, dass Pietro immer noch da war. »Gehen wir?«, fragte ich ihn mit bebender Stimme. Es musste so theatralisch wie möglich wirken, damit Ben es mir abnahm. Die ganze *gespielte* Wut und Enttäuschung.

»Lina, jetzt warte mal«, hörte ich Ben hinter mir rufen. Natürlich war er mir gefolgt. »So war das nicht gemeint.«

Aber ich sah mich nicht mehr um. Fast hätte ich das Spiel aus der Hand gegeben, doch zum Glück war ich gerade noch mal aufgewacht. Schachmatt, lieber Ben.

KAPITEL 14

immer

»Hey.« Emma steckte den Kopf zur Tür herein. »Das war ja echt ein Riesenauftritt, dafür, dass dir alles egal ist.« Sie setzte sich zu mir an den Bettrand und musterte mich besorgt im fahlen Licht, das von den Straßenlaternen durchs Fenster in mein Zimmer fiel. »Geht's dir gut? Du hast fertig gewirkt.«

Ich verzog das Gesicht. »Ja, ich … es war echt schlimm. Hat mich wohl doch mehr getroffen, als ich mir eingestehen wollte.«

»Ach, mein Herz, komm her.« Als sie mich an sich ziehen wollte, begann ich zu lachen. »Was ist los?«

»Du hast es mir abgenommen, oder?«

»Ähm, was denn?« Sie blickte mich irritiert an.

»Ich hab nur so getan, als ob ich verletzt wäre.«

In ihrem Gesicht spiegelten sich tausend Fragezeichen. »Was? Wirklich jetzt?«

»Ja, wirklich«, entgegnete ich grinsend. Natürlich verriet ich ihr nicht, dass ich kurzzeitig tatsächlich Enttäuschung verspürt hatte. Aber ich hatte es geschafft, dagegen anzukämpfen, und genau darüber würde ich auch in meinem nächsten Blogbeitrag schreiben. Ich war ehrlich gesagt ein bisschen stolz auf mich, denn darum ging es ja. Die Stufen, das Prinzip zu durchschauen, und das hatte ich getan.

»Ich habe echt gedacht, du wärst am Boden zerstört«, meinte Emma ungläubig.

Ich winkte ab. »Nein, absolut nicht. Doch nicht wegen so eines Vollidioten. Dem habe ich es gezeigt.« Ich grinste.

»Okay, mit der Leistung könntest du dich locker an einer Schauspielschule bewerben«, entgegnete sie anerkennend, während sich in meinem Kopf die Bilder des Abends breitmachten. Bens Hand auf Mias Knie. Bens Lippen an ihrem Ohr. Auf meinem Mund ...

»Und was steckt dann dahinter?«, hakte Emma nach. »Warum hast du so einen Aufriss gemacht?«

»Als Ben sich plötzlich bei mir entschuldigt hat, kam mir eine Idee. Mir fielen Szenen aus Büchern und Filmen ein, Dinge, die Nika mir erzählt hat. Immer wenn der Kerl ein Arschloch war und sich die Frau daraufhin verletzt gezeigt hat, ist er irgendwann bei ihr aufgetaucht und wollte mit ihr reden. Hat dann so was gesagt wie: *Ich wollte das nicht, keine Ahnung, warum ich es getan habe. Ich denke, weil du mich einfach nicht mehr loslässt.* Oder so was in der Art.«

»Und du glaubst, das funktioniert?«, wollte sie skeptisch wissen.

Ich wischte ihre Skepsis mit einem Grinsen weg. »Ich hoffe es, wäre auf alle Fälle genial.«

»Das klappt niemals, das ist zu bescheuert, zu einfach ...« Weiter kam Emma nicht, denn auf einmal läutete es an der Wohnungstür. »Wer kann das sein?«

»Was, wenn es Ben ist?«, fragte ich verschwörerisch.

Sie grinste. »Dann ... keine Ahnung, dann kröne ich dich morgen oder nein, warte, jetzt gleich zur Königin aller Bad Boys!«

Gemeinsam schlichen wir zu dem Fenster in meinem Zimmer, von dem aus man den Hauseingang sehen konnte.

»Tatsächlich, er ist es«, flüsterte sie aufgeregt.

»Oh mein Gott, ich bin ein Genie!«, flüsterte ich noch aufgeregter.

»Lina, ich weiß nicht, was ich sagen soll!«

»Verneige dich vor der Königin. Wo ist meine Krone?«

Sie kicherte. »Nein, im Ernst. Du wirst bestimmt nicht mit ihm reden wollen, oder? Aber was soll ich ihm sagen?«

Ich überlegte kurz, bevor ich entgegnete: »Pass auf, sag ihm genau das: Ich will nicht mit ihm reden. Okay?«

»Okay. Und dann?«

»Dann wird er sich erst recht ins Zeug legen. Ganz sicher. Aber erst, nachdem ich ihn noch mal richtig gequält habe – und das machen wir morgen im Club. Ich habe da schon was mit Pietro ausgemacht, aber ich brauche deine Hilfe. Bist du dabei?«

Sie hob den Daumen. »Aber so was von! Jetzt schicke ich den Scheißkerl erst mal weg. Und danach erklärst du mir alles ganz genau.«

Emma verließ den Raum. Sie hatte meine Zimmertür nur angelehnt und so bekam ich mit, wie sie die Wohnungstür öffnete und mit Ben diskutierte.

»Kann ich wirklich nicht mit ihr reden?« Seine Worte klangen flehend. Als ich seine Stimme hörte, spürte ich ein Ziehen in der Magengegend. In diesem Moment beschloss ich, dass mir das nie wieder passieren würde. Und dass niemand es je erfahren würde. Ich war wieder da. Fokussiert und konzentriert. Ein für alle Mal.

»Nein, sorry. Gott sei Dank ist sie jetzt endlich eingeschlafen. War schon ziemlicher Mist.«

Es dauerte eine Weile, bis Ben antwortete. »Aber sag ihr bitte, dass ich da war, ja?«

»Ja, ich richte es ihr aus.« Und damit schloss Emma die Tür.

Sie kam zu mir ins Zimmer gehüpft. Ich stand am dunklen Fenster und blickte hinaus. Ben trat gerade unten aus der Haustür, ich wollte mich wegducken, doch da trafen sich schon unsere Blicke. Nur für einen Augenblick, dann wich ich zurück. Mein Herz schlug schnell in meiner Brust. Sollte er ruhig ein schlechtes Gewissen haben. Sollte er doch sehen, dass ich nicht mit ihm reden wollte. So wurde alles nur noch glaubhafter.

»Okay und jetzt los!«, drängte sich Emma in meine Gedanken. »Was ist der Plan? Ich will alles bis ins kleinste Detail wissen.«

Stufe 4

Du magst ihn. Aber das geht unserem Lederjacken-Casanova dann doch zu schnell. Also: Abstand muss her. Denn was haben wir gelernt aus all den Schmökern unserer Jugend – oder schon auf dem Spielplatz, wenn der kleine sabbernde Junge uns Mädchen mit Sand beworfen hat und wir uns fragten, warum er so gemein zu uns ist? Die Antwort damals war: Er mag dich. So sind Jungs eben. Die Antwort heute: Er will dich ins Bett kriegen. So sind Kerle eben.

Ich werde hier jetzt mal mit diesem Mythos aufräumen: Wenn ein Junge dich mit Sand bewirft, mag er dich nicht. Er will einfach nur fies sein. Wenn ein Bad Boy dich von sich schiebt, dich plötzlich nicht mehr beachtet und mit anderen Mädels abhängt, beobachtet er dich zwar genau, doch deswegen hat er noch lange keine Gefühle für dich entwickelt. Nein, er will sich einfach nur interessant machen. Das ist alles. Nicht mehr und nicht weniger.

Deshalb wird er sich dir gegenüber nun wieder abweisend verhalten. Vielleicht taucht er sogar mit einem anderen Mädchen auf. Sein Plan ist es, dich an ihn zu binden. Erst so zu tun, als wäre er hin- und hergerissen, um sich dann schließlich doch für dich zu entscheiden. Dabei ist er nur eines davon: gerissen!

KAPITEL 15

»Du tanzt jetzt also wild mit Pietro, der eingeweiht ist? Ich rufe Ben an und sage ihm, dass ich Hilfe brauche, weil du wohl etwas drüber bist?« Als wir am nächsten Abend an der Bar im *Hinz und Kunz* angekommen waren, fasste Emma meinen Plan noch einmal grob zusammen.

»Genau!« Wir hatten uns einen Schnaps bestellt und stießen an. Mehr Alkohol würde es heute nicht werden, ich wollte einen kühlen Kopf behalten. Nur Ben sollte denken, dass ich betrunken war, denn laut meinem Plan sollte er mich nach Hause bringen oder sich zumindest um mich kümmern. Leicht würde ich es ihm jedenfalls nicht machen. Sein Spiel, aber meine Regeln.

»Danke, dass du mitmachst«, sagte ich zu Pietro, der sich in diesem Augenblick zu uns gesellte. »Ist echt nett von dir.« Ich lächelte ihn an.

»Kein Ding, irgendwann brauche ich vielleicht auch mal deine Hilfe.« Er zwinkerte mir zu. »Also, geht's los?«

Ich zog mein Handy aus der Tasche und reichte es Emma. »Okay, dann rufe ich Ben mal an.« Sie tippte auf seinen Kontakt und hielt sich das Telefon ans Ohr. »Hey, Ben, nein, hier ist Emma, ich bin die Freundin von …« Grinsend sah sie zu mir und hob den Daumen. »Lina, ja genau. Ich brauch deine Hilfe. Wir sind gerade im *Hinz und Kunz* und Lina … ich glaube, sie hat zu viel getrunken, will aber nicht heim. Und da ist dieser Pietro. Und ihre Schwestern erreiche ich einfach nicht. Ich weiß nicht mehr, wen ich noch anrufen soll. Könntest du mir helfen? Ich weiß gerade echt nicht weiter.« Sie nickte. Einmal, zweimal. »Danke, echt lieb von dir. Bis gleich.« Danach legte sie auf und grinste uns an.

Pietro reichte mir die Hand. »Also dann, auf zur Tanzfläche.«

»Lasset die Spiele beginnen«, sagte ich verschwörerisch und ließ mich von ihm mitziehen.

Während Pietro und ich tanzten, schaute ich immer wieder zu Emma, die auf Bens Nachricht wartete. Nach einer Weile kam sie schließlich ganz aufgeregt auf uns zu. »Okay, er ist da, es geht los.«

Ich hauchte ihr ein Luftküsschen zu, nahm Pietros Hand und zog ihn mit mir in Richtung Eingang. Gleich neben der Tür lehnte ich mich an eine Wand und positionierte Pietro mir gegenüber, seine Hand an meiner Taille.

»Ich sehe ihn«, flüsterte ich und spürte, wie sich ein nervöses Kribbeln von meinen Fingerspitzen auf den gesamten Körper ausbreitete.

Pietro grinste. »Perfekt. Soll ich noch näher kommen?«

»Ja, ein bisschen. Lass vielleicht noch den Kopf leicht hängen. Oder warte, ich lege meine Hand auf deine Brust.«

Mit einem Mal hörte ich Bens Stimme direkt neben uns. »Hey, lass sie in Ruhe, klar? Sie ist durch, das siehst du doch.«

Pietro drehte sich zu ihm um. »Was? Ach, du schon wieder.«

Ben legte eine Hand auf Pietros Schulter. »Sorry, aber ich kümmere mich jetzt um sie.«

»Ach ja?«

»Ja, du hängst schon den ganzen Abend an ihr, sie ist fertig, das sieht man doch. Und du nutzt es aus.« Okay, Emma hatte vielleicht ein bisschen übertrieben … aber egal. So weit lief es gut.

»Sie ist fertig«, betonte Ben noch einmal.

»Und wegen wem? Dreimal darfst du raten«, entgegnete Pietro herausfordernd und drehte sich dabei zu Ben um, der etwa einen halben Kopf größer war und bedrohlich auf Pietro hinabblickte.

Auf einmal zog er ihn unsanft von mir weg. »Hau jetzt ab, klar?«

»Was soll der Mist?«, wehrte sich Pietro verärgert. »Sie wollte mit mir gehen, ich sollte es ihr besorgen, du wolltest ja nicht.« Er trat einen Schritt auf Ben zu. »Also spiel dich jetzt nicht so auf.«

Und dann ging es auf einmal ganz schnell. Ben schubste Pietro, der gegen einen der Türsteher und anschließend gegen die Wand dahinter knallte. Dessen Kollege kam sofort dazu und packte Pietro am Ellbogen. »Was ist hier los? Raus mit dir, aber schnell! Und wenn du das Mädel nicht in Ruhe lässt, gibt's Hausverbot. Deinen Ausweis!«

»Ey, das ist doch …«, stammelte Pietro verzweifelt. »Leute, so war das aber nicht gedacht. Bitte …« Shit, ich musste schleunigst etwas tun. Die ganze Sache drohte, aus dem Ruder zu laufen.

»Bitte, er hat nichts gemacht«, ging ich dazwischen. »Wirklich. Mir geht's gut. Alles in Ordnung. Das ist ein riesengroßes Missverständnis.« Ich drehte mich zu Ben. Er hob eine Augenbraue und ich erkannte, dass er verstanden hatte, dass hier etwas nicht mit rechten Dingen zuging.

Mit Wut in den Augen trat er auf mich zu. »Du hast dir das ausgedacht, richtig?« Sein Blick wanderte zu Pietro und anschließend zu Emma, die mittlerweile zu uns geeilt war. »Ihr alle. Ihr steckt da alle mit drin!«

»Sorry, Bro, war 'ne Scheißaktion.« Noch immer hatte einer der Türsteher seine Hand fest um Pietros Ellbogen.

Emma verzog mitleidig das Gesicht. »Ähm, also ich …«

Ben winkte ab. »Was ist denn bloß los mit euch? Was sollte das? Lina?« Ohne ein weiteres Wort packte er mich an der Hand und zog mich mit sich aus dem Club. Draußen vor dem Gebäude blieb er etwas abseits stehen und schob mich gegen eine Mauer.

Mal wieder.

»Ich dachte echt, dir geht's nicht gut. Ich hatte voll das schlechte Gewissen und …« Er schüttelte den Kopf.

»Mir ging's auch nicht gut.«

»Ja, genau«, sagte er spottend. »Lügnerin.«

»Denkst du, mir hat das Spiel gefallen, das du mit mir auf der Party abgezogen hast?«, konterte ich.

»Ich war am selben Abend noch bei dir und wollte mich entschuldigen.«

»Und ich wollte es dir heimzahlen.«

»Das ist ja ausnahmsweise mal die Wahrheit.« Er war also wirklich sauer. Aber auch ich hatte allen Grund dazu, sauer zu sein.

»Siehst du, fühlt sich doof an, hm?«, zischte ich. »Dumme Spielereien.«

»Du hast doch angefangen zu spielen! Also echt jetzt. Dir geht es nur darum, wer hier der Chef ist. Wer die Oberhand hat.« Seine Atmung beschleunigte sich. Er beugte sich zu mir herunter und drückte mich damit noch fester gegen die Mauer.

Das konnte er so was von vergessen. »Was du kannst, kann

ich schon lange.« Ich nutzte das Überraschungsmoment, packte Ben, drehte ihn herum und drückte ihn nun seinerseits gegen die Wand. »Meine Regeln.«

Ben war einen Moment lang perplex, doch dann nickte er anerkennend. »Nicht schlecht.«

»Und jetzt?«, presste ich hervor. »Wie geht es weiter? Küsst du mich?«

»Ich küsse dich doch jetzt nicht!«, erklärte er beinahe empört.

»Nein? Aber ich dachte ...« Verwirrt sah ich zu ihm hoch.

»Was dachtest du? Warum sollte ich denn?« Damit hatte ich nicht gerechnet. Verdammt. »Ich ... ich bin sauer auf dich.«

Ich blickte ihn schockiert an. »Das hab ich doch nur getan wegen dem Scheiß auf Celines Party. Du hast mich völlig auflaufen lassen!«

»Was hab ich denn gemacht?«

Ich winkte ab. *Genau das, was Bad Boys eben so tun*, dachte ich und sagte stattdessen: »Egal, alles gut ...«

»Nein, ist es eben nicht! Denn mal ehrlich: So was habe ich bisher noch nie getan. Es ist bescheuert. Aber ich ... ich musste. Ich habe es dir doch erklärt.« Das war ja mal eine ganz neue Ausrede.

»Du *musstest*? Warum? War der Drang so groß?«

»Oh ja.« Er stieß sich von der Wand ab und kam ein Stück näher auf mich zu. Unsere Atmung raste im Gleichtakt.

»War ja klar. Jetzt sagst du mir, wie sehr du an mich gedacht hast bla, bla, bla ...«

»Nein! Jetzt sage ich dir, was ich dir schon auf Celines Party gesagt habe: Diese bescheuerte Nummer war pure Absicht. Du hast nach unserem Treffen gesagt, du weißt nicht, ob wir uns wiedersehen, ob du ein richtiges Date willst. Du hast alles ins Lächerliche gezogen, mir gesagt, dass ich mit einer anderen auftauche, mich dämlich benehme. Du hast so getan, als ob du schon genau wüsstest, was ich als Nächstes tue. Das ging mir auf die Nerven. Du willst alles so verdammt kompliziert machen. Aber …« Sein Blick lag nun intensiv auf mir und seine Worte hämmerten so heftig auf mich ein, dass mein Herzschlag aus dem Takt geriet. »… wenn das hier weitergehen soll, spielen wir ab sofort nach meinen Regeln. Also überleg es dir gut. Entweder wir daten, ganz normal, oder das war's. Entweder du bist ehrlich oder wir lassen es sein. Denn wenn ich eins nicht mag, dann sind es Lügen. Denk darüber nach, Lina. Sonst ist das hier vorbei.« Damit schob er sich an mir vorbei und ließ mich einfach stehen. *Vorbei*, hallte es in meinem Kopf nach. Verdammt, es durfte nicht vorbei sein, ich brauchte ihn!

»Ben!«, rief ich ihm nach. Meine Atmung ging noch immer viel zu schnell. Ich spürte einen Druck auf der Brust. Doch er hob nur die Hand und lief davon.

Was bedeutete denn hier *nach seinen Regeln*? Wir spielten doch die ganze Zeit über nach seinen Regeln. Zumindest glaubte er das. Oder? Alles, was ich in diesem Moment wusste, war, dass ich mir Ben sichern musste, denn inzwischen stand einiges mehr auf dem Spiel für mich als nur die Challenge an sich. Der Bericht in der *Stadtzeit* und damit auch meine berufliche Zukunft. Ich musste das heftige Pochen meines Herzens ignorieren und mich aufs Wesentliche konzentrieren. Mir würde schon was einfallen. Das war es ja bisher immer.

»Das ging ja mal richtig in die Hose«, sagte Emma und zog an ihrem Milchshake, den sie vor sich stehen hatte.

Nachdem ich zurück in den Club gekommen war, hatten wir entschieden zu gehen. Der Abend war gelaufen. Nun saßen wir an einem kleinen braunen Tisch bei McDonald's, auch Pietro war dabei. Ich hatte ihm einen Burger ausgegeben – als Entschuldigung sozusagen.

»Sieht man was?«, fragte er mich und deutete dabei auf sein Gesicht.

Ich nickte. »Aber nur ganz leicht am Auge. Tut mir wirklich leid.« Als Ben ihn von mir weggeschubst hatte, war er so blöd gegen die Wand geknallt, dass er ein blaues Auge davongetragen hatte.

»Der hatte echt 'nen ganz schönen Schwung drauf. Auch wenn es keine Absicht war, trotzdem.«

Zerknirscht sah ich ihn an. »Sorry, Pietro. Das war alles nur meinetwegen. Ben, er … ist jetzt mal so richtig sauer auf mich.«

»Aber er will doch, dass ihr euch wiederseht, vorausgesetzt, es geht nach seinen Regeln«, wandte Emma ein. »So schlimm kann es also doch gar nicht sein.«

»Aber das geht doch nicht!« Ich hob die Hände und machte ihn nach: »*Entweder wir daten, ganz normal, oder das war's.*« Kraftlos ließ ich sie wieder sinken. Noch immer spürte ich den Druck auf meiner Brust, denn was er gesagt hatte, machte mich nachdenklich. Er mochte keine Lügner und ich fühlte mich ertappt.

»Mal sehen, vielleicht war's das jetzt auch«, überlegte ich niedergeschlagen. »Vielleicht ist es auch besser so. Gerade bin ich echt ein bisschen ratlos. Aber eigentlich brauche ich ihn. Schöner Mist.«

»Darf ich mich mal einmischen?«, fragte Pietro und hielt sich dabei seinen Milchshake ans Auge. »Diese Challenge soll beweisen, wie solche Kerle vorgehen, oder? Wenn ich das richtig sehe, ist es so: Ihr habt euch gegenseitig ausgecheckt, jetzt wird es doch erst richtig interessant. Mach das mit dem Date, spiel nach seinen Regeln – vermeintlich. Dann wiegt er sich in Sicherheit und du findest heraus, warum er das Ganze tut. Du kannst alles weiterhin durchziehen und vielleicht diese andere Sichtweise sogar für deinen Artikel nutzen. Nach deiner Theorie will er dich doch immer noch weich kriegen und anschließend abservieren. Also lass dich darauf ein. Nur die Regeln ändern sich, das Spiel bleibt das gleiche.«

KAPITEL 16

Mit klopfendem Herzen drückte ich auf die Klingel und atmete tief durch. Ich brauchte mich gar nicht erst zu fragen, ob Ben zu Hause war, denn die Musik aus seiner Wohnung war so laut, dass sie bis zu mir ins Treppenhaus hallte. Letzte Nacht hatte ich noch lange mit Emma geredet, denn Pietros Worte waren mir nicht mehr aus dem Kopf gegangen. Und obwohl ich es nie zugeben würde, hatte sich auch Bens verletzter Blick darin festgesetzt. Genau wie der Gedanke, welche Chance sich durch die Challenge für mich aufgetan hatte. Also blieb am Ende nur eine mögliche Lösung: So zu tun, als ließe ich mich auf *seine Regeln* ein. Wir würden schon sehen, wer am Ende als Sieger hervorging.

Ich hatte Celine um Hilfe gebeten, die mir Bens Adresse von Carlo besorgte. Bens Wohnung lag im dritten Stock eines mittelgroßen Mehrfamilienhauses, nicht weit entfernt von unserer. Gerade als ich vor der großen Haustür angekommen war, wurde sie von innen geöffnet und ein älterer Herr trat auf die Straße. Lächelnd huschte ich an ihm vorbei und machte mich auf die Suche nach Bens Namen am Klingelschild.

Sechs Treppen und gefühlte 200 Stufen später stand ich nun also vor seiner Tür und klingelte noch einmal. Was trieb der Kerl da drin? Während ich noch darüber nachdachte, zuckte ich auf einmal zusammen. Was, wenn er nicht alleine war? Daran hatte ich überhaupt nicht gedacht. Was, wenn er … keine Ahnung, was auch immer darin machte?

Ich lauschte. Das Läuten hatte er wohl nicht gehört, denn die Musik war noch immer auf volle Lautstärke aufgedreht. Immer wieder waren außerdem merkwürdige dumpfe Geräusche zu hören.

Oh nein, er war vielleicht wirklich nicht allein. Was sollte ich jetzt tun? Noch mal klingeln? Klopfen? Einfach gehen? Ratlos blickte ich zwischen Haustür, Klingel und Treppe hin und her. Ich entschied mich schließlich dazu, ein letztes Mal auf den Klingelknopf zu drücken und bis drei zu zählen. Hätte Ben bis dahin nicht geöffnet, würde ich mich aus dem Staub machen.

Mein Herz pochte noch immer heftig in meinem Brustkorb, als ich meinen Zeigefinger ein drittes Mal auf die Klingel legte und drückte.

Eins.

Nichts.

Zwei.

Nichts.

Drei.

Ben.

Mit einem Mal wurde die Tür aufgerissen und mein Herzschlag setzte für einen Augenblick aus.

»Du?«, keuchte Ben mit weit aufgerissenen Augen und erinnerte mich damit mal wieder an Scrat aus *Ice Age*. Nur etwas wütender.

»Ja, ich!« Verdammt. Bens Brust hob und senkte sich schnell. Er war völlig außer Atem, seine Haare durcheinander und sein Oberkörper nicht nur verschwitzt, sondern auch … nackt. Damit hatte ich absolut nicht gerechnet. Ich starrte auf seine Brust, auf die leichten Erhebungen entlang seiner Taille und die Muskelstränge, die links und rechts seiner Leistengegend hervortraten.

Er sah absolut heiß aus. Ich konnte den Blick kaum von seiner nackten Haut abwenden. Mein Blick folgte eine ganze Weile den Konturen seines Oberkörpers. Etwas zu lange vermutlich, denn plötzlich räusperte er sich, und als ich ihm wieder ins Gesicht blickte, sah ich, wie er eine Augenbraue nach oben zog.

»Bist du jetzt fertig?«, fragte er.

Praktisch gleichzeitig nickte ich und schüttelte den Kopf. *Mist.* »Womit?«, presste ich hervor. Krampfhaft versuchte ich, so zu tun, als wüsste ich gar nicht, wovon er sprach.

»Damit, mich anzustarren.«

»Ich starre nicht.« Sofort lief ich knallrot an.

»Ach ja?«

Lina, du hast einen Plan, erinnerte ich mich und erwiderte, ohne auf seine Frage einzugehen: »Bist du allein?«

»Ähm ... ja.« Ich freute mich mehr darüber, als ich sollte.

»Super, dann komme ich jetzt gleich mal rein. Denn was ich zu sagen habe, ist wichtig. Ich kann dir nur beweisen, dass das, was ich dir jetzt sage, ernst gemeint ist, wenn ich nicht hier vor der Tür herumstehe.« Ich schob mich an ihm vorbei und damit hinein in seine Wohnung. *Das war ja schon fast zu einfach.*

Der Flur war nicht besonders lang. An der rechten Wand hingen Bilder, merkwürdige Bilder, um genau zu sein. Beinahe abstrakt. Sie zeigten Menschen. Und Orte. Hatte er nicht gesagt, dass er Orte sammele? Das war also wirklich die Wahrheit gewesen? Ich ließ meinen Blick darüberwandern. Teilweise waren die Motive sehr düster, eines der Bilder fesselte mich auf Anhieb. Eine Frau mit weißen Haaren, das Gesicht abgewandt, in die Ferne blickend. Um sie herum war nichts als Schutt und sie hielt einen Gegenstand in der Hand. Eine Uhr, soweit ich das erkennen konnte.

Ein zweites Foto links daneben zog kurz darauf meine Aufmerksamkeit auf sich. Ein Ort, umgeben von Dunkelheit, erleuchtet von etlichen hellen Punkten. Ein anderes zeigte ein altes Hängeschloss mit einem Fluss im Hintergrund. Das Schloss leuchtete förmlich und wirkte dadurch irgendwie besonders, jedoch auch ziemlich hässlich und passte daher für mich eigentlich so gar nicht zu Ben.

Apropos Ben. Ich drehte mich zur Tür. »Ich … ich habe nachgedacht. So wie du es gesagt hast.«

Fragend sah er mich an. »Was meinst du?«

»Na ja, dass es ab sofort nach deinen Regeln gehen soll. Ich bin vorerst damit einverstanden.«

Seine Mundwinkel zuckten. »Ach ja, bist du?« Er lehnte sich an den Türrahmen. Seine Sporthose verrutschte ein Stück und gab noch weitere, *tiefer gehende* Muskelstränge preis.

Ich schluckte. »Zumindest in gewisser Weise. Wenn es darum geht, dieses Ding mit dem … *Date* durchzuziehen. Ein richtiges Date nach deinen Regeln. Damit kann ich leben.«

»Und das, obwohl ich ja so ein blöder Kerl bin?«

»Ja, obwohl du so ein blöder Kerl bist. Aber du hattest recht, wir sollten aufhören, Spielchen zu spielen.« Ich nickte bestimmt.

Er zog die Stirn kraus. »Aha. Du willst also tatsächlich keine Spiele mehr spielen?«

»Wenn du auch damit aufhörst? Ja, von mir aus.« Nun sah er mir tief in die Augen, eine ganze Weile. Dieser Blick machte mich so was von nervös. Wieso starrte er so? Ich versuchte, mir nichts anmerken zu lassen, und leckte mir unbewusst über die Lippen.

Ben lachte. »Willst du gerade wieder sexy sein?«

»Idiot.« Ich stupste ihn in die Seite. Verdammt, seine Muskeln waren wirklich hart. »Das beantwortet nicht meine Frage«, fügte ich ganz unbeeindruckt von dem hinzu, was ich gerade gespürt hatte. »Also?«

»Okay«, antwortete er schließlich und strich sich die Haare aus der Stirn, wobei sich seine Muskeln anspannten. Dieser leichte Schweißfilm auf der Haut, die zarte Bräune von der ersten Frühjahrssonne, das Seil in seiner Hand ...

Moment, ein Seil? Warum hatte er ein Seil in der Hand?

»Ich bin Seil gesprungen«, erklärte er, als hätte er meine Gedanken gelesen. Deswegen also dieses Geräusch.

»Ah, okay. Sportlich, sportlich«, stammelte ich.

Er nickte. »Also, wo waren wir?«

Ich ließ meinen Blick durch den Flur wandern. »Ja, wo ...« Ich tat so, als würde ich noch näher auf ihn zugehen, lief dann aber zu einem der Bilder, das mir eben schon aufgefallen war.

»Das sind sehr außergewöhnliche Aufnahmen«, stellte ich fest. »Sind mir gleich ins Auge gestochen.«

»Die Bilder? Ich dachte eher, du hast ein Auge auf mich geworfen.« Zum Glück hatte ich ihm den Rücken zugewandt, denn ich musste unwillkürlich lächeln.

»Jaja ...«, sagte ich stattdessen und betrachtete das Bild noch einen Moment. »Aber das Schloss ... ich weiß nicht. Generell sind all die Kulissen ziemlich ... unschön.« Das Wort *hässlich* vermied ich absichtlich. Im Hintergrund bekam ich mit, dass Ben noch etwas sagte, aber ich war so vertieft in die Aufnahme, dass ich es gar nicht richtig wahrnahm. Als ich mich wieder zu ihm umdrehte, war er im Bad verschwunden. Die Tür war nicht ganz geschlossen und durch den kleinen Spalt erkannte ich seinen nackten Rücken. Und Hintern.

»Oh mein Gott, was machst du da? Verdammt! Bist du jetzt einfach abgehauen? Und lässt mich hier stehen?« Schnell wandte ich mich ab.

Er lachte. »Was? Ich hab doch gesagt, dass ich duschen gehe. Du warst so vertieft, und nachdem ich gerade sowieso keine Rolle gespielt habe ...«

»Und da dachtest du, du ziehst dich einfach mal aus, oder wie?«

»Also echt jetzt, Lina. Noch nie einen nackten Hintern gesehen?«

Mein Herz klopfte heftig, als er mir die Worte noch immer lachend zurief.

»Doch, aber nicht einfach so!«

Dann vernahm ich das Rauschen von Wasser. »Ich dusche schnell, bin ziemlich verschwitzt«, hörte ich Ben sagen und stieß die angestaute Luft aus meinen Lungen. Zaghaft trat ich einen Schritt näher, drehte den Kopf jedoch nicht mehr in Richtung Tür. »Die Bilder«, rief ich, diesmal etwas lauter. »Sind die von dir? Warum hast du so scheußliche Kulissen ausgesucht?«

»Scheußlich? Findest du? Weißt du, manchmal muss man einfach genauer hinsehen. Hab ich dir doch schon gesagt, ich mag das.«

»Ist das dein Fetisch oder was?«

Er lachte. Das Wasser hatte aufgehört zu plätschern und mit einem Mal stieg mir ein herber, angenehm männlicher

Duft in die Nase. *Sein* Duft. Ich ging noch einen Schritt näher heran.

»Was steckt dahinter? Hast du die Fotos geschossen?«

»Was du nicht alles wissen willst, kleine Bestimmerin.« Er drehte das Wasser wieder auf. »Wie gesagt, ich interessiere mich schon immer für Abstraktes. Dinge, die auf den ersten Blick anders erscheinen. Jetzt erkennst du, was ich damit meine. Ich sehe eine Sache und weiß, da steckt etwas Größeres dahinter. Mit der richtigen Bearbeitung kann man es dann immer noch ein bisschen mehr herauskitzeln. Du musst einfach nur genauer hinschauen, Lina.«

Das Rauschen des Wassers versiegte und Ben stieg aus der Dusche. Ich konnte mich nicht mehr länger zurückhalten. *Schau genauer hin*, das hatte er schließlich selbst gesagt. Ich erhaschte einen Blick auf seinen nackten Hintern, sah jedoch schnell wieder weg. Der Stille nach zu urteilen, trocknete er sich ab. Langsam lehnte ich mich etwas vor und wagte einen weiteren verstohlenen Blick, denn das, was ich gesehen hatte, gefiel mir, das musste ich zugeben. Ben hatte mittlerweile das Handtuch um seine Hüften geschlungen. Enttäuscht wandte ich den Blick wieder ab und entdeckte auf einer Kommode ein kleines Päckchen. Ich trat näher heran, um es genauer betrachten zu können. Waren das etwa Kondome? Lagen sie einfach so offen herum? Hatte ich's doch gewusst. Aufreißer. *Gut, dass ich noch mal genauer hingesehen hatte.*

»Du bist immer vorbereitet, hm?«, entfuhr es mir. »Aber na ja, war ja klar. Bad-Boy-Equipment.«

»Was für Equipment?«

»Egal, vergiss es.«

Ben trat durch die Tür und ein Grinsen machte sich auf

seinem Gesicht breit, als er meinem Blick folgte. »Du hast mich durchschaut. Ich würde sagen, wir legen gleich los.« Während er nach dem Päckchen griff, lag sein Blick dunkel auf mir und er kam langsam auf mich zu. »Also, bereit?«, fragte er.

Mein Herz begann, heftig zu klopfen. Gleich würde er mich an die Wand drücken. *Mal wieder.*

»Was? Jetzt? Hier?«, fragte ich beinahe tonlos.

»Das ist es doch, was du willst, oder? Außerdem geht es ab sofort nach meinen Regeln.« Ohne den Blick von mir abzuwenden, öffnete er das Päckchen. Das Geräusch der raschelnden Folienverpackung ließ eine Gänsehaut über meinen Körper wandern. Er zog etwas aus der Packung, und ehe ich michs versah, hielt er mir ein kleines Bonbon vor den Mund.

»Pfefferminz gefällig?«

»Was?« Überrascht wich ich zurück. Es handelte sich tatsächlich nicht um ein Kondom, sondern um ein ganz normales Pfefferminzbonbon. Lachend boxte ich ihm gegen die Schulter. »Du bist bescheuert.«

»Hast du etwa an was anderes gedacht? Also wirklich ... genauer hinsehen, Lina.«

»Nein, natürlich nicht. Obwohl, ja, doch. Sex eben.« Ich schenkte ihm ein breites Grinsen. Ben hustete. Damit schien er nicht gerechnet zu haben. Ich witterte meine Chance. »Ich weiß, was ich will.«

Als er gleich darauf wieder dicht an mich herantrat, pochte es abermals heftig in meiner Brust. Bens herber Duft kroch mir in die Nase. Aber nicht nur das zog mich an. Schon wieder blieb mein Blick an seiner gebräunten Haut und der definierten Brust hängen. An manchen Stellen waren noch Wassertropfen zu sehen.

Rasch versuchte ich, ein anderes Thema anzuschneiden. »Ich dachte, wir lassen die Spiele?«

»Stimmt, sorry. Hast du dir jetzt Hoffnungen gemacht?«, fragte er herausfordernd. *Das hätte er wohl gern.* Ich kehrte ihm den Rücken zu und blickte erneut auf die Bilder. »Ich habe genau hingeschaut. Aber ... keine Ahnung. Bedeuten sie irgendwas?«

»Kann sein.«

»Verrätst du mir, was dahintersteckt? Hinter dem dunklen Ort, der Uhr, dem Schutt?«

»Irgendwann vielleicht. Du stehst doch so auf Geheimnisse.« Ich drehte mich um. Er war vor mir in die Hocke gegangen. Oh Gott. Was hatte er vor? Meine Handflächen begannen zu schwitzen.

»Also, ich, nein ... oh.« Ich atmete unauffällig auf, als ich erkannte, dass er nur das Seil aufhob.

»Was hast du denn gedacht, was ich mache? Oder hast du etwa wieder an Sex gedacht?«

»Sehr witzig. Also, wie geht es jetzt weiter?«, versuchte ich abzulenken.

Nachdem er sich wieder aufgerichtet hatte, grinste er. »Du bist einverstanden, nach meinen Regeln weiterzumachen?« Ich nickte. Innerlich kreuzte ich die Finger. »Gut.« Er spielte mit dem Seil in seinen Händen. Warum wirkte das so anziehend auf mich? Ob er das mit Absicht machte?

»Verrätst du mir, wie es ablaufen soll, jetzt, wo du entscheidest?«, fragte ich.

Er wiegte den Kopf hin und her. »Nun ja, alles wird etwas anders. Auf jeden Fall werde ich nicht wie du mit Vorwürfen und irgendwelchen Unterstellungen um mich werfen und erklären, wie schlecht alles zwischen uns kommen wird.«

»Das hast du ja dann auch bestätigt«, fügte ich etwas beleidigt an.

»Nein, ich habe dir nur gegeben, was du wolltest, und du hast anders reagiert, als ich dachte.« Jetzt dämmerte mir langsam, was er meinte. »Ein Test also?«

»Vielleicht.«

Ich schüttelte den Kopf. »Ein bescheuerter Test.«

Er lachte. »Merkst du was? Du hast gesagt, dass man hinterher nicht so sehr getroffen sei, wenn man das Schlechte von Anfang an erwarte. Warst du aber trotzdem!«

»War ich nicht«, schnaubte ich. *War ich doch.*

»Lügnerin!«

Ich verdrehte die Augen. »Wieso zur Hölle lasse ich mich darauf ein?«

Er lachte schon wieder. »Ja, warum eigentlich?« Gute Frage. Wegen der Challenge, aber das konnte ich ihm ja schlecht sagen. Es machte einfach Spaß, dieses Spiel mit ihm zu spielen. Es forderte mich heraus. Den Gedanken, dass es auch Spaß machte, Zeit mit ihm zu verbringen, schob ich ganz schnell ganz weit weg.

»Das wollte ich schon mal von dir wissen«, erklärte ich ausweichend.

»Ich weiß. Aber komm mir jetzt ja nicht mit: *Ich mag dich eben.* Das funktioniert auch bei mir nicht.«

Ich kramte in meinem Kopf nach einer überzeugenden Antwort. »Weil ich gespannt bin, was passiert und wie die Geschichte ausgeht«, versuchte ich es diplomatisch.

Er nickte. »Gute Antwort. Schade, also nicht, weil du mich magst. Jetzt bin ich aber enttäuscht.« Wieder grinste er, genau wie vor ein paar Tagen, als ich ihm die gleiche Frage gestellt hatte. Und wieder lag diese Neugier in seinem Blick.

Es gefiel mir, wie wir uns aufzogen, einander anzogen, und mein Blick glitt zu seinen Lippen. »Und jetzt?« Fragend schob er die Worte darüber.

Ich schluckte. »Dann lass uns normal sein«, sagte ich. »Du zeigst mir deinen liebsten Ort und offenbarst mir deine Geheimnisse.«

Er runzelte die Stirn. »So also, glaubst du, läuft das?«

»Ich denke schon. Und jetzt ... na ja.« Meine Augen wanderten zu dem Seil in seiner Hand.

»Jetzt was?«

»Ich weiß schon, was du vorhast.«

»Was du nicht immer alles weißt, Lina.« Er spannte das Seil in seinen Händen und auch in mir spannte sich alles an.

»Tja, ich sehe es in deinem Blick«, erwiderte ich schmunzelnd.

Er lachte. »Ach ja?« Was tat ich da bitte? Ich sollte ihn nicht dauernd so anstarren, was allerdings alles andere als leicht war.

»Ich sehe eher in deinem Blick, was du willst«, riss mich Ben aus meinen Gedanken. Und plötzlich war es mir egal. Der ganze Plan, alles, was ich mir so fein säuberlich zurechtgelegt hatte, war mir egal.

Ich legte meine Hand auf seine Brust. »Wenn du angezogen bist, dann unternehmen wir was? Oder wir ...«

»Wir was?« Ben sah mich an, ließ mich nicht aus den Augen.

Ich leckte mir über die Lippen. »Oder du küsst mich jetzt? Ich bin doch genau in der Position, in der du es magst. Mit der Wand im Rücken.«

»Ach, und du bestimmst das?«

»Ja, ich bestimme das.« Es war kaum mehr als ein Hauchen.

»Du willst mir also zeigen, dass du immer noch die Zügel in der Hand hast?« Er stand ganz dicht vor mir. Ich spürte die raue Wand an meinem Rücken. Sein herber Duft strömte mir intensiv in die Nase und in meinem Bauch begann es, leicht zu kribbeln.

Verdammt. »Ich denke, die *Zügel* habe gerade ich in der Hand«, raunte er mir zu und ließ das Seil schnalzen. Gänsehaut. Sofort machte sich eine Gänsehaut auf meinem gesamten Körper breit.

Ich wusste, was jetzt kommen würde, und doch stockte mir der Atem, als es passierte. Ehe ich michs versah, hatte er das Seil um meinen Rücken geschlungen und zog mich damit zu sich, weg von der Wand. Von seinem Körper ging eine merkliche Hitze aus und ich spürte, wie sich etwas durch das Handtuch an meinen Bauch drückte. Mein Herz klopfte viel zu heftig.

»Meine Regeln«, raunte er mir zu.

Verdammt.

Verdammt. Verdammt. Verdammt.

Indem ich mich gegen ihn stemmte, versuchte ich, mich zu befreien, doch er zog mich nur noch enger an sich heran. Gleich würde er mich küssen. Mein ganzer Kopf war ausgefüllt mit diesem Gedanken, mein ganzer Körper. Ich spürte seine Härte jetzt ganz deutlich, atmete seinen Duft ein, dachte daran, wie es die letzten Male gewesen war, als er mich geküsst hatte. Wie er seine Hände an meine Wangen gelegt hatte. Selbst wenn er das diesmal nicht würde tun können, denn ich war ja in seinem Griff gefangen, wurde mir ganz heiß. Ich rückte noch näher an seinen Körper.

Er setzte sich in Bewegung und zog mich mit sich den Flur entlang. Was hatte er vor? Kurz darauf blieb er stehen und seine Lippen wanderten an mein Ohr. »Ich …«, hauchte er und wieder breitete sich eine Gänsehaut auf meinem gesamten Körper aus.

»… hole …«

Die Spannung in mir steigerte sich ins schier Unendliche.

Mit einem Mal ließ er mich los und schob mich ein Stück von sich weg. »… dich um halb fünf ab.« Mit einem Ruck öffnete er die Wohnungstür. »Und dann sehen wir weiter.«

»Was?« Ich starrte ihn entgeistert an.

»Halb fünf«, sagte er nur.

Tausende von Fragen rasten durch meinen Kopf, doch ich brachte nur eine heraus: »Und womit holst du mich ab? Mit deinem Motorrad? Damit ich sehe, wie bad du bist?«

»Du hast echt ein Problem, Lina. Zerbrich dir darüber mal nicht dein hübsches Köpfchen. Verlass dich einfach darauf, dass ich da sein werde.«

Ich lachte. »Na, da bin ich aber gespannt.« Vor meinem inneren Auge sah ich ihn in einer engen Lederjacke auf dem Motorrad sitzen.

»Wer weiß, vielleicht komme ich auch auf einem Pferd. Gefällt dir das besser? Ich auf einem schwarzen Hengst«, schob er sich in meine Gedanken.

»Sehr witzig«, entgegnete ich, obwohl mir die Idee gar nicht mal so schlecht gefiel. »Also halb fünf«, wiederholte ich und grinste.

»Vielleicht küsse ich dich ja dann«, raunte er mir zu.

»Als ob ich dich küssen will.« Ich presste meine Lippen aufeinander, um ein Lächeln zu unterdrücken.

Jetzt lachte er. »Du hast doch nur Schiss.«

»Ach ja?«

»Oh ja. Weil du weißt, dass du mir verfällst. In dem Moment, in dem ich meine Lippen auf deine lege. Ende der Geschichte!«

Ich rollte mit den Augen. »Nimm dich mal nicht so ernst.«

Damit schloss ich die Tür hinter mir und fand mich eine Sekunde später im Treppenhaus wieder. Um mich war Stille. Nur mein Herz pochte. Noch ganz benommen nahm ich die ersten Stufen nach unten. Ich war mir so sicher gewesen, dass er mich küssen wollte. Warum hatte er es nicht getan? Er wollte mich reizen, ganz klar. Jetzt, wo er die Zügel in seinen Händen glaubte, wollte er den Macho raushängen lassen.

Aber ich war vorbereitet, auf alles. Ob Motorrad oder Pferd.

KAPITEL 17

Als ich zu Hause ankam, blickte ich auf die Uhr über der Garderobe. Drei Uhr. In eineinhalb Stunden würde Ben hier auftauchen.

»Na, wie war's? Alles gut gegangen?« Emma kam aus ihrem Zimmer, im Gesicht eine metallisch aussehende Tuchmaske.

»Wie siehst du denn aus?«, entgegnete ich überrascht. »Stehst du neuerdings auf Sido?«

»Jo, ich bin es, Emma, die Frau mit der Maske.« Ich konnte mir ein Grinsen nicht verkneifen, das silberglänzende Tuch mit den ausgesparten Löchern für Augen, Nase und Mund sah einfach zu komisch aus.

»Und das hilft?«, fragte ich skeptisch.

»Ja, gegen Falten. Ist ganz neu und sieht doch mega aus, oder? Glättet und spendet Feuchtigkeit«, antwortete sie und zeigte dabei stolz auf ihre neueste Errungenschaft.

Lachend schüttelte ich den Kopf. »Falten? Emma, wir sind erst Anfang zwanzig!«

»Eben, besser wird es nicht mehr. Also versuche ich, so lange in Form zu bleiben, wie es nur geht.« Dabei reckte sie ihr Kinn nach oben.

Noch immer lachend, zog ich mein Handy aus der Hosentasche. Ich hatte gehofft, eine Nachricht von Ben darauf zu entdecken, denn auf dem gesamten Weg hierher hatte ich nichts anderes im Kopf gehabt, als mich von ihm packen, küssen und berühren zu lassen. Wieder dachte ich daran, wie heiß und intensiv es sich bei unseren letzten Begegnungen angefühlt hatte. Wie sehr ich seine Hände auf meiner Haut genossen hatte ... Wobei ich mich davon zu überzeugen versuchte, dass es nicht er an sich war oder sein Körper, seine Art, sondern eher dieses Hin und Her zwischen uns, das Katz-und-Maus-Spiel, was mich so verrückt machte. *War doch alles total normal.*

»Erde an Lina.« Emma schnippte mit den Fingern vor meinem Gesicht und riss mich damit aus meinen Gedanken. Schnell richtete ich meine Aufmerksamkeit wieder auf meine beste Freundin. Diese Maske war echt unheimlich, keinerlei Regung war darunter zu erkennen. Nur Emmas Augen und Lippen bewegten sich.

»Mach das ab, ich kann so nicht mit dir reden«, sagte ich lachend.

»Nein, nein, meine Liebe, gute fünf Minuten noch. Komm schon, jetzt erzähl endlich, was war. Alles wieder gut bei euch?« Sie lief ins Wohnzimmer, ließ sich auf die Couch fallen und blickte mich erwartungsvoll an.

Ich setzte mich neben sie und legte die Beine auf den niedrigen Couchtisch, der vor uns stand. »Ich habe ihm gesagt, was wir vereinbart hatten. Und jaaa ... ich denke, es ist alles wieder gut.« Ein kleines Lächeln huschte mir übers Gesicht.

»Okaaay ... und weiter?« Emma zog die Worte genauso in die Länge wie ich.

»Ich habe mich einverstanden erklärt, ab sofort nach seinen Regeln zu spielen.«

»Sehr gut. Und dann?« Emma schien nun auch zu lächeln, was total gruselig aussah. Diese Maske war echt der absolute Liebestöter.

»Dann hat er sich nackt ausgezogen und ein Seil um mich geschlungen.«

Sie hustete und musste dabei die Maske festhalten, um sie nicht zu verlieren. »Was? Das ist ein Scherz, oder?« Sie ließ die Hände sinken. »Und so was bedeutet bei euch also, dass alles wieder gut ist?«

Ich lachte. »Jeder, wie er mag, oder?«

Noch immer starrte sie mich durch die kleinen Aussparungen um ihre Augen an. »Er war wirklich nackt und hat dir ein Seil um den Körper geschlungen? Du veräppelst mich doch!«

»Na gut, er war nicht ganz nackt, er hatte ein Handtuch um«, gab ich schließlich grinsend zu.

»Mensch, Lina. Muss ich dir denn alles aus der Nase ziehen?«, fragte sie ungeduldig.

Ausführlich berichtete ich Emma, wie mein Besuch bei Ben abgelaufen war, und als ich den letzten Satz ausgesprochen hatte, grinste sie – vermutete ich zumindest.

»Das war noch verrückter, als ich erwartet hatte. Und jetzt holt er dich gleich ab?«

»Ja, aber ich habe keine Ahnung, was wir machen. Ich habe ihn gefragt, ob er mit dem Motorrad kommt.«

»Und?« Sie schien die Stirn zu runzeln, was das Ganze nicht unbedingt besser machte.

Ich zuckte mit den Schultern. »Ich weiß es nicht, aber nachdem er jetzt nach seinen Regeln spielen kann, schätze ich mal, er zieht die volle Tour ab.«

»Ist das Ben?«, fragte Emma erwartungsvoll, als wir kurz vor halb fünf am Fenster standen. Zum Glück war die Maske endlich ab und sie sah nicht mehr länger so unheimlich aus. Sie deutete hinunter auf die Straße, wo sich gerade ein Typ auf einem Motorrad näherte. Wusste ich es doch. Ha! Gespannt warteten wir, doch er fuhr an unserem Haus vorbei.

»Wohl eher nicht«, stellte ich fest.

»Er wird schon gleich kommen«, versuchte mich Emma zu beruhigen.

»Ich bin total cool«, sagte ich und wusste überhaupt nicht, warum ich das so sehr betonte.

Emma sah mich etwas schräg von der Seite an. »Was denkst du denn, was ihr machen werdet?«

Ich zuckte mit den Schultern. »Seine Regeln … Aber ich wette, wir werden zu seinem Lieblingsplatz fahren, er wird auf romantisch machen – und boom, mein Herz soll vor lauter Glück platzen. Doch ich bin vorbereitet. Da platzt überhaupt gar nichts.«

Emma lachte. »Da bin ich ja mal gespannt, was du später erzählst.«

Wieder ließ ich meinen Blick über die Straße wandern. Irgendwie war ich doch nervös. Zumindest wurde mir in diesem Moment bewusst, dass ich an meinen Händen herumspielte. Ich musste damit aufhören. Also rieb ich sie kurz aneinander und widmete mich wieder dem Blick aus dem Fenster.

Ich sah auf die Uhr. Ben war zu spät dran. »Zwei Minuten.«

»Was?«

»Zwei Minuten ist er schon zu spät. Auch typisch für diese Kerle.«

»Und dich lässt das wirklich alles total kalt?« Fragend schaute Emma mich an.

»Klar.«

»Ach ja? Und warum spielst du dann dauernd mit deinen Händen rum? Ich kenn dich, Lina.«

Ich ließ meine Hände sinken und blickte Emma an. »Ja, weil … ist doch total normal, ich meine … alles für die Wissenschaft, oder? Jeder große Wissenschaftler ist vor seinem Durchbruch nervös.«

Emma lachte. »Na klar, Doktor Lina.«

»Wirklich, das ist alles.« Und doch musste ich schon wieder daran denken, wie Ben mir das Seil um den Rücken geschlungen hatte, wie er mich an sich gepresst und dann doch nicht geküsst hatte. Sofort ging mein Puls etwas schneller und ich blickte rasch wieder aus dem Fenster. »Absolut. Nur deswegen.«

In genau diesem Moment entdeckte ich Ben draußen auf dem Parkplatz und war froh, dass mir das weitere Fragen ersparte. Natürlich kam er gefahren. Nur nicht wie erwartet.

Emma begann augenblicklich, lauthals loszulachen. »Heiße Maschine, Baby. Ich seh schon, Ben ist der härteste Bad Boy unter der Sonne, er lässt es richtig krachen.«

Mir wurde warm im Gesicht. »Jetzt mal im Ernst? Ist das ein E-Roller?«

»So viel zum Thema Motorrad«, sagte Emma grinsend.

»Es fährt, also gilt das ja irgendwie, oder?«, versuchte ich es zerknirscht.

»Na ja, ich weiß nicht.« Emma wiegte den Kopf hin und her, immer noch lachend. »Kommt mir jetzt nicht so Bad-Boy-mäßig vor, der 20-km/h-Elektroantrieb.«

»Ach, ist doch egal.« Ich winkte ab und drückte ihr ein Küsschen auf die Wange. »Ich bin dann mal weg.«

»Viel Spaß euch beiden!«, rief sie mir lachend hinterher.

Als ich aus der Haustür trat, stand Ben neben seinem Roller und grinste mich an. Wie selbstverständlich schlich sich auch ein kleines Lächeln auf mein Gesicht. »Na, entspricht das deinen Vorstellungen? Bad genug?«

Ich antwortete mit einer Gegenfrage. »Ist dein Motorrad etwa in der Werkstatt?«

Aber er äußerte sich nicht weiter dazu. »Bist du bereit?«, fragte er stattdessen.

»Ja, ich kann es kaum erwarten. Unser erstes richtiges *Date*. Zeigst du mir deinen Lieblingsplatz? Oder wird es unheimlich, damit ich ängstlich bei dir Schutz suche?« Ich spürte, wie aus meinem Lächeln ein Grinsen wurde.

Schmunzelnd kam Ben auf mich zu. »Jaja, so denkst du es dir, was? Dort erkläre ich dir dann, was mein Tattoo und die Narbe bedeuten, da du ja so scharf darauf bist, Geheimnisse zu erfahren.«

»Oder du verrätst mir, was es mit den Bildern auf sich hat. Sicher auch sehr dramatisch und vor allem geheimnisvoll.«

»Absolut! Bereit?« Irgendwie konnte ich das alles noch immer nicht glauben.

»Wir fahren also echt mit einem E-Scooter?«

»Ja, du wolltest doch irgendwas, das fährt. Und hier ist es.« Er machte eine ausschweifende Handbewegung in Richtung Roller. »Also komm.« Er stieg auf und ich stellte mich hinter ihn. Ganz schön eng. Konnte man auf diesem schmalen Ding überhaupt zu zweit fahren?

Er drehte den Kopf zu mir nach hinten. »Halt dich einfach an mir fest, okay?«

»Ja, ich …«

»Oder hast du Angst, mir so nah zu sein? Das müsstest du doch inzwischen gewohnt sein.« Er grinste. »Vorhin warst du schließlich auch nicht so zimperlich. Da bist du ja quasi über mich hergefallen und ich konnte mich nur retten, indem ich dich aus der Wohnung geschoben habe.«

Augenblicklich stieg mir die Röte ins Gesicht. Ich machte Anstalten, wieder abzusteigen. »Unsinn. Gar nicht. Du hast mich doch mit dem Seil dicht an deinen … deinen …«

»An mein Handtuch gedrückt, willst du sagen?« Er lachte, während meine Handflächen zu schwitzen begannen. »Los jetzt«, wiederholte er sanft.

Seufzend schlang ich die Arme um seine Taille. Abermals spürte ich seine harten Muskeln unter der Jacke und musste daran denken, wie er vorhin halb nackt vor mir gestanden hatte. *Stopp, Lina!*

Schon im nächsten Moment fuhren wir los. Wieder kroch mir sein herber Duft in die Nase, so wie vorhin, als er aus der Dusche gekommen war, und ich atmete ihn tief ein. Er vermischte sich mit dem Wind, der mir um die Nase wehte, und dem Geruch von Leder, der von seiner Jacke ausging. Ich hielt mich an Ben fest und so fuhren wir eine ganze Weile. Obwohl wir nicht sonderlich schnell unterwegs waren, merkte ich, dass es mir Spaß machte. Es erinnerte mich an Fahrradfahren. An die frische Luft, die einen umspielte, an die Freiheit, die man fühlte, wenn man sich eine lange Straße hinunterrollen ließ, nichts weit und breit, nur Felder und warme Sonnenstrahlen auf der Haut. Ich war schon ewig nicht mehr Fahrrad gefahren.

Zuerst ging es Richtung Innenstadt durch eine Gasse, die geziert war mit hübschen bunten Fachwerkhäusern, und dann weiter in Richtung Nürnberger Burg, in deren Nähe wir schließlich anhielten. Ich mochte die kleinen verwinkelten Gassen dort. Als Ben den Roller an einem Fahrradständer abstellte, stieg ich ab und strich mir die Haare glatt.

»Und jetzt? Was zeigst du mir Spannendes?«, wollte ich wissen.

»Was richtig Heftiges. Pass auf.« Er trat nahe an mich heran. »Wir ...«

»Ja?«

Ein verschwörerisches Grinsen umspielte seine Lippen. »... bummeln jetzt durch die Stadt.«

»Moment. Was? Wir bummeln einfach nur durch die Stadt und ... das war's?«, fragte ich ihn überrascht.

»Ja, so sieht's aus. Unser erstes Date. Und, ach ja, Kino steht dann auch noch an.«

»Wir gehen ins Kino?«, hakte ich erstaunt nach. »Wann denn?«

»Gegen acht.«

»Ins Kino also«, seufzte ich. »Echt jetzt?« Es war so typisch. Er würde sich strecken und die Bewegung dazu nutzen, seinen Arm um mich zu legen und mich an sich zu ziehen. Oder zärtlich nach meiner Hand greifen. In jedem Fall würde er mich küssen.

»Ja, Lina, ins Kino. Das ist so ein großes Haus mit einer Leinwand im Inneren, auf der die neuesten Filme gezeigt werden. Schon mal davon gehört? Richtig krasse Sache.«

Ich rollte mit den Augen, doch musste gleichzeitig lachen. »Na gut, meinetwegen.«

Wir liefen los und verrückterweise genoss ich es, mit Ben durch Nürnberg zu schlendern. Es war so ... normal. Schön. Anders. Unerwartet. *Reiß dich zusammen, Lina.*

»Dich hat doch das mit den Bildern interessiert, oder?«, durchbrach Ben die Stille.

»Ja, wieso?«

»Komm mit, ich zeig dir was.« Ohne meine Reaktion abzuwarten, griff er nach meiner Hand und zog mich mit sich, bog in eine kleine Gasse ab und blieb schließlich mit mir in einem Hinterhof stehen.

Zögernd schaute ich mich um. »Okay, das ist ziemlich …«

»Hässlich?«, wollte Ben schmunzelnd wissen. War das eine Fangfrage?

Zögerlich nickte ich. »Ja, schon, wenn ich ehrlich sein soll.«

Ben musterte mich einen Moment, bevor er mit dem Finger nach oben zeigte. »Stimmt. Der ganze Schutt macht es nicht gerade zu einem Traumort. Aber schau mal da.«

Mit dem Blick folgte ich seinem Finger und entdeckte eine goldene Uhr. »Das ist der Ort von dem Foto, oder? Und die Uhr!«

»Clever kombiniert, Sherlock.« Er zwinkerte mir zu. »Ich fand es einfach so schön unpassend passend. Dieser Ort wirkt so kaputt, aber die Uhr ist erhalten geblieben. Sie ist etwas Beständiges an einem Ort des Chaos. Dazu hatte ich gleich eine Geschichte im Kopf.«

Nachdenklich betrachtete ich sie. Die Uhr war golden umrahmt mit verschlungenen Ornamenten, nicht alltäglich. Ihr Zifferblatt schimmerte in der Frühlingssonne. »Du hast recht, sie hat schon was.« Oft hatte ich mir Beständigkeit gewünscht in meiner Welt des Chaos.

Ben blickte mich zustimmend an. »Und genau deswegen habe ich dieses Bild machen wollen. Also habe ich die Frau, die hier lebt, gefragt und …« Mit einem Mal wirkte er nachdenklich.

»Und?«, hakte ich nach.

»… mir ihre Geschichte angehört. Denn ihre Geschichten machen Orte ja aus.« Was für ein schöner Gedanke.

»Das stimmt. Kein Ort ohne Geschichte, sozusagen. Oder: Jeder Ort hat eine Geschichte …«

»Ja, so ungefähr. Und zu jedem Ort und jeder Geschichte gehört auch ein Mensch.« Er hatte seinen Blick wieder auf die Uhr gerichtet. »Es steckt meiner Meinung nach einfach immer mehr dahinter. Es kann ein ganz normaler Tag sein und plötzlich bleibt die Zeit stehen und alles zerfällt. Oder aber die Dinge laufen ganz normal weiter. Man kann unglaublich viel in das Bild hineininterpretieren.«

»Du hast recht. Das … gefällt mir …« Auch wenn ich es nicht wollte, Ben wurde immer interessanter für mich. Seine Gedanken regten meine an und so hatte er mir mit seinen Worten sogar in Sachen Artikel weitergeholfen. Ganz unbewusst. Ich zückte mein Handy, tippte auf die Notizen-App und gab seinen Satz über die Orte und ihre Geschichten ein.

»Was machst du da?«, wollte er wissen und sah mich fragend an.

»Ich schreibe für ein Magazin beziehungsweise arbeite dort studienbegleitend. Dafür soll ich nach besonderen Orten in der Stadt suchen. Und was du gesagt hast, war echt gut«, meinte ich anerkennend.

»Tja, siehst du mal. Und das klaust du mir jetzt einfach?«

Ertappt blickte ich von meinem Handy auf. »Nein, natürlich nicht. Ich … vielleicht kannst du mir noch ein paar mehr zeigen? So spezielle Orte?«

»Kann ich schon, aber dann wüsstest du ja all meine Geheimnisse.« Seine Augen funkelten.

Ich lachte. »Also ja? Was sagst du? Ich sorge auch dafür, dass du erwähnt wirst. Komm, die Idee magst du, sei ehrlich.«

Er zögerte einen Moment. »Ich weiß nicht, ich in einem Magazin. Mit meinen Orten und meiner Kunst, das behagt mir nicht.«

Ich stupste ihn in die Seite. »Lügner«, sagte ich.

Sein Gesicht hellte sich auf. »Lügner? Du meinst also, du durchschaust mich?«

»Klar, das war aber auch nicht schwer, deine Augen haben sich mindestens so sehr geweitet wie die von Scrat, als ich das Magazin erwähnt habe.«

Ben lachte. »Bitte was?« *Ups.*

»Ähm ... ab und zu siehst du ein bisschen aus wie Scrat«, erwiderte ich zögerlich.

»Wer soll das sein?«, fragte er irritiert.

»Das Eichhörnchen aus *Ice Age*«, erklärte ich und sah ihn dabei gespannt an.

Jetzt lachte er wieder. »Du kränkst mich, Lina.«

Schmunzelnd entgegnete ich: »Also, was sagst du zum Magazin? Das wäre doch toll!«

»Na schön, dann mach dich bereit. Ich zeig dir was, aber wir sollten jetzt verschwinden, eigentlich darf man hier nämlich gar nicht sein. Privatgrundstück. Doch da ich in deinen Augen ja so ein harter Kerl bin, wollte ich dir was Abenteuerliches bieten und das, obwohl du mich gerade mit einem Eichhörnchen verglichen hast. Geschafft?«

»Ja, du bist *so* ein harter Kerl«, schwärmte ich gespielt begeistert, »fast so hartnäckig wie Scrat mit seiner Nuss.« Lachend schüttelte Ben den Kopf und wir verließen die Ruhe des Hinterhofs. Nur ein paar Schritte und wir befanden uns mitten im Altstadtgetümmel. »Wohin geht es jetzt?«, fragte ich.

»Lass dich überraschen.«

Die Zeit mit Ben verging wie im Flug. Es war unglaublich, was er alles wusste, wie sehr er sich für das Thema begeisterte und welche Plätze er in Nürnberg kannte, die mir so noch nie aufgefallen waren. *Echte Geheimtipps.* Irgendwie war es schön, ihn so in seinem Element zu sehen. Ich notierte mir einiges und war nach dem letzten Ort, den Ben mir gezeigt hatte, wirklich zufrieden und dankbar.

»Ich hoffe, das reicht«, meinte er. Wir schlenderten die Pegnitz entlang, deren Wasser im Sonnenlicht glitzerte, vorbei an opulent geschmückten Schaufenstern und den ersten kleinen Cafétischen im Außenbereich. »Ich bin gespannt, was du daraus machst.«

Ich steckte mein Handy weg und lächelte ihn an. »Bilder müsstest du mir dann noch schicken, wenn das geht?«

»Klar, kann ich machen.« Er blickte mich neugierig an. »Wie bist du eigentlich dazu gekommen? Also zum Schreiben.«

Ich erzählte Ben, wie gern ich früher Geschichten erzählt hatte. Dass ich schon immer gern gelesen und auch geschrieben hatte. Dass ich mich deshalb dafür entschieden hatte, Literatur zu studieren.

»Und was für Geschichten hast du da so erzählt?«, wollte er wissen.

Ich musste lachen. »Ehrlich gesagt waren es immer sehr verrückte Geschichten. Na ja, aber … ist egal.« Ich stoppte und winkte ab. Ich wollte nicht weiter darauf eingehen.

»Darf ich irgendwann mal was von dir lesen?«

»Nachdem du mir jetzt geholfen hast, sicher.«

»Ich meine eine Geschichte.«

Ich blieb stehen und sah Ben an. »Wer weiß.«

Nach einer Weile erreichten wir die Cinecittà-Brücke, die sich mit Seilen über die Pegnitz spannte und zum Kino auf der anderen Seite führte.

»Vor lauter Reden habe ich gar nicht gemerkt, dass wir schon hier sind«, sagte ich erstaunt.

Ben nickte. »Jap, wird auch Zeit. Der Film geht in einer halben Stunde los.«

Ich richtete meinen Blick auf den großen Komplex vor uns, den in Nürnberg jeder kannte. »Also echt Kino? Ich war ewig nicht mehr im Kino, weißt du das? Nachdem man inzwischen alles auf Netflix schauen kann.«

»Ja, geht mir ähnlich, aber ich will mit dir ins Kino. Ich habe sogar schon Karten reserviert.«

»Wirklich?«

»Klar. Sicher ist sicher. Und du weißt ja: meine Regeln.« Bei den letzten Worten zwinkerte er mir zu. Schlagartig dachte ich an die Alarmsignale: Kino, Kuscheln, komisches Verhalten. In meinem Bauch machte sich ein merkwürdiges Gefühl breit. Er schien zu wissen, was er tat.

»Und welchen Film schauen wir?«, fragte ich daher etwas skeptisch.

»Was Romantisches, magst du doch. Also lass dich überraschen.«

»Was? Du willst doch nicht ernsthaft einen romantischen Film mit mir ansehen?«

Ben zuckte mit den Schultern. »Du magst doch diese Art Filme.«

Stirnrunzelnd sah ich zu ihm hoch. »Woher weißt du das?«

»War nur so ein Gefühl ...« Bens Mundwinkel zuckten.

Ich lachte, fragte mich aber dennoch, woher er es wusste.

»Okay, du *fühlst* also, welche Art Film ich gern sehen würde?«

»Ja, ist so eine Gabe von mir. Noch eine. Neben dem Gespür für unglaublich tolle Orte, mit dem ich dir helfen konnte. Und umwerfend sein natürlich.« Gespielt verdrehte ich die Augen. »Wer weiß, was ich noch alles kann.«

»Oh, jetzt bin ich aber neugierig«, erwiderte ich übertrieben aufgeregt.

Er lachte. »Man sagt, ich sei aufmerksam. Und an dem Abend am Teufelsbrunnen, da hast du es mir erzählt. Deswegen hatte ich die Idee, diesen Film mit dir anzuschauen.« Stimmt, ich erinnerte mich daran. Ob er merkte, dass ich wirklich erstaunt war? Mit so etwas hatte ich überhaupt nicht gerechnet. Wobei mich Ben mittlerweile mehr und mehr überraschte. Was ich aber natürlich nicht zugeben konnte. Und wollte.

»Du freust dich, oder?« Eindringlich musterte er mein Gesicht.

»Quatsch.« Ich winkte ab.

»Lügnerin.« Sanft legte er mir eine Hand auf den Rücken und schob mich damit ein Stück nach vorne. »Los, gehen wir ins Kino.«

Das Holz knarzte unter unseren Füßen, als wir die Brücke passierten. Sobald wir die andere Seite erreicht hatten, blieb Ben stehen und zückte sein Handy, um ein paar Fotos zu schießen. In der Zwischenzeit sah ich mich um und entdeckte etwas, das mir bekannt vorkam: viele verwobene Eisenstränge, die ein Herz formten. Wenn mich meine Erinnerung nicht täuschte, war es vor ein paar Jahren aufgestellt worden, um die Liebesschlösser, die die Menschen in Massen an der Brücke angebracht hatten, daran aufzuhängen. Ich wusste nicht, was ich von diesem Liebesschloss-Ding halten sollte. Auf der einen Seite fand ich es eine schöne Idee, auf der anderen aber schon auch etwas albern. Die andere Seite überwog.

Während ich noch darüber nachdachte, schoss mir auf einmal in den Kopf, woher mir die Skulptur so bekannt vorkam. »Das ist ja das Herz von deinem Bild!«, rief ich Ben zu.

Er blickte von seinem Handy auf. »Gut aufgepasst, Sherlock.«

»Okay, jetzt wird es unheimlich. Hast du mich mit Absicht hierhergebracht? Ist dieses Schloss, das du fotografiert hast, auch dran? Und …« Ich ließ meinen Blick über das Herz wandern.

»Du meinst das, das du so hässlich gefunden hast und bei dem du mich gefragt hast, was es zu bedeuten hat?« Er blickte wieder durch die Linse seines Handys.

»Ja. Und jetzt bin ich noch neugieriger!« Ich suchte die Schlösser ab und entdeckte dieses *unschöne* Schloss, das in der Tat unter den anderen hervorstach. Ich erblickte einen Schriftzug, der darauf eingraviert war: *Für heute und morgen und immer.* »Ich weiß echt nicht, warum die Leute das machen«, überlegte ich laut. »Ist die Liebe deshalb fester, nur weil man so ein dämliches Schloss irgendwo befestigt? Wer sagt dir, dass die Liebe deswegen hält? Die beiden sind vielleicht schon gar nicht mehr zusammen.«

»Weißt du, was ich schön daran finde?« Ben kam auf mich zu. »Es macht diesen Ort zu einem besonderen. Denn hier ist Liebe.«

»Echt jetzt?«

»Was? Ja! Denn wie auch immer es jetzt ist, in diesem Moment waren zwei Menschen zusammen. Menschen, die sich liebten und gemeinsam das Glück gespürt haben. Mit dem Schloss haben sie dieses Gefühl und ein Stück ihrer Geschichte festgehalten. Auch wenn sie vielleicht nicht mehr zusammen sind, bleibt doch irgendwie ein Teil dieser Liebesgeschichte für immer an diesem Ort bestehen. Sie wurde hier verewigt. Verstehst du? Ich denke, das ist es, was diese Schlösser so schön macht. Und warum ich den Ort mag. Wir beide stehen nun an dieser Stelle und überlegen zumindest kurz, was wohl aus den beiden geworden ist.«

Ich schluckte. Ja, irgendwie klang das schön, aber … »Wie auch immer«, sagte ich nur, weil ich diese rührseligen Dinge nicht an mich ranlassen wollte. »Warum hast du gerade dieses Schloss fotografiert?«, versuchte ich es stattdessen.

Ben zuckte mit den Schultern. »Es hat mich einfach angezogen. Es ist ab und an nicht mehr als ein Gefühl, eines, das mir sagt, dass es wichtig ist, irgendwann für irgendwas.« Für einen Moment standen wir still nebeneinander und betrachteten dieses Stück Liebesgeschichte. Ben war der Erste, der sich regte. »Wir sollten los, der Film beginnt gleich.« Ich warf noch einen letzten Blick auf das Schloss, bevor ich Ben hinterherlief und wir das Innere des Kinos betraten.

»Kino sieben«, sagte er und deutete auf das kleine Schild in Schwarz und Türkis, das den Weg zum Kinosaal anzeigte. Wir folgten den Pfeilen und blieben schließlich an der Verkaufstheke stehen, die sich vor dem Saal befand.

»Wie wäre es mit Popcorn, Chips, Cola oder Eis?«, fragte Ben.

»Du fährst also echt alle Geschütze auf?«, entgegnete ich neckend.

Er hob eine Augenbraue. »Was meinst du?«

»Na ja, bummeln, Kino … Fehlt nur noch, dass du versuchst, mit mir Händchen zu halten.« Herausfordernd sah ich ihn an.

»Was? So ein Klischee bediene ich nicht.« Er zwinkerte mir zu. »Also, was willst du? Wir haben immerhin ein Date und stell dir vor: Ich zahle sogar. Und weil ich richtig krass drauf bin, kannst du dich im Kino auf was gefasst machen.«
Ich musterte ihn von der Seite. »Aha ... und das wäre?«
»Lass dich überraschen.« Das schien heute sein Lieblingssatz zu sein. Ich betrachtete Ben noch einen kurzen Moment, dann ergab ich mich.
»Also gut, ich nehme Popcorn und eine Cola, bitte.«
»Alles klar. Süß oder salzig?« Wie zufällig berührte Ben kurz meine Fingerspitzen.
»Süß ...«, presste ich hervor, während ich ihm hinterhersah, wie er sich vor der Theke in die Schlange stellte. Warum war er nur so nett? Ich konnte mir einfach keinen Reim auf diesen Kerl machen. Was war sein Plan hinter der ganzen Sache?
Wenig später stand er mit einer großen Tüte Popcorn und zwei Getränken wieder vor mir. »Dann suchen wir mal unsere Plätze, Reihe vier.«
Im Saal angekommen, dauerte es nicht lange, bis wir die richtigen Sitze gefunden hatten, und ich musste zu meinem Erschrecken feststellen, dass er einen Lovechair gebucht hatte. Einen Platz, auf dem es möglich war, näher zusammenzusitzen – als Paar.
»Ein Lovechair? Ist das die Überraschung?« Verwundert sah ich ihn an.
»Ist bequemer, dachte ich. Und angebrachter für ein Date. Wenn schon, denn schon.« Ben setzte sich und klopfte auf den freien Platz neben sich. Mir blieb also nichts anderes übrig, als zu versuchen, es mir auf dem Lovechair gemütlich zu machen. Unruhig rutschte ich darauf hin und her.

Auf Bens Gesicht machte sich ein Grinsen breit. »Man könnte ja fast meinen, es ist dir unangenehm.«

»Mir? Nein, total super. Wirklich.« Um nicht weiter auf das Thema eingehen zu müssen, griff ich nach der Popcorntüte, schob mir eine Handvoll der gepoppten Maisstücke in den Mund und kaute lange und ausgiebig darauf herum. Nach einer Weile sah ich wieder zu Ben. »Ist das Absicht?«

»Was meinst du?«

»Na, all das. Es wirkt, als ob du mich … Ach egal.« *Als ob du mich verführen wolltest, um mich dann fallen zu lassen*, vervollständigte ich den Satz in meinen Gedanken. In der Realität winkte ich ab und blickte auf die Leinwand. Aus dem Augenwinkel sah ich, dass Ben mich nachdenklich musterte.

Glücklicherweise dauerte es nicht lange, bis es dunkel wurde und die Werbung anlief. Ich sah mich um: Tatsächlich waren wir so gut wie allein im Saal. Auf einmal klopfte mein Herz stärker in der Brust. Und es wurde nicht besser, als auf der Leinwand eine Werbung erschien, in der sich ein Paar an den Händen hielt und es darum ging, einander nicht mehr loszulassen. Am Schluss des Spots wurde dann auch noch der Schriftzug *Die wahre Liebe findet einen Weg, sie kennt keine Grenzen. Zeig einem Menschen, wie sehr du ihn magst. Mit Schokolade von Leckerlicht* eingeblendet.

»So ein Käse«, murmelte ich vor mich hin.

»Was?«, fragte Ben prompt.

»Nichts.«

»Ist doch schön, oder?«

»Du veräppelst mich. Das war Werbung für Schokolade!« Ich griff erneut in die Popcorntüte.

»Ich weiß. Magst du keine Schokolade?« Erstaunt hob er eine Augenbraue.

Ich schob mir das Popcorn in den Mund. »Nein.«
Ben lachte. »Lügnerin.«
»Okay, ich mag Schokolade, aber nicht die schnulzigen Spots dazu«, seufzte ich.
»Ich fand ihn schön.«
»Ben ...«
»Was, darf ich das nicht schön finden?«
»Ich glaube, du willst mich provozieren, deswegen das Ganze«, stellte ich nun fest.
Er lachte schon wieder. »Und wehe, du versuchst, meine Hand zu halten. Dann muss ich sie leider wegschlagen«, erklärte ich und reckte ihm dabei das Kinn entgegen.
»Mal sehen, wer stärker ist.« Wieder trafen sich unsere Blicke und ich hielt seinem stand. Ich fand wirklich Gefallen an diesen Neckereien zwischen uns.
»Aber warum solltest du das tun? Ach so, warte ...« Ich hatte noch nicht zu Ende gesprochen, da spürte ich schon seine Hand auf meiner. »Ben!«
»Ja?« Sein Blick verschmolz nun regelrecht mit meinem. Ich konnte es trotz der Dunkelheit, die im Saal herrschte, deutlich erkennen und hoffte inständig, dass sie die sanfte Röte auf meinen Wangen unsichtbar machte.
»Du willst es heute wissen, ja?« Ruckartig entzog ich ihm meine Hand und er lachte leise. Irgendwie hatte es sich schön angefühlt und ich hätte es gern zugelassen, aber ich wusste genau, dass er mich damit nur foppen wollte. Wegen der ganzen Spielerei, die von Anfang an zwischen uns gewesen war. *Lass dich nicht blenden, Lina*, rief mir meine innere Stimme zu, *er weiß doch genau, was er hier tut. Bad bleibt bad, schon vergessen?*
Zum Glück ging der Film genau in dieser Sekunde los

und ich konnte mich der Leinwand widmen. Wir mussten immer wieder lachen, und als eine Szene kam, in der es romantisch wurde, schlich sich Bens Hand erneut auf meine.

»Du kannst es nicht lassen, oder?«, flüsterte ich und wandte den Kopf in seine Richtung.

Er zwinkerte mir zu, während seine Finger sich mit meinen verhakten. »Ist doch gerade so romantisch, oder?«

»Ja, total«, erwiderte ich grinsend und zog die Hand weg.

Doch Ben lächelte nur und griff erneut danach. Ich beschloss, es trotz des sanften Kribbelns in meinen Fingerspitzen, so gut es ging, zu ignorieren und stattdessen einfach weiter dem Geschehen im Film zu folgen. Kurz vor dem Happy End wurde mir dann allerdings bewusst, dass unsere Hände noch immer miteinander verwoben waren. Ein Bad Boy, der Händchen hielt? Ob das tatsächlich nur Taktik war?

Erst als der Film zu Ende war und das Licht anging, ließ Ben meine Hand los und nahm einen letzten Schluck von seiner Cola. »Und, wie hat es dir gefallen?«, wollte er wissen.

»Was? Das Händchenhalten?«

Er grinste. »Nein, der Film.«

»War ein guter Film, wie fandest du …« Ich hielt inne, weil sich Ben lächelnd zu mir beugte. Was hatte er vor? Seine Hand streifte meine Wange, wanderte weiter zu meinen Haaren und fischte schließlich ein Popcorn heraus. »Hattest du in den Haaren«, bemerkte er überflüssigerweise.

»Oh, okay, danke.« Inständig hoffte ich, dass er nicht bemerkte, wie mir die Röte in die Wangen stieg.

»Oder hattest du was anderes erwartet? Einen Kuss vielleicht?«

»Du bist echt …« Unsere Blicke verwoben sich und mir war, als würde die Luft zwischen uns zu flirren beginnen.

»Willst du es denn?«, fragte ich vorsichtig. »Ich meine, es sind schließlich deine Regeln.«

»Stimmt, du hast recht und … ja, ich will es.« Und dann küsste er mich. Sofort kribbelte es überall in meinem Körper. Es zeigte mir, dass ich es auch wollte. Selbst wenn ich es niemals zugeben würde und …

Ach egal.

Meine Lippen suchten seine und ich genoss die Hitze, die mich dabei durchströmte. Sie war überall. Seine Hände glitten an meine Wangen, unsere Zungen fanden sich. Ich seufzte, während ich mich im Sitz zurücklehnte. Ben rückte nach, seine Lippen wanderten meinen Hals entlang und wieder zurück zu meinen. Zart verbanden sie sich mit seinen und so küssten wir uns eine ganze Weile, bis Ben mich auf sich zog. Ich genoss es, wie er roch, wie er schmeckte, wie er mich berührte. Wie er mich an sich drückte mit einer Intensität, dass mir der Atem stockte.

»Gar nicht so schlecht im Kino, oder?«, raunte er mir zu und berührte meine Taille, drückte mich noch näher an sich. »Und dieser Lovechair erst …«

»Pssst«, flüsterte ich.

»Was denn?«

»Küss mich einfach weiter. Berühr mich weiter, mach irgendwas, aber rede nicht.«

Er grinste gegen meinen Mund und abermals verschmolzen unsere Lippen miteinander. Ich wusste nicht, wie lange wir uns so geküsst hatten. Jedenfalls unterbrach uns irgendwann eine männliche Stimme. »Entschuldigung, ich muss Sie leider stören. Der Saal wird nun für die nächste Vorstellung vorbereitet.«

Ertappt fuhren wir auseinander, verlegen ordnete ich meine Haare. »Oh«, entfuhr es mir, als ich registrierte, dass der Kerl, der uns angesprochen hatte, hier arbeitete. Wir hatten uns in unseren Küssen verloren. Mein Herz pochte noch immer heftig.

»Wir sollten dann wohl gehen«, meinte Ben lächelnd und reichte mir die Hand, nachdem er aufgestanden war. Ich griff danach, doch ließ sie gleich wieder los, nachdem ich mich aufgerichtet hatte.

Kurze Zeit später befanden wir uns draußen auf der Straße. Ohne dass wir darüber gesprochen hatten, schlugen wir automatisch den Weg dorthin ein, wo Ben den Roller abgestellt hatte, als er auf einmal erneut nach meiner Hand griff.

Erschrocken wich ich zurück. »Ähm, nein …«

»Was?«

»Das mit der Hand …«, stammelte ich.

»Ist das etwa nicht angebracht? Wir haben gerade im Kino rumgemacht, da ist Händchenhalten doch nicht so schlimm.« Ich hörte seiner Stimme an, dass er schmunzelte.

»Ich … ich möchte meine Hand eben frei haben. Das macht doch Sinn, oder? Ich meine, für den Fall, dass man stürzt oder so, damit man sich abstützen kann.«

Ben lachte. »Ja, das ist ganz wichtig, da hast du recht. Aber weißt du, was?« Er nahm meine Hand und zog mich ein wenig zu sich heran. »Wenn man sich an der Hand hält, kann man gar nicht so leicht stürzen. Krasse Sache, oder?« Keine Ahnung, was passiert war, aber sein Blick war intensiver geworden.

Ich spürte das gleiche heftige Kribbeln wie eben im Kino. »Du willst es echt wissen, oder?«

»Meine Regeln.«

Ich stöhnte auf. »Na gut.« Unsere Hände glitten ineinander und so gingen wir den Rest des Weges Hand in Hand. Es war merkwürdig, aber irgendwie auch schön. Vor allem aber war es verrückt.

Erst als wir den Roller erreicht hatten, ließ er meine Hand los. »Und, war's so schlimm?«

»Ziemlich«, entgegnete ich schmunzelnd.

»Weil es sich so gut angefühlt hat und du jetzt mehr willst?«

»Ach, das wünschst du dir vielleicht.« Übertrieben rollte ich mit den Augen. Er wusste gar nicht, wie recht er damit hatte.

Ben stieg auf den Roller und ich stellte mich hinter ihn. Die Luft war klar und frisch. Wir schlugen den gleichen Weg ein wie auf der Hinfahrt, bis Ben plötzlich anders abbog. Sicher würde er mich mit zu sich nach Hause nehmen, hatte ich es mir doch gedacht. Aber dann bemerkte ich, dass wir nicht zu ihm fuhren, sondern ganz klar zu mir. Was war denn jetzt los?

»Und nun?«, fragte ich, nachdem Ben vor meinem Wohnhaus angehalten hatte.

Er stieg vom Roller. »Was soll denn deiner Meinung nach nun passieren, Lina?« Ein sanftes Lächeln umspielte seine Lippen.

»Ich ... weiß nicht, ich ... Vielleicht fragst du mich ja, ob ...« Plötzlich brachte ich kein Wort mehr heraus.

»Ob ich mit zu dir nach oben kommen kann? Kaffee trinken, Briefmarken anschauen? Aber Lina, doch nicht beim ersten Date. Wie typisch wäre das denn?« Er foppte mich nur. Oder?

Ich zuckte mit den Schultern. »Das heißt, du ... willst heim?«

»Natürlich, ich meine, klar, wir küssen uns. Aber alles andere, wäre das nicht zu schnell? Von wegen *erstes richtiges Date*.« Mit einem Mal war er mir wieder ganz nah. »Lina, wir haben doch noch so viel Zeit.« Er war ernst geworden.

»Was?« Erstaunt sah ich ihn an. »Du … du…«

»Ja?« Was war das für ein Spiel?

»Du willst also ganz sicher nicht noch auf einen Kaffee mit hochkommen?«

Er legte den Kopf schief. »Und du redest von Alarmsignalen …«

»Also?«, fragte ich. Mit diesem Verhalten hatte ich nicht gerechnet und merkte, wie es mich aus der Bahn warf.

»Nein, wie gesagt, wir haben noch so viel Zeit. Denk an die Uhr.«

»Lügner!«

»Ich meine es so«, beteuerte er mit einer Überzeugung, dass es mir beinahe den Atem raubte.

Und da reichte es mir. Sosehr sich ein Teil von mir auch wünschte, dass er es ernst meinte, dass es echt war, so sicher war sich der andere Teil – der größere Teil –, dass es das nicht war. Jemand konnte dir mit einer unglaublichen Wärme in der Stimme sagen, dass er dich liebte, aber dich dennoch verlassen.

Ich streckte den Zeigefinger aus und deutete damit auf seine Brust. »Du veräppelst mich. Ganz eindeutig. All das, das Popcorn, die Hinterhöfe, das Händchenhalten und so weiter. Auf romantisch machen. Von wegen, du verführst mich nicht einfach. Das ist so was von … so was von … ausgetüftelt! Du bist ein bescheuerter Pick-up Artist.« Wild fuchtelte ich mit meinen Händen vor seinem Gesicht herum. »Dieses Geschwätz von wegen *an den Händen, da hält man sich besser* – du willst doch nur, dass ich mich übergebe vor lauter Romantik. Dass ich … keine Ahnung, was das soll!« Ich hatte mich in Rage geredet.

Ben sah mich stirnrunzelnd an. »Ich möchte nur ein paar unerwartete Dinge mit dir tun, nachdem du schon immer alles zu wissen glaubst.«

»Das tu ich ja auch!« Verzweiflung mischte sich zu der Wut.

»Ach ja? Wirkt jetzt nicht unbedingt so«, entgegnete er.

»Ja, weil das hier … das ist nicht echt, das nehme ich dir nicht ab. Ich … ich gehe jetzt!« Ich wandte mich ab. Tränen brannten hinter meinen Lidern.

»War schön heute!«, hörte ich Ben rufen.

Ich schluckte sie hinunter. Ich wollte einfach nur nach oben. Ben hielt mich doch sicher für total bekloppt. Und wenn ich das Ganze hier objektiv betrachtete, war ich es auch.

KAPITEL 18

immer

Mit voller Wucht knallte ich die Tür hinter mir zu. Ich war wütend, verdammt wütend. Und beschämt noch dazu. Meine Gefühle spielten verrückt. Wieso fühlte ich überhaupt etwas?

»Und, wie war es?«, rief Emma mir entgegen, als ich ins Wohnzimmer kam. Sie trug schon ihren Pyjama und hielt eine Flasche Nagellackentferner in den Händen.

Stöhnend ließ ich mich neben sie aufs Sofa fallen. »Sehr schön. Ehrlich, der Kerl macht mich irre. Wir waren in der Stadt, bummeln, und, na ja, er hat mir wirklich ein paar interessante Orte gezeigt, die ich gut für den Artikel in der *Stadtzeit* nutzen kann. Wir waren im Kino, haben Händchen gehalten, er hat mir Popcorn gekauft, mich im Lovechair geküsst ... Und jetzt wollte er nicht mit hoch, um mich zu verführen. Erzählt irgendwas von *Wir haben doch Zeit*. Was stimmt mit dem nicht?« Ich warf mich wütend gegen das Kissen in meinem Rücken.

Emma zog eine Augenbraue nach oben, sah mich einen Moment lang an und fragte schließlich: »Okay, Lina, jetzt mal ehrlich. Wo ist dein Problem?«

»Sagte ich doch gerade. Der macht einfach alles kaputt. Mit seiner übertriebenen Nettigkeit. Der ist so hartnäckig wie ... wie ...«

»Dieser Nagellack?«, kam mir Emma zuvor. »Ich weiß gar

nicht, was das hier ist.« Sie fummelte an ihren Händen herum, bevor sie wieder auf- und mir direkt in die Augen blickte. »Lina, er macht wirklich nette Sachen mit dir. Anscheinend will er dich, und zwar nicht nur ins Bett kriegen, auch wenn dir das nicht passt. Was ist das nur für ein Loser? Lauf, so schnell du kannst!« Lachend sprach sie die letzten Worte aus.

Jetzt musste auch ich lachen. »Du verstehst es nicht. Die Challenge, der Blog, die Idee der Redaktion … Ich sage es dir, der ist gefährlich und ich muss verhindern, dass er weiter so auf nett macht. Und das werde ich, irgendwie, das verspreche ich dir. Ich …« In diesem Moment summte mein Handy. Erst einmal, dann zweimal, dreimal. Was war denn jetzt los? Ben? Während ich nach meinem Handy griff, spürte ich ein kleines aufgeregtes Gefühl im Bauch. Würde er zurückkommen und … nein. Nika. Sie spammte die Schwesterngruppe zu.

> ALEX
> IST
> SO
> HEISS
> ICH
> BIN
> NOCH
> NIE
> SO
> IHR WISST SCHON …

»Wer war's?«, wollte Emma wissen.

Seufzend hielt ich ihr das Handy hin. »Nika. Sie teilt uns gerade mit, wie toll es mit Alex war. Sie ist aufgesext.«

Emma hob eine Augenbraue. »Was soll das denn bitte sein?«

»Na ja, nach dem Sex, da spielt alles verrückt. Nika ist aufgeladen, sexuell, weißt du? Emotional und nicht mehr rational und glaubt jetzt, dass er noch toller ist, als sie sowieso schon denkt.« Ich schüttelte den Kopf. »Und überhaupt, ich …«

Emma lachte und stellte den Nagellackentferner auf den Couchtisch vor uns. »Jetzt verstehe ich das Ganze. Du bist scharf auf Ben. Weil du untersext bist.«

Ich warf ihr einen bösen Blick zu. »Sehr witzig, aber nein. Es geht ums Prinzip und deswegen …« Ich stand auf und sah Emma an. »… gehe ich jetzt zu ihm und verführe ihn. Da wird er sicher nicht Nein sagen.« Mit einem Grinsen auf den Lippen drehte ich mich um und wollte gerade losstürmen, als Emma sich ebenfalls aufrichtete.

»Und warum willst du das tun?«

Ich wirbelte herum. »Einfach weil … weil …«

»Du untersext bist?«, bot sie mir an.

»Unsinn.«

»Okay, ich versuche mal, Lina-mäßig zu denken«, grübelte sie und legte dabei einen Zeigefinger ans Kinn. »Um dir selbst zu beweisen, dass er gar nicht so toll ist, weil er dich auf alle Fälle abschleppt?«

»Genau!«, rief ich begeistert aus.

Sie schmunzelte. »Ja, ich muss sagen, das hört sich logisch an. Zumindest nach deiner Logik.«

Ich griff nach einem Kissen auf der Couch und warf es nach ihr. Gekonnt fing sie es auf. Es war nicht das erste Mal gewesen, dass ich ein Kissen nach ihr geworfen hatte.

»Ich meine, was soll das denn, wieso ist er so?« Ich atmete

tief durch. »Davon mal abgesehen, dass ich ihm das alles sowieso nicht abnehme. Der spielt, ganz sicher, und …«, stammelte ich in dem Versuch, meine wirren Gedanken zu ordnen.

»Und?« Emma legte das Kissen zurück auf die Couch und strich es glatt.

»Ich mache das jetzt. Dann werden wir ja sehen. Denn auch wenn er denkt, er hätte die Zügel in der Hand, bin in Wahrheit ich diejenige. Wenn ich also gleich bei ihm auftauche, wird er sich umschauen. Ich schlinge ihm das Seil um den Körper und …« Verschwörerisch wackelte ich mit den Augenbrauen.

Emma lachte. »Ich merke schon, ihr habt es mit dem Seil.«

»Oh ja! Von wegen *seine Regeln*. Ich ziehe mich jetzt um und dann …«

»Dann fährst du zu ihm?«

»Ja!«, antwortete ich bestimmt. »Und weißt du, was noch besser ist?«

Emma ließ sich zurück auf die Couch fallen. »Nein, aber du sagst es mir bestimmt gleich.« Mit einem Mal lag Besorgnis in ihrem Blick.

»Ich küsse ihn, ziehe ihn aus und gehe. Jawohl! Jetzt wird wieder nach meinen Regeln gespielt!«

»Lina, was machst du denn hier?« Nachdem Ben mir die Tür geöffnet hatte, stand in seinem Gesicht ein riesiges Fragezeichen.

Aber ich wollte nicht reden. Ganz und gar nicht. Also trat

ich nahe an ihn heran. »Ich dachte, ich komme bei dir auf einen Kaffee vorbei, wenn du schon nicht mit zu mir kommen willst.«

Sein Blick wanderte über meinen Körper. »Du siehst echt ...« *Heiß aus, sag es doch.*

Denn oh ja, das tat ich. Ich hatte mich in Schale geworfen, komplett rasiert und mich von Emma schminken lassen. Nun trug ich *Between the Sheets* auf meinen Wangen und *Little Red Dress* auf den Lippen. Dazu ein enges rotes Top und noch engere schwarze Jeans. So würde Ben mir sicher nicht widerstehen können. Von wegen, wir hätten alle Zeit der Welt.

»... sehr ... gut aus«, vervollständigte er seinen Satz und schluckte. »Kaffee? Deswegen bist du hier?«

Ohne eine Antwort schob ich ihn in den Flur, warf die Tür hinter uns ins Schloss und drückte ihn an die weiße Wand neben seinen Bildern. »Schluss mit den Spielchen«, flüsterte ich gegen seinen Mund.

»Welche Spielchen?«

»Dieses *Ich will dich nicht verführen, wir haben alle Zeit der Welt* ...« Sein Herz pochte schnell unter meinen Fingerspitzen.

Bumm.

Bumm.

Bumm.

Er lachte. »Haben wir ja auch. So ist es doch in guten Geschichten, die wachsen, oder? Soll ich uns also Kaffee machen?«, fragte er und zeigte an mir vorbei Richtung Küche.

Langsam ließ ich meine Hand von seiner Brust hinunter über seinen Bauch wandern. »Eigentlich will ich gar keinen Kaffee.«

»Ach ja?« Seine Stimme war rau geworden.

»Nein«, sagte ich nur noch, bevor ich auf die Zehenspitzen ging und meine Lippen auf seine legte. Im gleichen Augenblick rauschte dieses heftige Gefühl durch mich hindurch, das alles an meinem Körper zum Kribbeln brachte. Weil ich hier war, bei ihm. Weil ich ihn wollte. Und weil ich mir genau das nehmen würde, wonach ich mich sehnte.

Unsere Zungen verwoben sich und Hitze schoss heftig durch mich hindurch. Ich drückte mich gegen Ben und ließ meine Hände über seinen Körper wandern. Immer weiter küsste ich ihn dabei, bis ich an seinem Gürtel angelangt war. Sein ganzer Körper spannte sich an.

»Und jetzt …«, keuchte ich gegen seine Lippen.

»Jetzt?«

»… nehme ich dich mit, komm.«

Kurz ließ er sich von mir mitziehen, doch dann blieb er stehen. »Du willst mich also jetzt verführen?«, fragte er.

»Ja, das will ich«, entgegnete ich atemlos.

»Und du denkst, ich lasse das einfach so mit mir machen?« Sein Blick war dunkel geworden.

Ich ließ seinen Gürtel los, und während ich ganz langsam mein Shirt hochschob, wandte ich meine Augen nicht von ihm ab. Nur in dem kurzen Moment, in dem ich mir den dünnen Stoff über den Kopf zog, verlor ich ihn aus dem Blick. Gleich im Anschluss tasteten meine Hände nach dem Verschluss meines BHs, ich öffnete ihn und ließ ihn neben das Oberteil auf den Boden fallen.

Da stand ich. Oben ohne, Ben fest im Blick, und begann, mir selbst über die Brüste zu streichen.

»Verdammt«, flüsterte er und kam auf mich zu, doch ich hob die Hand.

»Nur schauen.«

Während ich meine Finger weiter über meine Brustwarzen kreisen ließ, fixierte ich Ben unaufhörlich – auch noch, als meine Hand abwärts über meinen Bauch glitt bis zum Bund meiner Jeans und schließlich in meinen Slip. Ich keuchte auf, als ich mich selbst berührte.

»Lina …« Bens Stimme war inzwischen heiser geworden.

Langsam ließ ich meine Hand wieder aus meinem Slip gleiten. Dann hob ich sie an und winkte Ben zu mir. Mit zwei schnellen Schritten überbrückte er die Distanz zwischen uns. Ich beugte mich nahe an sein Ohr. »Willst du mich?«, hauchte ich.

»Nein …«

»Lügner.« Ich spürte, wie sich seine Lippen an meiner Wange zu einem Lächeln verzogen.

»Ja …«

Ich sah ihm fest in die Augen. »Wie sehr?«

»Sehr.« Sein Blick war noch dunkler geworden und Verlangen spiegelte sich darin.

Meine Hände tasteten erneut nach seinem Gürtel. Ich öffnete ihn, zog ihn aus den Schlaufen und schlang ihn Ben um die Hüfte. »Den ganzen Tag lang galten deine Regeln, jetzt bin ich wieder dran.«

Er grinste. »Ach ja?«

»Ja!« Ich tat es ihm gleich. Doch so schnell konnte ich gar nicht schauen, da hatte Ben sich schon befreit und mich umgedreht. Mein Hintern lag nun genau an seinem Becken, seine Hände auf meiner Taille. Begierig und abwartend zugleich.

»Und jetzt?«, wollte er keuchend wissen.

Ich lehnte mich zurück, legte meine Arme um seinen Hals,

rieb mich sanft an seinem Becken und drehte mich dann langsam zu ihm, um die empfindliche Stelle hinter seinem Ohr zu küssen. Sein Griff wurde lockerer, das war meine Chance. Ich übernahm die Kontrolle und zog ihn mit mir zur Couch, die gleich hinter der Tür zu seinem Wohnzimmer stand. Ich drückte Ben ins Polster und ließ meine Hand über seinen Schritt wandern. Ganz deutlich konnte ich fühlen, wie erregt er war. Und wie sehr ich es war.

Ich setzte mich auf ihn und ließ meine Hände unter sein Shirt gleiten. Hastig zerrte ich daran, bis er mir half, es über seinen Kopf zu ziehen. Ich stand auf, zog ihm die Hose von den Beinen, sodass er nur noch in Boxershorts dalag, und während ich seinen Blick suchte, ließ ich meine Hand über seine Härte gleiten. Abermals breitete sich eine rasende Hitze in mir aus und ich zerrte an seinen Shorts. Als er schließlich nackt vor mir lag, leckte ich mir über die Lippen, setzte mich wieder auf ihn und begann, Küsse auf seinen Oberkörper zu säen. Sofort spannten sich seine Muskeln an. Ich küsste ihn weiter, küsste seinen Bauch und dann tiefer, bis ich an seiner Erregung angelangt war. Ich wollte mehr, ich wollte ihn, ich wollte, dass er verrückt nach mir war. So wie ich nach ihm.

»Lina ...« Ben keuchte auf, was mir noch mehr Lust bereitete. »Ich will dich«, raunte er mir zu, in seinem Blick so viel Verlangen. Seine Atmung ging schnell, während er über meine Wange streichelte. Es fühlte sich an wie tausend kleine elektrische Schläge, die er auf meiner Haut hinterließ. Ich wollte mehr davon, überall davon. Doch ich wusste, dass das nicht ging. Ich hatte einen Plan, den ich nicht aus den Augen verlieren durfte.

Also ließ ich von ihm ab, um ihn anzusehen. »Und ich will

nach Hause.« Ohne weiter nachzudenken, suchte ich meine Sachen zusammen und lief in den Flur, wo ich mir den BH anzog und in mein Shirt schlüpfte, als ich schnelle Schritte hinter mir hörte.

Völlig erstaunt stand Ben – nur mit Shorts bekleidet – kurz darauf vor mir. »Du gehst?« Er atmete schnell, ich schneller. Mein Kopf drohte zu explodieren, mein Körper genauso.

»Ja, ich habe ...« Ich ging auf ihn zu und strich ihm mit der Hand über die Brust. *Wie tausend kleine elektrische Schläge.* »... alles bekommen, was ich wollte. Und jetzt gehe ich.«

Bens Lippen verzogen sich zu einem Grinsen. »Du wolltest mich einfach nur rumkriegen? Du hast mich benutzt!« Gespielt empört griff er nach meiner Hand. Sie begann sofort, noch mehr zu kribbeln.

Ich lachte. »Vielleicht wollte ich dich ein bisschen ärgern nach all der Romantik heute.«

Er sah mir tief in die Augen. »Du wolltest bestimmen, ist es nicht so?«

»Könnte sein.« Er hatte mich durchschaut. Ich wollte mich abwenden, doch er hielt mich zurück und drückte mich an sich. Noch immer spürte ich, wie sehr er mich wollte. »Ab jetzt spielen wir wieder nach meinen Regeln.«

»Ach ja?«, wollte ich herausfordernd wissen.

»Morgen unternehmen wir was zusammen und ich weiß auch schon, was. Es wird dir gefallen, denn es hat was mit Geheimnissen zu tun.«

»Schon wieder? Damit willst du mich doch nur ködern«, entgegnete ich.

Sein Grinsen wurde noch breiter. »Vielleicht. Vielleicht aber auch nicht.«

Ich schmunzelte und befreite mich aus seinem Griff. »Na gut, bis morgen dann und …«

»Ja?«

»Danke, dass du mitgespielt hast.« Ich zwinkerte ihm zu, öffnete die Tür und ließ sie hinter mir ins Schloss fallen. Noch immer spürte ich jede Faser meines Körpers, war mir jeder einzelnen vollkommen bewusst. Ich lief ein paar Treppenstufen hinunter, bevor ich stehen blieb und lächelte. Das war echt abgefahren. Berauscht nahm ich auch noch die letzten Stufen nach unten und hatte gerade die schwere Metalltür geöffnet, als mein Handy summte.

> Lina, du bist echt verrückt!

Ich grinste. *Wenn du wüsstest.*

KAPITEL 19

immer

Am nächsten Tag schien auf den ersten Blick alles wie immer zu sein. Ich saß im überfüllten Hörsaal und lauschte den Worten von Professor Gores. Doch heute konnte ich mich kaum darauf konzentrieren, denn ich musste immer wieder an Ben denken, an den letzten Abend und daran, wie heiß es mit ihm gewesen war. Ich hatte seine Nachricht noch ein paarmal angesehen. Zuletzt heute Morgen, nachdem ich aufgewacht war. Da hatte er nämlich noch eine weitere hinterhergeschickt: Dass er sich auf unser Treffen freue, mich dann abholen werde und ich gespannt sein könne, was wir unternehmen würden. Und dass es sehr abenteuerlich werde.

Ich hatte schmunzeln müssen, als ich sie gelesen hatte, und auch jetzt, in diesem überfüllten Hörsaal, ging es mir nicht anders. Obwohl ich es nicht wollte, denn wir befanden uns immer noch in einer Challenge. Und ich hatte schließlich einen Plan. Einen Plan, der immer konkreter wurde. Vor allem, nachdem sich Esther nun ganz begeistert auf weitere Teile gemeldet hatte. Das gab mir den totalen Ansporn, für alles: den Blog, die Geschichte fürs Magazin und merkwürdigerweise sogar für die Hausarbeit. Es war die perfekte Kombination.

Krampfhaft versuchte ich, meine kreisenden Gedanken in die Uni zu bringen und mich auf die Vorlesung zu konzentrieren. Schließlich musste ich auch in den anderen Kursen gut abschneiden, sonst brachte selbst der Artikel in der *Stadtzeit* nichts.

Professor Gores zu folgen, erwies sich jedoch als schwieriger als gedacht, denn ausgerechnet in dem Augenblick, in dem ich mich dazu aufgerafft hatte, begann Emma neben mir, ihn nachzuahmen.

Es war das einzige Seminar, das wir gemeinsam hatten – Kreatives Schreiben –, und unser Dozent war so unbeholfen, dass er die meiste Zeit über wie ein zerstreuter Professor wirkte, wodurch es schon normalerweise unheimlich schwer war, seinen eigentlich interessanten Vorträgen zu folgen – noch schwerer allerdings, wenn man einen gewissen jungen Mann mit äußerst gut gebautem Oberkörper einfach nicht aus dem Kopf bekam.

Demnach war ich froh, als die Vorlesung vorbei war und ich mich gemeinsam mit Emma auf den Weg in die Cafeteria machen konnte.

Wir schlängelten uns an den Studenten vor der Essensausgabe vorbei und standen schließlich am Kaffeeautomaten an, als ich eine Nachricht von Ben bekam:

> Na, wie ist es in der Uni? Vorlesung überstanden? Bereit für später? Wann kannst du?

Lächelnd tippte ich eine Antwort ein.

> Eins nach dem anderen, Casanova. ;)

Dann ergänzte ich:

> Ja, ich denke, drei Uhr klappt.

> Perfekt. Wie wäre es, wenn wir heute Pizza essen?

Ich dachte an Nika und schon flogen meine Finger über das Display.

> Du willst mich nur wieder in deine Wohnung locken. Netflix und chillen?

> Also um drei bei mir? :)

Ich sollte mich freuen, schließlich würde genau das passieren, was ich erwartet hatte. Auf Kino folgte Netflix und schließlich Sex. Aber wieso spürte ich dann gerade so einen Druck auf der Brust?

Wieder begann ich zu tippen.

> Aha, ich hab dich durchschaut! Bis dann.

> Jaja, Sherlock, bis später. ;)

Gedankenverloren steckte ich das Handy weg.

»Da sieht jemand aber nicht so glücklich aus. Was ist los?«, fragte Emma in meine Gedanken hinein.

Ich schreckte auf. »Ach nichts, ich ...«

»Du hast mit Ben geschrieben, richtig? Und, was macht ihr heute?« Sie nahm ihren Becher unter dem Automaten hervor und machte mir Platz. Ich griff nach einem Kaffeebecher ganz oben auf dem Stapel neben der Maschine und stellte ihn darunter.

»Er will Pizza essen und netflixen. Also ... in seiner Wohnung. Heißt, er will mich doch verführen«, entgegnete ich, während ich eine Kaffeesorte auswählte. »Also alles wie geplant.«

Sie runzelte die Stirn. »Ich weiß, ich nerve dich damit, aber irgendwas beschäftigt dich doch, oder?« Sie kannte mich zu gut und ich wusste, dass ich ihr gegenüber ehrlich sein musste. Nachdenklich fuhr ich den Rand meines Kaffeebechers mit dem Zeigefinger nach. Laut Prinzip war die Sache klar: der Bad Boy, der anfing zu spielen, Stufe für Stufe. Aber es war verrückt: Irgendwie verhielt sich Ben so gar nicht, wie ich es erwartet hatte. Wobei diese Sache meine Theorie nun doch wieder stützte … und das Date, bei dem er mir sein Geheimnis verraten wollte, stand ja auch noch an.

»Was mich verwirrt«, sagte ich und beugte mich zu Emma vor, »ich habe ein merkwürdiges Gefühl. Ben ist irgendwie anders und ich weiß nicht, wie ich das deuten soll. Er ist die ganze Zeit total nett und jetzt will er auf einmal Netflix und chillen? Das passt doch alles nicht zusammen.«

»Schon mal drüber nachgedacht, dass er tatsächlich Interesse an dir haben könnte? Dass diese ganzen *Alarmsignale* bei ihm überhaupt keine sind? Von wegen *dunkle Lederjacke, dunkles Geheimnis, dunkles Herz* … Vielleicht will er auch einfach nur einen Film mit dir anschauen. Könnte doch durchaus sein.«

Wie es der Zufall wollte, machte sich genau in diesem Moment mein Handy erneut bemerkbar.

»Aha«, raunte Emma, nachdem ich es aus der Hosentasche gezogen und die Nachricht gelesen hatte.

»Was aha?«

»Na, da strahlt aber jemand ganz schön, wenn ein gewisser Ben eine Nachricht schickt.«

Ich fühlte mich ertappt. »Ich fand sie nur witzig. Darf ich das nicht?«

»Klar, darfst du. Was hat er denn geschrieben?«, fragte sie und linste dabei auf mein Display.

»Dass er auch noch was zu knabbern dahat, sollte die Pizza nicht reichen.« Ich blickte in Emmas verwirrtes Gesicht. »Weil er doch Scrat ist«, erklärte ich, doch es wurde nicht besser. »Scrat, das Eichhörnchen aus *Ice Age*, manchmal sieht er so aus und …«

»Du hast also schon einen Kosenamen für ihn? Merkst du was, Lina?« Grinsend nahm sie einen Schluck von ihrem Kaffee, während ich betont gleichgültig in eine andere Richtung blickte. »Er ist mir total egal, ehrlich.«

KAPITEL 20

»Bereit?«, fragte Ben, worauf ich mit einer Gegenfrage antwortete: »Du willst also wirklich Pizza machen?«

Verstohlen sah ich mich in Bens kleiner Küche um. Die schwarze Arbeitsplatte hob sich elegant von den weißen Schränken ab, in ihrer Mitte stand ein Tresen, der die Küche vom Wohnbereich trennte. Nach den vielen Bildern im Flur hatte ich hier etwas Ähnliches erwartet, doch der Raum war schlicht eingerichtet, beinahe minimalistisch.

Er lachte. »Ja, *wir machen Pizza*, stell dir vor.«

Zögerlich folgte ich ihm. »Na gut ... Und wo sind die Zutaten, Scrat?«

Ben stupste mich an, öffnete den Kühlschrank, holte eine Rolle Fertigteig heraus und legte sie auf der Arbeitsplatte ab. »Erst Pizza, knabbern kannst du später«, meinte er augenzwinkernd. »Ich habe auch noch Paprika, Mais, Schinken und Ananas, wir können also ganz wild belegen.«

Er wollte also tatsächlich Pizza mit mir backen. Und nicht ... Mein Blick wanderte hinüber zur Couch. Ich hatte wirklich gedacht, dass *Pizza* ein Codewort für *Sex* wäre, aber anscheinend war Ben immer wieder für Überraschungen gut. Wieder wollte sich dieses kleine aufgeregte Gefühl in mir breitmachen, doch ich schob es schnell weg.

Als Ben meinen Blick bemerkte, verzog sich sein Gesicht zu einem Grinsen. »Ach so, ja, ich weiß, an was du gedacht hast.« Augenblicklich spürte ich, wie mir die Röte in die Wangen stieg. *Schnell, Lina, sag was!*

»Quatsch, ich ... egal, lass uns Pizza machen.« Ich winkte ab.

Ben lachte, öffnete die Packung und legte den Teig auf einem Backblech aus. »Ich würde sagen, die eine Hälfte ist deine, die andere meine. Und wenn wir mehr wollen: Ich habe noch eine Rolle. Starten wir?« Als ich nickte, reichte mir Ben ein Schneidebrett. »Kannst du die Paprika und den Schinken klein schneiden? Ich mache inzwischen die Dosen auf.«

Ich wusch die Paprika und schnitt sie zusammen mit dem Schinken in dünne Streifen, während Ben die Dosen öffnete und alles auf kleine Schälchen verteilte. Anschließend strich er die Tomatensoße auf den Teig.

Als wir zu belegen begannen, griff Ben zuerst nach der Schüssel mit den Ananasscheiben. »Ich mag das«, sagte er und sah mich dabei an. »Diese Mischung aus süß und deftig.«

»Ich auch, am liebsten ganz viel davon.« Ich grinste. Sobald wir fertig waren, musste ich lachen. »Eigentlich haben wir beide genau das Gleiche«, stellte ich fest.

»Ich sehe, wir haben den gleichen Geschmack. Scheint eine gute Kombination zu sein.« Er zwinkerte mir zu. »Und wir harmonieren auch sonst ziemlich gut, nicht wahr?« Für einen Moment lagen unsere Blicke intensiv aufeinander. »Mal nach deinen Regeln, dann nach meinen«, fügte er hinzu, während er grinsend den Löffel ableckte.

Ich verdrehte gespielt die Augen. »Du bist so ein Spinner.«

»Sagt die Frau, die gestern über mich hergefallen und danach einfach abgehauen ist. Aber ich kann damit leben.« Seine Augen funkelten. Wieso wurde mir plötzlich so heiß?

»Das war doch überhaupt nicht so und ...«

»Jajaja, egal. Wie gesagt, ich kann damit leben. So spiele ich gerne *keine Spiele*.«

Ich musste irgendwie für Ablenkung sorgen, sonst wäre mein Gesicht bald nicht mehr von der Tomatensoße auf der Pizza zu unterscheiden.

Aus einem Impuls heraus legte ich meine Hand an seine Wange. »Deine Narbe. Verrätst du mir etwas darüber?«

Noch immer lag dieses Funkeln in seinem Blick. »Du willst ein Geheimnis wissen, verstehe ich das richtig?«

»Ich hätte zumindest nichts dagegen.«

»Na schön. Aber setz dich lieber.« Und schon hob er mich neben das Pizzablech auf die Arbeitsplatte. »Und jetzt«, seine Hände lagen auf meinen Oberschenkeln, »halte ich dich besser noch fest, dann musst du das nicht übernehmen.«

Augenblicklich begann meine Haut, unter seiner Berührung zu glühen. »Echt jetzt? So schlimm?«

»Oh ja.« Es war so weit. Was für eine tragische Geschichte würde er mir jetzt wohl auftischen? »Als ich sechs Jahre alt war, war ich mit meinen Eltern in unserem Hof. Ich ... bin schnell gerannt, habe nicht auf sie gehört, obwohl sie gesagt haben, dass ich nicht so schnell rennen soll, und ...«

»Und?«, wollte ich beinahe ungeduldig wissen.

»Dann bin ich gegen den Außenspiegel von unserem Auto gelaufen. Hat ganz schön wehgetan.« Er strich sich über die Wange und sofort spürte ich die Leere auf meinem Oberschenkel.

»War's das schon?«, fragte ich und versuchte, mir nicht anmerken zu lassen, dass ich ein wenig enttäuscht war.

»Jap!«

Ich verzog das Gesicht. »Ich hatte irgendwie mit was anderem gerechnet.«

Ben grinste. »Ach ja? Und womit?«

»Ich weiß nicht .... Der böse Onkel, der dich geschlagen hat, oder ...« Ben legte die Hand zurück auf meinen Oberschenkel. »Du wurdest in der Kindheit verbrannt oder ...«

»Du dachtest, ich wurde in der Kindheit verbrannt?« Ben musste sich sichtlich zusammenreißen.

Mit einem Mal war es mir total peinlich. »Ja, ich weiß nicht ... was Dramatischeres eben.« Ich wich seinem Blick aus.

»Ein Kampf vielleicht?«, überlegte er laut, wobei seine Mundwinkel zuckten. »Ich meine, ist ja auch viel wahrscheinlicher, als dass man sich einfach kratzt oder schneidet. Wir Männer haben immer irgendwelche Kämpfe zu führen und dabei Bären zu erlegen.«

Noch immer konnte ich ihn nicht ansehen. »Ja, ist doof, ich weiß. War nur so eine Vorstellung.«

Er legte seine Finger unter mein Kinn und hob damit meinen Kopf an. »Ich merke schon, du hast eine blühende Fantasie und das Studienfach und das Schreiben sind eindeutig deins. Du hast auf alle Fälle die richtige Wahl getroffen.«

Als die Pizza im Ofen war, setzten wir uns auf die Couch. Wieder musste ich daran denken, was gestern hier passiert war. Aber weil es in mir schon leicht zu kribbeln begann, schnitt ich schnell ein anderes Thema an.

»Wegen der Bilder und Orte. Ich habe da noch ein paar Fragen. Wie bist du eigentlich auf die Idee dazu gekommen? Du meintest, dass man dort viel einfangen könne. Was beschäftigt dich an diesem *mehr sehen, mehr sehen wollen*?«

Er überlegte einen Moment, dann begann er zu erklären: »Jeder hatte doch schon Situationen im Leben, die alles in Schutt und Asche gestürzt haben, aber die Zeit, sie dreht sich einfach weiter. Dann kommen Augenblicke, in denen man denkt, nichts geht mehr. Aber so ist es nicht. Das Leben geht weiter und aus Schutt und Asche kann wieder etwas ganz Tolles erwachsen. Mit meinen Bildern kann ich diesen Gedanken veranschaulichen.«

Ich sah ihn an und merkte, wie sehr mich seine Worte berührten. »Ja, das stimmt …«

»Es macht mir einfach Spaß. Ich entdecke immer wieder Neues. Auch diesen dunklen Ort zum Beispiel, das Leuchten, das plötzlich auftaucht. Er ist auf einem der Bilder, du erinnerst dich. Mein Traum ist es eigentlich, irgendwann mal selbstständig im Bereich Grafik tätig zu sein. Zurzeit arbeite ich in einer Agentur und muss schon viel nach Vorgabe machen. Da ist es ein schöner Ausgleich, einfach selbst kreativ sein zu können. Das war schon immer meins, ich kann mich auf diese Weise ausprobieren – und jetzt sogar dir damit helfen.«

Ich nickte wissend, denn mir ging es ähnlich. »Ich denke, ich verstehe, was du meinst. Ich habe mich da auch schon ausprobiert.«

»Inwiefern?«, wollte Ben interessiert wissen.

Gedankenverloren antwortete ich: »Früher habe ich zum Beispiel sehr oft von einem Vogel erzählt, der jeden Winter in den Süden zieht …« Ich stockte, als mir bewusst wurde, was ich da gerade erzählt hatte.

Mit einer Wärme im Blick, die mir Gänsehaut bereitete, sah Ben mich an. »Und wieso hast du davon erzählt?«

Ich wich seinem Blick aus, doch dann, beinahe ohne mein Zutun, sprudelten die Worte aus mir heraus: »Ach, wegen meines Papas. Er wollte immer weg, raus, hat sich eingesperrt gefühlt. Zumindest habe ich das mal als Kind gehört.

Als meine Mama einmal geweint hat – einmal von vielen Malen –, hat er zu ihr gesagt: *Wir können uns aussuchen, wen immer wir lieben, also liebe mich nicht mehr* … Es war ein ganz normaler Tag und dann …« Plötzlich spürte ich etwas Merkwürdiges in der Brust und ein heftiger Stich durchfuhr meinen Körper. Das hatte ich noch nie jemandem erzählt. Nicht mal Emma. Warum hatte ich das jetzt ausgerechnet Ben anvertraut? Wie kam ich da jetzt wieder raus?

Ich räusperte mich, sah Ben an und lachte unsicher. »Erwischt!«

»Bitte was?«, fragte er sichtlich verwirrt.

»Diesmal hast du mich nicht durchschaut.« Ich legte so viel Überzeugungskraft wie nur möglich in meine Worte.

Ben runzelte die Stirn. »Wie durchschaut?«

»Das war alles nur erfunden und du bist darauf reingefallen. Gelogen, geschwindelt, nicht echt.« Ich setzte mein bestes teuflisches Grinsen auf.

Sein Blick lag intensiv auf mir, als wollte er herausfinden, ob ich wirklich die Wahrheit sagte. »Okay, Respekt, jetzt hast du mich gehabt, das muss ich zugeben.«

»Tja, ich bin eben doch nicht so durchschaubar, wie du glaubst.«

Ich wusste nicht, ob er es mir tatsächlich abnahm, aber ich hoffte es, weil ich nicht wollte, dass er sich weiter Gedanken darüber machte. Und ich auch nicht. »Kreativ, nicht wahr? Wie du siehst, geht das nicht nur mit Bildern. Ich finde, man kann auch mit Worten unheimlich kreativ sein, sich die außergewöhnlichsten Themen vornehmen und …«

Er richtete sich ein kleines bisschen auf. »Welche außergewöhnlichen Themen denn zum Beispiel? Was beschäftigt dich gerade? Außer das mit den Orten.«

»Ähm ...«, entgegnete ich zögerlich. »Das eine oder andere, aber ...«

»Ist es geheim?« Nie könnte ich ihm sagen, was mich gerade beschäftigte. Er, die Challenge. Und dass alles, was ich darüber zu wissen glaubte, mehr und mehr zerbröckelte.

»Ja, vielleicht ein bisschen.« Es dauerte einen Moment, bis er wieder antwortete.

»Okay.« Er wiegte den Kopf hin und her. »Du hast also schon viel geschrieben?«

»Das eine oder andere«, wiederholte ich gedehnt und stellte eine unverfänglichere Frage. »Liest du denn gerne?«

»Ach, viel zu wenig, aber eigentlich gerne, ja.« Er legte seinen Arm hinter mir auf die Lehne und lächelte mich an. »Ich würde sagen, auch da ergänzen wir uns.« Seine Worte lösten ein leises Klopfen in meiner Brust aus. »Vielleicht kann ich ja schon bald mal was von dir lesen?«

»Ähm, ja, vielleicht«, antwortete ich zaghaft.

»Schon wieder *vielleicht*?« Er klang enttäuscht.

»Ja, es ist doch noch ein Geheimnis«, versuchte ich es weiter.

»Jetzt komm schon.«

»Nein, du hast Geheimnisse und ich auch«, erwiderte ich schließlich bestimmt.

Das Piepen des Backofens ersparte mir zum Glück weitere Erklärungen. Erleichtert sackte ich in mich zusammen. Das war knapp gewesen.

»Essen ist fertig!« Ben stand auf, öffnete die Ofentür und sofort strömte ein feiner Duft ins Zimmer. »Sieht gut aus.« Er lächelte mir über die Schulter zu, nahm sich einen Handschuh und holte das Blech heraus. Nachdem er es auf dem Herd abgestellt hatte, deutete er auf einen der beiden Hängeschränke. »Die Teller sind da oben, kannst du bitte zwei rausnehmen?«

Ich stand auf und reichte Ben die Teller, der währenddessen die Pizza auf dem Blech in Stücke schnitt.

»Also dann, lass uns essen.« Ben rieb sich die Hände, bevor er jedem von uns ein Stück auf den Teller packte.

Ich trug die Pizza zum Tisch und er folgte mir mit je einer Flasche Saft und einer mit Mineralwasser. Als wir zu essen begannen, fühlte es sich so normal an, dass ich mich dabei erwischte, wie ich lächelte.

»Ist sehr gut geworden«, sagte ich, nachdem ich den ersten Bissen probiert hatte.

»Ja, ist jetzt nicht das mega Essen, aber gemütlich und lecker.« Ben lächelte zurück. Ich nahm einen zweiten Bissen und musterte ihn dabei. Wieder entdeckte ich die kleinen Lachfältchen um seine Augen, die mir zeigten, dass sein Lächeln echt war. Wie selbstverständlich wanderte mein Blick danach zu seinen Lippen.

»Was?«, fragte er mit einem Mal. Ups. Ob er gemerkt hatte, dass mein Blick an seinen Lippen hängen geblieben war?

»Weißt du, ich frage mich ehrlich gesagt immer noch, warum ... also ...«

»Warum ich hier mit dir Pizza esse? Gegenfrage: Warum tust du es?« Ich legte den Kopf zur Seite. »Ich verbringe einfach gern Zeit mit dir, Lina. Es ist immer lustig. Manchmal verrückt, aber immer lustig.« Schmunzelnd nahm er einen Bissen von seiner Pizza. Damit hatte ich nicht gerechnet.

»Untypisch irgendwie, ich meine ...«

Ben sah mich nun ernst an. »Untypisch, dass jemand gern Zeit mit dir verbringt?«

»Nein, ich meine dich. Isst du mit allen Mädchen Pizza

und vernaschst sie dann zum Nachtisch? Ist das deine Masche?«

Er hob eine Augenbraue. »Meine Masche?«

»Ja!«, erklärte ich bestimmt.

Er lehnte sich in seinem Stuhl zurück. »Okay, okay, du hast mich erwischt, schon wieder.« Seine Hände hielt er in Abwehrhaltung vor den Körper. »Total, ich habe noch ungefähr zehn Pizzateige im Kühlschrank. Für alle Fälle.« Er hatte sichtlich Mühe, ernst zu bleiben, und auch ich musste nun lachen. Ich wurde einfach nicht schlau aus ihm.

Als wir fertig waren, räumten wir den Tisch ab und stellten die Teller in die Spülmaschine. »Und jetzt?«, fragte ich, nachdem ich ihre Klappe geschlossen hatte.

»Jetzt schauen wir ein bisschen Netflix?«

Ich konnte mir ein Grinsen nicht verkneifen. Also doch. »Klar, Netflix und chillen, ich versteh schon. Wer fängt heute an? Deine Regeln oder meine?« Ich zwinkerte ihm zu, doch er schüttelte den Kopf.

»Auch wenn du es vielleicht nicht glaubst, ich hab's wirklich gern mal ruhig, schaue Serien oder höre Podcasts, lese und …«

Ich kniff ihm in die Seite. »Ja klar, ich weiß schon, du bist 'ne echte Leseratte. Und mich beeindruckt das natürlich, weil ich schreibe.«

Er runzelte die Stirn. »Du glaubst also, ich habe das nur gesagt, weil du das hören willst? Warum sollte ich das tun? Ich habe das ernst gemeint, ich verbringe wirklich gern Zeit mit dir.«

Schnell drehte ich mich um und steuerte die Couch an. Ich musste Zeit gewinnen. Was sollte ich darauf antworten? Seine Worte hallten in meinem Kopf nach. Und in meiner Brust.

Bei der Couch angekommen, ließ ich mich fallen und klopfte neben mir auf die Sitzfläche. Am besten einfach mitspielen.

»Ich verbringe auch gern Zeit mit dir.« Verlegen sah ich zu ihm hoch.

»Du nimmst mich nicht ernst.« Nachdem er sich gesetzt hatte, griff er nach seinem Handy, das neben der Couch auf einem kleinen Tischchen lag. Er rief etwas darauf auf und reichte es mir. »Das hier ist eins meiner Lieblingsbücher. Die Story ist extrem spannend und reicht über mehrere Generationen.«

Ich erkannte das Buch auf dem Display und fragte überrascht: »Du liest also echt gerne?«

»Ja, stell dir vor, ich kann lesen. Und ich höre auch wirklich gern Podcasts oder schaue einfach nur Serien.«

Ich schluckte. »Du willst dir jetzt also wirklich etwas mit mir anschauen?«

»Ähm, ja?«, entgegnete er, als wäre ich schwer von Begriff. Was ich wohl offensichtlich auch war. Ich gab ihm das Handy zurück und er legte es auf das Tischchen, noch immer sichtlich verwirrt. Doch während er Netflix startete, zog er mich an sich. Sein Duft stieg mir in die Nase, dieser wunderbar herbe Duft, und ich atmete ihn tief ein. Es fühlte sich schön an, in Bens Arm zu liegen. Viel zu schön. Und es verwirrte mich immer mehr, dass er keinerlei Anstalten machte, mich zu küssen oder zu berühren oder …

Er klickte durch das Programm. »Ah, die Serie war gut, da geht es um Geldwäscher und Drogen. Kennst du sie?«

Ich schüttelte den Kopf. »Nein, habe ich noch nicht gesehen.«

»Müssen wir mal machen.« Ich fragte mich, ob er das ernst

meinte. *Müssen wir mal machen* hörte sich irgendwie nach Zukunftsplanung an. »Oder magst du so was nicht? Vielleicht eher was Romantisches?«, schlug er vor. »Da fällt mir ein: Weißt du, welcher Film richtig gut ist? *Forrest Gump*. Ein echter Klassiker.«

Ich wandte ihm das Gesicht zu. »Wie bitte? Das ist auch einer meiner Lieblingsfilme!«

Er nickte schmunzelnd. »Guter Geschmack. Und worauf hast du heute Lust?«, fragte er. »Romantisch, kriminell oder lustig? Ah, wir könnten auch dieses Comedy-Special anschauen, wenn du magst, ist echt ganz gut.« Er klickte auf eines der kleinen Vierecke und die Filmvorschau öffnete sich.

»Okay, dann lustig«, stimmte ich zu, nachdem wir uns die Vorschau angeschaut hatten. Ich konnte es noch immer nicht fassen. Wir würden jetzt ein Comedy-Special zusammen anschauen und ich lag dabei in seinem Arm.

Ben klickte auf *Abspielen* und ich musste zugeben, dass der Kerl auf der Bühne wirklich lustige Gags brachte. Als es um die Themen Dates und Abschleppen ging, musste ich herzhaft lachen. »Ja genau, er hat recht!«, rief ich.

Ben stoppte das Programm und sah mich an. Dabei rutschte ich aus seinem Arm. »Das ist es also?« Er klang verärgert.

»Was meinst du?«, wollte ich wissen, verwirrt von dem abrupten Stimmungswechsel.

»Du fragst dich doch nicht ernsthaft immer noch, warum wir hier sitzen? Du hältst mich also nach wie vor für so einen Kerl? Obwohl ich dir gesagt habe, dass ich gern Zeit mit dir verbringe?« Er durchbohrte mich fast mit seinem Blick.

Doch obwohl ich nur zu gern etwas anderes glauben würde, nickte ich verlegen. »Irgendwie schon.«

Er rutschte ein Stück von mir weg. Sofort spürte ich die Leere, die er hinterließ. »Ist das dein Ernst?«

»Ja, sorry, keine Ahnung, ich dachte halt, du willst mich verführen. Aber ist ja gut …« Ich sah hinab zu meinen Händen.

Da lachte Ben laut auf. »Du bist angefressen, weil ich noch nicht versucht habe, wieder mit dir rumzumachen, sondern wir einfach nur was auf Netflix schauen?«

Zerknirscht zuckte ich mit den Schultern. »Na ja, irgendwie habe ich nicht damit gerechnet, dass es darum gehen würde bei diesem *Date,* und …«

»Und nicht um mehr? Heißt also, wenn ich dich jetzt geküsst hätte, hättest du dich bestätigt gefühlt? Aber worin?«

»Dass du … du …« Je länger ich darüber nachdachte, umso alberner kam es mir vor. Ich winkte ab. »Ach, ist doch egal.« Ich musste dieses Gespräch irgendwie beenden, also füllte ich die Leere zwischen uns mit meinem Körper und legte meine Lippen auf seine. Augenblicklich durchströmte mich wieder dieses Gefühl, das seine Küsse in mir auslösten. Eine sanfte Wärme, wie wenn die ersten Sonnenstrahlen über die nackte Haut streichelten. Zart und doch schon so intensiv. Ich wollte mehr davon.

Doch plötzlich hielt er inne. »Nein, so läuft das nicht«, flüsterte er gegen meinen Mund. Dicke Wolken schoben sich vor die Sonne.

»Was?«, fragte ich atemlos.

»Heute wird nach meinen Regeln gespielt, also küsse ich dich.«

Augenblicklich holte sich die Sonne ihren Platz zurück.

»Ach ja?« Ich grinste und legte meine Lippen erneut auf seine.

»Lina …«, seufzte er.

»Ja?« Ich ließ meine Hände unter sein Shirt wandern.

»Nein.« Er griff nach meinen Handgelenken und hielt sie fest.

Ich hörte auf, meine Lippen zu bewegen, ließ sie aber auf seinen liegen. »Ach, komm schon, Ben.«

»Du willst, dass ich dir näher komme?«, flüsterte er.

»Nein, ja, nein …«

»Was jetzt? Ja oder nein?« Er löste sich von mir und sah mich an. Sein Blick war unheimlich intensiv.

»Na ja, ich will dich küssen. Das heißt im Prinzip, dass du mir näher kommen sollst, oder?«

Einen Moment lang musterte er mich, bevor er sagte: »Dann küsse ich dich.« Er näherte sich mir wieder, hielt jedoch inne, als seine Lippen nur noch wenige Zentimeter von meinen entfernt waren.

»Und jetzt?«, fragte ich heiser. In mir ging so vieles vor sich. Ich dachte an Bens Lippen auf meinen, auch wenn es völlig bescheuert war. Mein Herz klopfte so heftig in meiner Brust, dass ich mir sicher war, er konnte es hören. Ich wollte ihn. Sofort. Wie sehr ich es genoss, wenn wir uns berührten. Jedes Mal. Auch wenn ich wusste, dass es nur ein Spiel war. Ich versuchte, nicht daran zu denken, aber Bens Blick ließ gar keinen anderen Gedanken zu. Dass er mich hinhielt, erregte mich noch mehr. Ich konnte genau sehen, wie sein Blick meine Lippen streifte. Ein bittersüßes Spiel. Er sollte mich jetzt endlich küssen.

»Was denkst du?«, flüsterte ich.

»Nichts.« Der Klang seiner Stimme ging mir unter die Haut. Von wegen nichts. Seine Stimme vibrierte in meiner Brust.

»Lügner.«

Er lachte. »Ja, der totale Lügner.«

Am liebsten hätte ich meine Lippen sofort wieder auf seine gelegt, doch es lief nach seinen Regeln. Zumindest für den Moment.

»Was fühlst du?«, fragte er mich. Ich erstarrte. Sanft hob Ben mein Kinn an. »Was fühlst du, Lina?« *Zu viel*, dachte ich. Zu oft hatte ich seit unserer Begegnung an Dinge gedacht, die ich lange verdrängt hatte. Dinge *gefühlt*, die ich eigentlich noch immer verdrängen wollte.

Ich schluckte schwer. »Nichts.«

»Lügnerin.« Sein Atem streifte sanft über mein Gesicht. »Wenn du nichts fühlst, küsse ich dich auch nicht.«

Ich schluckte erneut. »Aber du willst es doch, oder?«, raunte ich ihm zu. »Ich weiß, du willst es. Du willst mich.«

Ben zog eine Grimasse. »Nein, nicht wenn du so von mir denkst. Nicht wenn du sagst, du fühlst nichts.«

Ohne noch länger darüber nachzudenken, legte ich meine Hand an seine Wange, strich zart darüber. *Wie tausend kleine elektrische Schläge.* »Fühlst du denn etwas?«

Er hob meinen Kopf noch ein wenig an. Seine Lippen kamen näher, noch näher ... Ein letztes Mal atmete er tief durch.

Und dann küsste er mich. Sofort rauschte Hitze durch mich hindurch und nahm meinen gesamten Körper ein. Von wegen ich fühlte nichts. Mit der einen Hand berührte Ben jetzt meine Wange, mit der anderen strich er an meiner Taille entlang. Unser Kuss wurde inniger, als er mich an sich heranzog. Gänsehaut auf meinem gesamten Körper, ein zartes Kribbeln in meinem Bauch, ein schnelles Klopfen in der Brust. All das lösten seine Berührungen, seine Küsse bei mir aus. Nicht mehr reden, nur noch fühlen. Mein Körper zeigte mir ganz deutlich, dass er mehr wollte, dass er ihn ganz spüren wollte. Alles, wirklich alles an mir kribbelte, und als Ben seine Lippen an meinen Hals legte und sanft daran knabberte, entwich mir ein Seufzer. Ehe ich michs versah, zog er mich auf seinen Schoß. Ich schlang die Beine um seine Hüften und unsere Becken drückten sich voller Verlangen aneinander.

Es dauerte nicht lange, bis Ben mich hochhob, umdrehte und auf mir zu liegen kam. Hart fühlte ich ihn durch den Stoff seiner Jeans, während er mich fiebrig weiterküsste. Es fühlte sich so unglaublich gut an, ihn so nah bei mir zu spüren. Seine Lippen, seine Hände waren mit einem Mal überall und ich wollte noch mehr. Hauptsache noch mehr von ihm. Ich wollte nicht denken. Nicht an die Challenge, meine Zweifel, an überhaupt gar nichts. Also stemmte ich mein Becken gegen seins, zog ihn enger an mich und versank dabei in seinen Küssen.

»Das fühle ich. Soll ich aufhören?«, flüsterte Ben.

Ich hatte nicht gewusst, dass ein Herz so schnell schlagen konnte. Beinahe panisch antwortete ich: »Was? Nein!«

Er grinste. »Wenn du nichts dabei fühlst, bringt es ja nichts und ...«

»Wehe!«

Ein kehliges Lachen drang aus seinem Mund. »Was würde denn passieren? Schließlich muss ich dir ja beweisen, dass ich nicht so ein Kerl bin, wie du denkst, oder?«

»Du musst gar nichts beweisen«, murmelte ich.

»Aber wie kann ich dich davon überzeugen?«

»Frag mich das Gleiche noch mal am Teufelsbrunnen.«

Schlagartig veränderte sich sein Blick. Und dann küsste er

mich erneut. So leidenschaftlich, dass mir der Atem stockte. Seine Lippen wanderten an meinem Hals entlang, abwärts zu meinem Dekolleté, während ich meine Hände an seinem Rücken auf und ab gleiten ließ. Als er schließlich über mein Oberteil tastete und ich seine Hand an meiner Brust spürte, zog sich alles in mir zusammen. Sanft streifte er es mir über den Kopf und öffnete im nächsten Augenblick meinen BH.

»Wow.« Ben zog hörbar scharf die Luft ein.

»Als ob du noch nie Brüste gesehen hättest«, entgegnete ich schmunzelnd. »Erst gestern hast du ja welche gesehen, also übertreib mal nicht.«

»Stimmt, du hast recht, aber ich erinnere mich irgendwie nicht. Warte, ich muss mal fühlen, um meinem Gedächtnis ein wenig auf die Sprünge zu helfen.« Er beugte sich vor und streichelte langsam über meinen Bauch bis nach oben zu den Brüsten.

Ich keuchte auf und biss mir auf die Unterlippe. »Und?«

»Fühlt sich sehr gut an.«

Ich blickte ihm tief in die Augen. »Und jetzt du.«

»Ich?«, fragte er. Ich wollte, dass er mich für immer so ansah wie in diesem Moment.

»Ausziehen.«

Grinsend richtete er sich zwischen meinen Beinen auf. »Du willst doch nur meine Muskeln sehen.«

»Oh ja, unbedingt. Live und in Farbe, nachdem dich Hunderte von Mädchen täglich auf Instagram anstarren.« Ben hob sein Shirt an und zog es sich über den Kopf. Beim Anblick seiner Muskelstränge atmete ich tief durch. »Sexy, ja, auch im echten Leben sehr sexy.«

Sein Grinsen wurde breiter, bevor er sich wieder vorbeugte und sanft meinen Bauch küsste. Er tastete sich immer weiter nach oben vor, bis er meine Brüste erreichte. Erst küsste er meinen Brustansatz, dann ließ er seine Lippen über die Brustwarzen streichen, neckend, immer wieder, ehe er schließlich daran knabberte. Eine perfekte Mischung, genau das war es, was Ben mir gab. Sanftes Streicheln, ein langsames Saugen und zartes Beißen. Seine Haut zu fühlen, heiß auf meiner, ließ mich erschaudern. Ich warf meinen Kopf nach hinten und keuchte auf. Wie er mit meinen Brüsten spielte, sie zärtlich streichelte – all das machte mich verrückt.

Irgendwann zog ich vorsichtig an seinen Haaren, weil ich ihn unbedingt wieder küssen wollte. Er verstand und kam zu mir hoch. Als unsere Lippen sich verbanden, seufzte ich gegen seinen Mund. Mein Körper wollte ihn so sehr. Ich legte die Hände an seinen Hintern, bevor ich sie nach vorne wandern ließ und versuchte, seine Hose zu öffnen.

Ben lächelte. »Warte, ich helfe dir.«

Er richtete sich auf, doch statt an seine Jeans griff er an den Bund meiner Hose, öffnete sie und sah mich dabei an. Er zog den Stoff langsam über meine Beine nach unten und tastete sich schließlich zu meinem Slip vor. Sanft ließ er seinen Daumen am Bund entlangwandern. In meinem Unterleib breitete sich eine wohlige Wärme aus.

»Du bist dran«, raunte ich und sah ihm dabei zu, wie er seine Jeans öffnete und auszog. Lediglich mit Boxershorts bekleidet, legte er sich zwischen meine Beine. Nur noch hauchdünner Stoff trennte uns voneinander: mein Slip und seine Shorts. Wieder küssten wir uns. Dabei bewegte ich meine Hände zu seinen Brustmuskeln, strich über die Erhebungen, seine Seiten entlang und weiter nach unten, tiefer, bis zum Bund seiner Shorts, wo ich innehielt. Aber nur kurz, denn dann zeigte ich ihm, was ich wollte, und begann, über seine Härte zu streichen. Aufreizend langsam ließ ich meine Hand darauf auf und ab gleiten. Ben seufzte und ich genoss es, seine Erregung zu spüren, konnte es kaum erwarten, ihn zu fühlen.

Im Gegenzug stahlen sich nun auch seine Finger zwischen meine Beine. »Heiß«, flüsterte er, als er über mein mit Spitze besetztes Höschen streichelte. Ich zog ihn zu mir heran und legte meine Hand erneut an seine Erregung. Wieder stöhnte er auf und küsste mich tief und leidenschaftlich, während wir uns mit unseren Händen Hitze verschafften. In diesem Augenblick wollte ich ihn so sehr, dass ich alles andere um mich herum vergaß. Mein Herz klopfte heftig, und obwohl ich wusste, dass es nicht echt war, dass es nur eine Challenge war, fühlte es sich ganz und gar anders an. Intensiv und echt. Sehr echt sogar.

»Und jetzt …«, hörte ich Ben auf einmal leise sagen, »… jetzt müssen wir aufhören.«

»Was?«, fragte ich entsetzt.

»Meine Regeln. Sonst denkst du noch, ich will dich nur abschleppen oder … Keine Ahnung, was dann wieder in deinem Kopf vor sich geht.« Er tippte mit dem Zeigefinger gegen meine Stirn.

»Nein, auf keinen Fall, das denke ich nicht«, beharrte ich und nickte dabei heftig mit dem Kopf.

Er strich zwischen meinen Beinen auf und ab und biss sich dabei auf die Unterlippe. »Das denkst du wohl, ich sehe es dir an. Dabei sollst du gerade überhaupt nicht denken und schon gar nicht so was.« Mit leichtem Druck ließ er einen Finger über meine Mitte wandern.

»Nein, das denke ich nicht«, keuchte ich erneut. »Und

du … willst nur bestimmen.« Er grinste. »Ben.« Ich sah ihn an und er hielt in seiner Bewegung inne. »Ich will, dass du es mir jetzt machst.«

Keine Sekunde später drückte er sich auf meinen Körper, legte seine Lippen auf meine und verschloss sie mit einem dringlichen Kuss, der mir unter die Haut ging, der sich anfühlte, als wollte er nur mich. Mein gesamter Körper wurde weich, ich schmolz unter seinen Berührungen regelrecht dahin. Ich zitterte, als er sich von mir löste, erneut zwischen meine Beine tastete und den Druck auf meine Mitte erhöhte. Kurz verharrte er, bevor er wieder vorrückte und es schaffte, mich gleichzeitig zu küssen und weiter diese unbeschreiblichen Gefühle zwischen meinen Beinen zu erzeugen. Dann löste er sich von meinem Mund, der in diesem Moment nichts sehnlicher wollte als seinen, und küsste sich erneut bis zu meinen Brüsten vor. Als er sie mit seinen Lippen neckte, richteten sich meine Brustwarzen auf und ich hielt die Luft an. Seine rauen Hände tasteten sich ihren Weg über meine Haut und es kam mir vor, als bebte mein gesamter Körper. Als er seine Hände um meine Brüste legte und sie zu streicheln begann, entfuhr mir ein sehnsüchtiges Keuchen. Ein zweites, als er meine Brustwarzen zwischen den Fingern drehte, sie sanft massierte und leicht daran zog. Ein lustvoller Schauer durchlief meinen gesamten Körper. Ich krallte mich an seinem Rücken fest und schloss die Augen, während seine Finger immer weiter mit meinen Brüsten spielten. Das sanfte Ziehen und Streicheln machte mich verrückt. Ich wollte noch mehr von ihm. Ich wollte ihn ganz.

Eine Mischung aus Kribbeln und Hitze sammelte sich in meinem Unterbauch. Kurz versuchte ich, ihn auf mich zu ziehen, doch Ben drückte mich wieder nach unten und küsste sich nun von meinen Brüsten hinunter über meinen Bauch und zwischen meine Beine. Als er dabei meine Seiten berührte, jagte ein heftiges Pochen durch meinen Körper.

»Hast du was zum Verhüten hier?«, flüsterte ich heiser und voller Begierde. Ich wollte ihn in mir spüren. Das Gefühl nahm überhand, als er begann, mir den Slip von den Hüften zu ziehen.

»Ben«, presste ich noch einmal hervor. Doch er antwortete nicht. Stattdessen legte er seine Lippen auf meine Scham und ich seufzte auf, als ich seine heißen Küsse dort spürte.

»Ich werde jetzt nicht mit dir schlafen«, raunte er mir zu, senkte seine Lippen und ließ seine Zunge zwischen meine Beine gleiten.

Verdammt.

Seine Hände lagen auf den Innenseiten meiner Schenkel und es war, als würde er um Erlaubnis bitten. Ich ließ es zu, und so drückte er sie sanft auseinander. Hitze breitete sich in mir aus. Ihm so nah zu sein, ihn zwischen meinen Beinen zu fühlen, machte mich verrückt. Auf einmal spürte ich etwas Kaltes und mir wurde klar, dass Ben sanft gegen meine Scham pustete. Ganz zart, bis ich mit einem Mal seine Finger in mir spürte. Und plötzlich war da wieder nichts als Hitze, es musste seine Zungenspitze sein, die mich neckte und einen heftigen Hitzeschauer durch mich hindurchschickte.

»Oh Gott!« Ich rang nach Luft und wusste gar nicht, was mit mir passierte. Das zarte Spiel seiner Zunge, der raue Druck seiner Finger – ich hatte keine Ahnung, wie er das machte. Dieses Gemisch aus Leidenschaft und Zärtlichkeit. Ich öffnete die Augen, weil ich ihn sehen wollte, und unsere Blicke trafen sich. Ohne die Augen von mir abzuwenden, schob er langsam seinen Finger in mich und wartete ganz kurz, ehe er ihn wieder zurückzog. Dieser quälende Rhythmus brachte mich beinahe um den Verstand. Ein letzter Blick, dann senkte er seine Zunge erneut und traf in Kombination mit seinen Fingern den perfekten Punkt, der jeden Muskel in meinem Unterleib zum Ziehen brachte. Ich bog den Rücken durch, wollte ihn ganz nah. Seine Zunge kreiste unerbittlich weiter um die Stelle, seine Finger rieben zusätzliche Gefühle auf. Und irgendwann, als ich dachte, es könnte nicht mehr besser werden, schafften es seine Finger, nicht nur Hitze durch mich hindurchschießen zu lassen, sondern gleichzeitig einen heftigen Druck in mir aufzubauen.

»Schlaf mit mir«, keuchte ich, doch Ben machte keinerlei Anstalten. Stattdessen ließ er seine Zunge weiter zwischen meinen Beinen tanzen, saugte an der empfindlichen Haut, trieb den Druck höher und höher, bis ich das Gefühl hatte zu brennen. Alles in mir zog sich zusammen und schließlich jagte eine heftige Welle durch meinen gesamten Körper. Ich stöhnte auf, krallte mich an Ben fest. Alles in mir war so angespannt, dass ich glaubte, mein Körper müsste jeden Augenblick explodieren.

Es war das Beste, was ich jemals in meinem Leben gefühlt hatte.

Ben strich noch ein paarmal neckend über die Stelle, bevor er schließlich ganz damit aufhörte und nur noch einen einzigen Kuss darauf senkte. Meine Atmung, die vor ein paar Sekunden noch unheimlich schnell gewesen war, beruhigte sich und wurde wieder langsamer. Noch ganz benommen öffnete ich die Augen. Mein Blick traf den von Ben, der nun neben mir lag.

»Lina …«, flüsterte er so zärtlich meinen Namen, dass ich

merklich schlucken musste. Ich wusste, was jetzt kommen würde. »Das war …«

Noch immer schien die Luft zwischen uns zu flirren und ich musste zugeben: Was ich gerade mit ihm erlebt hatte, obwohl wir nicht miteinander geschlafen hatten, war unglaublich gewesen. Es war so verdammt heiß und doch anders. *Unsinn*, ermahnte ich mich, *was hieß hier anders?* Ich durfte solche Gedanken nicht zulassen. Sie würden mich nur verletzen.

»Alles klar?«, fragte Ben, als ich mich von ihm wegdrehte.

»Ja, natürlich, ich muss nur … ich habe was für die Uni zu tun, die Hausarbeit und …« Ich richtete mich auf.

Ben tat es mir gleich. »Und?«

»Deswegen muss ich jetzt los. Aber vielen Dank. War super.« Ich stand auf, griff nach meinen Klamotten und lächelte ihm zu.

Ben erhob sich ebenfalls und stand nun dicht vor mir. »Wirklich alles gut?«, fragte er besorgt.

»Schon, ist nur … ich muss echt …« Ich spürte, wie meine Augenlider flatterten.

»Ist okay.« Sein Blick sagte etwas anderes. »Wir sehen uns die Tage?«

»Wirklich?«, rutschte es mir erstaunt raus.

Er hob eine Augenbraue. »Ja, warum denn nicht?« *Weil du mich jetzt eigentlich abschießen müsstest, Ben.* Wieso tat er es nicht?

»Also … okay, dann sage ich Danke. Für die Pizza und … den Orgasmus. Und gehe mal.«

Ich wollte mich abwenden, doch Ben hielt mich am Arm zurück. »Gut, aber Lina, ich merke, dass dir viele Dinge keine Ruhe lassen, also zeige ich dir etwas, ja? Ein Geheimnis von mir gegen eins von dir? Deal?«

Einen Moment lang dachte ich nach. War das wirklich klug? Nach allem, was gerade zwischen uns passiert war? Doch dann nickte ich. »Okay, Deal!« Ich hatte mich auf dieses Spiel eingelassen und nun würde ich es auch durchziehen.

KAPITEL 21

immer

»Das ist die App, ist sie nicht genial? Ich gebe *Zahnarzt* ein und schon fragt sie mich nach anderen Terminen und ob sie mich erinnern soll. An den Frauenarzt zum Beispiel. Oder hier: Geburtstage. Sie erinnert vorausschauend eineinhalb Wochen vorher, ob man sich schon um ein Geschenk gekümmert hat. Oder da: Man kann Ziele eintragen, die man sich gesteckt hat, und die App fragt immer wieder nach dem aktuellen Stand. Was sagt ihr?«

Wir saßen zu Hause bei Kaia. Vor etwa einem Jahr hatte sie eine kleine Wohnung in der Sebalder Altstadt gefunden. Eigentlich war es hier immer sehr teuer, aber die Wohnung war ein echtes Schnäppchen gewesen, an das sie über Beziehungen in der Uni gekommen war. Der Freund einer ihrer Professoren hatte wegziehen müssen und sie seinem Kumpel angeboten. Da dieser aber die Wohnung nicht brauchte, weil er kurz darauf beruflich nach Hamburg beordert worden war, hatte Kaia Glück gehabt. Und den Vermietern ging es genauso. Denn wer Kaia als Mieterin hatte, konnte sich nur glücklich schätzen. Schließlich konnte er sich darauf verlassen, die Wohnung am Ende sauberer zurückzubekommen, als er sie aus den Händen gegeben hatte.

Wenn ich meinen Blick schweifen ließ, kam es mir vor, als läge ein Filter über der gesamten Einrichtung, der manche Stellen davon aufblitzen ließ. So ordentlich war es hier. Es gab keine Schale mit Kleinteilen, der Flur war immer aufgeräumt, der Teppich lag akkurat auf dem Boden. Der Spiegel war geputzt, die Schränkchen geordnet, die Küche sowieso tipptopp. Den großen braunen Tisch, an dem wir saßen, hatte sie hübsch dekoriert. Aber nicht zu viel, es sollte schließlich ordentlich aussehen.

Ich ließ meinen Blick erneut über den Teppich wandern. »Hast du die Fransen gekämmt?«, fragte ich skeptisch und sah dabei zu Kaia.

»Was? Ähm, ja, selbstverständlich«, antwortete sie, den Blick auf ihr Display gerichtet.

Ich hob eine Braue und drehte meinen Kopf zu Nika. Sie grinste. Vor ihr stand eine große Tasse Kaffee. Natürlich auf einem Untersetzer, was auch sonst.

Ich räusperte mich. »Klar, also, selbstverständlich. Wer kämmt seinen Teppich nicht?« Ich schmunzelte Kaia an. »Wie schaffst du das nur immer? Dass wirklich nichts rumliegt?«

Nika nickte bekräftigend. »Ja, wie?«

Kaia sah zu uns auf. »Vermeidet Prokrastination. Nichts aufschieben, einfach machen.«

Mein Blick glitt erneut hinüber zu dem weißen Teppich. »Okay!«, sagte ich überzeugt. Kaia lachte.

»Weil das ja so einfach ist«, schaltete sich nun Nika stöhnend ein.

»Ja, ist es auch. Listen können zum Beispiel dabei helfen oder eben die App. Sie ist mein Meisterwerk!«, erklärte Kaia grinsend. »Denn ihr ahnt es sicherlich schon: Mit der App kann man To-do-Listen erstellen, aber auch so eine Art Wunschliste, dachte, das klingt netter. Und motivierender. Es sollte schließlich immer der Wunsch sein, alles bestmöglich abzuschließen. Egal, welche Aufgaben vor einem liegen. Ob ein Bürotag, Unizeug oder einfach den Keller aufräumen. Und die App vergisst nichts. Hast du einmal einen *Wunsch* eingetragen, hakt sie immer wieder nach. Ach, ihr merkt schon, ich ...« Ihre Wangen wurden ganz rot.

Ich griff nach ihrer Hand und drückte sie. »Ja, du gehst total darin auf, und zwar zu Recht. Diese App ist wirklich genial!«

Kaia strahlte, nachdem ich die Worte ausgesprochen hatte. Ich blickte aufgeregt zu Nika, doch die schien gar nicht zuzuhören.

Wild fuchtelte ich mit der Hand vor ihrem Gesicht. »Hallo, Erde an Nika. Was machst du denn? Hörst du etwa nicht zu?«

Sie sah zu uns auf. »Doch, sorry, Kaia, Lina hat recht, die App ist genial und ich würde sie auch wirklich gerne testen. Also, wenn ich darf und es so weit ist.«

»Danke, Nika. Und wie sieht's bei dir aus?« Kaia sah mich fragend an.

»Klar, ich ... könnte man auch das nächste Konzert oder die nächste Veranstaltung eintragen anstelle von Aufgaben?«

Kaia runzelte die Stirn. »Ja, geht sicherlich auch. Da bin ich jetzt noch nicht drauf gekommen. Aber ja, Aufgaben sind Aufgaben.«

»Perfekt, nicht dass ich noch eine Feier vergesse.« Ich zwinkerte ihr zu.

»Oder deine ganzen Schwindeleien«, mischte sich Nika ein und ich war nun diejenige, die eine Augenbraue hob.

»Welche Schwindeleien denn? Du willst mich doch nur ärgern.«

Neckend fuhr sie fort: »Ich meine deine Sache mit Ben.

Geht ja mittlerweile schon eine Weile, und nicht dass du noch durcheinanderkommst.«

Ich sah Nika fest in die Augen. »Wo ist dein Problem? Bei mir läuft alles nach Plan. Bei dir aber wohl nicht?« *Zumindest fast nach Plan*, dachte ich. Wenn man das ausklammerte, was er in mir auslöste.

»Doch schon, Alex … ach, keine Ahnung, ich habe mich nur ein bisschen geärgert. Irgendwie belastet ihn wohl was. Ich …« Ihre Stimme wurde immer leiser.

»Hey, was war denn los? Erst vor Kurzem hast du doch noch in die Gruppe geschrieben, wie heiß alles ist.« Ich griff nach Nikas Hand.

»Ja, war es auch und, na ja, wir sehen uns ja eigentlich schon regelmäßig. Und wir haben …«

»Noch Sex?«, half ich ihr auf die Sprünge.

»Ja, aber er ist irgendwie komisch. Gestern haben wir telefoniert und ich habe ihn gefragt, was er macht. Da meinte er, das gehe mich nichts an. Ich wusste gar nicht, was los war«, erzählte sie bedrückt.

Kaia hatte ihre Aufmerksamkeit nun auch auf Nika gerichtet. »Okay, und dann?«

»Na ja, es ging noch ein bisschen so hin und her. Ich habe gefragt, warum er so ätzend ist. Er hat gesagt, wenn ich ihn nicht akzeptiere, wie er ist, könne er es nicht ändern. Ich solle erst mal überlegen, bevor ich was sage, und nicht immer gleich so beleidigt sein. Ja, das hat er wirklich gesagt! Und ich solle doch mal mehr auf ihn eingehen. Das kann ich wohl nicht, wusstet ihr das?«, fragte Nika frustriert. »Ich hatte dann keine Lust mehr, mit ihm zu telefonieren, und habe aufgelegt, aber danach hat er angefangen, mir zu schreiben, dass er im Bett sitze und weine, weil er ein Lied gehört habe, das ihn an einen alten Freund erinnere. Und er Zeit für sich brauche. Erst mal ...«

Ich sah Kaia an, Kaia sah mich an. »Okay, also ...«

Nika hob die Hand. »Ach egal, sagt nichts. Wird schon wieder. Er ist einfach etwas durch den Wind. Der Arme.«

»Nika, was ist denn los mit dir? Wie wäre ein: *Nerv mich nicht und tschüss*?« Ich nahm nun auch ihre andere Hand in meine und sah sie fest an. »Das wäre cool. Du musst wirklich selbstbewusster sein, Nika, für das einstehen, was du willst. Ich war bei Ben und ... ich hab's mir von ihm machen lassen und bin gegangen.« Ich musste grinsen. »So geht das.«

Mit einem Mal waren alle Blicke auf mich gerichtet. »Was?«, fragte Nika erstaunt.

»Ja, weil ich die Regeln mache!«

Die beiden sahen mich vollkommen entgeistert an. »Jetzt sprich doch nicht in Rätseln, los, raus mit der Sprache. Was bitte war? Was hast du gemacht?«

Und so erzählte ich ihnen alles ganz genau. Wie ich ihn heiß gemacht hatte und dann abgerauscht war. Wie wir Pizza gegessen und Netflix geschaut hatten. Und wie er zwischen meinen Beinen gelegen und mich beinahe um den Verstand gebracht hatte. Von dem Gefühl, das ich dabei empfunden hatte, erzählte ich nichts.

»Und damit habe ich ihm gezeigt, dass ich die Zügel in der Hand habe. Obwohl er glaubt, dass er die Regeln macht«, beendete ich meine Geschichte.

»Irgendwas stimmt mit dem Kerl nicht.« Nikas Blick war durchdringend. »Dass er sich das gefallen lässt.«

»Ich würde sagen, er kann dich wirklich leiden, sonst ... ich weiß nicht. Alles andere ist unmöglich«, schaltete sich nun auch Kaia ein.

Sofort fragte Nika mit großen Augen: »Also mag mich Alex nicht wirklich?«

Kaia sah zuerst zu mir, dann zu Nika, bevor sie zögerlich antwortete: »Ich schätze, na ja …«

Ruckartig entzog mir Nika ihre Hände. »Ach, ich sag nichts mehr dazu. Das wird schon wieder. Und wer weiß, wie die ganze Sache mit Ben überhaupt ausgeht. Denn eigentlich ist das Ziel doch zu beweisen, wie bescheuert er ist. Und wenn ich dich richtig verstanden habe, hattet ihr noch keinen Sex. Also wartet er den noch ab und dann war's das. So läuft es doch nach deinem *Bad-Boy-Prinzip*, oder?« Nika war wütend, und obwohl ich es niemals zugeben würde, trafen mich ihre Worte.

»Tut es auch.« Ich war selbst überrascht, wie kühl meine Stimme plötzlich klang.

»Na, dann können wir jetzt ja wieder über die App reden.« Nika zog an ihrer Unterlippe. Sie war eindeutig beleidigt.

»Okay, weiter geht's mit der App.« Ich sah noch einmal kurz zu ihr, bevor ich meine Aufmerksamkeit wieder auf Kaia richtete. »Kann man sie … keine Ahnung, verknüpfen, wenn jemand anderes sie auch hat?«

»Nein, aber wäre eine Idee. Ich schreibe das mal auf.«

»Ja, ist sicherlich nicht schlecht. So könnte man auch gleich Erinnerungen verschicken. Oder Einladungen!«

»Ja, also wirklich gut, gefällt mir und wird notiert«, murmelte Kaia vor sich hin.

Nika nahm einen Schluck von ihrem Kaffee und taxierte mich dabei. »Und du kommst gut mit deinem Blogbeitrag voran?«

Ich nickte. »In Sachen Blog auf jeden Fall. Vor allem, seit die Option besteht, den Beitrag auch bei *Stadtzeit* zu veröffentlichen, bin ich noch motivierter. In Sachen Hausarbeit sieht's da schon ein bisschen kritischer aus. Mal läuft es supergut, dann komme ich wieder nicht voran, und sonderlich viel Zeit ist gar nicht mehr. Aber ihr kennt mich, ich schaffe das.«

Nika sah mich noch immer an. Es passte ihr nicht, dass es mit der Challenge so gut lief, ich konnte es in ihren Augen sehen. Aber schließlich widmeten wir uns doch wieder der App, denn dafür waren wir ja hier. Um Kaia noch ein paar Ideen zu liefern.

Als wir fertig waren und uns von Kaia verabschiedet hatten, zog Nika plötzlich an meinem Ärmel. »Weißt du, ich mag Alex und ...«

Ich drehte mich zu ihr um und legte meine Hände auf ihre Arme. »Du spürst doch auch, dass da irgendwas nicht stimmt, oder? Man spürt das einfach.« Sie sah mich mit traurigen Augen an. »Wir wollen nur, dass es dir gut geht, kleine Schwester. Lass dich bitte nicht verarschen.« Schweigend nahmen wir uns in den Arm. Ich hoffte inständig, dass es anders laufen, das Prinzip nicht greifen würde. Aber insgeheim wusste ich, dass es eine Hoffnung bleiben würde.

»Und mit Ben, das läuft also?«, durchbrach Nika schließlich die Stille.

Ich nickte. »Ja, bisher läuft alles nach Plan. Wie du gesagt hast: Sein Ziel ist es jetzt noch, mich rumzukriegen, aber so leicht lasse ich mich nicht schnappen.«

KAPITEL 22

»Das mit der App ist krass. Kann sie sich auch irgendwelche Fantasiegeschichten überlegen, die man dann gleich im Alltag parat hat? Wäre doch was für dich in Bezug auf Ben.« Emma sah von ihrem Spiegel auf und blickte mich an.

»Haha.«

»Warum? Wäre doch cool oder weißt du schon, welche Geschichte du ihm später auftischen willst? Er wartet immerhin auf ein Geheimnis«, bohrte Emma weiter nach.

»Neeein.« Seufzend hob ich die Hand. »Jetzt erinnere mich doch nicht stündlich daran. Ich habe hier gerade genug Probleme. Ich muss das noch fertig markieren.«

Emma lachte. »Kein Stress, ich habe Zeit.« Sie packte den Spiegel weg und tauschte ihn gegen ihr Handy aus.

Ich widmete mich wieder meinen Unterlagen. Wir saßen im Innenhof der Uni, Emma tippte auf ihrem Handy herum und ich brachte die letzten Markierungen in meinem Vorlesungsskript an.

»Okay«, murmelte ich zehn Minuten später, nachdem ich mir endlich einigermaßen einen Überblick verschafft hatte. Ich klappte den Ordner zu. »Fertig.«

»Also, weißt du schon was?« Emma grinste. Nicht schon wieder! Ich schüttelte den Kopf. »Nein, nicht wirklich. Meine Devise lautet: abwarten. Sehen, was die Situation bringt. Mir fällt schon was ein.« Hoffte ich zumindest.

»Und wann trefft ihr euch?«

Ich holte mein Handy aus der Tasche und öffnete den Chat mit Ben. »Wir haben noch nichts ausgemacht. Ben hat mir zwar heute Morgen geschrieben, aber nur gemeint, dass wir das kurzfristig klären.«

»Dann meldet er sich sicher bald.«

Ich nickte bekräftigend, ob für Emma oder für mich selbst, wusste ich nicht. »Ich schätze auch. Und wenn nicht, dann eben nicht.«

Sie zog die Stirn kraus. »Als ob dich das nicht stören würde.«

Ich packte das Handy weg, um ihr nicht in die Augen sehen zu müssen. »Würde es nicht.« *Würde es doch.*

»Jaja.« Emma stand auf und verabschiedete sich von mir. Sie hatte ein Gespräch mit einem ihrer Professoren und ich wollte mir noch ein Sekundärwerk aus der Bibliothek holen, um eine Stelle in der Hausarbeit zu überprüfen.

Auf dem Weg dorthin stand mit einem Mal Ben vor mir. Er trug ein helles Shirt, eine kurze beigefarbene Hose, darunter Sneaker, und lächelte mir zu. »Gesucht und gefunden.«

Ich erschreckte mich zu Tode. »Du spionierst mir nach?«

»Nein, ich dachte nur, ich überrasche dich.« Er kam noch einen Schritt auf mich zu. »Was meinst du? Wollen wir los oder hast du noch was zu erledigen?«

»Eigentlich«, ich überlegte kurz, »ich muss nur eben ...«

Ich beschloss, dass ich den Besuch in der Bibliothek auch auf den nächsten Tag verschieben konnte. Ben sollte ohnehin nicht wissen, welchem Thema ich mich gerade widmete, sonst würde er womöglich noch Fragen stellen. Ich winkte ab. »Ach egal.«

»Nein, sag ruhig, wolltest du in die Bibliothek? Dann hol doch schnell, was du brauchst, und danach machen wir uns auf. Ich bin wieder mit einem fahrbaren Untersatz da.« Er zwinkerte mir zu.

»Oh, wie aufregend. Was ist es diesmal?«, fragte ich ihn grinsend.

»Kein Motorrad, nicht dass du gleich enttäuscht bist. Einfach nur ein Auto. Also?« Er schob die Hände in seine Hosentaschen und streckte dabei die Arme durch. Die Sehnen darauf traten deutlich hervor, das Tattoo auf seinem Unterarm verformte sich, die Wurzeln des stämmigen Baumes verschwanden in seiner Hose. Wie gern würde auch ich dort … *Stopp, Lina!*

Ich schüttelte heftig mit dem Kopf, um die Gedanken daraus zu vertreiben. »Ich …« Ich könnte mir einfach schnell das Buch holen. Ich konnte ja theoretisch das Geheimnis daraus spinnen. Dass ich an irgendetwas schrieb, was mich völlig vereinnahmte. Gute Idee. »Okay, lass es uns so machen«, antwortete ich zustimmend. »Ich brauche auch nicht lange. Ist nur ein Buch.«

In der Bibliothek angekommen, setzten wir uns an einen freien Computer, auf dem ich den Suchbegriff eintippte.

»Frauenliteratur der Neuzeit?«, fragte Ben interessiert, nachdem uns angezeigt wurde, dass der Titel in Gang vier zu finden war.

Ich merkte, dass mich sein Interesse freute. »Es geht darum, wie sich die Literatur über die Jahre entwickelt hat.« Ich stand auf und suchte Gang vier, Ben folgte mir. Nach einer kurzen Weile entdeckte ich das Buch und griff danach. »Da ist es schon«, stellte ich mit einem Lächeln fest.

Ben lehnte sich gegen das Regal und verschränkte die

Arme. »Dann lass uns losfahren. Bist du gespannt, wohin es geht?« Ein verschwörerisches Grinsen lag auf seinen Lippen.

Auch ich grinste. »Wenn ich ehrlich bin, schon. Und auf das Geheimnis natürlich.«

»Das dachte ich mir.« Sein Blick bohrte sich in meinen. »Aber dafür will ich auch eins von dir.«

Nachdem er die Worte ausgesprochen hatte, schnellte mein Puls sofort nach oben. »Ja, kriegen wir hin, irgendwie«, murmelte ich und ging mit dem Buch an einen der Schalter, um es abzuscannen. »Also dann, fahren wir?«, fragte ich, nachdem ich es in meine Tasche gesteckt hatte.

»Jap. Bereit für einen Ort, den du niemals erwarten würdest?«

Ich lachte. »Oh nein, ist er so hässlich?«

Ben stimmte in mein Lachen ein. Es klang so herrlich erfrischend, dass ich noch mehr lachen musste. »Ausnahmsweise nicht, hat was mit meiner Familie zu tun. Ich wurde dort …« Er trat einen Schritt auf mich zu. »… angezündet.«

Ich boxte ihm in die Seite und er zuckte zusammen. »Sehr witzig – nicht.«

Schmunzelnd deutete er in Richtung Ausgang. »Na schön. Bereit für unser nächstes Abenteuer?«

KAPITEL 23

immer

»Okay, und was machen wir hier? Was hat es mit diesem Ort auf sich?«, fragte ich, als wir das Auto auf einer abgelegenen Wiese neben einem kleinen Weiher geparkt hatten. Der Wind strich zart durch die Äste, das Sonnenlicht flackerte durch die Blätter, in der Ferne hörte ich Vögel zwitschern. Skeptisch blickte ich zu Ben. »Hier versteckt sich also dein Geheimnis?«

Wir waren ein ganzes Stück aus der Stadt rausgefahren. Ich sah mich um, aber viel erkannte ich nicht. Hohe Gräser, Bäume, kleine bunte Blumen. Idyllisch irgendwie. Und *sehr* abgelegen.

»Du immer mit deinen Geheimnissen.« Bens Blick lag einen Moment lang auf mir. »Aber wenn du es genau wissen willst: Das hier ist mein Lieblingsplatz. Zufrieden?« Er stieg aus und ließ den Blick kurz schweifen, bevor er seinen Kopf wieder durch die Autotür steckte und lächelte. »Du bist ja davon überzeugt, dass ich dir meinen Lieblingsplatz zeigen werde. Und nachdem du anscheinend so brennend daran interessiert bist – man bedenke deine ständigen Anspielungen –, dachte ich mir, ich zeige ihn dir, du kleine Nervensäge. So als *geheimen Ort* sozusagen.«

Ich verdrehte die Augen, doch gleichzeitig wurde mir warm im Bauch. Eine kleine sanfte Wärme. Ich versuchte, nicht weiter darüber nachzudenken, wahrscheinlich kam sie von der Sonne. Wir hatten schließlich eine ganze Weile im aufgeheizten Auto gesessen, mit Ben hatte das sicher nichts zu tun.

Ja, ich war tatsächlich eine Geschichtenerzählerin.

Ich stieg aus und warf die Tür hinter mir zu. »Okay, irgendwo im Nirgendwo also.« Was er hier wohl vorhatte? Mit einem Mal spürte ich nicht mehr nur eine kleine sanfte Wärme, sondern eine regelrechte Hitze in mir aufsteigen, als ich daran dachte, was er eingepackt hatte. Einen Rucksack, eine Decke. Ob wir hier am Ende …

Käse, so ein Käse.

»Was denkst du denn schon wieder?« Ben riss mich aus meinen Gedanken. Er hatte die Arme auf dem Autodach abgestützt und grinste mich an. »Käse? Den habe ich leider nicht dabei.«

Verlegen räusperte ich mich. Hatte ich das gerade etwa laut gesagt? Na wunderbar.

»Nein, na ja, ich frage mich, was du vorhast … Du wirst mich ja nicht hier aussetzen wollen, oder?«, stotterte ich.

Er lachte. »So ein *Käse*. Wobei … Wenn ich daran denke, was du mir schon alles an den Kopf geworfen hast. Ja, da könnte ich dich in der Tat hier aussetzen.«

Mit klopfendem Herzen blickte ich auf mein Handy. Toll, kein Empfang. Echt jetzt? Wo waren wir hier bitte? »Hier ist ja so gut wie kein Empfang und …«

»Und?« Er lief ums Auto herum und sah mir tief in die Augen.

»Und ich kann niemanden erreichen. Also wirst du das mal schön bleiben lassen. Okay?« Streng sah ich zurück.

Er lachte. »Tja, merkst du was? Du bist mir in der Tat ausgeliefert, Lina. Und das ist auch gut so, schließlich läuft es jetzt nach meinen Regeln.« Er sprach die Worte rau und dunkel aus und ich ertappte mich dabei, wie mein Blick an seinen Lippen hängen blieb. Ein Schauer breitete sich auf meiner Haut aus.

Ich schubste Ben ein kleines Stück von mir weg, bevor ich nachrückte und meine Hand auf seine Brust legte. Meine Fingerspitzen kribbelten. »Scheint so zu sein.« Ein heftiges Flirren lag in der Luft, unsere Blicke suchten sich erneut. Verdammt. »Wusste ich es doch«, sagte ich herausfordernd. »Das alles war von Anfang an dein gerissener, ausgetüftelter Plan. Du willst mich verführen, hier am See. Wo es keiner jemals herausfinden wird.«

»Wer weiß.« Verschmitzt grinste er mich an.

Ich kniff die Augen zusammen. »Also, was ist das Geheimnis?«, fragte ich und bohrte meinen Zeigefinger in seine Brust.

»Na schön, komm, ich zeig es dir.« Ben griff nach meiner Hand und zog mich mit zum Kofferraum. Er öffnete die Klappe und holte den gepackten Rucksack hervor. Mit einem Lächeln auf den Lippen schwang er ihn sich über die Schultern.

»Wandern wir jetzt?«, wollte ich perplex wissen.

»Ja, tief in den Wald, *irgendwo ins Nirgendwo*. Dort verschleppe ich dich dann.« Bei dem Wort *verschleppe* packte er mich an den Armen.

Erschrocken quiekte ich auf. »Ich merke schon, da steckt System dahinter. Wie viele Mädchen hast du bis jetzt hierherverschleppt?« Von den Stellen, an denen seine Hände lagen, breitete sich eine schier unerträgliche Hitze aus.

Er lachte. »Zu viele, ich kann sie ehrlich gesagt gar nicht mehr zählen.«

Ich kniff die Augen zusammen. »Du veräppelst mich.« Noch immer lagen seine Hände auf meinen Armen. Er kam ein Stück näher auf mich zu und sah mir dabei tief in die Augen.

»Nein, ich gebe dir, was du willst. Ist doch sicher auch wieder etwas, das du als typisch erachtest. Etwas Geheimnisvolles, Düsteres. Etwas, das du von mir zu glauben scheinst.«

»Nun ja, ich …«, stammelte ich.

Er ließ mich los und blickte auf sein Handy. »Jetzt komm schon. Ich verschleppe dich nicht und bringe dich auch nicht in den Wald.« Bei diesen Worten war er mir noch immer so nah, dass mein Herz heftig in der Brust klopfte, und als sich sein Duft mit der Frische der Luft vermischte, musste ich mich wirklich zusammenreißen. Ich hatte es bisher immer geschafft, mich zu beherrschen, aber in Bens Nähe spielte mein Körper verrückt. Als würde er sich zu seinem mehr als hingezogen fühlen. Auch wenn ich es nicht wollte, auch wenn ich mir jedes Mal, wenn wir uns sahen, in Erinnerung rufen musste, dass es ein Spiel war, dass ich hier etwas beweisen wollte, war das zugegebenermaßen oftmals gar nicht so einfach. Denn immer wieder war da dieses fiese, hinterlistige Klopfen in meiner Brust, ausgelöst durch seine Nähe und alles, was er in letzter Zeit mit mir gemacht hatte.

Noch immer stand er da und sah mich an, den Rucksack über die Schultern geschwungen. »Außer du willst es«, flüsterte er mir jetzt zu und in meiner Brust raste es schlagartig noch ein bisschen schneller.

»Was? Verschleppt werden? Nein, das will ich nicht, absolut nicht.« Eilig wandte ich mich ab und sah aus dem Augenwinkel, wie Ben grinste.

»Komm schon, Lina. Ist gleich da drüben, nur ein paar Schritte«, meinte er bettelnd.

»Echt?« Ich runzelte die Stirn.

»Ja, komm.«

Er ging voran und tatsächlich: Bloß ein paar Schritte weiter hinter einem Baum, an dem ein Holzschild baumelte, stand eine kleine Holzhütte direkt am See. Sie wirkte gemütlich mit ihren zwei kleinen Fenstern und der Tür aus Holz, an der ebenfalls ein Schild hing. Ein großes Holzschild, in das die Worte *Heigl-Weiher* eingebrannt waren. Als ich mich weiter umsah, blieb mein Blick an einem Steg haften, der in den Weiher hineinragte. Das Holz war schon etwas in die Jahre gekommen, verlieh dem Ganzen aber einen gewissen Charme. Als hätte der Ort viel zu erzählen. Sofort musste ich an Bens Geschichten denken: Ob hier wohl auch eine von ihnen spielte? Das Wasser warf leichte Wellen, auf denen ein paar Enten planschten. Es glitzerte und spiegelte den Himmel. Daneben entdeckte ich eine von Steinen umgebene Feuerstelle und gleich dahinter eine Bank und ein großes hölzernes Fass.

»Ist das fürs Regenwasser?«, wollte ich wissen.

Ben schüttelte den Kopf. »Das ist ein kleiner Badepool.«

»Am Weiher?«, fragte ich erstaunt.

»Jap. Der ist allerdings beheizbar.« Er trat neben das Fass, und als er den Deckel abhob, kamen darin zwei Sitzmöglichkeiten zum Vorschein. »Man muss einfach nur das Fass mit Wasser füllen, das Feuer erhitzt es. So hat man das früher gemacht. War harte Recherchearbeit.«

Interessiert musterte ich das Fass. »Wow«, kam es mir schließlich über die Lippen, woraufhin ich mich schnell räusperte. Ich wollte nämlich überhaupt nicht beeindruckt klingen, auch wenn ich es war. Doch anmerken lassen wollte ich mir das natürlich nicht. »Ganz nett hier«, fügte ich deshalb schnell hinzu.

Er lachte. »Ja, ganz nett.«

Ich sah Ben dabei zu, wie er den Rucksack abstellte und die Decke auspackte. Er schüttelte sie und breitete sie auf dem Boden aus. Dann streckte er sich, ging in die Hocke und ließ sich rücklings auf die Decke fallen. Als er lag, musste ich schmunzeln.

»Fehlt nur noch der Grashalm im Mund«, stellte ich lächelnd fest.

»Was?«

»In den Filmen kauen diese Landjungs doch immer auf einem Grashalm herum«, erklärte ich.

Fragend zog er eine Augenbraue hoch. »In welchem Film kauen denn Landjungs auf Grashalmen?«

»Ähm, da gibt es einige …« Ich dachte nach, aber mir fiel beim besten Willen keiner ein. »In … so einigen, wie gesagt.«

Wieder lachte Ben. »Okay, also soll ich jetzt auf einem Grashalm herumkauen? Ist das besser für dein Bild im Kopf, stellst du dir das so vor?«

»Sehr witzig«, erwiderte ich, doch Ben ging nicht weiter darauf ein, sondern schloss die Augen. Ich setzte mich neben ihn.

Woran er wohl dachte? Warum er so still war? Ich sollte inzwischen eigentlich gelernt haben, mit Stille umzugehen. Nachdem Papa weggegangen war, war es bei uns sehr oft sehr still gewesen.

»Also, ich …«, begann ich aufs Neue.

Ben öffnete die Augen, sah mich an und lächelte. Dann streckte er seine Hand aus und legte mir seinen Zeigefinger sanft auf die Lippen. »Pssst, Lina, lass dich fallen. Los, nur einen Moment. Abschalten. Nichts denken.«

»Aber ich ...«

»Nur ganz kurz, versuch es einfach«, raunte er mir zu.

Ich gab mich geschlagen. »Na gut.« Ich legte mich neben ihn auf die Decke. Mein Blick schweifte zum Himmel. Einem blauen Himmel mit zarten weißen Wolken, die schnell darüberzogen. Der Wind kitzelte leicht meine Nasenspitze und einen Moment lang versank ich in dem Himmelsspektakel, ehe ich den Kopf abwandte und zu Ben schaute. Er hatte die Augen schon wieder geschlossen und atmete langsam ein und aus. Ich beobachtete, wie sich sein Brustkorb hob und senkte und sich seine Muskeln dabei deutlich unter dem hellen Shirt anspannten. Darunter lugte der Rand seiner Shorts hervor. Ich konnte den Streifen Haut zwischen dem Bund seiner Shorts und dem Shirt deutlich erkennen. Erneut strich der Wind leicht über meine Haut und ich dachte daran, wie es wäre, jetzt über seine zu streichen. Meine Augen tasteten weiter über seine Hüften nach unten und ich schluckte, als ich daran dachte, wie ich ihn dort geküsst hatte. Wie er sich anfühlte, wie er roch.

»Gefällt dir, was du siehst?« Aufreizend langsam strich sich Ben über den Bauch.

Shit.

Eilig sah ich weg, wagte aber dann doch wieder einen Blick zu Ben, der mich breit angrinste. »Was? Nein, ich weiß nicht, was du meinst. Aber ja, der ... der Himmel ist sehr schön.«

Er lachte. »Jaja, der Himmel. Du hast mich mal wieder angestarrt, Lina.«

Schon wieder stieg mir die Röte in die Wangen. Wieso

passierte mir das nur ständig in Bens Nähe?« »Na und? Vielleicht gibt es ja einen Grund, weshalb ich dich anstarre.«

»Und der wäre?«, fragte er nun mit gespielter Ernsthaftigkeit.

»Vielleicht gefällt mir ja tatsächlich, was ich sehe. Aber das müsstest du eigentlich wissen.«

»Ja, keine Lüge.« Lächelnd schloss er wieder die Augen. *Dieser Kerl.* Er machte mich verrückt und brachte mein Herz dazu, sich Tausende von Fragen zu stellen, die sich mein Kopf ganz sicher nicht stellen wollte.

Wieder betrachtete ich sein Gesicht. Seine Wimpern waren unglaublich lang und geschwungen, Emma wäre entzückt. Wieso war das bei Kerlen immer so? Mein Blick wanderte hinunter zu seinen Lippen, die mir nach so kurzer Zeit schon so vertraut vorkamen. Wie sie sich anfühlten, wie sie küssen konnten ... Verdammt.

»Was denkst du die ganze Zeit?«, fragte er plötzlich.

Ich fühlte mich ertappt. »Ähm, na ja, ich ... dachte, wie albern du daliegst.«

»Ja, klar.« Seine Mundwinkel zuckten.

»Gut, dann denke ich eben nichts.« Ich starrte wieder in den Himmel.

Er lachte. »Lügnerin.«

»Warum tust du das immer? Als ob du wirklich wüsstest, was in meinem Kopf vorgeht.« Ich runzelte die Stirn.

»Ganz ehrlich?« Er drehte den Kopf zu mir. »Dein Herz klopft so laut, dass ich die Natur um uns herum gar nicht mehr hören kann. Und es ist nun mal so: Herzklopfen lügt nicht.«

»Was? So ein Unsinn.« Und doch spürte ich die Hitze auf meinen Wangen ganz deutlich. Ich räusperte mich. »Wir sind also deswegen hier?« Ich deutete nach oben in Richtung Himmel. »Um die Natur zu erleben, verstehe ich das richtig? Was ist mit dem Geheimnis, wann kommen wir dazu?«

Er drehte den Kopf zurück und schaute nun wieder zum Himmel. Anerkennend sagte er: »Gut abgelenkt. Möglicherweise war das bloß ein Vorwand, unter dem ich dich hergelockt habe. Ich wollte, dass wir einfach mal nur daliegen und an nichts denken. Also, Augen zu und lauschen.«

»Echt jetzt?«, fragte ich ein wenig quengelig.

»Ja!«, entgegnete Ben bestimmt.

»Na gut«, seufzte ich und schloss nun ebenfalls die Augen.

Ich versuchte, mich auf die Geräusche um mich herum zu konzentrieren. Vogelgezwitscher, Wassergeplätscher, der Wind. Ein Grummeln.

»Hast du gerade eben ...?« Erschrocken drehte ich den Kopf zu Ben.

»Was?«, wollte er unschuldig wissen.

Ich winkte ab. »Nichts, alles gut.« Wieder lauschte ich. Irgendwie war es tatsächlich schön, einfach mal nur dazuliegen und wahrzunehmen. Alles um uns herum war wild und lebendig, während wir inmitten des Ganzen lagen, ohne einen Ton von uns zu geben. Ich strich mit den Fingern über die Decke, fühlte den rauen Stoff, und auf einmal berührten meine Fingerspitzen Bens Hand. Ganz sanft. Ich ließ sie einen Moment dort liegen, bis Ben schließlich nach meiner Hand griff und seinen Daumen auf ihrem Rücken kreisen ließ.

Als ich die Augen öffnete, trafen sich unsere Blicke. »Versuchst du gerade, dich mir anzunähern?«, fragte ich mit belegter Stimme.

Ben grinste. »Kann sein. Oder willst du das nicht? Wobei, du hast ja zuerst versucht, mich zu berühren.«

Ich ließ seine Hand los, drehte mich langsam zu ihm um und stützte mich auf dem Ellbogen ab. »Möglicherweise war das der Plan, ja.« Ich rutschte noch etwas näher an Ben heran, so nah, dass meine Seite seinen Körper berührte, und tastete mich vorsichtig zu seiner Brust vor, um meine Hand darauf abzulegen. »Dann bist du mir jetzt ausgeliefert.«

Er lächelte. »Ich bin dir ausgeliefert?«

»Ja, irgendwie schon.« Ich spürte, wie das Herz in seiner Brust heftiger gegen meine Hand pochte, und auch mein Herzschlag beschleunigte sich. Sie schlugen im Gleichtakt. Zwei Herzen – wie eins.

Schnell schob ich den Gedanken weg. »Bist du nervös?«, flüsterte ich. »Obwohl … harte Kerle wie du sind ja nie nervös.«

»Was du über harte Kerle wie mich nicht alles weißt …« Sein Blick ruhte fest auf mir. Nach einer Weile setzte er sich auf und schaute nach vorn über den Weiher. »Nein, ich bin nicht nervös. Ich freue mich gerade einfach, mit dir hier zu sein.« Er griff nach seinem Rucksack und zog vier Flaschen daraus hervor. »Was magst du? Himbeer-Rosmarin, Heidelbeere-Ingwer? Oder hier, Limette-Zitronengras? Davon habe ich zwei.«

Ich betrachtete die Flaschen und nahm schließlich die roséfarbene. Ben nickte, stellte die grüne Flasche neben sich und packte den Rest zurück in seinen Rucksack. Er öffnete beide Flaschen geschickt mit einem Flaschenöffner, den er ebenfalls im Rucksack hatte.

»Wo gibt's die?«, wollte ich wissen.

»Sag ich nicht, ist ein Geheimnis.« Als ich gespielt genervt mit den Augen rollte, fügte er an: »Ach was, ich sag es dir, dann habe ich mein Soll erfüllt. Aber Vorsicht, es ist ein ziemlich dunkles Geheimnis. Also, es gibt da so Märkte mit Getränken ...«

Schnaubend schüttelte ich den Kopf, nahm einen Schluck aus meiner Flasche und ließ ihn auf der Zunge zergehen. Sofort machte sich an meinem Gaumen eine leicht bittere Süße breit. »Mmh«, seufzte ich, während die Kohlensäure ein angenehmes Prickeln auf meiner Zunge hinterließ.

Ben hielt mir seine Flasche entgegen. »Erst anstoßen. Davon hast du noch nichts gehört, was?«

»Sorry! Okay, stoßen wir an«, sagte ich und hob meine Flasche feierlich in die Luft.

»Und du musst mir dabei in die Augen schauen«, ergänzte er mit einem Augenzwinkern. »Sonst gibt's sieben Jahre keinen Sex.«

Ich runzelte die Stirn. »Ich dachte, sieben Jahre schlechten Sex ...«

»Ist ja fast das Gleiche.«

Ich schüttelte den Kopf. »So ein Quatsch.«

»Doch. Ich meine, bevor der Sex schlecht ist, habe ich lieber gar keinen.«

Erstaunt sah ich ihn an. Damit hatte ich nicht gerechnet. »Das nehme ich dir nicht ab. Du würdest also lieber sieben Jahre lang keinen Sex haben als schlechten? Ich meine, duuu?«

»*Duuu?*«, imitierte er mich und verzog dabei das Gesicht. »Wie meinst du das jetzt wieder?«

»Na ja, also ... du ... du hast sicher viele Mädchen. Und Sex«, stammelte ich vor mich hin.

»Ach, und woher willst du das wissen? Ich kann mich nicht erinnern, dass wir darüber gesprochen hätten.« Sein Tonfall klang ernst.

»Weil ...« Ja, woher wusste ich das? Wegen meines Prinzips natürlich. »Keine Ahnung, ich bin eben davon ausgegangen. Das Mädel im Club ... auf Celines Feier warst du ja auch nicht allein. Und, na ja, schau dich an.«

Er zog die Stirn kraus. »Was heißt denn da: *Schau dich an*?« Wenn ich ehrlich war, würde ich ihn *sehr* gern *sehr* genau anschauen.

Schnell winkte ich ab. »Egal. Ich weiß es eben.«

»Was du nicht alles weißt ...«

Plötzlich schoss mir die Rettung in den Kopf: »Tinder! Ja genau, Tinder!«

»Klar, ich bin auf Tinder, aber deswegen hab ich doch nicht dauernd Sex-Dates. Ja, ich habe Sex, aber bestimmt nicht mehr oder weniger als andere in unserem Alter. Und du bist schließlich auch auf Tinder.« Verdammt, warum hatte ich es überhaupt wissen wollen? Was machte das aus? Ich war mir doch sowieso sicher, nein, ich *wusste*, dass er viele Mädchen hatte. Ohne ihn dazu aufgefordert zu haben, erzählte er weiter: »Wenn du es genau wissen willst: Ich hatte im letzten Jahr nur zwei, drei, sagen wir, *kurze Affären*, die mir aber nichts bedeutet haben und in denen alles abgeklärt war. Und ich habe mal eine geküsst, doch danach war ich nicht sehr glücklich darüber. Es war auf einer Party und sie hat mich angemacht. Tini hieß sie, glaube ich zumindest. Sie hat die ganze Zeit geredet über Essen und Bärlauch und Essen mit Bärlauch, keine Ahnung, warum. Ehrlich gesagt wollte ich nur, dass sie die Klappe hält, deswegen habe ich sie geküsst.«

»Was? Wirklich?«, fragte ich erstaunt.

»Ja, war so«, antwortete er etwas zerknirscht.

»Du küsst Mädchen, damit sie die Klappe halten?«, hakte ich noch mal nach. »Warum bist du nicht einfach gegangen?«

Ben zuckte mit den Schultern. »Ich fand sie erst ganz nett, aber dann ... neee.«

»Du bist echt ...« Ich schüttelte den Kopf.

»Was?«, wollte er wissen.

»Na ja, ich finde das schon etwas ...«

Er schnitt mir das Wort ab. »Das ist Vergangenheit. Dinge passieren, manche bedeuten etwas, andere nicht. Aber ich bin mir sicher, sie alle bringen uns im Leben weiter.«

»Also, ich weiß nicht. Wenn du viele Mädchen hast, bringt dich das dann weiter?«, fragte ich skeptisch.

»Es bringt mich am Ende zu dem Mädchen, das mein Herz sucht«, erklärte er. Mein Herzschlag setzte einen Takt lang aus, bevor er heftig klopfend wieder einsetzte. Wie schaffte Ben es nur immer, mich mit seinen Worten so aus dem Konzept zu bringen?

»Aus welchem Film hast du das denn geklaut? Oder stammt das aus dem Handbuch *Wie erweiche ich Frauenherzen*?«

Noch immer sah er mich ernst an. »Ich meine das so, ganz einfach. Weil du gefragt hast, habe ich darüber geredet. Ich hatte nicht Hunderte, wie du glaubst. Es waren ein paar, okay, aber das ist doch ganz normal. Das wollte ich dir nur klarmachen.« War mir doch egal. Natürlich war es mir egal. Aber warum fühlte es sich dann so komisch an in meiner Brust? Warum war es so merkwürdig? Der Gedanke, dass Ben ...

Mit einem Mal strich er mir zart über die Wange. »Was ist es nur, warum du dauernd so schlecht von mir denkst?« Sein Blick wurde tiefer und verband sich mit meinem. Mein Herz klopfte noch schneller. Ich erinnerte mich daran, wie es gewesen war, als wir uns geküsst hatten. Und ich merkte, wie sehr ich ihn küssen wollte. Etliche Gedanken schwirrten durch meinen Kopf und überholten beinahe mein schnell schlagendes Herz.

Er lächelte. Seine Hand lag noch immer an meiner Wange. »Du willst mich küssen, oder?«

»Was? Nein, natürlich nicht.«

»Lügnerin.«

Ich lachte leise. »Nur, damit du die Klappe hältst.«

»Ach ja?«, fragte er schmunzelnd.

»Ja. Willst du es denn?« Meine Atmung ging nun im Takt meines Herzens.

»Das bleibt ein Geheimnis.« Ben sah mich weiter an, seine Hand bewegte sich keinen Zentimeter, aber er küsste mich auch nicht. Wieso küsste er mich nicht?

»Apropos Geheimnisse und all das hier ...«

Ben zog seine Hand weg. »Wir haben gar nicht über Geheimnisse geredet.«

Ich vermisste seine Hand an meiner Wange. »Doch, wegen dem Kuss. Aber deswegen sind wir nicht hier. Wir wollten uns doch Geheimnisse anvertrauen und du wolltest beginnen. Dieses *Ich habe dich hergelockt* von vorhin gilt allerdings nicht. Also, was bedeutet dir der Ort? Das willst du doch sicherlich die ganze Zeit schon loswerden.«

Er sah mich mit großen Augen an. »Ähm, okay, wenn du es wissen willst ... Der Weiher gehört meinem Opa. Geheimnis gelüftet.«

Ich boxte ihn in die Seite. »Sehr witzig.«

Kurz wirkte er nachdenklich und ich fühlte mich innerlich bestätigt. Da war sie doch, diese Nachdenklichkeit. Ich war mir sicher, dass er gleich mit einer herzergreifenden Geschichte loslegen würde. Einer Geschichte von seinem Opa, der ihn immer hierher mitgenommen hatte, weil Bens Kindheit doch so schwer gewesen war. Und er würde mir anvertrauen, dass dies sein Ruheplatz war, der einzige Ort, an dem er abschalten und runterkommen konnte. Sein kleiner geheimer Ort, an den er bisher natürlich noch nie jemand anderen mitgenommen hatte. Zumindest offiziell, in seiner Geschichte, um mein Herz zu erweichen. *Seine kleine Welt*, was zugegeben ein wenig wie ein Spruch von einer Postkarte klang. Aber irgendwo mussten sie ihre Sprüche ja herkriegen im Bad-Boy-Universum.

Ich nickte verständnisvoll. »Und was habt ihr dann gemacht? Hat er dich aus deinem schweren Alltag geholt? Es ist ja wirklich schön hier, und wenn man es daheim nicht so leicht hat, ist es gut, einfach mal rauszukommen.«

In Bens Gesicht spiegelten sich tausend Fragen. Ich griff nach seiner Hand und strich liebevoll darüber, ganz das Bad-Boy-Opfer, das ich erschaffen hatte. Als sich unsere Finger berührten, kribbelte es auf meiner Haut.

»Ähm, weißt du …«

»Schon gut, Ben. Du kannst es mir sagen, lass es raus.« Ich sah ihn abwartend an, während ich verständnisvoll seine Hand streichelte und mich auf alles gefasst machte. Mal sehen, was er noch so auf Lager hatte. Doch plötzlich fing er lauthals an zu lachen.

»Ist echt okay, du kannst mir alles sagen«, wiederholte ich nun etwas irritiert.

»Lina …« Noch immer lachte er.

»Ist das denn so lustig?«

Er nickte und wischte sich eine Träne aus dem Augenwinkel. Hatte er etwa so sehr gelacht? »Ja, schon ein wenig. Du bist echt verrückt, Lina. Also.« Er nahm meine Hand nun in seine. »Meine Kindheit war nicht zerrüttet. Mein Opa, Wilhelm Heigl, hat den Weiher und all das Drumherum für die Familie angelegt, damit wir hier feiern und Spaß haben konnten. Einfach abhängen, mit der Familie und den Menschen, die wir mögen.«

Verblüfft sah ich ihn an. »Menschen, die du magst?«, vergewisserte ich mich.

»Ja, absolut.« Das war es schon? Das war die große geheimnisvolle Geschichte?

»Und um es romantischer zu machen.« Er zwinkerte mir zu. »Mein Opa hat immer gesagt, ich solle mir eins merken: Zwei Herzen, die zusammengehören, finden sich … immer. Das hat er hier auch in einen Baum geritzt. Süß, oder?«

Ich blickte auf unsere miteinander verwobenen Hände. »Wirklich?«

»Wirklich. Ich kann dir den Baum zeigen.« Er stand auf und zog mich dabei mit hoch. Wir gingen ein paar Schritte und schon kurze Zeit später sah ich einen Baum mit verschlungener Inschrift. Ben hatte meine Hand in keiner Sekunde losgelassen.

»Weißt du was, Lina?« Mit seiner freien Hand fuhr er über die Rinde. »Ich glaube daran.«

Ich sah zu ihm, doch sein Gesichtsausdruck verriet mir nicht, ob er die Wahrheit sagte. »Ist das dein Ernst?«

»Ja, mein voller Ernst. Aber damit es nicht *zu* romantisch für dich wird: Schau mal, da drüben, siehst du den Busch?« Seine Lippen verzogen sich zu einem breiten Grinsen. »Mein Papa hat mal da hingekotzt und man munkelt, dass mein Onkel hier mit meiner Tante Sex hatte, während alle anderen ihre Grillwürstchen in sich reinstopften. Das war's jetzt auch schon mit den Geheimnissen. Das Herz wollte ich dir aber wirklich gern zeigen.«

»Warum?«, fragte ich und versuchte zu verbergen, wie gerührt ich davon war.

»Weil du neulich gesagt hast, dass du nicht an die Liebe glauben würdest und sie für dich ein kompliziertes Thema sei. Aber weißt du, was? Die Liebe ist alles andere als kompliziert, wenn sie da ist.«

»Du meinst das tatsächlich alles ernst, oder?« Ich suchte noch immer nach einer Antwort in seinem Gesicht.

»Wie gesagt, ja. Und weil du ständig nach irgendeinem Haken suchst: Meine Familie ist nicht perfekt, aber ich bin froh, sie zu haben. Auch wenn es ab und an ein bisschen verrückt ist.« Er lächelte. »Ich meine, wer hat schon einen Großvater, der romantische Sprüche in Bäume ritzt oder Whirlpools neben Badeseen baut?« Er lachte auf. »Nein, mal im Ernst. Ich mag es, dieses ganz normale Chaos, wenn alle zusammen sind. Das laute Lachen, die angeregten Diskussionen … Chaos eben.«

Ich lächelte. »Chaotisch, ja, damit kenne ich mich aus«, sagte ich gedankenverloren.

»Ist es bei euch auch so?«, hakte er nach.

Seine Frage löste ein unwohles Gefühl in mir aus. »Nicht immer, aber … ja, es ist schon ab und zu chaotisch«, versuchte ich mich an einer unverfänglichen Antwort und dachte dabei an die Stille, die sich immer wieder zwischen das Chaos drängte.

»Erzähl. Du bist dran.« Er drehte sich zu mir und griff nun auch nach meiner anderen Hand.

»Okay.« Ich holte tief Luft, dann legte ich los. »Wie du weißt, habe ich zwei jüngere Schwestern, Kaia und Nika. Wir waren immer zusammen, wir drei Mädels und meine Mama. Da passiert einiges.«

»Kann ich mir vorstellen. Und dein Papa?« Ich spürte einen kleinen Stich in der Brust. Was sollte ich darauf antworten? Nachdem ich kurz darüber nachgedacht hatte, probierte ich es mit der Wahrheit.

»Meine Eltern sind nicht mehr zusammen. Mein Papa ist irgendwann weg, na ja, kommt vor.«

Er nickte. »Okay.« Für einen kurzen Moment musterte er mich, sagte aber nichts dazu. »Ich habe nur einen Bruder, doch der ist irgendwie immer in seiner eigenen Welt.«

Ich hob eine Augenbraue. War es etwa jetzt so weit? Würde er nun etwas Dramatisches auspacken? Ich hatte da so ein Gefühl …

»Drogen, oder?«, mutmaßte ich und blickte Ben teilnahmsvoll an.

»Was?« Entgeistert blickte er zurück.

»Ähm, ja, also …«

Wieder fing er schallend an zu lachen. »Nein, warum sollte er Drogen nehmen? Er studiert Informatik und sagen wir mal so, er und seine Zahlen, das ist eine ganz eigene Geschichte. Aber deshalb nimmt er noch lange keine Drogen.«

Oh Gott, wie peinlich!

»Klar.« Ich winkte ab. »Informatik ist das neue Koks, ich weiß schon.« *Aaah!*

Ben lachte noch immer. »Ich habe keine Ahnung, was mit dir los ist, Lina, aber … du bist anders irgendwie …«

»Anders irgendwie?« Mein Herz schlug mir bis zum Hals.

»Ja, anders und auch ein bisschen verrückt und …« Er schob sich zwischen mich und den Baum und war mir damit plötzlich so nah, dass kaum noch Abstand zwischen uns war. Unsere Gesichter waren nur noch wenige Zentimeter voneinander entfernt.

»Lina …«, hauchte er und dabei schwang so viel Belustigung in seiner Stimme mit und gleichzeitig so viel Zärtlichkeit, dass ich meinerseits noch näher an ihn heranrückte. Man hatte mich schon oft als *verrückt* bezeichnet, aber bei Ben fühlte es sich nicht wie ein merkwürdiges Verrückt an, sondern wie ein gutes.

»Du willst mich doch jetzt nicht etwa küssen?«, presste ich hervor.

Er lächelte. »Ganz ehrlich? Doch, das will ich.« Mein Herz war kurz vorm Explodieren, meine Nasenspitze nur noch wenige Zentimeter von seiner entfernt.

»Ich fange nicht an«, flüsterte ich.

»Nicht?«

»Nein. Wenn, dann musst du den ersten Schritt machen. Sind es nicht immer noch deine Regeln?«

Schon den Bruchteil einer Sekunde später verschmolzen seine Lippen mit meinen. Sie waren warm und sanft und doch spürte ich einen leichten, sehnsüchtigen Druck, der von ihnen ausging. Meine Hände wanderten an seine Brust und ich zog ihn noch etwas enger an mich heran. Wie aus Reflex. Sofort war überall Hitze, die von unseren schnell schlagenden Herzen ausging. Oder bildete ich mir das nur ein? Tatsache war, dass es sich genau so anfühlte. Ben keuchte gegen meinen Mund und ich schlang die Arme um seinen Hals. Es fühlte sich gut an, so unglaublich gut. Als seine Zunge dann auch noch auf meine traf und sich ihre Spitzen leicht berührten, seufzte ich leise auf. Abertausende von Gedanken wirbelten in meinem Kopf umher. *Das hier ist nicht richtig. Du darfst ihn nicht so küssen.* Und dennoch tat ich es.

Doch da unterbrach Ben den Kuss und sah mich an. »Was denkst du nur die ganze Zeit?«, wollte er wissen.

»Ich? Was? Nichts«, stammelte ich.

»Sag schon«, forderte er mich sanft auf.

Anstelle einer Antwort legte ich meine Lippen auf seine. Ich wollte es so sehr. *Ihn* so sehr. Mit Ben hier zu sein, ließ mein Herz heftig kribbeln und ich genoss das Gefühl, das sich in meinem Körper ausbreitete, als sich unsere Zungen erneut verbanden und seine Hände dabei unter mein Shirt wanderten. Ich war ganz vertieft in den Moment, als ich plötzlich ein donnerndes Geräusch wahrnahm.

»Was war das?«, fragte ich gegen Bens Lippen.

»Keine Ahnung.«

Und schon spürte ich etwas Nasses auf mir. Ben schien es genauso zu gehen, denn wie auf Kommando blickten wir gleichzeitig nach oben. Tatsächlich, der Himmel hatte sich schlagartig verdunkelt und es begann, unerwartet heftig zu schütten.

»Schnell, wir müssen zusammenpacken!«, rief ich.

Ben lachte. »Ja, das müssen wir.« Wir rannten zurück zu unserem Platz, Ben verstaute die Flaschen im Rucksack, während ich die Decke zusammenfaltete. Wieder grollte es, diesmal schon ein wenig lauter.

»Komm, schnell zum Auto.« Ben hielt mir seine Hand hin.

Erst wollte ich nicht danach greifen, doch dann gab ich der Versuchung nach und gemeinsam rannten wir los. Das kalte Wasser prasselte auf uns herab, durchnässte unsere Klamotten, trommelte im Takt unserer Schritte auf den Boden. Ich roch den frischen Duft von Regen, der mich sofort an die Sommer in meiner Kindheit erinnerte, wenn Kaia, Nika und ich gemeinsam im Garten einen Regentanz aufgeführt hatten, weil wir glaubten, bei Regen würde Papa nach Hause kommen.

Am Auto angelangt, riss Ben die Beifahrertür auf und ich ließ mich hineinfallen. Schnell zog ich sie wieder zu. Tropfnass saß ich auf dem Sitz und merkte, wie ich fröstelte. Währenddessen raste Ben schon um das Auto herum und warf sich neben mich auf den Fahrersitz.

»Ich bin total nass«, stellte ich lachend fest.

»Ich auch. Wie schnell das losging, einfach von jetzt auf gleich.« Ben drehte den Kopf zu mir. »Ist dir kalt?«

»Ein wenig vielleicht ...«

Er zündete den Motor. »Ich mach sofort die Heizung an oder ...« Er blickte nach hinten und griff nach einem Hoodie, der dort lag.

»Hier, schlüpf rein.« Er reichte mir den weichen Stoff und ich zog ihn über. Sofort roch es überall nach Ben. Ich atmete tief ein – und hätte mich danach am liebsten selbst geohrfeigt.

»Und jetzt? Lust, 'nen Film zu schauen?«

»Wir sind doch total nass! Sag nicht, du willst ins Kino?«

Er legte den Rückwärtsgang ein und schob dabei einen Arm über meine Kopfstütze. »Nein, bei mir. Was meinst du?« Erwartungsvoll blickte er mich an.

Einen Moment lang überlegte ich noch, bevor ich lächelnd antwortete. »Okay, dann mal los.«

KAPITEL 24

»Komm rein, du weißt ja, wo das Bad ist«, sagte Ben, als wir seine Wohnung betraten. Obwohl wir dem Regen nicht lange ausgesetzt gewesen waren, spürte ich die Nässe überall. »Du solltest dich schnell umziehen«, fügte er mit einem Zwinkern hinzu.

»Du aber auch.« Er schmunzelte. »Und jetzt?«, flüsterte ich.
»Jetzt? Verdammt ...«
»Duschen?«
»Duschen.« Er grinste, nahm meine Hand und zog mich ins Bad. Er streifte mir den Hoodie über den Kopf und wieder roch alles um mich herum nur nach ihm. Danach folgte das Shirt, das triefend nass an meinem Körper klebte. Er ließ es zu Boden fallen und machte sich sofort an den Knopf an meiner Hose. Langsam strich er sie mir über die Beine. Als er sich wiederaufgerichtet hatte, legte Ben seine heißen Finger auf meine kalte Haut und streifte mir den Slip über den Hintern. Er zischte durch die Zähne, als ich schließlich nackt vor ihm stand, und gab mir einen Kuss. Inzwischen war mir nicht mehr länger kalt.

Gleich darauf machte sich Ben an seine eigenen Klamotten. Quälend langsam zog er sich den Stoff seines Shirts über den Oberkörper, öffnete seine Hose und streifte sie sich über die Beine. Ich lächelte, als er aus den Shorts stieg. Er reichte mir die Hand und zog mich mit sich unter die Dusche.

»Es ist kalt«, flüsterte ich und Ben lachte.

»Nicht mehr lange, warte.« Schon fielen die ersten Wassertropfen aus der Brause.

»Okay, doch noch kalt«, sagte er und zog mich an sich.

»Du bist gemein. Du bist …« Doch ehe ich noch etwas Weiteres sagen konnte, legte er seine Lippen schon auf meine und ließ mein Herz damit unheimlich schnell gegen meine – und seine – Brust schlagen.

Wir küssten uns immer inniger, während das Wasser auf uns herabprasselte und unsere nackte Haut aufwärmte. Es erregte mich unglaublich, so vor Ben zu stehen. Unsere Körper, so nah beieinander. Das Wasser, die Berührungen. Langsam ließ ich meine Finger über seine Haut wandern.

»Du bist …«, hörte ich ihn mit einem Mal sagen.

»Heiß? Scharf?« Amüsiert sah ich Ben an.

»Das auch, aber so viel mehr … Du bist wunderschön, Lina.« Mein gesamter Körper begann augenblicklich zu glühen.

»Lügner«, brachte ich atemlos über die Lippen.

»Niemals. Darüber mache ich keine Scherze.« Er zog mich an sich und küsste mich erneut, während das Wasser weiterhin unsere nackte Haut bedeckte. Hitze, überall, vom Wasser und von unseren Körpern. Uns umgab eine Leidenschaft, die mich heftig packte, als Ben mich herumwirbelte und mit den Brüsten gegen die kühlen Fliesen presste. Mein Hintern berührte sein Becken. Ich spürte die Erregung, die ich in ihm ausgelöst hatte.

»Ben«, keuchte ich, dann hörte ich ein Klicken und schließlich spürte ich seine Hände auf meiner Haut auf und ab gleiten. Über meinen Hintern, meinen Rücken, meine Schultern und ein frischer Duft von Duschgel strömte mir in die Nase. Seine Hände berührten meine Brüste, seiften mich ein, zogen mich an ihn, nah an seinen Schoß, bis er mich zu sich herumdrehte und weiterküsste, während seine Hände noch immer über meinen Körper wanderten.

»Wollen wir draußen weitermachen?«, hauchte ich, während das heiße Wasser den kühlen Schaum von meinem Körper spülte.

Ben hielt inne. »Okay.« Er stellte das Wasser ab, half mir aus der Dusche und reichte mir ein Handtuch. Gegenseitig trockneten wir uns ab.

Ben lächelte. »Wollen wir uns in die Bettdecke kuscheln?«

»Dann wird doch alles nass von unseren Haaren«, entgegnete ich gespielt schockiert.

»Egal.« Er nahm meine Hand, zog mich hinter sich ins Schlafzimmer. Als er im Bett lag, setzte ich mich auf ihn.

»Dann hast du ja jetzt, was du wolltest: mich in deinem Bett«, raunte ich, während ich langsam seinen Hals entlangküsste. »Jetzt kannst du es zu Ende bringen, Ben.«

Ruckartig drückte er mich von sich weg. »Lina, verdammt! Warum denkst du die ganze Zeit so schlecht von mir? Warum glaubst du, ich wollte dich nur ins Bett bekommen?«

Emmas Worte schossen mir durch den Kopf. Konnte es sein, dass er mich wirklich mochte? War er anders, nicht derjenige, für den ich ihn hielt? Aber das war nicht möglich, das *durfte* es nicht sein. *Denn das würde ja bedeuten, dass …*

»Das war Spaß. Jetzt sei nicht gleich so«, versuchte ich, die Situation aufzulockern und mich an ihn zu schmiegen, doch Ben ließ es nicht zu, sondern schob mich ganz von sich.

»Das war eine Lüge.« *… ich etwas Wunderschönes zerstört hätte.*

Ich schüttelte den Gedanken aus meinem Kopf. »Ach,

komm schon, Ben, als wäre das für dich etwas Besonderes gewesen. Und überhaupt, bist du ein Lügendetektor?«

Ben richtete sich auf und setzte sich mit dem Rücken zu mir auf die Bettkante.

»Was ist los? Was machst du?«, fragte ich angespannt.

Er drehte den Kopf zu mir und mit einem Mal wirkten seine Augen müde. »Ich kann das nicht mehr hören, das nervt mich total. Ich will jetzt wissen, was in deinem Kopf vorgeht. Ehrlich, ich meine, ich mag dich, Lina ...« Ich blickte ihn an, brachte aber kein Wort heraus, während mein Herz und mein Verstand sich anschrien. »Was? Ach, ist dir das wieder zu romantisch?«

Ich spürte, wie Verzweiflung in mir aufkeimte. »Nein, es ist einfach unwirklich, Ben! Und es passt nicht zu dir. Zu allem!«

Wütend sah er mich an. »Ach, und was passt zu mir?«

»Na ja, dass du mich verführst und danach schnell losmusst. Aber ... aber nicht, dass du solche Dinge sagst und tust. Pizza backen, einen Film anschauen, ins Kino gehen! Oder mich an einen Ort bringen, der deiner Familie etwas bedeutet. Einfach ... einfach, um mit mir Zeit zu verbringen, ganz ohne Grund«, stammelte ich.

Er lachte, doch es klang bitter. »Du denkst so was von in Schubladen, Lina. Ich bin nicht so ein bescheuerter Picknicker oder ...«

Das brachte mich nun auch zum Lachen. »Pick-up Artist«, korrigierte ich, aber er fand es nicht lustig. Sein ganzer Körper war angespannt. Für einen kurzen Moment sprach niemand von uns ein Wort.

»Okaaay«, sagte er gedehnt. »Langsam checke ich es.«

»Was?« Panik stieg in mir auf. Hatte er mich durchschaut? Wusste er, warum ich hier war? Bei ihm war?

»Dich, dein Verhalten. Du glaubst mir nicht, weil ich … keine Ahnung, ein Tattoo habe und 'ne Narbe, weil ich als Kind zu blöd war, geradeaus zu laufen. Deswegen hast du mich in eine Schublade gesteckt. Und deshalb darf ich jetzt nicht romantische Dinge schön finden und Zeit mit dir verbringen wollen. Dich wirklich mögen. Da kann doch was nicht stimmen, hm?«

Ich nickte, doch musste gleichzeitig schlucken. Zögernd antwortete ich: »Ja, genau so ist es.« Das Pochen in meiner Brust und das kribbelnde Gefühl in meinen Fingerspitzen sagten etwas anderes, doch mein Kopf wusste besser, was passieren würde, wenn ich mich auf ihn einließe.

»Bitte was?«, fragte er entgeistert.

Ich wusste nicht, was ich tun sollte. »Spaß!«, versuchte ich, die Situation noch irgendwie zu retten.

»Lügnerin.« Seine Stimme klang so kalt und fremd, dass ich augenblicklich zu frösteln begann. Ich hatte nicht gewusst, dass in einem Wort so viel Enttäuschung liegen konnte.

»Das war nur Spaß«, betonte ich nun noch einmal ganz sanft und legte meine Hand auf seinen Rücken. Doch er schüttelte sie ab.

»War es nicht! Und dann stellt sich mir wieder die Frage, warum du Zeit mit mir verbringst, wenn ich doch angeblich so schlecht bin. Entweder du sagst mir das jetzt ehrlich oder ich …« Die Panik in mir wich einem Gefühl von Leere. Einem Gefühl, das ich nur allzu gut kannte, das ich *brauchte,* um mich zu befreien.

»Oder was?«, entgegnete ich kühl.

»Nichts, ich …« Er atmete tief durch. »Sag es mir einfach.«

»Weißt du, Ben, manche Dinge müssen eben Geheimnisse bleiben. Und du hast doch auch welche. Oder warum erzählst du nichts über das Bild mit den Leuchtpunkten? Ich weiß, auch da steckt mehr dahinter. Also, warum redest du nie darüber?«, schnaubte ich.

»Weil du gelogen hast und das nicht nur einmal. Weil du mir etwas vorspielst. Weil dich das mit deinem Vater belastet. Aber die Geschichte, von der du mir erzählt hast, die hast du dir nicht ausgedacht, richtig?« Wie er mich ansah. Und wie ich mich dabei fühlte. Mit einem Mal stand ich wieder an der Stelle, an der sich mein Papa von mir verabschiedet hatte, und war genauso hilflos wie damals. Es war zu viel. Ich war es nicht gewohnt, mich zu öffnen. Und Ben, er wollte mehr, immer mehr.

»Ich muss dir gar nichts sagen«, antwortete ich und erschrak selbst darüber, wie kalt meine Stimme klang.

Bens Blick wirkte noch müder. »Es ist schade, weißt du? Denn durch dieses verbissene Handeln, das du an den Tag legst, siehst du gar nicht mehr, was richtig ist und was nicht. Du akzeptierst nur deine eigene Wahrheit. Aber glaub mir, das bringt dich nicht weiter.« Er drehte sich weg und stützte das Gesicht in die Hände. »Ich mag dich wirklich, Lina, verstehst du das denn nicht?« Seine Stimme war ganz leise geworden.

Ich stand auf. »Ich gehe kurz ins Bad«, sagte ich und verließ den Raum. Im Badezimmer stellte ich mich vors Waschbecken und starrte in den Spiegel. War ich zu verbissen? Mochte Ben mich wirklich? Konnte das überhaupt sein? Vielleicht hatte ich mich tatsächlich in ihm getäuscht. Was, wenn er alles wirklich deswegen tat, weil er mich mochte? Wenn mein Herz die ganze Zeit über richtiglag, nicht mein Kopf?

Ich hörte ein Summen, sah mich um und entdeckte Bens Handy, das direkt neben mir auf einer Kommode lag. Das

Display leuchtete auf und eine Nachricht erschien. Beinahe war ich ins Wanken geraten, doch die wenigen Zeilen holten mich zurück.

> Also kann ich später vorbeikommen? Oder schlecht?

»Danke, Anni«, flüsterte ich, »dass du die süße kleine Lüge aufgedeckt hast.« Denn damit wurde nun eins klar: Ben traf sich auch noch mit Anni. Zurzeit war ich vielleicht Spielball Nummer eins, aber schon bald würde ich ersetzt werden.

Ich sah mich ein letztes Mal im Spiegel an, versuchte, den Schmerz in meinen Augen zu ignorieren, nahm meine Klamotten und ging zurück ins Schlafzimmer. »Weißt du, Ben«, sagte ich kalt, »ich habe keine Lust mehr. Ich denke eher, dir passt es nicht, dass ich zu viel hinterfrage und dich durchschaue. Weil ich eben nicht einfach denke, dass du der tolle Prinz bist, der auf dem weißen Pferd dahergeritten kommt. Und das passt dir nicht, das macht es kompliziert, aber ...« Mein Herz schlug müde in der Brust. »Ich durchschaue deine kleinen süßen Lügen sehr wohl.«

Bens Gesichtszüge waren bei meinen Worten immer mehr entglitten. Während er noch in Schockstarre verharrte, begann ich, mich anzuziehen. Ich spürte seinen Blick auf mir.

»Jetzt bleib hier!«, rief er. »Deine Sachen sind nass und ...«

»Mir egal.« Ich lief hinaus in den Flur und wollte gerade aus der Tür stürmen, als Ben mich am Arm zurückhielt. »Geh nicht, ist doch der totale Unsinn.«

»Mach's gut«, antwortete ich, riss mich ruckartig von ihm los und schlug die Wohnungstür hinter mir zu. Schon wieder.

Unten auf der Straße angekommen, blieb ich kurz stehen, um Luft zu holen. Ich schlang die Arme um meinen Brustkorb und kämpfte mit aller Macht gegen das Gefühl an, das eine glühende Spur von meinem Herzen über meine Kehle bis hoch zu meinen Augen zog, aus denen es in einer einsamen Träne hervortrat. Wütend wischte ich sie weg.

Stufe 5

Du bist sauer. Er ist so ein verdammter Idiot! Doch mit der Zeit denkst du immer wieder an das, was er Tolles für dich getan hat, beginnst, an deinem Verstand zu zweifeln. Und er weiß das. Also kommt er und erklärt dir alles, denn er ist ja selbst *so verwirrt* von seinen Gefühlen.
Vorsicht, Bad-Boy-Falle! Ist er nicht. Er weiß genau, was er da tut, und spielt seine Züge gekonnt aus. Wie schön ist es, wenn er auf einmal diese rührselige Geschichte auspackt – am besten an einem besonderen Ort, Seen eignen sich genial dafür, denn da ist es ja so romantisch –, wenn er sich dir ganz öffnet? Dir und keiner anderen.
Und wenn er dich dann mit seinem Hundeblick ansieht und sagt, dass er dich wirklich mag, dir seine dunkelsten Geheimnisse anvertraut ... Ja, dann bist du ihm Hals über Kopf verfallen.
Mein Beileid, Schwester.

KAPITEL 25

immer

»Was ist denn mit dir los?«, wollte Emma wissen und ich zuckte zusammen. Ich war ganz konzentriert auf meinen Blogartikel gewesen, als sie mich mit ihren Worten wieder in die Gegenwart holte.

Nach dem letzten Abend hatte ich viel geschrieben. Immer wieder neu angefangen, ergänzt und gestrichen, bis meine Finger erneut über die Tastatur flogen.

»Nichts, ich …«

Sie setzte sich auf mein Bett und musterte mich. »Wo warst du eigentlich gestern so lange? Du bist ganz schön spät erst zurückgekommen, kann das sein?«

Ich drehte mich auf dem Schreibtischstuhl zu ihr um. »Ich war bei Ben und …«

»Aha, und ihr hattet was miteinander. Sex, wie du es vorhergesagt hast?« Sie zwinkerte mir zu, doch dann stockte sie und sah mich besorgt an. »Lina, was ist passiert?«

»Nein, ja, nein. Ach egal. Nein. Hätte passieren können. Aber Ben ist ein Idiot.«

Sie richtete sich auf. »Was war los?«

Ich zögerte und blickte hinab auf meine Hände, bevor ich sie ansah. »Er hat auf romantisch gemacht, mir einen besonderen Ort gezeigt, dann hat es angefangen zu gewittern, wir waren bei ihm und haben zusammen geduscht, uns geküsst und …« Ich schluckte. »Egal, ich will jetzt ehrlich gesagt nicht darüber reden, okay?« Sie nickte langsam. »Ich erzähle es dir schon noch, versprochen«, fügte ich mit einem gequälten Lächeln hinzu. »Aber gerade … nervt mich alles. Und ich will es erst mal aufschreiben.«

»So schlimm?«, fragte sie sanft.

»Ja, er ist ein echter Herzensbrecher. Und deswegen bin ich froh, dass es so gelaufen ist. Er ist ein Lügner, weißt du, ein sehr gewitzter sogar. Ich habe wirklich das perfekte Testobjekt.« Müde blickte ich sie an. Ich glaubte mir ja selbst nicht.

Emma rieb sich nachdenklich über die Nase. »Tut mir leid, wenn ich das sage, aber ich nehme dir das nicht ab. Ich bin deine beste Freundin, mir kannst du nichts vormachen. Jetzt sag schon, was du wirklich fühlst. Oder ich …« Wenn ich das nur selbst wüsste.

»Was?«

»…setze mir den ganzen Tag diese gruselige Gesichtsmaske auf und starre dich an.«

Ich lachte kurz auf, wurde aber gleich wieder ernst und drehte mich zurück zu meinem Laptop. Ich ließ meinen Blick über die Zeilen wandern, die ich bisher verfasst hatte. Wie unsere Begegnung war, die vermeintliche Überraschung, dass alles genauso lief, wie ich es vermutet hatte. Dass er längst andere im Visier hatte. Rasch tippte ich einen letzten Satz.

Emma stand auf und blickte mir über die Schulter. »*Sweet Little Lies*. Er hat also gelogen, wie erwartet? Jetzt sag schon, ich will die Stirn nicht so sehr runzeln.«

»Du kennst doch bestimmt 'ne Creme gegen Stirnfalten«, antwortete ich gedankenverloren.

»Lenk nicht ab, Lina. Was war los?«

Die Worte auf dem Monitor begannen, vor meinen Augen zu verschwimmen. Energisch presste ich meine Lider zusammen, um die Tränen zu unterdrücken. »Ach, ich weiß doch auch nicht. Es war … es war einfach …« Ich drehte mich zu Emma um.

»Schön?«, fragte sie leise.

»Ja, verdammt. Wir haben viel geredet, es war sehr romantisch. Er hat von seinem Opa erzählt und mir ein Herz gezeigt, das er dort am Weiher in einen Baum geschnitzt hat, also sein Opa. Dann haben wir uns geküsst, und als es zu regnen angefangen hat, sind wir wie gesagt zu ihm und unter die Dusche. Es war so heiß, Emma!« Kurz hatte ich vergessen, was danach passiert war, doch ich fing mich gleich wieder. »Danach wollten wir ins Bett, draußen weitermachen sozusagen. Und da ist mir dann diese Bemerkung rausgerutscht, dass er ja jetzt hatte, was er wollte: mich in seinem Bett. Und dann ging es los. Er wollte wissen, warum ich ihm nicht glaube, meinte dass er wirklich interessiert an mir sei und … und dass er mich wirklich möge.« Gegen Ende hatte ich so schnell gesprochen, dass sich meine Stimme beinahe überschlug.

Emma hob eine Braue. »Das hört sich aber nicht gerade nach einem Herzensbrecher wie bei Nika an, oder?« Natürlich hatte ich ihr nach meinem Besuch bei Kaia alles erzählt. Alex' Vorwürfe, der Abstand und seine bescheuerten Erklärungen.

»Ja, ich weiß«, erwiderte ich beinahe verzweifelt. »Ich habe es ihm auch fast abgenommen. Aber dann bin ich ins Bad. Er hatte sein Handy dort liegen, ich wollte nicht schauen, aber aus Reflex habe ich meinen Kopf nach dem Geräusch gedreht und gesehen, dass er noch mit dem Mädchen aus dem

Club schreibt. Und sich wohl auch mit ihr trifft. Die Nachricht ist einfach aufgeblinkt, verstehst du? Im richtigen Moment, würde ich sagen«, fügte ich leise hinzu und spürte das Brennen in meinen Augen.

Es dauerte, bis Emma antwortete. »Aber warum hast du ihn nicht einfach gefragt, was da ist?«

Ich schlug die Hände vors Gesicht. »Ich wollte nur noch weg. Emma, verstehst du denn nicht, es ist genau, wie ich gesagt habe! Oh verdammt, das ist doch echt total bescheuert.« Ich sackte in mich zusammen und drehte mich zurück zu meinem Schreibtisch. Kurze Zeit später spürte ich Emmas Hand auf meiner Schulter.

»Allerdings. Ich hätte ihn direkt darauf angesprochen. Und jetzt meldet er sich nicht mehr bei dir?«

»Im Gegenteil, der Idiot hat tatsächlich geschrieben, dass wir jederzeit reden können. Dass er alles so meine, wie er es gesagt habe bla, bla, bla. Was stimmt mit dem nicht?«, schnaubte ich.

Emma legte mir nun auch ihre andere Hand auf die Schulter und drehte mich auf dem Schreibtischstuhl zu sich herum. Sie sah mir fest in die Augen. »Himmel, Lina. Magst du ihn denn?«

»Nein, ja … ach, es geht so.«

Sie verdrehte die Augen. »Also ja. Was ist dann das Problem? Dieses Mädchen aus dem Club?«

»Keine Ahnung.« Ich winkte ab. »Auch. Vertrauen. Alles. Und ich habe hier eine Challenge laufen, die beweisen soll, wie diese Kerle ticken, aber dabei komme ich an meine Grenzen, Scheiße. Außerdem nerven mich alle anderen. Nika mit ihrem Alex zum Beispiel. Alle, die dauernd denken, dass die Liebe sie erfüllt und …« Ich wollte noch weiter ausholen, doch mein Handy klingelte und Mamas Name blinkte auf dem Display auf. »Ich muss da mal ran«, sagte ich entschuldigend und griff danach.

Emma nickte. »Jap, mach das. Wir sehen uns später, ja? Und reden. Dringend!«

»Ja, so machen wir es.«

Emma verließ mein Zimmer und ich nahm das Gespräch an. »Hey, Mama, alles okay?«

»Ja, alles okay. Ich dachte nur, es wäre schön, mal wieder was mit meinen Mädels zu unternehmen. Was hältst du davon? Kaia und Nika sind dabei, jetzt fehlst nur noch du. Wir könnten was essen gehen. Im *Luftsprung* vielleicht?« Ich war irritiert, denn immer wenn Mama mit uns zusammen essen gehen wollte, gab es irgendwelche Neuigkeiten zu vermelden. Entweder eine Katastrophe, die sie uns schonend in einem netten Ambiente beibringen wollte, oder etwas, das sie beschäftigte. Ob sich Bernd von ihr getrennt hatte?

»Ähm, ja, klar«, antwortete ich. »Wann soll ich da sein?«

»Schaffst du es in einer Stunde?« Mit einem leisen Seufzer, den Mama sicher nicht hören konnte, blickte ich auf den Artikel auf meinem Monitor. Ich würde jetzt sowieso nicht weiterkommen, außerdem war ich neugierig, was sie uns sagen wollte. Also nickte ich, auch wenn ich wusste, dass sie es nicht sehen konnte. »Okay, ich werde da sein. Bis nachher im *Luftsprung*.«

Nachdem wir das Gespräch beendet hatten, dachte ich noch einmal über Emmas Worte nach. *Was das Problem sei,* hatte sie gefragt. Ja, es gab tausend Probleme. Das größte davon war jedoch, dass ich mir mittlerweile sicher war, dass die ganze Geschichte in einem Desaster enden würde.

KAPITEL 26

Das kleine *Café Luftsprung* in der Nürnberger Innenstadt am unteren Ufer der Pegnitz war ein beliebtes und gut besuchtes Lokal, das vor allem für seine köstlichen Salate bekannt war.

Als ich ankam, waren Mama, Kaia und Nika schon da und hatten es sich draußen auf einer der Bänke vor einem großen Holztisch gemütlich gemacht.

»Ich habe uns den Aperitif des Tages bestellt«, begrüßte mich Mama, als ich mich zu ihnen setzte.

Nika tippte auf ihrem Handy herum, bevor sie zu mir aufsah. Ihr Gesicht war von einer leichten Röte überzogen. Ich war mir sicher, dass sie gerade mit Alex getextet hatte. Oder vielmehr *gesextet*.

»Läuft also noch mit Mister Grey«, stellte ich amüsiert fest und sofort waren alle Augen auf mich gerichtet.

»Mister Grey?«, wollte Kaia wissen und Mama zog fragend eine Augenbraue nach oben.

»Vielen Dank auch. Dir erzähle ich nichts mehr«, blaffte Nika mich an, aber ihre Augen verrieten, dass es nur Spaß war. Sie wusste, wenn es wirklich etwas gab, das ich niemandem sagen sollte, konnte sie auf mich zählen.

»Also, warum Mister Grey?«, hakte Mama neugierig nach.

»Na ja, weil …«, stammelte Nika.

Kaia verdrehte die Augen. »Das will ich gar nicht so genau wissen.«

Ein junger Kellner stellte die Getränke vor uns ab. Sie sahen interessant aus … und vor allem ziemlich grün.

»Was ist das denn?«, fragte ich ihn skeptisch.

Er lächelte. »Blattspinat, Kohl mit ein wenig Pfeffer und Koriander. Das Beste, um gesund und fit zu bleiben.« Na toll, unter *Aperitif des Tages* hatte ich mir ehrlich gesagt etwas anderes vorgestellt.

»Jetzt schaut nicht so«, sagte Mama, nachdem sich der Kellner mit einer kleinen Verbeugung verabschiedet hatte. »Schmeckt super, ich habe mit Bernd schon mal zu Hause so was Ähnliches gemacht. Ihr glaubt nicht, wie viel Energie ihr dann für den Tag habt.« Sie hob ihr Glas und prostete uns zu.

»Na gut, gegen Energie habe ich prinzipiell erst mal nichts einzuwenden«, entgegnete ich und hob mein Glas nun ebenfalls in die Höhe. Es schmeckte, wie es aussah.

Dankbar stellte ich fest, dass auch Kaia das Gesicht nach dem ersten Schluck verzog. »Ich finde, man muss sich erst dran gewöhnen«, meinte sie versöhnlich.

Mama winkte ab. Manchmal fragte ich mich im Stillen, ob ich anders wäre, wenn Papa nicht gegangen wäre. Mehr wie Mama, offen für alles und immer nur das Beste in jedem sehend. Wie Nika. Oder ob ich genauso skeptisch geworden wäre, wie ich es jetzt war.

»Also«, begann sie aufgeregt und sah uns reihum an. »Es gibt wirklich tolle Neuigkeiten und ihr sollt die Ersten sein, die davon erfahren. Weil ihr meine Mädchen seid und ich euch liebe und so stolz auf euch bin und ich gar nicht weiß, was ich ohne euch tun würde. Und …« Okay, hier war wirklich irgendwas los. Mein Blick wanderte zu Nika und Kaia, die ähnlich wie ich zu denken schienen. Entweder Mama hatte sich von Bernd getrennt, einen Neuen gefunden oder …

»Bernd und ich, wir werden heiraten!«, verkündete sie freudestrahlend.

Ich zuckte zusammen. *Wie bitte?* »Was?« Zu meinem Unglück war ich die Erste, die ein Wort über die Lippen brachte.

»Ja, wir haben uns verlobt. Bernd hat mich gefragt, als ich gerade dabei war, Kaffee zu kochen, und ich … ich habe Ja gesagt!« Noch immer saß ich mit weit geöffnetem Mund da. Bilder blitzten in meinem Kopf auf. Hinter mir: Mama, mit Tränen in den Augen, Nika auf dem Arm und Kaia an ihrem Bein. Vor mir: Papa, mit einem Lächeln im Gesicht, der Gitarre über den Schultern und einem Heft in der Hand. Darauf: ein Vogel, der seine Flügel weit ausbreitete.

»Das ist ja …«, stotterte Kaia. »Toll, Mama, ich gratuliere dir!«

Nika klatschte in die Hände. »Das ist so romantisch, ihr passt einfach so gut zusammen!«

»Aber ihr plant das alles erst noch, oder?«, wollte Kaia wissen. »Denn ich würde mich da gern einbringen. Ich hätte auch schon einige Ideen …«

»Klar, unbedingt. Ich will doch, dass meine Mädchen eine ganz wichtige Rolle spielen. Ich dachte an eine freie Trauung und Blumenkleider und Sonne und …« Während Mama nun so richtig ins Schwärmen geriet, spürte ich einen immer größer werdenden Druck in meinem Bauch. Es fühlte sich an, als würde ich gleich explodieren. Ich musste mich zurückhalten. *Sag nichts,* mahnte meine innere Stimme, *tu es nicht …*

»Bist du eigentlich verrückt geworden?«, platzte es aus mir

heraus. Die Beherrschung, die ich zu wahren versucht hatte, war dahin. Alle Blicke waren nun auf mich gerichtet, nicht nur die von Mama, Kaia und Nika, sondern auch die der Gäste an den Nachbartischen.

»Ich meine, wie lange kennst du diesen Mann jetzt?«, versuchte ich, mich zu erklären. »Fünf Monate? Okay, ein oder zwei Monate länger als sonst, aber ist das ein Grund, gleich zu heiraten?«

Mama kniff die Augen zusammen. »Seit über einem Jahr bereits. Aber ich verstehe nicht, was das zur Sache tut. Ich weiß nicht, was du hast, Lina. Bernd ist ein toller Mann, ich konnte noch nie im Leben so mit einem Menschen reden wie mit ihm. Wir vertrauen uns und außerdem wohnt er ja sowieso schon bei uns. Und wir haben tollen Sex. Also, wo ist das Problem? Und wie kommst du überhaupt auf fünf Monate?«

»Wo das Problem ist?« Den Rest ignorierte ich geflissentlich. »Wo das Problem ist?«, wiederholte ich nun zunehmend verzweifelter. »Zum einen, dass, wenn es nicht klappt, es ein Heidenaufwand wird mit einer erneuten Scheidung und allem Drum und Dran. Und zum anderen, ja, warum? Ich meine, kannst du nicht einfach noch abwarten, wie es sich weiterentwickelt, und …«

Mama unterbrach mich. »Ich liebe Bernd sehr und bin mittlerweile siebenundvierzig. Worauf soll ich noch warten? Ich will die Zeit genießen, die Liebe mit ihm, und deswegen wäre es schön …« Sie beugte sich zu mir vor und wollte nach meiner Hand greifen, doch ich zog sie weg. »… wenn sich meine älteste Tochter einfach mal für mich freuen und jetzt nicht hier durchdrehen würde.« *Wenn ich mich mal für sie freuen würde.* Ich hatte mich immer und immer wieder für sie gefreut. Erneut blitzten Bilder in meinem Kopf auf. Erinnerungsfetzen. Wie oft hatte ich ihre Tränen getrocknet, die Kaia und Nika gar nicht mitbekommen hatten. Wie fertig war sie gewesen, wie traurig. Wie niedergeschlagen, als Papa sie verlassen hatte. Als er mit der Gitarre über der Schulter einfach weggegangen war, um zu touren. Er hatte zwar stets versucht, den Kontakt so gut wie möglich zu halten, selbst nachdem er nach Amerika gezogen war, aber der Schmerz und die Enttäuschung waren nicht weniger geworden deswegen. Denn *alles* hatte sich damit verändert. Einfach alles.

»Was ist mit all den Kerlen, mit dem, was du erlebt hast?« Ich spürte, wie mein Herz unter dem Brustkorb schmerzte. Das Blut in meinem Körper fühlte sich heiß an. Ich wollte nicht, dass sie noch einmal so verletzt wurde wie damals.

»Jetzt freu dich doch mal für Mama«, mischte sich nun Nika ein. Von der anderen Seite funkelte Kaia mich an, als ob sie mich gleich in Stücke reißen wollte.

Immer mehr Verzweiflung staute sich in mir an und ich bemerkte, wie sich Wut dazumischte. »Klar, dass du Mama verstehst«, meinte ich an Nika gewandt. »Du stürzt dich ja genauso Hals über Kopf in …«

»Das ist nicht fair.« Mamas Lippen begannen zu zittern.

»Mama, ich …« Bei ihrem Anblick schmerzte mein Herz noch mehr. »Ich habe nicht gesagt, dass ich dir das nicht gönne. Aber ihr kennt euch doch noch gar nicht richtig …«

»Wenn man jemanden wirklich mag, dann spürt man das. Dann ist es anders.« Sie kramte in ihrer Handtasche. »Das musst du erst noch lernen.«

Ich stützte meinen Kopf in die Hände. »Du hast schon oft gedacht, es wäre anders«, entgegnete ich verzweifelt.

»Das ist nicht wahr. Ich habe es immer gehofft, mich darauf eingelassen. Das solltest du vielleicht auch mal tun. Was willst du denn mit der Challenge beweisen? Dass Menschen schlecht sind, die vielleicht gut sind? Dass es keine guten Menschen gibt?«

»So ist das nicht«, wehrte ich mich. »Es sollte Spaß bringen und Aufschluss geben und warnen ...«

»Spaß? Auf wessen Kosten? Und von wegen warnen. Wenn man jemanden mag, hilft auch kein Artikel oder Blogbeitrag, in dem jemand über irgendwelche Stufen sinniert. Du hast recht, es ist schon lustig, was ich bisher von dir gelesen habe, aber gleichzeitig so bissig und ... ja, irgendwo auch verbittert. Wirklich, Lina, er hat mit dir im Kino Händchen gehalten und du veräppelst ihn? Du siehst bloß das Schlechte, irgendwas, das *angeblich* dahintersteckt.«

»Das tue ich nicht! Ich decke nur auf, dass es eine Masche ist.«

»Können wir bitte aufhören zu streiten?«, schaltete sich jetzt Kaia ein. »Ich dachte, dieses Treffen sollte ein schöner Anlass sein – und jetzt zoffen wir uns? Ich finde das unfair und auch überhaupt nicht schön.«

Das alles wurde mir zu viel. Die Sache mit Ben, dass Mama wieder heiraten würde, dass niemand die Probleme dabei sah. »Okay, wisst ihr was?« Ich atmete einmal tief durch. »Ich will euch nicht von eurer Feierlaune abhalten, deswegen ...« Ich suchte in meiner Jackentasche nach Geld und legte schließlich zehn Euro vor mir auf den Tisch. »Viel Spaß noch, ich muss eh weg, was für die Uni vorbereiten und ... weiter an meinem *verrückten Artikel* schreiben.« Ich schluckte.

»Lina, du gehst jetzt nicht wirklich, oder?« Mama sah mich entgeistert an. Ich wusste, dass sich der Schmerz in ihren Augen in diesem Moment in meinen spiegelte.

»Doch, Mama, ich muss«, presste ich hervor und versuchte mit aller Macht, die Tränen zurückzuhalten. »Also feiert noch schön und bis … irgendwann.« Mit diesen Worten stand ich auf und ging.

Ich wollte nicht streiten. Das wollte ich nie. Ich mochte es nicht, es belastete mich. Aber hin und wieder war es für mich die einzige Möglichkeit, Dinge zu verarbeiten. Auf irgendeine verrückte Weise schützte mich die Wut, von der ich manchmal nicht einmal genau wusste, gegen wen sie sich überhaupt richtete. In diesem Fall gegen alles und jeden. Gerade war mir einfach alles zu viel. Auch wenn ich sonst versuchte, das meiste mit Humor zu nehmen, war mir in diesem Augenblick nicht zum Lachen zumute. Mama heiratete wieder und ich sollte mich darüber freuen. Doch es war vollkommen überstürzt. Und Nika – ich war immer noch fest davon überzeugt, dass Alex nicht gut für sie war. Aber niemand wollte es sehen.

Nachdem ich mich zu Hause mitsamt meinen Klamotten aufs Bett geworfen hatte, konnte ich meine Gedanken kaum beruhigen. Sie kreisten unaufhörlich, vor allem darum, dass ich gerade wirklich Ablenkung gebrauchen konnte. Die ganze Situation überforderte mich total. Ich hatte es nie gemocht, mich mit meinen Gefühlen auseinanderzusetzen. Und jetzt noch weniger. Mama würde heiraten, was bedeutete, dass ich mich in naher Zukunft auf das nächste Drama einstellen konnte. Ob es eine Trennung war, die im Rosenkrieg endete, oder die Tatsache, dass die Hochzeit vielleicht gar nicht stattfinden würde, weil vorher irgendwas passierte, ja, irgendwas war immer. Und gerade deshalb fuhr ich so gut mit der Theorie, dass die Dinge sich genauso beschissen entwickelten, wie ich sie voraussagte. Deswegen war ich kein Pessimist, sondern ein Realist. Außerdem konnte ich auf diese Weise mein Herz sehr gut schützen. Was war daran bloß so schwer zu verstehen?

Ich blickte an die Decke, als eine Nachricht von Ben eintraf. Ich öffnete sie und überflog die wenigen Zeilen:

> Ich würde wirklich gern mal mit dir reden, Lina. Wie geht es dir?

> Triff dich mit Anni und lass mich in Ruhe.

Ich pfefferte das Handy neben mich aufs Bett. »Bescheuert, alle sind so was von bescheuert«, fluchte ich vor mich hin und ließ dabei meine Fäuste auf die Bettdecke schnellen.

In diesem Augenblick steckte Emma den Kopf zur Tür herein. »Du bist ja schon wieder da.«

Ich erschrak und fuhr hoch. »Ja, sagen wir mal so, es ging etwas schneller als gedacht.«

»Alles okay?«, fragte sie vorsichtig.

Ich nickte. Doch dann schüttelte ich den Kopf. »Nein, eigentlich nicht. Mama wird Bernd heiraten, Nika schwebt auf Wolke sieben mit diesem dämlichen Alex und Ben schreibt, dass er mit mir reden wolle, fragt, wie es mir gehe. Ich mag das nicht, ehrlich gesagt, kotzt mich das gerade einfach alles nur an.«

Emma setzte sich zu mir aufs Bett. »Aber warum? Das ist doch überhaupt nicht schlimm. Was ist los mit dir, Lina?«

»Warum?« Erstaunt sah ich sie an. »Mama kennt Bernd jetzt echt noch nicht so lange.«

»Na ja, über ein Jahr inzwischen.« Woher wusste sie das?

»Was heißt das denn schon? Wieso muss man nach einem Jahr gleich heiraten? Oder überhaupt heiraten?« Ich setzte mich auf. »Und was machen meine Schwestern? Sie reden Mama gut zu und freuen sich mit ihr. Das ist absolut keine gute Idee ...« Ich schüttelte den Kopf.

»Ich weiß nicht ... warum siehst du nur immer alles so schwarz?«, fragte Emma. »Auch das mit Ben. Ich merke doch, wie sehr es an dir nagt. Also, wieso redest du nicht mit ihm? Sag ihm, was Sache ist. Aber lass diese Schwarzmalerei, du bist ja schlimmer als der dunkelste Lidschatten.«

Kurz ließ ich ihre Worte sacken, dann sagte ich leise: »Weil immer alles schwarz war. Weil Liebe viel mehr Schwarz als Rot ist.«

Emma sah mich einen Moment lang durchdringend an, bevor sie fragte: »Inwiefern?«

Ich fummelte an meinen Händen herum, dann seufzte ich. »Mama hatte nach Papa so viele Kerle und immer ging es schief. Und jetzt plötzlich soll er der Eine sein? Bernd? Genau das ist doch der Grund, warum ich diese Challenge mache. Weil man, wenn die Dinge von vornherein offensichtlich sind, sein Herz nicht verlieren muss. Es nicht verlieren sollte. Weil es keinen Sinn macht, es zu öffnen, wenn es sowieso schiefgeht.« Ich atmete tief durch. »Genauso wie Ben offensichtlich ein Aufreißer ist, ein Bad Boy, der es nur versteht, sich geschickt zu tarnen.«

»Aber was ist denn bei Ben offensichtlich? Bisher hat er dich nicht merkwürdig behandelt. Und ihr mögt euch doch. Oder?«

Wieder schüttelte ich den Kopf. »Ich sag dir jetzt mal was.« Emma drückte meine Hand. »Etwas Wichtiges.«

»Okay …« Ich sah von meinen Händen auf.

»Du sagst, man solle sein Herz nicht verlieren, wenn es offensichtlich sei, dass etwas nicht funktioniere. Heißt das also, man steckt keine Energie oder Herzblut in etwas, weil es sowieso scheitern wird?«

Ich verzog das Gesicht. »Habe ich das echt so negativ gesagt?«

»Irgendwie schon. Das wäre ja, wie wenn du etwas kochst und nicht isst, weil es eh nicht schmeckt, weil du dir die Zunge verbrennst oder sonst irgendwas. Oder wie wenn du den Lidschatten nicht kaufst, der dir im Laden gefällt, weil er irgendwann ohnehin leer ist. Was ist das denn für eine Einstellung?«

»Hmm«, überlegte ich. »Aber Ben ist ein Aufreißer, ganz eindeutig.«

»Ja, in deinen Augen. Weil du es so haben willst. Und jetzt wirst du gerade enttäuscht, weil es vielleicht doch nicht so ist. Deswegen spielst du auch solche Spielchen, anstatt ihn direkt auf Anni anzusprechen. Wenn er sich wirklich als Aufreißer entpuppt, okay, lass ihn sausen. Aber dass du dir dermaßen den Kopf zerbrichst über etwas, das überhaupt nicht feststeht, ist doch bescheuert. Es ist ein Experiment, Lina, mach etwas für dich daraus.«

KAPITEL 27

Einfach weg. Tanzen, feiern, loslassen. Die Musik fühlen.

Nachdem ich einen Tag lang mehr oder weniger im Bett herumgelegen und mich selbst bemitleidet hatte, während Emma wie ein aufgescheuchtes Huhn durch die Wohnung gerannt war, weil sie sich endlich mit Tim verabredet hatte, stellte sie mich vor die Wahl: Entweder wir würden zusammen ausgehen oder sie würde mich, um irgend so ein neues Cellulite-Mittel zu testen, in Frischhaltefolie einwickeln und den ganzen Abend schwitzen lassen.

So hatte ich mich fürs Weggehen entschieden, mir ein enges schwarzes Kleid angezogen mit offenen Seiten und dazu hohe Schuhe. Um mich unglaublich zu fühlen. Für mich. Es funktionierte nur nicht so ganz.

Kati war spontan dazugestoßen. Es tat unheimlich gut, endlich mal wieder zusammen unterwegs zu sein. Nur wir drei. Keine Typen, keine Hochzeitsplanungen, nur laute Musik und meine Freundinnen. Was auch immer draußen passierte, hier im Club herrschte eine andere Welt. Eine, in der man vergessen, abschalten und sich treiben lassen konnte. Die Musik ließ mich alles ausblenden und scheuchte so auch jeden Gedanken aus meinem Kopf, mit dem ich am Tag zuvor zu kämpfen gehabt hatte. Zumindest fast jeden.

Nachdem wir eine Weile zu dritt getanzt hatten, winkte Emma Kati und mich zu sich und deutete in Richtung Bar.

»Wollen wir Nachschub holen?«, rief sie gegen die Musik an.

Wir stellten uns an die Bar und erhielten schon kurz darauf die bestellten *Skinny Bitches*, die an diesem Tag im Angebot waren. Wir hoben die Gläser und tranken, als neben uns ein Kerl auftauchte.

»Na, ihr habt Spaß, wie es aussieht«, stellte er fest.

Emma lächelte ihm zu. »Sieht so aus.«

»Du bist Lina, oder?« Er musterte mich und ich hob eine Augenbraue.

»Wer will das wissen?«

»Ich.« Er grinste. »Ich bin Carlo, Bens Kumpel. Er ist übrigens auch da.« Carlo deutete mit dem Kopf in Richtung des anderen Tresens. Tatsächlich, da stand Ben. Als er uns entdeckt hatte, kam er direkt auf uns zu. Mein Herz begann sofort, wie wild zu schlagen, und meine Handflächen wurden schwitzig. Hektisch wischte ich sie an meinem Kleid ab.

Nachdem Ben vor mir zum Stehen gekommen war, strich er sich durch die Haare. »Wieder unterwegs?«, fragte er mich, während Carlo bereits Kati und Emma in ein Gespräch verwickelt hatte.

Ich erwiderte seinen Blick und spürte sofort diese Wärme in meinem Bauch, die ich seit unserem Streit nicht mehr gespürt hatte. Die Bilder unseres letzten Treffens breiteten sich in meinem Kopf aus – und plötzlich vertrieb Wut die Wärme in meinem Bauch. Weil ich niemand sein wollte, der so fühlte. *Weil ich überhaupt nichts fühlen wollte.*

»Tanzen wir?«, wollte Ben wissen.

Ich näherte mich ihm ein paar Schritte und blieb dicht vor ihm stehen. Ich schluckte. »Ja, wir tanzen, also Emma, Kati und ich. Was du machst – keine Ahnung. Vielleicht mit Anni tanzen?«

Ohne eine Antwort abzuwarten, griff ich nach Katis Hand und zog sie von Carlo weg. Keine Kerle. Ich hatte absolut keine Lust auf irgendwelche Kerle.

Emma folgte uns prompt. »Was war denn das?«, wollte sie wissen, als wir wieder auf der Tanzfläche standen.

»Nichts, ich wollte einfach nur mit euch tanzen«, antwortete ich und begann, mich zu dem Song zu bewegen, der in diesem Moment angespielt wurde. Ein Song, den ich genau jetzt brauchte, weil der Beat mir direkt in die Beine ging und der Bass durch meinen gesamten Körper vibrierte. Ich ließ mich von der Musik treiben, die im Takt meines Herzens trommelte und mich alles andere vergessen ließ. Ich wollte feiern, abschalten und nicht mehr länger an das denken, was gerade in meinem Kopf umherschwirrte.

»Ich glaube, du brauchst nicht noch einen Schnaps«, sagte Emma, als wir ein paar Lieder später mal wieder an der Bar standen.

»Also echt«, entgegnete ich ein wenig entrüstet, »mir geht's gut.«

Merkte sie nicht, dass ich keine Lust auf Gedanken hatte? Keine Lust auf Ben, die Challenge, Nika oder meine Mama mit ihren für mich unverständlichen Plänen?

»Einen noch, okay?« Als sie nicht antwortete, stupste ich sie an. »Komm schon, was ist los?«

Sie verzog das Gesicht. »Nichts. Ich … keine Ahnung. Du solltest mal langsam machen.«

»Du bist schlimmer als Kaia, echt. Lass uns tanzen.« Ich kippte den Schnaps hinunter und eilte zurück zur Tanzfläche, als ich Ben entdeckte. Er stand neben Carlo, der sich mit jemand anderem unterhielt, und sah direkt in meine Richtung. Ich blieb wie angewurzelt stehen. Sein Anblick reichte aus, um mich völlig aus dem Konzept zu bringen. Er war also immer noch da?

Genau in diesem Moment wurde das Lied von Juju und Loredana angespielt und ich wandte mich ab. Sie sangen mir direkt aus dem Herzen. In dem Song ging es nämlich darum, dass ein Kerl offensichtlich Spiele spielte und sie ihm nicht glaubten. Weil er log. Ich glaubte Ben auch nicht. *Kein Wort.* Ich glaubte ihm nichts von all dem, was er getan oder gesagt hatte. Mein Herz zog sich zusammen bei dem Gedanken daran. In dem Lied wurde danach gefragt, wie man jemanden so hassen konnte. Ohne dass ich es wollte, glitt mein Blick zurück zu Ben. Doch dann merkte ich, wie mir die Tränen kamen. Verdammt, was sollte das denn jetzt? Ich blinzelte sie weg und schluckte ein paarmal heftig.

»Ich geh kurz aufs Klo«, rief ich Emma und Kati zu, wandte mich rasch ab und schob mich durch die Menge. Ich spürte, wie mir schlecht wurde. Ich suchte Stille, wollte in Ruhe nachdenken, und sah mich nach einem Ort um, wo ich sie finden konnte, nach irgendetwas, das mir Halt gab. Ich wollte nicht so verdammt emotional sein.

Kurz lehnte ich mich an eine Wand, um wieder zu mir zu kommen, als mit einem Mal Ben vor mir stand. »Keine Ahnung, was das wegen Anni soll«, sagte er mit undurchdringlichem Blick. »Aber ist das nicht etwas kindisch?«

Wütend schnaubte ich: »Ich habe es auf deinem Handy gesehen. Du schreibst und triffst dich mit ihr.«

»Und das stört dich?«

Ich antwortete mit einer Gegenfrage. »Du streitest es nicht mal ab?« Ich wollte es nicht wahrhaben, aber ich wusste, dass mein Herz nicht plötzlich so schnell schlug, weil ich mich erschreckt hatte.

Ben fuhr sich durch die Haare wie an dem Abend bei Celine. »Weißt du, ich kenne sie schon länger. Und ich hab ihr sogar von dir erzählt. Warum muss hinter allem immer etwas Dramatisches stecken?« Ich blickte zur Seite, wollte nicht, dass sich die Verzweiflung in seinen Augen in meinen spiegelte. »Das tut es nämlich nicht. Anni ist die Freundin von einem alten Freund. An dem Abend, an dem wir uns kennengelernt haben, habe ich sie seit Ewigkeiten mal wiedergesehen und wir haben gequatscht. Ich weiß nicht, was du gelesen hast, aber sie war bei mir, um ein Geschenk für ihn abzuholen. Sie wollte es nicht zu ihrer gemeinsamen Wohnung bestellen, es sollte eine Überraschung sein. Mehr nicht.«

Mein Herz raste in meinem Brustkorb, die Gedanken jagten durch meinen Kopf. »Dann … habe ich dir also gar nicht die Tour versaut?« Wie in einem Film sah ich alles, was seit unserer ersten Begegnung zwischen uns passiert war, vor meinem inneren Auge ablaufen.

»Nein, hast du nicht, aber egal. Ich fand es lustig.« Ich beobachtete, wie Bens Mundwinkel leicht zu zucken begannen, bevor er wieder ganz ernst wurde. »Lina, jetzt sag mir endlich, wovor du davonläufst und was dich wirklich stresst. Ob ich es bin oder ob dich etwas anderes aufreibt. Auf jeden Fall höre ich dir zu, wenn du willst.« Vorsichtig legte er die Arme um meine Taille, zog mich an sich. Das durfte er nicht. Oder doch? Ich fühlte ein Kribbeln, das sich von meinem Bauch in den gesamten Körper ausbreitete. Was war das? Hatte ich ihn etwa vermisst?

»Ich laufe vor nichts davon«, antwortete ich schließlich leise, während ich meine rechte Hand zu Bens Hals wandern ließ, um ihn noch näher an mich heranzuziehen. Mein Körper wollte ihn und mein Kopf wollte verdammt noch mal etwas beweisen. Meinen Schwestern, meinen Freundinnen, aber allen voran mir selbst. Mir wurde schlecht. »Okay«, flüsterte ich.

»Okay was?«, fragte er sanft.

»Zu dir oder zu mir?«

»Was?« Ben löste sich von mir und starrte mich entsetzt an. Mein Kopf hatte gewonnen, wie immer.

»Ach, komm schon, Ben, verkürzen wir das alles. Du willst Sex mit mir und ich mit dir. Also lass das Rührselige, ich habe keine Lust auf dieses Spiel.«

Mit einem Mal verdunkelte sich sein Blick. »Sorry, nein. So nicht.«

»Warum?«, presste ich hervor.

»Weil … Ach, vergiss es.« Er hob die Hand und wandte sich ab.

Ich folgte ihm und hielt ihn am Arm zurück. »Warum haust du denn jetzt ab?« Wieder waren wir uns unglaublich nah. Ben zitterte am ganzen Körper.

»Ich bin doch nicht dein Sexobjekt. Ich mach ganz sicher nicht, was du willst, wenn du es willst. Das würde ich von dir auch nicht wollen.«

»Was?« Ich sah ihn schockiert an. »Aber genau darum ging es uns doch die ganze Zeit, oder?«

Ein wütender Laut entfuhr ihm. »Dir vielleicht, mir nicht. Und das habe ich dir von Anfang an gesagt.« Ben kniff die Augen zusammen. »Weißt du, ich sehe das zwischen uns anders. Oder habe es anders gesehen. Ich wollte dich wirklich näher kennenlernen und dachte, das hätte ich dir klar signalisiert. Aber wenn das bei dir nicht so ist, ist es auch okay, dann lass ich dich in Ruhe.« Seine Worte trafen mich genau dort, wo es am meisten wehtat.

»Aber warum?« Die beiden Worte waren nicht mehr als ein Hauchen.

»Warum? Immer dieses Warum. Ich habe es dir schon so oft gesagt. Weil ich gern in deiner Nähe bin.« Er legte seine Hände wieder auf meine Taille. »Merkst du nicht, dass ich dich mag? Keine Ahnung, wieso, aber … aber ich merke immer mehr, dass du nicht willst oder das alles anders siehst. Dann hat es keinen Sinn, das habe ich jetzt endlich auch begriffen.« Resigniert ließ er die Hände sinken.

Starr stand ich vor ihm und wusste nicht, was ich sagen sollte. In meinem Kopf drehte sich alles. »Ben, ich weiß nicht, was du erwartest … Ich glaube eben nicht an die Liebe oder das Verliebtsein. Ich will mein Herz nicht verlieren, wenn ich doch weiß, dass das Ganze nicht funktioniert und es irgendwann sicherlich brechen wird.«

»Und du glaubst, dass ich dir das Herz brechen werde?« Er schüttelte den Kopf. »Ist das nicht immer das Risiko im Leben?«

Zögerlich antwortete ich: »Schon, aber deshalb mache ich die Regeln. Denn dann passiert so was erst gar nicht.«

»Das ist es, was du willst?« Seine Stimme bebte.

Panik stieg in mir auf. Ich wusste nicht, was ich tun sollte, wandte mich suchend nach Emma und Kati um. Irgendwo mussten sie doch sein. Aber sie schienen wie vom Erdboden verschluckt. Ich drehte mich zurück zu Ben, doch er war nicht mehr da. Ich konnte keinen klaren Gedanken fassen, da waren nur Wut, Verzweiflung, Schmerz. Alles, was ich wusste, war, dass ich etwas zu beweisen hatte. Mit einer unbändigen Kraft machte sich diese Erkenntnis plötzlich in mir breit, kristallisierte sich heraus und rückte dabei alles andere in den Hintergrund.

Wie ferngesteuert lief ich zur Tanzfläche. Wenn Ben nicht wollte, würde sich schon ein anderer finden, mit dem ich die Challenge durchziehen konnte. Es hatte sich nichts geändert.

Und da entdeckte ich ihn, *den anderen*, lässig am Tresen lehnend, mit einem Glas in der Hand und suchendem Blick. Er war eindeutig auf *Beutefang*. Zielstrebig ging ich auf ihn zu. »Hey.«

Er drehte sich zu mir um und sah mich fragend an. »Hey?« Er war durchtrainiert, hatte einen arroganten Blick – genau das, was ich gesucht hatte.

»Lust, zusammen … na ja, nach Hause zu gehen?«, traute ich mich, geradeheraus zu fragen.

Der Kerl zog eine Augenbraue nach oben. »Wie direkt. Gefällt mir, so kann ich mir die Spielchen sparen.«

»Wunderbar.«

»Lass uns noch einen trinken und dann los?« Er hob die Hand und bestellte zwei Shots.

Als sie vor uns standen, griff ich nach meinem Glas. »Okay, auf ex.«

Er zwinkerte mir zu. »Oder nie mehr Sex.«

Ich lachte bitter. »So ist es.« Schon kippte ich den Shot hinunter und spürte, wie sich die Hitze des Alkohols mit der Hitze in meinem Bauch vermischte.

»Also, dann wollen wir mal?«, fragte er.

Ich stellte das Glas auf dem Tresen ab. »Jap. Wie heißt du eigentlich?«

»Jaden.«

»Jaden, klingt gut.« *Klang nicht wie Ben.*

»Das wird auch gut«, meinte er mit einem schelmischen Grinsen.

Zusammen gingen wir in Richtung Ausgang. Während

wir an der Garderobe auf unsere Jacken warteten, kam er auf einmal dicht zu mir heran.

»Weißt du, dass ich das ziemlich heiß finde? Ein Mädel wie du, das weiß, was es will, und zwar sofort«, hauchte er mir ins Ohr und ich spürte seine Finger an meiner Taille.

»Ich weiß immer, was ich will«, flüsterte ich zurück, doch mir gefiel das Gefühl seiner Finger an meinem Körper nicht und ich merkte einen leichten Schwindel.

»Das ist echt verdammt heiß. Ich kann es kaum erwarten, dich gleich so richtig ranzunehmen.«

Und da sah ich Bens Gesicht vor mir. Ben sagte immer das Richtige. Dieser Kerl hier, der war widerlich. Er glaubte, er könnte sich einfach nehmen, was er wollte, doch so lief es nicht. Wut stieg in mir auf.

Als Jaden also fragte: »Taxi?«, antwortete ich: »Ich hab doch keinen Bock«, und blickte ihm dabei fest in die Augen.

»Echt jetzt? Erst machst du mich heiß und jetzt zickst du rum, oder was?«, blaffte er mich genervt an.

Ich verschränkte die Arme vor der Brust. »Wieso zicken? Ich habe bloß gesagt, dass ich nicht mehr will.«

»Vielleicht muss ich ja nur etwas Überzeugungsarbeit leisten?« Ohne Vorwarnung presste er mich an sich und wollte seine Lippen auf meine legen, doch ich drückte ihn weg.

»So erst recht nicht«, fuhr ich ihn wütend an. Jaden tippte sich mit dem Zeigefinger gegen die Stirn und schüttelte den Kopf. Dann drehte er sich um und ließ mich stehen.

Erleichtert stieß ich die Luft aus, doch gleichzeitig fühlte ich mich schrecklich. Mir war schwindelig und schlecht, alles war zu viel. Ich dachte an Ben, sah mich um, entdeckte ihn aber nirgends. Also zog ich mein Handy aus der Tasche, um ihm zu schreiben, verlor jedoch den Halt.

Gerade als ich das Gefühl hatte zu fallen, war er auf einmal da. Seine Hand in meiner. Er zog mich an sich. »Komm, jetzt geht's heim«, hörte ich ihn sagen. Die Worte kitzelten in meinem Ohr.

»Es tut mir leid«, flüsterte ich.

»Alles gut, ich fahre dich. Die Mädels wissen Bescheid.«

»Was?«

»Ich habe ihnen gesagt, dass ich dich heimbringe. Okay?« Seine Stimme klang ganz sanft.

»Okay.« Noch immer hielt er meine Hand.

Nachdem Ben seine Jacke geholt hatte, verließen wir gemeinsam den Club. Zum Glück hatte er das Auto gleich vor der Tür geparkt. Als ich es entdeckte und seine Hand so zart in meiner spürte, fühlte ich mit einem Mal Tränen in mir aufsteigen.

»Du lässt mich nicht fallen?«, flüsterte ich.

Ben senkte den Kopf und sah hinunter zu unseren miteinander verwobenen Händen. Ich folgte seinem Blick. »Ich hab dir doch gesagt, dass man nicht so leicht fällt, wenn man mit jemandem Hand in Hand geht.« Und das war der Moment, in dem die Tränen aus mir herausbrachen. Tränen, die ich seit Jahren zurückgehalten hatte.

»Hey.« Für einen kurzen Augenblick ließ er meine Hand los, nur um mich gleich darauf fest an sich zu drücken. Er hielt mich und ich weinte. Eine ganze Weile lehnte ich an seiner Brust und weinte. Irgendwann küsste Ben mich auf die Stirn. »Komm, wir fahren jetzt, ja?«

»Also dann, du bist zu Hause«, sagte Ben zögerlich, als wir vor meiner Wohnungstür angekommen waren.

»Danke«, flüsterte ich noch immer.

Er lächelte. »Gern geschehen.«

»Ben?«

»Ja?«

Mit den Fingerspitzen berührte ich sanft seine Hand. *Wie tausend kleine elektrische Schläge.* »Ich möchte nicht, dass du gehst. Bleibst du bei mir?« Ich sah zu ihm auf.

Ich konnte sehen, wie er schluckte. »Wenn du das willst?«

Ich nickte. »Ja, bitte.« Ben nickte auch.

Ich schloss die Tür auf, und während ich mir die Schuhe auszog, kamen mir schon wieder die Tränen. Verdammt, das konnte doch alles nicht wahr sein.

»Ich hasse es zu heulen. Was soll das?«, fragte ich mehr an mich gewandt als an Ben.

Lächelnd wischte er mir eine Träne von der Wange. »Nicht schlimm. Wir heulen alle ab und an mal.«

»Du auch?«, wollte ich ungläubig wissen.

»Soll schon vorgekommen sein.« Ein leiser Schluchzer entfuhr mir. Ben legte die Arme um mich und zog mich an sich. »Komm, wir bringen dich ins Bett, ja? Wenn du willst, kannst du noch weiter weinen, ich bin da. Und ich bleibe.«

»Es tut mir leid«, schniefte ich. »Dass ich so fies war.«

»Ich weiß.« Er drückte mir einen Kuss auf den Scheitel.

Ich löste mich aus seiner Umarmung, obwohl es mir unheimlich schwerfiel, holte die Schlafsachen aus meinem Zimmer und ging ins Bad. Als ich mich im Spiegel betrachtete, erschrak ich. Ich sah furchtbar aus. Total verquollen. Was zur Hölle war nur los mit mir?

Es klopfte an der Badezimmertür. »Darf ich reinkommen?«

Im Spiegel sah ich ein Lächeln über mein Gesicht huschen. »Klar.«

Die Tür ging auf, nur mit Boxershorts bekleidet trat Ben hindurch. »Hättest du vielleicht irgendwo eine Zahnbürste für mich?«, fragte er und fuhr sich dabei über den Nacken.

»Ja, hier.« Ich kramte kurz im Spiegelschrank, dann hielt ich sie ihm hin. »Eine ungebrauchte noch dazu«, sagte ich grinsend.

Er lachte. »Hab ich mir schon fast gedacht.«

Ben nahm die Zahnbürste, griff nach der Zahncreme und fing an, sich die Zähne zu putzen. Irgendwie sah er süß dabei aus. Ich stellte mich neben ihn und tat es ihm gleich. Es hatte etwas Vertrautes, Warmes an sich, vielleicht sogar Intimes. Es fühlte sich gut an, ihn bei mir zu haben.

Als wir fertig waren, gingen wir in mein Zimmer. »Ich hätte vielleicht noch ein frisches Shirt für dich da«, sagte ich verlegen. »Aber nicht dass ich das auch wieder vollheule.«

»Alles gut, mach dir keinen Kopf.« Seine Stimme klang so beruhigend, dass ich schon wieder einen Kloß im Hals bekam. Noch immer war mir furchtbar elend zumute.

»Dabei habe ich mir so sehr vorgenommen, nicht mehr zu weinen«, schniefte ich. »Keine Ahnung, warum ich gerade so viel heule, es läuft einfach raus.«

Ben lächelte und machte das Licht aus, während ich mich ins Bett legte. Nur ein paar Sekunden später kroch er zu mir unter die Decke und zog mich eng an sich. Es tat so gut, mich in seinen Arm zu kuscheln.

Wir schwiegen, während in meinem Kopf das reinste Chaos herrschte, das von einem ganz bestimmten Gedanken beherrscht wurde: wie leid mir alles tat.

»Ich … ich habe gelogen, Ben, es tut mir so leid«, flüsterte ich nach einer Weile, weil ich nicht mehr anders konnte. Der Druck in meinem Kopf war zu groß. »Weißt du, ich bin immer alleine klargekommen und ...«

»Natürlich. Das weiß ich doch«, entgegnete er zärtlich.

»Ja, und ... ich dachte immer, ich kann einschätzen, was richtig ist und was nicht. Damit bin ich gut gefahren. Weil ich das musste. Und wollte.« Ich atmete tief durch und drehte mich auf die Seite, damit ich ihn besser ansehen konnte. »Weißt du, die Geschichte, die ich dir erzählt habe, die, in der es um meinen Papa ging, sie war tatsächlich echt. Du hattest recht. Mich hat es damals sehr getroffen, das wollte ich mir nur nie wirklich eingestehen. Wie aus dem Nichts war plötzlich alles anders, ich hatte nicht damit gerechnet. Dass mein Papa zu meiner Mama sagen würde, sie solle einfach aufhören, ihn zu lieben ... Einfach so. Kannst du dir das vorstellen? Dass man das steuern können sollte, war unbegreiflich für mich. Das bedeutete ja irgendwie auch, dass wir es steuern sollten. Meine Schwestern und ich. Damit klarkommen. Und dann ... dann habe ich es versucht und es hat mir tatsächlich geholfen. Ich war mir sicher, dass mir nichts und niemand mehr wehtun könnte, wenn ich meine Gefühle selbst steuerte.« Mit einem Mal dachte ich zurück an all die Situationen, in denen es ganz wunderbar funktioniert hatte. In denen ich mich distanziert hatte von meinen Gefühlen, es geschafft hatte, sie zu verdrängen, nicht an mich heranzulassen. In denen es mir gelungen war, meine Gefühle zu kontrollieren. »Wenn wir beeinflussen können, wen immer wir lieben, brechen keine Herzen. Man muss nur aufpassen«, fügte ich noch leiser hinzu. »Und das ist die Wahrheit, vielleicht denke ich deswegen so ... so schlecht ...« Die Tränen hinter meinen Augen wollten nicht versiegen – im Gegenteil. »Deshalb war ich wahrscheinlich auch so mies zu dir. Weil ich dir das alles nicht abgenommen habe.«

Ben zog mich enger an sich. »Ich weiß«, flüsterte er beruhigend.

»Es tut mir sehr leid und ich …«

»Hey, alles okay.« Er gab mir einen Kuss auf die Stirn und ich spürte seinen Herzschlag an meinem.

»Unsere Herzen, sie schlagen im Takt«, stellte ich lächelnd fest. Ich mochte das Gefühl, aber es machte mir auch Angst. »Weißt du, Ben, ich denke, ich mag dich schon irgendwie …«

»Ich mag dich auch, Lina.« Seine Stimme war so sanft, dass sie eine Gänsehaut über meinen gesamten Körper jagte.

»Aber das geht nie gut aus«, seufzte ich.

»Warum sollte es nicht gut ausgehen?«

»Weil es immer so ist«, flüsterte ich noch leiser als zuvor. Und dennoch hatte ich mich noch nie jemandem näher gefühlt als Ben in diesem Augenblick.

»Das mit den Geheimnissen sollten wir lassen. Und das mit den Regeln auch.« Zärtlich streichelte er mir über den Arm, während ich die verschlungenen Linien seines Tattoos nachfuhr. »In Sachen Gefühle gibt es keine Regeln«, erklärte er. »Zwei Herzen, die zusammengehören, finden sich. Immer. Das weißt du doch. Wenn man sich mag, mag man sich. Wenn du mich küssen willst, küss mich. Und wenn ich dich küssen will, küsse ich dich, okay?«

»Das war von deinem Opa«, erwiderte ich schmunzelnd.

»Und er hatte recht«, meinte Ben mit Nachdruck in der Stimme.

»Aber warum gibt es dann so viel Herzschmerz?«, fragte ich leise.

»Manchmal klappt es eben nicht.« Er richtete sich auf.

»Schau, es ist wie mit den Bildern. Man blickt hinter die Fassade. Manches ist vermeintlich unschön, dunkel, doch wenn man genau hinsieht, ist da auch Licht. Und wenn es noch so klein ist.« Er nahm meine Hand in seine und begann, mit dem Daumen über meinen Handrücken zu kreisen. »Oder die Zeit, die sich einfach weiterdreht und aus Schutt etwas Neues erschafft. Oder die Schlösser. In dem Augenblick, als das Schloss des Liebespaares angebracht wurde, war die Liebe da und dann war sie auch richtig. Manchmal ist Liebe nur ein kurzer Herzschlag, aber manchmal eben auch ein Pochen, das niemals endet. Und ich bin überzeugt, wenn es richtig ist, wird es funktionieren. So ist es doch ... immer.«

Er flüsterte die letzten Worte und sie wirkten zart auf mich ein. *Immer.* Ein einfaches, aber doch so schönes Wort. Als hätte man es aus dem Takt unseres Herzschlags gesponnen.

»Und mein Papa?« Die Worte hallten einen Moment nach, bevor Ben schließlich antwortete.

»Die Liebe, die er für deine Mama empfunden hat, lebt weiter – in dir und deinen Schwestern. In euch ist sie da – für immer und ewig. Auch wenn es bei deinen Eltern nicht gehalten hat, die Liebe war da und sie ist es noch.«

Ich hob den Kopf und küsste Ben. Ich dachte nicht darüber nach, ich tat es einfach. Weil ich mir in diesem Augenblick nichts sehnlicher wünschte, weil ich bei ihm sein und ihn bei mir haben wollte. Weil er unglaubliche Dinge sagte, die mein Herz berührten. Ich strich über seinen Körper und er über meinen, zärtlich und sanft. Unsere Herzen pochten heftig aneinander.

Unsere Küsse waren anders als sonst, sie waren noch intensiver, noch sehnsüchtiger, drängender, voller Gefühl. Alles um uns herum verschwand. Ich dachte an nichts mehr, nur dass ich Ben in diesem Moment bei mir haben wollte. Wirklich und echt und mit jeder Faser meines Körpers.

»Hör nicht auf«, flüsterte ich voller Begierde. Mein ganzes Herz wollte ihn spüren, küssen und berühren. Ich legte die Hand an seine Brust. Sein Herz pochte schnell dagegen und ich lächelte. »Du bist nervös, ich denke, du hast dein Herz verloren.«

»Dachtest du nicht, ich hätte gar kein Herz?«, entgegnete er schmunzelnd. »Und würde das von anderen nur brechen wollen?« Ruckartig drehte er mich um, sodass ich auf dem Rücken lag und er auf mir. Ben küsste mich mit einer Intensität, dass mir schwindelig wurde. Da war nur noch pures Verlangen. Es fühlte sich an, als befänden sich seine Hände überall auf meinem Körper zur gleichen Zeit. Ich schlang die Beine um seine Hüften und unsere Zungen verbanden sich so sehnsüchtig, wie ich es noch nicht erlebt hatte.

Dabei ließ Ben seine Hände heiß über mein Shirt wandern, glitt tiefer und tiefer und schließlich darunter. Da war so viel Erregung und gleichzeitig Gefühl, dass ich mich kurz zusammenreißen musste, weil mich das Kribbeln nicht nur in meinem Unterbauch, sondern auch tatsächlich in meinem Herzen erfasste. Ich schlüpfte mit den Händen unter sein Shirt, zog es ihm über den Kopf und spürte seine heiße Haut an meinen Fingerspitzen. Seine Muskeln waren hart und gut zu ertasten. Er keuchte, als meine Hand tiefer nach unten zu seiner Erregung wanderte, was mich wiederum über alle Maßen erregte. Ihn keuchen zu hören, nur für mich. Als ich langsam meine Finger auf und ab wandern ließ, warf er den Kopf in den Nacken.

Wieder küssten wir uns, tiefer und tiefer. Ich wollte ihm

Lust bereiten, die Zügel in die Hand nehmen, und so drehte ich mich und setzte mich auf ihn. Ich küsste Ben von seinem Mund abwärts den Hals entlang. Meine Lippen wanderten weiter über sein Schlüsselbein zu den Brustwarzen, die unter meiner Berührung hart wurden. Kurz leckte ich darüber, ließ die Zunge einen Moment lang kreisen, ehe meine Lippen sich weiter ihren Weg nach unten suchten. Ich küsste seine Seiten. Er war erregt und ich war es auch. Zu fühlen, wie sehr ich ihn anmachte, ließ eine unbändige Hitze in mir aufsteigen. Sanft zog ich die Boxershorts über seine Beine. Meine Lippen fuhren über den Rand seiner Erregung, bevor ich sie auf seine Spitze legte. Langsam und mit leichtem Druck ließ ich meinen Mund auf und ab gleiten, saugte zart daran. Je mehr Ben stöhnte, desto mehr wollte ich ihn. Ich ließ ihn tiefer in meinen Mund, nahm ihn ganz auf. Meine Hände glitten dabei auf seinem Schaft auf und ab.

Ben keuchte auf. »Du bist …«

»Verrückt nach dir«, flüsterte ich.

Er rollte mich auf den Rücken und legte sich zwischen meine Beine. Sein Becken drückte sich begierig an meins. »Wir müssen jetzt aufhören.«

Irritiert sah ich ihn an. »Was? Nein …«

Er lächelte. »Es ist nicht so, dass ich nicht will, kleiner Scrat.« Er stupste meine Nase mit seiner an und ich musste lachen. Mein Gesichtsausdruck kam dem des Eichhörnchens sicherlich sehr nahe. »Aber du hast getrunken und … ich will … wenn wir das erste Mal miteinander schlafen, soll es besonders sein, okay? Ich will nicht, dass du es am Ende bereust …« Seine Stimme klang ernst.

»Ben …«

Er küsste mich sanft und sah mich dann wieder an. »Ja?«

»Du schreibst die Bad-Boy-Geschichte neu.«

Er lachte. »Du bist echt anders, Lina, aber genau das mag ich.« Und damit zog er mich an sich. Hielt mich fest in seinen Armen. Ein unbeschreiblich schönes Gefühl, das ich so noch nie erlebt hatte. Obwohl ich es nicht wollte, obwohl ich jede Sekunde dieses Moments aufsaugen wollte, fielen mir irgendwann tatsächlich die Augen zu.

KAPITEL 28

immer

Als ich die Augen öffnete, lag Ben neben mir, seine Hände an meiner Taille. Hatte er mich etwa die ganze Nacht gehalten? Niemals hätte ich damit gerechnet, dass wir uns irgendwann so nah sein würden.

Diesmal war es anders gewesen. Zärtlich, intensiv. Obwohl wir nicht miteinander geschlafen hatten, war es unfassbar innig gewesen.

»Hast du gut geschlafen?«, hörte ich Ben hinter mir flüstern und spürte seinen Atem in meinem Nacken.

Ich verzog die Lippen zu einem breiten Lächeln. »Ja.«

»Sehr gut. Keine Tränen mehr?«

»Erst mal nicht.«

Er drehte mich zu sich herum und wollte mich küssen. »Nicht, ich hab doch bestimmt total Mundgeruch«, protestierte ich und zog mir die Bettdecke über den Kopf.

Doch Ben schob sie weg und küsste mich trotzdem. »Egal, ich auch.« *Sanfte Küsse zum Wachwerden.* »Wir könnten wieder duschen gehen«, meinte er lachend und ich boxte ihn in die Seite.

»Jaaa … ich denke nicht, nein.« Ich grinste. Durch die Jalousien drang sanftes Licht, in dem Staubkörner auf und ab tanzten. Draußen musste es sonnig sein. »Und was machen wir heute?«, wollte ich wissen. »Außer dringend Kaffee zu trinken?«

»Das kann definitiv nicht schaden.« Er lachte schon wieder. Der Klang bereitete mir eine Gänsehaut. »Ich weiß nicht, was willst du sonst noch so machen?«

»Wenn ich ehrlich bin, einfach nur mit dir zusammen sein.« Ich zog ihn an mich. »Einen ganz normalen Tag haben.« Heute wollte ich nicht an die Challenge denken, nicht daran, was passieren, wie es weitergehen würde. Ich wollte nur an Ben denken. An Ben und mich.

»Okay, dann machen wir genau das.« Ben schmunzelte.

Ein kleines aufgeregtes Gefühl machte sich in mir breit. »Und der startet wie?«, fragte ich.

»Na, ich dachte mit Kaffee?«

»Und Frühstück«, ergänzte ich mit einem breiten Grinsen.

Er seufzte. »Muss Frühstück unbedingt sein?«

Ich riss die Augen weit auf. »Auf alle Fälle! Frühstück ist meine liebste Mahlzeit des Tages.«

Er beugte sich zu mir und küsste mich erneut. »Ich würde viel lieber dich aufessen.«

»Das geht aber nicht, wenn du mich noch ein bisschen behalten willst.« Ich stupste ihn mit der Nase an.

»Stimmt, dann holen wir uns lieber was.« Ich lachte. »Ich kenne da eine kleine Bäckerei, die haben ein paar echt gute Teilchen.«

Für einen kurzen Moment fühlte es sich an, als befände ich mich in einem schrägen, aber unfassbar schönen Traum, der mich festhielt und nicht mehr losließ. Und ich wollte es zulassen. Nicht dagegen ankämpfen. Einen ganz normalen Tag haben. Mit Ben. Endlich.

Also schlug ich die Decke zurück und zog ihn hinter mir mit ins Bad. Unsere Zahnbürsten, die nebeneinander in einem Becher standen, hatten sich ineinander verhakt und sahen dabei unglaublich kitschig aus, beinahe wie zwei Verliebte, die sich küssten. Als Ben erkannte, woran mein Blick hängen geblieben war, grinste er und zog mich an sich.

Nachdem wir uns frisch gemacht hatten, spazierten wir in die Innenstadt. Ben besorgte in der kleinen Bäckerei Plunderteile, die wir zusammen mit zwei dampfenden Kaffees auf einer Bank in der Nähe verzehrten. Zwei mit Quark und jeweils eins mit Apfel und Kirsch.

»Ich kann mich gar nicht entscheiden«, meinte ich, während ich zwischen den vier Gebäckstücken hin- und herblickte, und brachte Ben damit zum Lachen.

»Wir können ja einfach teilen? Wenn man etwas teilt, wird es sowieso immer besser.« Seine Worte hallten tief in meinem Herzen nach.

»Okay«, entgegnete ich lächelnd, teilte eins der Quarkstückchen und gab ihm die Hälfte. Schon nach dem ersten Bissen war klar, dass Ben nicht zu viel versprochen hatte, sie schmeckten wirklich gut.

Als auch der letzte Rest davon in meinem Mund verschwunden war, erzählte ich Ben von meinem Papa und dass er uns immer wieder Postkarten aus aller Herren Länder schickte, was zwar unglaublich aufregend, aber gleichzeitig auch unglaublich traurig war. Mit Erstaunen stellte ich nach den ersten Sätzen fest, wie leicht es mir fiel. Auf eine merkwürdig vertraute Art und Weise fühlte es sich so an, als besäße Ben einen Schlüssel, der plötzlich Türen öffnete, die zuvor immer verschlossen gewesen waren.

Ich erzählte ihm, dass Kaia, Nika und ich auch alles geteilt hatten, nachdem Papa gegangen war. Vor allem den Schmerz. Denn für mich hatte es sich immer wie eine Lüge angefühlt, dass er uns liebte oder Mama je geliebt hatte. Das und viele andere Dinge gingen nicht in meinen Kopf, sie machten mich skeptisch, misstrauisch.

»Ich mochte so normale Tage früher immer. Menschen stehen auf, frühstücken und alles ist gut. Doch dann kam dieser Tag und nichts war mehr gut. Ein Wort, ein Satz, ein Gedanke. Eine Geste und alles war plötzlich eine Lüge.«

»Ich weiß, so was tut weh«, meinte Ben und verhakte dabei seine Finger mit meinen. »Wenn man das Gefühl hat, belogen zu werden. Es gibt nichts Schlimmeres.« Er sah mich ernst an. »Lass uns immer ehrlich miteinander sein, ja?«

Ich nickte. »Keine Geheimnisse mehr.« Doch gleichzeitig spürte ich einen immer größer werdenden Druck in meinem Bauch. Der Blog, die Challenge. Der Artikel. Ich musste Ben davon erzählen, das wusste ich. Aber ich wollte diesen Moment nicht kaputtmachen. Ich wollte nicht daran denken. Ich wollte an gar nichts denken außer an uns beide, hier auf dieser Bank, Bens Hand auf meinem Knie. Es sollte einfach normal sein.

Also sagte ich: »Ein letztes Geheimnis gibt es da noch. Erklärst du mir die Bedeutung deines Tattoos?« Zärtlich fuhr ich die verschlungenen Wurzeln auf seinem Arm mit den Fingerspitzen nach.

Ben ließ seinen Blick auf das Tattoo sinken. »Es erinnert mich daran, die Menschen nicht zu vergessen, die ich liebe. Es erinnert mich an meine Wurzeln«, flüsterte er. »An einen Baum, in den ein Spruch eingeritzt ist über zwei Herzen, die sich finden, wenn sie zusammengehören.« Seine Worte lösten diese kleine Wärme in meinem Herzen aus, die sich nach Zuhause anfühlte. *Bens Tattoo waren meine Postkarten.* »Soll ich uns noch einen Kaffee holen?«, wollte er zärtlich wissen und ich nickte.

Während Ben auf die Bäckerei zulief, sah ich ihm lächelnd nach. Was würde jetzt aus uns werden? Der Klingelton meines Handys durchbrach schonungslos meine Gedanken. Ich linste auf das Display und entdeckte eine ungelesene Mail. Esther hatte einen weiteren Teil abgesegnet und holte mich damit zurück auf den Boden der Tatsachen.

Ich musste es Ben sagen. Jetzt sofort. Seine Worte hallten in meinem Kopf nach: *keine Geheimnisse*. Meine Gedanken drehten sich so schnell, dass mir fast schwindelig wurde.

»Hier, noch eine Runde Kaffee.« Ben setzte sich zu mir.

»Du wolltest doch was von mir lesen, oder?«, fragte ich ihn, denn in Esthers Mail stand auch, dass der Bericht über die *Nürnberg-Geheimtipps* abgesegnet sei und in der nächsten Ausgabe erscheinen werde.

»Ja, warum?« Ben reichte mir einen Kaffeebecher.

»Ich habe den Artikel fertig, in dem es um die besonderen Orte und ihre Geschichten geht. Dank dir. Willst du?« Ich blickte auf mein Handy. »Er kam gerade zurück. So geht er in den Druck und online.«

»Klar, unbedingt, ich bin total gespannt! Trinken wir den Kaffee und gehen danach zurück? Dann lese ich ihn ganz genau durch, nicht dass du was Falsches geschrieben hast.« Zwinkernd setzte er den Becher an seine Lippen an.

Als wir zurück in der Wohnung waren, ließ Ben seinen Blick über den fertigen Artikel wandern. »Das ist echt richtig gut geworden, Lina. Hab ich das etwa gesagt: *Kein Ort ist ohne Geschichte, genau wie jeder Mensch eine Geschichte hat?*«

»Ja, so ähnlich.« Er lachte und legte den Arm um mich. Mit Ben auf dem Sofa zu liegen, war unheimlich schön. Aufregend und gleichzeitig vertraut. »Noch mal danke, also für deine Hilfe mit dem Artikel.«

»Gern geschehen.« Er gab mir einen Kuss auf die Schläfe. Ich klappte den Laptop zu und stellte ihn auf den Couchtisch. »Und jetzt?«

»Ja, was jetzt?«

Mit einem Mal schien die Luft zwischen uns zum Zerreißen gespannt. Ich sehnte mich so sehr danach, ihn zu berühren und da weiterzumachen, wo wir gestern aufgehört hatten. Und genau in dem Moment, in dem ich mir nichts sehnlicher wünschte als das, legte Ben seine Hand an meine Wange.

»Was hast du vor? Mich verführen? Emma könnte gleich nach Hause kommen«, meinte ich und grinste.

Ben sah mich ernst an. »Lina«, als er meinen Namen aussprach, kribbelte es heftig in meinem Bauch. Und da erkannte ich: Es gab nichts zu grinsen. Nichts daran war albern, es war einfach nur schön.

»Ich will dich nicht verführen. Ich … will dich.«

Es kribbelte nun nicht mehr nur in meinem Bauch, sondern an meinem gesamten Körper. Mein Herz klopfte viel zu schnell, als sich seine Lippen auf meine legten. Erst ganz sanft, dann wurde der Kuss fordernder und sehnsüchtiger. Ben zog mich enger an sich heran. Sein Kuss schmeckte so gut und ich wollte mehr davon, mehr von ihm und seinen Berührungen. Diesmal sollte er nicht damit aufhören. Diesmal wollte ich ihn ganz.

Mit diesem überwältigenden Gefühl drückte ich mich an ihn und spürte sein Herz wie wild gegen meines schlagen.

Meine Hände suchten seinen Körper, strichen unter sein Shirt und spürten seinen definierten Oberkörper darunter. Bens Hände glitten beinahe zeitgleich unter mein Top und wir streiften uns gegenseitig den dünnen Stoff über den Kopf. Haut, ich wollte seine Haut auf meiner spüren. Ich wollte jeden Millimeter seines Körpers erkunden. Ich wollte ihn und ich wusste, er wollte mich. Langsam knöpfte ich seine Hose auf, zog sie von seinen Beinen und warf sie neben das Sofa. Noch immer klangen seine letzten Worte in meinen Kopf nach.

Mit jedem Atemzug wurde das Verlangen größer, mit jedem Kuss, mit jeder einzelnen Berührung verstärkte sich die Sehnsucht. Ich spürte ein Ziehen im Unterleib und genoss es, genoss die Küsse, die er über meinen Körper streute.

»Hör nicht auf«, flüsterte ich. »Heute nicht, ja?«

Ben sah mich an und lächelte. »Nein, ich höre nicht auf«, flüsterte er gegen meine Lippen, bevor er mir ganz sanft zuerst die Hose und dann den Slip auszog. Was war das mit uns? Dieses Gefühl, einander so nah sein zu wollen und einfach nicht genug voneinander zu bekommen?

»Ich will dich jetzt«, stieß ich hervor, als nichts mehr zwischen uns war außer pures Verlangen. Ohne zu zögern, griff Ben nach seiner Jeans. Es raschelte und ich sah dabei zu, wie er sich bereit machte. Für mich, für uns. Wieder legte er sich zwischen meine Beine. Ich spürte sein Gewicht, das mich sanft ins Polster drückte. Und dann spürte ich ihn.

»Du bist so heiß«, seufzte Ben.

Als er ganz in mir war, keuchte ich auf. Mein Puls raste und ich schlang die Beine um seine Hüften, um ihn noch tiefer in mich aufzunehmen. Seine Härte in mir machte mich verrückt, ich drängte mich ihm entgegen. Alles in mir brannte vor Verlangen und ich fühlte es bis in mein Herz, als er in mich stieß und mich leidenschaftlich dabei küsste.

Es war, als würden unsere Körper von Anfang an harmonieren. Sie gaben den Takt an und schienen wie eine Melodie im Einklang miteinander zu sein. Wie eine Energie, die sofort zu fließen begann, sobald wir einander nah waren, die einfach da war, eine stumme Verbindung zwischen uns.

Unsere Lippen fanden sich, unsere Hände verhakten sich ineinander. Es war ein Geben und Nehmen, ein *Mehr-und-noch-viel-mehr-Fühlen* und ein *Bitte-hör-niemals-auf-damit*. Ich keuchte gegen Bens Mund, seine Bewegungen wurden schneller. Er zog mein Becken an sich und ich spürte ihn noch tiefer in mir – falls das überhaupt möglich war.

Mir war nicht klar gewesen, wie sehr ich mich danach gesehnt hatte, wie sehr ich ihn brauchte und mit welcher Heftigkeit er mir den Atem raubte. Als er an meinen Brüsten saugte, meine Brustwarzen zwischen den Fingern rieb und dann leicht daran knabberte, verlor ich beinahe den Verstand. Gemeinsam bewegten wir uns im Takt unserer Atmung, immer schneller und schneller, jede Bewegung ein weiterer Funke, bis ich plötzlich das Gefühl hatte, in Flammen zu stehen.

Und mit einem Mal, mit einem letzten tiefen Stoß, löste sich alles um mich herum auf, die ganze Welt, es gab nur noch Ben und mich, uns beide. Wir stürzten zusammen und hielten uns gegenseitig fest. Eine ganze Weile. Mein Herz pochte. Seins ebenfalls.

»So könnte es immer sein.«

Ich kuschelte mich an Ben und lauschte seinem Herzschlag, bis mein Handy vibrierte. Emma. *Perfektes Timing*, dachte ich grinsend.

> Mist, heute ist das Konzert von Kati, sie hat sich gerade gemeldet. Kommst du?

Ich sah zu Ben.

»Alles okay?«

»Ja … und nein. Kati, eine Freundin von Emma und mir, hat heute einen Auftritt im *Hirsch*. Sie spielt in einer Band und wir haben das irgendwie total verschwitzt. Was meinst du …?« Er sah mich fragend an. »Wollen wir zusammen hin?«

Ben nickte. »Klingt gut, lass uns auf ein Konzert gehen.«

KAPITEL 29

Als wir vor dem *Hirsch* ankamen, wartete Emma schon auf uns. »Lina, da bist du ja, perfekt. Hi, Ben. Oh Mann, Kati wäre bestimmt richtig sauer geworden. Sie hat ja sogar einen neuen Song und …« Sie hielt inne und sah mich mit weit aufgerissenen Augen an. Zuerst wusste ich gar nicht, was sie wollte, bis es mir siedend heiß einfiel. Ging es in dem Song nicht um die Challenge? Hatte Kati nicht gesagt, ich und unsere Idee hätten sie inspiriert? Ich warf einen hektischen Blick zu Ben. *Nicht durchdrehen, Lina, jetzt bloß nichts Verrücktes tun.*

»Einen neuen Song?«, fragte ich also seelenruhig, während es in mir tobte.

»Ja, ich habe auch keine Ahnung …« Emma sah von mir zu Ben. »Aber lassen wir uns überraschen.« Sie verzog das Gesicht und setzte sich in Bewegung.

In dem kleinen Club war schon einiges los. Er war zwar nicht ausverkauft, aber es tummelten sich doch einige Leute vor der kleinen beleuchteten Bühne. Überall hingen alte Poster und Postkarten. Es war beinahe so, als würden die Wände Geschichten erzählen. Ich lächelte, als der Gedanke durch meinen Kopf schoss.

Wir gingen in Richtung Bar, als Emma ihr Handy zückte. »Hab Kati jetzt mal geschrieben, dass wir da sind und sie uns gern gleich mal was zu trinken organisieren kann.« Sie zwinkerte uns zu.

Es dauerte keine zehn Minuten, da stand Kati auch schon mit glühenden Wangen vor uns. »Hey, schön, dass ihr da seid. Dachte schon, ihr hättet es vergessen.«

»Unsinn, niemals.« Emma und ich sahen uns an. »Okay, eigentlich haben wir es echt fast vergessen.«

Kati lachte. »Genau deswegen habe ich euch noch mal erinnert.« Sie musterte uns und ihr Blick blieb an Ben hängen. »Ach, ich bin ja bescheuert, hey, ich bin Kati«, sagte sie und streckte ihm die Hand hin. »Sorry, vor lauter Aufregung hab ich dich noch nicht mal begrüßt, du bist ...« Sie stoppte und ein breites Grinsen erschien auf ihrem Gesicht.

»Ben«, entgegnete Ben und noch immer grinste sie. Ich spürte, wie meine Wangen heiß wurden, und schob es auf die Aufregung, die Hitze im Club. Aber eigentlich war mir klar, dass es alles andere als das war. Es war die Tatsache, dass Kati womöglich ein Lied über uns, über *Ben* geschrieben hatte. Nervös begann ich, an meinen Händen herumzuspielen. *Lass uns immer ehrlich sein*, gingen mir seine Worte durch den Kopf.

»Ihr kennt euch aus dem Club, nicht wahr? Die Dating-App und so«, sagte Kati nun und wackelte mit den Augenbrauen.

Ben nickte und sah mich etwas irritiert an. »Ja, ich erinnere mich, du warst auch dabei.«

Kati sah zu Ben. Dann zu uns. »Allerdings. Und wie ... ich ...« Keine Ahnung, was sie sagen wollte, aber glücklicherweise blieb genau in diesem Moment Oliver neben ihr stehen. Er war Gitarrist in ihrer Band. »Es geht gleich los, kommst du?«

»Klar, ich bin bereit, ich hoffe, ihr auch?«

Oliver grinste breit. »Natürlich sind wir bereit.«

Sie lachte. »Das wird ein Abenteuer.« Kati zwinkerte mir zu und jagte damit die nächste Hitzewelle durch meinen Körper. *Ein Abenteuer.* War das etwa eine Anspielung? »Also dann, genießt die Show, bis später!« Sie warf uns Luftküsschen zu und verschwand gemeinsam mit Oliver hinter der Bühne.

»Kati ist lustig. Etwas verpeilt, aber ich bin sicher, sie rockt die Bühne.« Ich blickte verzweifelt zu Emma und hoffte inständig, dass alles gut gehen und nicht gleich irgendein bescheuerter Song das alles in einer Katastrophe enden lassen würde. In einer, die ich so spätestens seit letzter Nacht auf keinen Fall mehr wollte.

Mit einem Mal wurde es dunkel und mein Pulsschlag beschleunigte sich, als Kati und ihre Band auf die Bühne traten. Oliver ließ seine Finger einmal über die Saiten der Gitarre gleiten, während sich ein anderer junger Kerl ans Schlagzeug setzte. Kati nahm das Mikro in die Hand und strahlte in die Menge.

»Wie schön, dass so viele heute hergefunden haben. Wir sind *Visionless* und haben richtig Bock, mit euch zu feiern! Wir freuen uns, am Bandcontest teilnehmen zu dürfen mit ein paar Liedern, die es allesamt in sich haben. Also, jetzt geht's los. Das erste Lied heißt *Ghosts*.«

Erleichtert stieß ich die Luft aus, die sich während Katis Ansage in meinen Lungen gesammelt hatte. Ich kannte den Song. Er handelte von den *Geistern* der Vergangenheit.

»Schreibt sie die Lieder alle selbst? Ist ziemlich gut!«, rief Ben mir über die Musik hinweg zu und ich nickte.

»Ja, sind alles ihre Ideen. Sie schreibt allein oder zusammen mit den Jungs«, rief ich zurück.

»Echt nicht schlecht!«

Als das Lied zu Ende war, gab es einen großen Applaus und Ben sah mich lächelnd an, bevor er mein Gesicht in seine Hände nahm und mich küsste.

Emma grinste breit. »Himmel, wer hätte das gedacht bei euch beiden? Ihr seid ja total verschossen.«

»Quatsch, ich …« Doch schon erstickte Ben meine Worte mit einem weiteren Kuss und blickte mich kurz darauf durchdringend an.

»Sie will sich immer dagegen wehren, dabei ist unsere Geschichte doch ziemlich spannend.«

Emma lachte. »Oh ja!« Mir hingegen war alles andere als zum Lachen zumute.

Doch auch der Text des zweiten Lieds hatte nichts mit uns zu tun. In keiner Zeile lag etwas von Ben oder der Challenge oder irgendwas von uns beiden, was Kati hätte inspiriert haben können. Ich wiegte mich schon in Sicherheit und wollte mich gerade zur Bar umdrehen, um Getränke für uns zu besorgen, als Kati zum dritten Mal ans Mikro trat.

»Einen haben wir noch für euch, einen richtig coolen, neuen Song. Aber hört selbst.«

Ich sah zu Ben, der applaudierte, und dann zu Emma, deren Blick mir verriet, dass sie das Gleiche dachte wie ich. Die Melodie ging einem sofort ins Ohr – und leider auch der Text. Kati stand echt da oben auf der Bühne und sang von einem Mädchen, das sich einen Jungen ausgesucht hatte, um sein Herz zu brechen. *Heartbreakgirl.* Augenblicklich wurde mir wieder heiß, und als Ben sich in meine Richtung drehte, glühte mein gesamter Körper. Ich lächelte in dem Versuch, mir nichts anmerken lassen. Was mit der Röte auf meinen Wangen verdammt schwierig war.

»Lustiger Song, oder?«, fragte Emma von der anderen Seite

und sah Hilfe suchend zu mir. *Ja, superlustig*, dachte ich panisch und empfand die Situation als das komplette Gegenteil.

»Ja, hat was. Irgendwie«, erwiderte Ben schließlich und unsere Blicke trafen sich. Er musterte mich und ich hoffte mit jeder Faser meines Körpers, dass er keine Fragen stellen würde.

»Tanzen wir?«, wollte ich wissen und ging einen Schritt auf ihn zu.

»Du willst tanzen?«

»Ja, irgendwie schon.« Ich merkte selbst, dass ich mir vielleicht nicht das passendste Ablenkungsmanöver ausgesucht hatte.

»Das ist ja wie in einer schnulzigen Geschichte. Ich dachte, das magst du nicht?«, fragte Ben überrascht.

»Vielleicht habe ich meine Meinung geändert«, versuchte ich es und er lachte.

»Ach ja?«

»Ja.« Ich beugte mich zu ihm und wollte ihn gerade küssen, als ich eine bekannte Stimme neben mir hörte.

»Hey, Kollegin, was machst du denn hier?« Als ich mich umdrehte, blickte ich in Volkers grinsendes Gesicht. Direkt neben ihm stand Esther, die ebenfalls ziemlich gut gelaunt wirkte. »Sorry, wir wollten euch nicht stören, aber wenn ich eine meiner liebsten Kolleginnen sehe, muss ich einfach Hallo sagen.«

»Hey, was macht ihr denn hier?« Ich löste mich von Ben und sah die beiden an. Sofort schossen mir tausend Fragen durch den Kopf: Was, wenn sie von der Challenge sprachen? Von dem Artikel? Oder schlimmer noch: Bens Namen erwähnten? Panik stieg in mir auf.

»Na, vom Bandcontest berichten«, entgegnete Esther. »Und ihr?«

»Wir sind wegen der Band *Visionless* da, die Sängerin ist eine Freundin von uns«, erklärte Emma, als ich nicht antwortete, und ich stieß sichtlich erleichtert die Luft aus.

»Cool«, sagte Esther und lächelte. »Wir lassen euch gleich wieder in Ruhe, aber Lina, was ich dir noch schnell sagen muss: Deine Texte, Wahnsinn, ich bin so gespannt, wie es weitergeht. Wirklich, was für eine Geschichte. Und dieser Ben, echt der Knaller.«

»Ben?« Bens Blick war nun auf Esther gerichtet, die ihn fragend ansah.

»Ja, dieser Ben, der …« Schlagartig kehrte die Panik in mir zurück und ich spürte, wie sich ein dünner Schweißfilm auf meiner Oberlippe bildete. Ich musste dringend etwas tun.

»Das trifft sich gut, denn darf ich vorstellen, das ist Ben. Ben, das sind meine Kollegen beim *Stadtzeit-Magazin*. Esther und Volker. Und ja, das mit seinen Orten und den Geschichten dazu ist echt der Knaller, oder?« Ich lachte hysterisch, aber Ben lächelte. Hastig wischte ich mir mit dem Handrücken über die Lippe.

»Ja, absolut, ich wollte es gerade sagen.« Esther zwinkerte mir zu. »Wirklich, wird sicherlich ein ganz toller Artikel, echt mal ein ganz anderer Blickwinkel. Nicht wahr, Volker?«

»Oh ja, danke!« Kumpelhaft klopfte er Ben auf die Schulter.

»Nichts zu danken.« Ben lächelte, doch ich fühlte mich noch immer ganz benommen.

»So, und jetzt wird abgestimmt, der Applaus entscheidet!« Ein Kerl in lässigen Hosen trat auf die Bühne und zog damit unsere Aufmerksamkeit auf sich. Er stellte noch einmal alle drei Teilnehmer vor und zeigte jeweils mit einer Handbewegung an, wann für wen applaudiert werden konnte. Als er Kati und ihre Band nannte, klatschten wir so heftig, dass meine Handflächen kribbelten.

»Das war eindeutig!«, rief der Moderator und holte *Visionless* auf die Bühne. Sie verbeugten sich und Kati warf uns Kusshände zu. Während sie die Bühne mit einem Blumenstrauß wieder verließ, ließ ich den Blick durch den Club schweifen. Ich entdeckte Volker und Esther, die sich kurz vor der Verkündung von uns verabschiedet hatten und nun mit einer anderen Band sprachen, und dahinter einen jungen Kerl, der mir verdammt bekannt vorkam. Was zur …? Das durfte ja wohl nicht wahr sein! Der Kerl war Alex. Und er stand ziemlich dicht vor einem Mädchen. Ob Nika davon wusste?

Doch ich konnte nicht länger darüber nachdenken, denn da stand Kati plötzlich vor uns. »Na, wie hat es euch gefallen?«, fragte sie mit glühenden Wangen.

»Gut, richtig gut!«, hörte ich Emma aufgeregt neben mir rufen.

»Ehrlich? Das freut mich. Ich habe alles gegeben beim letzten Song.« Kati zwinkerte mir zu.

»Ja, sehr gut. Sehr echt, obwohl …« Ben sah Kati an. »Das war schon strange, ein Mädchen, das einen Kerl nur benutzt, um zu beweisen, wie schräg er ist. Wobei …« Er drehte sich zu mir. »… Lina da ja auch so ein paar Tricks kennt, um einen in den Wahnsinn zu treiben.«

»Tja, das hat sie drauf!« Emma kicherte nervös.

Ich musste dringend für Ablenkung sorgen. Also drückte ich mich an Ben und legte meine Lippen auf seine. »Ja, da habe ich so einiges drauf.«

Er lachte. »Genau das habe ich gemeint.«

Als ich mich von Ben löste, erblickte ich zum zweiten Mal Alex. »Das kann er doch nicht ernst meinen«, murmelte ich. Die anderen sahen mich fragend an. »Dahinten, seht ihr diesen Kerl?« Sie wandten den Kopf in die Richtung, in die ich gedeutet hatte. »Nicht so auffällig«, zischte ich. »Das ist Alex, der Kerl von meiner Schwester.«

»Oh, und wer ist das Mädchen?«

»Wenn ich das wüsste ... auf alle Fälle nicht meine Schwester«, sagte ich und Ben schüttelte den Kopf.

»Ist bestimmt nur eine Freundin.«

Nachdenklich blickte ich ihn an. »Ja, vielleicht ...« Ich beobachtete die beiden noch eine Weile und zückte schließlich mein Handy. Meine Finger schwebten über Nikas Kontakt. Dann sah ich erneut zu Alex. Er stand nur da, er machte nichts. Vielleicht war auch einfach alles gut. Vielleicht war sie nur seine Cousine oder die Freundin eines Kumpels, die ein Geschenk zu ihm nach Hause bestellt hatte. Ich schüttelte den Kopf. Konnte nicht einfach mal alles gut sein?

Im nächsten Moment spürte ich Bens Hände an meiner Taille. »Was hast du vor?« Er legte den Kopf von hinten auf meine Schulter.

»Nichts.« Ich steckte das Handy zurück in die Tasche. »Ich dachte, ich schreibe Nika, aber ... Ich darf nicht immer alles so schwarz sehen.« Und dann tat ich das Einzige, wonach ich mich in diesem Moment sehnte. Ich drehte mich zu Ben und küsste ihn. Küsste ihn mit so viel Gefühl, dass es für tausend Küsse gereicht hätte.

Ein normaler Tag, ein normaler Abend, zwei normale junge Menschen, die sich auf nicht ganz so normale Weise ineinander verliebt hatten. Keine Spielchen, keine Vorurteile, einfach nur verliebt. *Verliebt,* wiederholte ich die Silben in meinem Kopf. Hatte ich das gerade tatsächlich gedacht?

Ja, weil mein Herz genau das fühlte. Weil es aufgeregt war in Bens Nähe. Weil ich nicht wollte, dass es hier endete. Auch wenn es eigentlich so sein musste. *Stufe sechs*, ging es mir durch den Kopf. Es war beinahe vorbei, ich hatte fast alles für den Artikel, nur das Ende fehlte noch. Doch genau das wollte ich nicht. Weil ich mir tief in meinem Inneren nichts sehnlicher wünschte, als dass all das hier echt war. Eine echte Geschichte, die niemals endete.

KAPITEL 30

immer

Ben küsste mich in der Dunkelheit und trotzdem war alles so hell und klar wie nie zuvor. Seine Lippen waren warm, als sie meine immer und immer wieder fanden. Ich keuchte auf. Da war eine so heftige Sehnsucht in mir und alles, was ich in diesem Augenblick wollte, war, dass sie gestillt wurde. Ben und ich hatten so viel gespielt, ich wollte über kein Prinzip und keine Stufen und erst recht keine Regeln nachdenken. Ich wollte einen perfekten Abschluss für diesen perfekten Tag.

Wie selbstverständlich schlang ich die Hände um Bens Nacken und die Wärme in mir wurde zu einer körpererfüllenden Hitze. Einer so brennenden Hitze, dass mein heftig klopfendes Herz beinahe dahinschmolz. So viel fühlte ich für Ben. Da waren nur noch er und ich. Seine Hände überall, *wir* überall. Unsere Küsse wurden immer tiefer, unsere Zungen verschmolzen miteinander. So wie unsere Körper.

Ich spürte so viel. Seine Küsse, Bens Hände, wie sie über meine Brüste wanderten, erst sanft und dann drängender damit spielten. Meine Fingerspitzen kribbelten an der heißen Haut in seinem Nacken, den ich umschlungen hielt, um Ben noch näher an mich zu drücken, an seinem Bauch, dessen Haut ich Zentimeter für Zentimeter ertastete. Ich wollte so viel von ihm. Alles schien möglich und ich wollte alles. Unsere Berührungen waren zärtlich und drängend und immer und immer wieder suchten sich unsere Lippen. Wir küssten uns so heftig, dass ich kaum Luft bekam. Aber ich brauchte auch gar keine Luft, er war der Atem, den ich wollte.

Währenddessen glitten Bens Hände immer wieder über meine nackte Haut. Die Gefühle überrollten mich. Ich spürte seine Härte und wir wussten beide, dass wir uns noch intensiver spüren wollten. Kurze Kälte, weil sich sein Körper von meinem entfernte, ein Rascheln, dann wieder unglaubliche Nähe.

Als er in mich eindrang, keuchte ich auf und fühlte mich ihm so nah wie nie zuvor. Es war ganz einfach, weil mein Körper ihn so sehr wollte. So sehr. Nicht denken, einfach nur fühlen. Ihn spüren, berühren, nichts anderes.

Ben zog mich noch näher an sich und küsste mich erneut. Heiß war das Spiel unserer Zungen. Wie Feuer das Gefühl, ihn in mir zu haben. Warm sein Atem auf meiner Haut. Tief das Gefühl in jeglicher Hinsicht. Es erfüllte meinen ganzen Körper, jeden Winkel davon. *Er* erfüllte ihn. Es war nicht schnell und hart, sondern unheimlich zart und doch so aufreibend wie noch nie zuvor in meinem Leben. Sex und Liebe. Liebe und Leidenschaft. Berührungen so einfach und doch so stark und kraftvoll wie das Pochen unserer Herzen. Ich spürte sein Herz an meinem pochen. Ein unsichtbares Band. Zwei Herzen, die füreinander bestimmt waren, fanden sich. Immer.

Spielend leicht wechselten wir die Position, ohne uns voneinander zu lösen, und ich war nun auf ihm. Egal, wie wir uns liebten, wir waren eins. Seine Brust an meiner, unsere Herzen noch näher, wenn das überhaupt möglich war. Nichts war zwischen uns. Nicht in diesem Moment. Ich fühlte mich schwerelos. Ben legte seine Hände um mein

Gesicht und küsste mich mit einer solchen Innigkeit, dass ich mich fragte, was das hier gerade war.

Alles, was ich mit Sicherheit wusste, war, dass es sich richtig anfühlte. Wie das einzig Richtige auf der Welt. Eine ganze Weile verschmolzen unsere Blicke miteinander. Dann küsste ich Ben wieder, richtete mich auf und bewegte mich auf ihm, immer schneller. Und mit jedem Mal tiefer. Das Gefühl nahm mich vollkommen ein. Nicht nur, dass er in mir war und es mich so erfüllte, sondern wie er in mir war. Wie er mich liebte. Wie er mich an sich zog, um mich zu küssen. Als wäre nichts auf der Welt wichtiger für ihn als ich.

Ich hielt mich an ihm fest, klammerte mich mit jedem Stoß fester an ihn, war nicht hier, nicht in seinem Bett, sondern ganz woanders.

Ich bewegte mich schneller, immer schneller, immer heftiger. Ich keuchte, Ben keuchte und es erregte mich so sehr, ihn zu hören, zu fühlen, zu schmecken. In mir wurde es heißer, immer heißer, unser Atem vermischte sich, unsere Herzschläge kollidierten und schließlich sackten wir beide zusammen.

Schon jetzt wusste ich: Ich war süchtig danach. Ich würde es immer sein. Ich wollte ihn lieben und niemals damit aufhören.

Ich rollte mich von ihm und Ben nahm mich in den Arm. Eine Weile lagen wir noch so da, während sich alles um und in uns beruhigte. Herzschlag, Atmung, Hitze wurden zu Wärme.

Wir sprachen kein Wort, doch das brauchte es auch nicht. Es war ein wundervoller Tag gewesen. Ein wundervoller, ganz normaler Tag. Eine normale Nacht und doch so besonders. Weil wir zusammen waren.

Stufe 6

Oh, oh, er hat es geschafft. Jetzt kann er dir mühelos die Zunge in den Hals stecken und du wirst vor Verliebtheit ganz blind. Genau das will er erreichen. Denn wenn wir verliebt sind, sind wir wie Schokolade, die in der Sonne schmilzt. Und genau wie Schokolade in der Sonne schmilzt, schmilzt du in seinen Händen. Eine gefährliche Kombination, denn er weiß, wie er seine Hände einsetzen muss.

Ihr verbringt nun viel Zeit miteinander, landet sogar im Bett, er macht tolle Sachen mit dir. Und du bildest dir ein: Wow, dieser Hammerkerl, der sonst so unnahbar scheint, hat ausgerechnet mir sein Herz geöffnet. Jaja ... Und in China werden keine Hunde gegessen. Sorry, just saying.

Wenn du Glück hast, schickt er dich nicht gleich nach dem Sex nach Hause. Kommt vor. Dann ist er noch einer der netteren Bad Boys. Doch selbst dann wird er dir danach immer seltener antworten und seine Nachrichten werden immer kürzer werden.

Jetzt geht alles ganz schnell. Rascher, als du denkst, bist du auf einmal abgehakt.

KAPITEL 31

Ich hörte mein Handy summen und fragte mich, ob ich es mir nur einbildete. Noch immer lag ich in Bens Armen, in denen ich noch ewig hätte liegen können. Keine Ahnung, wann ich mich das letzte Mal so gut gefühlt, diese Art von Nähe gespürt hatte. Sie nahm mich vollkommen ein.

Als ich mich vorsichtig bewegte, schlug Ben die Augen auf. »Hey«, flüsterte er und lächelte.

»Hey.«

»Gut geschlafen?«, fragte er und gab mir einen Kuss.

»Ja, sehr. Das war wirklich … schön gestern«, hauchte ich.

Ben nickte. »Ja, das war es und ich wünsche mir, dass wir noch viele solche Abende und Morgen zusammen erleben.«

»Dagegen habe ich absolut nichts einzuwenden.«

Er zog mich enger an sich und küsste mich erneut. »Schön, dass alles so gekommen ist«, sagte er, nachdem wir uns voneinander gelöst hatten.

Er streichelte über meinen Kopf.

Ich genoss es.

Er küsste mein Haar.

Ich wollte mehr.

»Auch wenn ich immer noch nicht weiß, warum, aber das ist jetzt auch nicht mehr wichtig.« Er lächelte wieder und in meiner Brust zog sich etwas zusammen. Denn ich wusste sehr wohl, was der Grund war.

Ehrlichkeit. Ich wollte ehrlich mit Ben sein.

»Ben, weil … Wir haben doch über Ehrlichkeit gesprochen, ich …« Weiter kam ich nicht, denn da klingelte es an der Tür, gefolgt von einem heftigen Klopfen.

»Wer kann das sein?« Mit gerunzelter Stirn richtete ich mich auf. Ben zuckte mit den Schultern.

Es klingelte erneut und das Klopfen wurde energischer. Da hörte ich die Stimme meiner Schwester. »Lina, bist du da?«

»Wer ist das?«, wollte Ben wissen.

Ich stutzte. »Das ist Nika, meine Schwester.«

»Woher weiß sie, dass du bei mir bist?« Ben hatte sich auf seinen Ellbogen aufgestützt und sah mich fragend an.

»Keine Ahnung, vielleicht von Emma«, mutmaßte ich.

Ben ließ mich los. Ich wollte nicht, dass er ging, aber ich wusste, dass ich ebenfalls aufstehen musste. Irgendwas war passiert, vermutlich mit Alex. Die Bilder des gestrigen Abends schossen mir durch den Kopf und ein ungutes Gefühl schlich sich in meine Magengegend. Ich stand auf, schlüpfte in meinen Slip und zog Bens Shirt über. Ich folgte ihm zur Tür und erschrak, denn Nika sah furchtbar aus.

»Lina …«, schluchzte sie. Ihre Augen waren total verheult.

»Alex, er … er hat mich abserviert!« Stumm stand ich da und wusste nicht, was ich sagen sollte. Nika schob sich an Ben vorbei und drückte sich an mich. Ich legte die Arme um sie und Ben schloss die Tür hinter ihr.

»Wann? Jetzt gerade?« Ich streichelte ihr über den Rücken. Ich hatte gewusst, dass es passieren würde, aber zu sehen, wie ihr Herz brach, ließ meines ein kleines Stückchen mitbrechen.

»Ja, warum musst du immer recht haben. Warum?« Ben sah

mich neugierig an und ich räusperte mich. »Stufe sieben ... verdammte Stufe sieben!«, fuhr Nika fort. »Ich verstehe das nicht. Wieso musste es genau so laufen?« Ein weiterer Schluchzer folgte auf ihre Worte. Eine Gänsehaut breitete sich auf meinem gesamten Körper aus.

Ich schob Nika ein Stück von mir weg und sah ihr in die Augen. »Jetzt erzähl doch erst mal. Wann? Wo, was war?«

»Gestern, er war weg und ...« *Also doch*, dachte ich, *und ich hatte ihn gesehen.* Ich hatte glauben wollen, dass nichts dahintersteckte. Ich hatte es gehofft, zum ersten Mal in meinem Leben, aber es war doch etwas dahinter gewesen.

»Hey, vielleicht ist ja auch alles halb so wild«, meinte Ben an Nika gewandt.

Nika sah zu ihm. Ihr Blick war tieftraurig. Sie antwortete nicht, sondern schaute stattdessen wieder mich an. »Du hattest recht, Lina, diese Kerle sind alle gleich.«

Beschwichtigend hob ich die Hände. »Nein, so ist es nicht ganz. Ich meine ...«

»Was? Es ist doch genauso gekommen, wie du vorhergesagt hast. Ich wünschte, du hättest unrecht gehabt, aber diese Kerle sind alle bescheuert und ich hoffe, du kannst viele Mädchen mit deinem Artikel warnen und mit der Challenge beweisen ...« Sie stoppte, sah panisch zu Ben und wieder zurück zu mir. Ein eiskalter Schauer lief mir über den Rücken.

»Komm, wir gehen uns jetzt erst mal beruhigen. Ich bringe dich heim und dann«, sagte ich schnell, »dann reden wir und ...«

Ben unterbrach mich. »Was für eine Challenge?« Wie in Zeitlupe wandte ich mich zu ihm um. »Was für eine Challenge?«, fragte er ein zweites Mal, diesmal mit Nachdruck.

»Nichts. Alles ist gut, wir reden später, okay? Ich kümmere mich jetzt erst mal um Nika.« Mir wurde schlecht.

Noch immer sah mich Ben fragend an, doch mit einem Mal wurde sein Blick merkwürdig. Als wäre eine Lampe im Inneren seines Gehirns angegangen. »*Heartbreakgirl* ...«, flüsterte er. »Die Notizen auf deinem Handy ... das ist nicht wahr. Scheiße, das war der Grund, Lina? Eine beschissene Challenge? Der Grund, warum ... all das? Ich war nur ein Versuchsobjekt? Das, was du aufgeschrieben hast, die Notizen, der Song gestern von deiner Freundin, da ging es um mich?«

»Nein, ich ... nein ...«, stammelte ich und wollte meine Hände auf seine Brust legen. Doch er hörte schon gar nicht mehr zu, sondern machte auf dem Absatz kehrt und eilte zurück ins Schlafzimmer. Hektisch folgte ich ihm.

»Tut mir leid, Lina«, hörte ich Nika rufen, aber ich reagierte nicht.

»Das war alles ein sorgfältig ausgetüftelter Plan? Ist das dein Ernst, Lina?«, schleuderte mir Ben entgegen, als ich im Schlafzimmer angekommen war.

»So ist es nicht, du ...«

»Lügnerin.« Er sprach das Wort ganz ruhig aus. Gefährlich ruhig. Panisch kramte ich in meinem Kopf nach dem nächsten Schritt, doch da war nichts als Leere.

»Okay«, versuchte ich, mich zu beruhigen. »Okay, okay, okay ...« Ich atmete ein paarmal tief durch und schluckte schwer. »Ja, es geht um dich und mich«, stieß ich hervor. »Das wollte ich dir vorhin sagen. Und dass ich das so nicht wollte, ich ...«

»Klar. Und das soll ich dir jetzt glauben?« Sein Blick war voller Wut. Ich konnte nicht antworten. Der Kloß in meinem Hals erstickte die Worte, bevor sie an meinen Lippen ankommen konnten. Meine Atmung ging schwer. »Was soll ich denn überhaupt noch glauben?«, rief er. »Nichts von alldem ist echt!« Er breitete die Arme aus, bevor er sie ganz langsam wieder sinken ließ. Die Wut in seinem Blick war Enttäuschung gewichen. Sie brach mir das Herz.

»Das stimmt nicht, ich habe gesehen, dass alles anders ist, dass du anders bist und ...«, versuchte ich es stammelnd, doch er bückte sich nur und gab mir meine Sachen. »Geh jetzt bitte, ja?«

Ein heftiger Schmerz fuhr durch mich hindurch, als ich stumm nach meiner Kleidung griff. Ohne ein weiteres Wort verschwand Ben im Bad. Sofort spürte ich die Leere, die er hinterließ. Im Raum und in mir.

»Lina ...« Nika stand noch immer im Flur. Aber ich wollte nicht mit ihr reden. Ich wollte einfach nur gehen. Ich zog mich an und lief zur Tür. Nachdem sie ohrenbetäubend laut hinter uns ins Schloss gefallen war, machte mein Handy auf sich aufmerksam. Es war eine Nachricht von Ben.

> Für mich war es immer das Schlimmste, belogen zu werden.

Dann drei Punkte, die sich noch für einen Moment bewegten, bevor sie verschwanden. Und nicht wieder auftauchten.

KAPITEL 32

immer

»Es tut mir so leid, ich wollte das nicht, das musst du mir glauben, Lina. Ach, das alles ist doch die reinste Katastrophe.« Nika heulte auf ihrem Bett, ich saß total durch den Wind neben ihr und Kaia blickte verzweifelt zwischen uns beiden hin und her.

Auf der einen Seite litt ich mit Nika, auf der anderen mit mir selbst. Bens Gesichtsausdruck war zu viel gewesen. Die Enttäuschung in seinem Blick hatte mir das Herz zerrissen. Ich sah zu Nika, noch immer war sie total verheult.

»Er hatte die ganze Zeit noch eine andere und das hat er einfach so gesagt! Er meinte doch tatsächlich, dass ich mich nicht so anstellen solle, nachdem er es am Telefon rausgehauen hat. Am Telefon!« Schluchzend schüttelte sie den Kopf, bevor sie ihn in ihre Hände fallen ließ.

»Wie seid ihr überhaupt darauf gekommen?« Kaia setzte sich zu uns aufs Bett und strich zärtlich über Nikas Rücken.

Sie schniefte, bevor sie antwortete: »Ich habe ihn gefragt, warum er so komisch ist. Ich habe gesagt, wir müssen reden, und als er mich daraufhin angerufen hat, habe ich ihn gefragt, ob er was mit einer anderen hat. Obwohl wir gesagt hatten, dass wir nichts mit anderen machen. Es war so ein komisches Gefühl im Bauch. Wisst ihr?«

Ich nickte wissend und dachte an das Mädchen, das ich vor weniger als 24 Stunden mit ihm zusammen gesehen hatte. Ich hatte so gehofft, Alex wäre anders. Aber das war er nicht.

»Er hat es einfach gesagt. Einfach so! Und ich bin gleich in Tränen ausgebrochen. Schaut euch das doch mal an.« Nika hatte sich aufgerafft und zeigte uns ihren Chatverlauf. Wir steckten die Köpfe zusammen.

> Du hast gesagt, du hast keine andere!

> Du hast gefragt: Hast du viele? Ich habe gesagt: nein.

»Okay, er ist echt …« Kaia blickte zu mir und ich zu ihr.

»Aber das Schlimmste ist …«, fing Nika wieder an. »Er hat das Ganze mit einem Kuchen verglichen. Mit einem Kuchen! So nach dem Motto: Wenn man vor einem Kuchen steht, nimmt man sich ein Stück.«

»Das hat er nicht gesagt?«, fragte Kaia empört. Doch er hatte es sogar geschrieben, wir lasen es schwarz auf weiß.

Ich wurde immer wütender. Es war wie damals, als Nika in der Grundschule von einem Jungen geärgert worden war. Sofort hatte ich mich vor sie gestellt und ihn zurechtgewiesen. Am liebsten würde ich jetzt das Gleiche tun.

»Und auf Tinder schreibt er noch mit hundert anderen Mädels. Ich … ich habe ja gesehen, dass er die App noch hat, aber er hat mir versprochen, sie zu löschen. Ich wollte es mir einfach nicht eingestehen. Ich wollte nicht, dass du recht hast, Lina.« Sie hob den Kopf und sah mich aus verquollenen Augen an. »Weil du mich kritisiert hast. Und mir gesagt hast, wie naiv ich sei und …«

»Ach Nika … Ich wollte dich doch nur schützen. Ich würde mich immer vor dich stellen.« Mit dem einen Arm zog ich sie an mich und legte den anderen um Kaia. So saßen wir eine ganze Weile da und hielten einander fest.

»Es tut mir so leid. Sei froh, dass du ihn los bist. Denn es … es bringt einfach nichts. Und selbst wenn man jemanden mag, geht es trotzdem schief. Mist!« Mit einem Mal kam es über mich. All die Gefühle, die ich bis jetzt zurückgehalten hatte. Ich dachte an Ben und wurde von einer unheimlichen Traurigkeit überrollt, weil mir in diesem Moment bewusst wurde, was wir gehabt hatten. Weil es so unglaublich schön gewesen war mit uns, weil ich gedacht hatte, es könnte endlich anders sein.

»Ach ihr zwei, jetzt hört doch auf zu weinen.« Kaias Lippen zitterten. »Ich muss auch gleich heulen, wenn ihr heult.« Sie schluchzte einmal kurz auf, doch riss sich gleich wieder zusammen. So war Kaia. Einfach immer diszipliniert. »So.« Sie atmete tief durch. »Jetzt hört ihr mal ganz genau zu. Ben, er wird sich beruhigen«, sagte sie an mich gewandt. »Und dieser bescheuerte Alex, der wird schon noch seine Lektion erhalten. Irgendwann wird jemand auch sein Herz brechen, jemand, den er wirklich mag. Dann bist du längst über ihn hinweg, Nika. Du musst es so sehen: Du nimmst diese Hürde nur eher. Und …«, sie tippte auf ihrem Handy herum, »es gibt Statistiken, wie lange Herzschmerz im Durchschnitt dauert. Man sagt … also theoretisch dauert es ein Viertel von der Zeit, die man geliebt hat – bei einer viermonatigen Beziehung also einen Monat. Ganz im Allgemeinen heißt es, dass es bis zu einem Jahr dauern kann. Bei euch … ihr hattet jetzt zwei Monate was miteinander.« Sie klickte auf ein App-Icon. »Pass auf, ich verschaffe dir einen früheren Zugang zu unserer App und stelle dein Ziel ein. Du wirst sehen, schon bald bist du wieder frei. Ich würde mal auf fünf Monate stellen. Was sagst du?«

Vollkommen perplex starrte ich Kaia an. Denn so absurd das alles gerade war, so lustig war es auch. Nika begann zu kichern und auch ich konnte mich nicht mehr zurückhalten.

Kaia sah uns fragend an. »Was ist, ist doch gut, oder? So können wir genau planen. Außerdem hat er dich sowieso nur ausgenutzt. Ich meine, du hast ihm bei seiner bescheuerten Arbeit geholfen und ihm Zeug hinterhergefahren.«

Noch immer kicherte Nika. »Du bist die Lustigste, wirklich. Du planst einfach mal den Schmerz weg.«

Dieses kleine warme Gefühl machte sich in meinem Herzen breit. »Und genau dafür lieben wir dich so sehr.«

Wir lachten eine ganze Weile. Bis ich mit einem Mal wieder zu weinen anfing, weil es mich daran erinnerte, wie schön es gewesen war, mit Ben zusammen zu lachen. Es war wirklich ein Albtraum.

Die beiden sahen mich an. »Was ist los?«

»Ach, dieser Alex war leider verdammt scheiße, aber Ben … Shit, ich mochte Ben.« Hatte ich das gerade wirklich gesagt? So etwas hatte ich noch nie vor irgendjemandem zugegeben. Die beiden legten nun mir die Arme um die Schultern und wieder kuschelten wir uns aneinander.

»Ich mochte Alex auch«, schniefte Nika. Ihr Kichern war erstickt.

»Und ich mag euch«, flüsterte Kaia und begann im selben Moment zu schniefen.

Ich hatte wirklich so ein Glück mit den beiden. Nicht immer waren wir einer Meinung, nicht immer verstanden wir uns prächtig, aber sie waren immer mein Zuhause. Und würden es immer bleiben.

Wie früher begannen wir schließlich, auf dem Boden eine Art Matratzenlager zu bauen. Wir redeten noch eine ganze Weile, schauten ein bisschen Netflix und irgendwann schliefen die beiden ein, während ich noch hellwach dalag. Bis auf unsere Atmung war es ruhig im Zimmer.

Kaia und Nika waren mir so wichtig. Und ich liebte sie unendlich. Genauso wie Mama. Seit wir zusammen im Café gewesen waren, hatten wir nichts mehr voneinander gehört und heute hatte sie Spätdienst im Krankenhaus. Ich konnte mich also nicht mal bei ihr entschuldigen.

Meine Gedanken kreisten weiter, ich dachte über so vieles nach. Über den Blogbeitrag, den ich fertigzustellen hatte. Über die Chance, die sich daraus für mich ergab. Über Ben. Darüber, wie sehr man jemanden kritisieren durfte, denn das hatte ich. Ich hatte Nika kritisiert. Und Ben. Und Mama. Ich atmete tief durch. Was sollte ich jetzt tun?

Ich wollte Ben schreiben. Ihm auf seine Nachricht antworten. Doch gerade als ich mein Handy entsperrte, hörte ich das Schlagen der Haustür. Mama war nach Hause gekommen. Ich legte das Handy weg und schlich aus dem Zimmer die Treppe hinunter in die Küche, aus der ich klappernde Geräusche hörte.

Als Mama mich sah, lächelte sie. »Hey, was machst du denn hier?«

»Hat Nika dir nicht geschrieben? Alex, er hat … na ja, du kannst es dir sicher denken.«

Mama seufzte. »Das tut mir leid, wie schrecklich. Meine arme kleine Maus.«

Ich trat durch die Tür. »Ja, es war echt eine Katastrophe und … keine Ahnung.«

»Ist Kaia auch da?«, wollte Mama wissen.

»Ja, wir alle. Wir hatten einen Krisenbewältigungs- und Tröster-Abend.« Ich setzte mich auf einen Stuhl. »Ich ... ich konnte ihn genauso gut gebrauchen wie Nika. Weißt du, Mama, sie war bei Ben. Er weiß jetzt von der Challenge, dabei ... dabei habe ich gemerkt, dass ich ihn wirklich mag und ... Es tut mir so leid, ich war gemein zu dir ...« Ich schluckte und spürte erneut ein Brennen hinter meinen Lidern. Dabei wollte ich überhaupt nicht weinen.

Mit einem Lächeln im Gesicht deutete Mama auf den Kühlschrank. »Magst du Kakao, so wie früher? Dann reden wir, okay?« Ich nickte und Mama machte sich daran, Kakao für uns beide zu kochen.

»Es tut mir wirklich leid, dass ich neulich so ausgeflippt und einfach gegangen bin«, sagte ich vorsichtig, während sie in einem Topf auf dem Herd rührte, »aber ich konnte nicht so tun, als ob ich mich freuen würde. Nicht in diesem Moment. Und jetzt, wenn man sieht, was mit Nika ist, da ...«

Mama goss den Kakao in zwei Tassen und setzte sich damit zu mir an den Tisch. »Weißt du, was mit Nika passiert ist und dass sie so leidet, das tut mir unendlich leid. Aber weißt du, was mir noch viel mehr leidtut?« Ihr Blick haftete auf mir. »Dass ich dich so belastet habe. Es war viel zu viel, dass du als Kind mitbekommen musstest, wie ich gelitten habe. Ich bereue das sehr. Denn es hat etwas mit dir gemacht, ich weiß das. Ich weiß jetzt auch, was du gehört hast. Ich war mir nie sicher, ob ich dich damals auf der Treppe gesehen habe, aber als du neulich beim Frühstück meintest, dass man kontrollieren könne, wen man liebt, war es mir klar. Das tut mir so leid, Lina. Das war wirklich hart, dieser Satz hat mich so getroffen. Schwer getroffen damals und ... ich wollte nicht, dass du so leidest, wirklich ...«

»Mama, es ist alles gut.« Ich legte meine Hand auf ihre. Tränen spiegelten sich nun auch in ihren Augen. »Mama, bitte nicht du auch noch.«

Sie lachte und wischte sich mit der anderen Hand über die Augen. »Du warst einfach zu klein. Ich meine, ich bin deine Mutter und habe mich an deiner Schulter ausgeheult darüber, was dein Vater gemacht hat. Und dann die Kerle danach, die waren nicht besser. Ich weiß, dass dich das sehr belastet hat, mein Schatz. Und deswegen bist du da einfach anders als Nika oder Kaia.« Die ersten Tränen rollten ihr nun doch über die Wangen. Ich drückte ihre Hand. »Nicht weinen, Mama. Mir tut es leid. Du bist glücklich mit Bernd und ich hätte mich einfach für dich freuen sollen. Aber ich habe mir Sorgen gemacht und …«

»Ich weiß, dass du dir nur Sorgen gemacht hast. Das ist es ja. Du musstest dir schon immer so viele Sorgen um mich machen. Und ich weiß, dass dir die Typen, mit denen ich zusammen war, sehr zugesetzt haben.«

Ich nahm einen Schluck von meinem Kakao. Der Geschmack versetzte mich sofort in meine Kindheit. »Na ja, einige waren wirklich gewöhnungsbedürftig«, stellte ich fest.

»Ja, Mister Armani mit der engen Badehose zum Beispiel.« Wir mussten beide lachen. »Du hast so viel mitbekommen«, fuhr Mama fort, »und deswegen bist du auch so vorsichtig. Aber du darfst dein Herz öffnen, okay? Du musst es sogar und ich bitte dich inständig, es zu tun. Vielleicht ist es jetzt an der Zeit, damit abzuschließen? Und zu vergeben? Dinge anders zu sehen. Warte, ich zeige dir mal was …« Sie stand auf und lief aus der Küche. Ich wusste nicht, was Mama meinte, bis sie zurückkam und eine Kassette auf den Tisch legte.

»Was ist das?«

»Das ist von deinem Papa, er hat mir dieses Lied geschrieben. Und ich möchte, dass du es dir anhörst.«

»Mama …«

»Bitte, du musst es dir anhören. Der alte Rekorder steht in deinem ehemaligen Zimmer.« Aufmunternd lächelte sie mir zu. Ich sah sie eine Weile an, doch dann nickte ich und stand auf. Ich drückte Mama und sofort stieg mir ihr vertrauter Duft in die Nase. Ich war so froh, dass wir uns versöhnt hatten, dass wir geredet hatten.

Und als ich schließlich auf *Play* drückte, kamen mir zum hundertsten Mal an diesem Tag die Tränen. Nicht nur, dass ich Papas weiche Stimme hörte, sondern auch, was er sang, ließ mein Herz höherschlagen: *Gute Geschichten enden nie. Und die schönste Geschichte, die bist du.* Mit dieser Zeile erkannte ich, wie sehr mein Papa meine Mama geliebt hatte. Und dass ich Ben liebte. Ich dachte an seine besonderen Orte, ihre Geschichten, die Menschen dahinter und an die Liebesschlösser. Es war irgendwie das Gleiche. Die Liebe zwischen meinen Eltern war vorbei, aber sie hatte existiert und dieses Lied war der Beweis dafür. Ich hörte es noch zweimal, bevor ich zurück in Nikas Zimmer ging.

Ich legte mich zu meinen Schwestern und es fühlte sich an wie früher, fast so, als wären wir wieder die kleinen Mädchen von damals. Und vielleicht waren wir das sogar noch immer. Ich fragte mich, ob man jemals erwachsen wurde. Irgendwie nicht. Und das war auch gar nicht schlimm, denn was wir hatten, war zeitlos. Ich sah Nika in der Mitte und Kaia zu ihrer Linken. Wie früher. Ich lauschte ihrer Atmung und schlief irgendwann selbst ein.

Am nächsten Morgen lagen wir noch eine ganze Weile auf

dem Boden und redeten. Über den Blog, darüber, was ich jetzt tun sollte, über die App und Nikas Plan, in vier Monaten mit Alex abzuschließen. Mit einem Mal stand so viel an. Ich musste die Hausarbeit fertigstellen, mit der Redaktion reden und überlegen, was ich mit der Geschichte von Ben und mir machen sollte. Denn auch wenn ich alles aufschreiben wollte, ich wollte Ben nicht verletzen. Ich wollte ihn, einfach ihn. Nicht, weil ich verrückt war nach seinen Küssen oder Berührungen, sondern nach ihm als Mensch. Nach seinem Lächeln. Nach den Gedanken, die in seinem Kopf waren. Nach den Erinnerungen, die er zu verdrängen versuchte, und nach denen, die er um alles in der Welt am Leben halten wollte. Nach dem, was *er* wollte.

Auch wenn das nicht der Plan gewesen war. Aber was wusste ich schon über Pläne? Alles, was ich zu wissen geglaubt hatte, war Unfug gewesen. Alles, was ich jetzt wusste, war, dass mein Herz ihn vermisste. Ich konnte vielleicht die Welt belügen, aber sicher nicht mein Herz.

Als ich ein paar Stunden später wieder zu Hause an meinem Schreibtisch saß, dachte ich noch immer nach. Über den Spruch von den Herzen, die sich immer fanden, wenn sie zueinandergehörten. Übers Vermissen. Und über Ben, über das, was er mir am See von sich gezeigt hatte. Ich dachte über Mama nach, über Papas Lied, über Geheimnisse und Freundschaft und darüber, wie leicht man andere Menschen in eine Schublade steckte und sie kritisierte. Wie sehr hatte ich Nika kritisiert, verurteilt. Zu schnelle Schlüsse gezogen, es mir zu leicht gemacht. Denn so einfach war es im Leben nicht.

Emma hatte recht gehabt. Ich hatte beweisen wollen, dass ich richtiglag, und das mit aller Macht. Aber es hatte nicht geklappt. Und jetzt vermisste ich Ben.

Ich legte mich ins Bett, um zu schlafen. Für eine kurze Zeit funktionierte es sogar, doch nicht sehr lange. Denn als ich aufwachte, war es noch hell. Zwischen das Gefühl der Entspannung – dieses angenehme Nichts, das man fühlte, wenn man die Augen geschlossen hatte und irgendwo anders war, ganz ohne Gedanken, die einen quälten – schob sich eiskalt die Erkenntnis der Realität, die noch immer da war, die nicht verschwand, wenn man die Augen schloss. Weil sie einem schwer auf der Seele lag. Klauen, die das Herz mit einer Macht umschlossen, gegen die man nur schwer ankämpfen konnte.

Ich begann zu schwitzen und warf die Decke von mir. Ich vermisste Ben, ich vermisste ihn so sehr. Seit der letzten Nacht wusste ich sicher, dass ich mich in ihn verliebt hatte. Ich starrte an die Zimmerdecke und erinnerte mich daran, wie er roch, wie seine Küsse schmeckten, spürte, wie randvoll mein Herz war, wenn ich an ihn dachte. Ich verstand plötzlich so vieles über mich selbst. Ab und an musste man sich den düsteren Gefühlen stellen, die man jahrelang unterdrückt hatte. Damit gute Gefühle wieder Platz im Herzen hatten.

Ich schluckte. Weil ich längst wusste, dass all das, was zurzeit in meinem Leben passierte, mich so verletzlich machte, wie ich es noch nie zuvor gewesen war. Zum ersten Mal hatte mir jemand Dinge anvertraut, die mir nicht gefielen, aber es war okay für mich, weil er ehrlich war, mich nicht anlog und weil er mir zeigte, dass ich ihm etwas bedeutete. Genauso, wie ich war.

Auch wenn mir die Dinge Angst gemacht hatten auf eine gewisse Art und Weise, weil ich dadurch mit meinen eigenen Ängsten konfrontiert worden war. Mit einem Schmerz, vor dem ich mich fürchtete. Mit Verletzungen, die ich nicht haben und vor denen ich mich schützen wollte. Vor denen ich mich aber nicht schützen konnte. Denn so war das Leben: Es konnte nicht immer nur der Refrain gespielt werden, manchmal war es Zeit für die *Bridge* zwischen Vergangenheit und Gegenwart. Die alles verband.

Mit einem Mal waren da so viele Wörter in meinem Kopf, dass ich aus meinem Bett aufsprang und mich an den Schreibtisch setzte. Ich atmete tief durch und begann zu schreiben. Wort für Wort, Satz um Satz ließ ich alle Gefühle aus mir herausfließen. Ich begann mit Nika und Alex, dem Abend im Club und ergänzte dann alles, was seitdem passiert war.

Stufe 7

Nimm dich in Acht, denn bald wird er sagen, dass er seine Ruhe brauche oder früh rausmüsse und du deshalb gehen müsstest. Oder er wird erst gar nicht wollen, dass du zu ihm kommst. Schließlich ist es so viel einfacher, sich nach dem Sex die Hose anzuziehen und zu verschwinden, als dich emotional gepopptes, vor lauter Verliebtheit dahinschmelzendes Opfer nach Hause zu schicken. Denn wir wissen alle, was dann passiert: Von *Es ist schon so spät, kann ich bleiben?* bis zu *Mein Tank ist leer* wird alles versucht.
Helfen wird es aber nichts, auch nicht bei der großen Beziehungsfrage. Darauf wirst du Sprüche hören wie *Lass uns sehen* oder *Ich weiß noch nicht, einfach mal chillen*. Glaub mir, du bist schon so gut wie abserviert.
Auf deine Frage, ob er andere hat, antwortet er: *Momentan nicht?* Oh, oh, das heißt so viel wie: *Klar, aber ich sage es dir nicht, ich habe das nächste Opfer bereits auf dem Radar.*
Wenn du cool bist, servierst du ihn jetzt ab. Und wenn du die Allercoolste bist, hast du das alles schon längst durchschaut und ihn abserviert, bevor du mit ihm im Bett gelandet bist.

Ich starrte die Worte an, die ich geschrieben hatte. Dann senkte ich den Zeigefinger auf die Löschtaste und begann noch einmal von vorne.

Ich wollte beweisen, wie leicht man Bad Boys durchschauen kann – anhand eindeutiger Alarmsignale. Aber was, wenn die

Signale das Falsche signalisieren und alles ganz anders ist, als man glaubt?

Am Ende dieses Experiments habe ich erkannt, dass Klischees existieren, man aber immer hinter die Fassade blicken muss. Nichts, was wir uns in unseren Köpfen ausmalen, stellt sich am Ende als exakt so heraus. Jede Geschichte ist eine andere, keine ist gleich – und was ich im Lauf dieser Challenge gelernt habe: Gute Geschichten enden nie.

Jeden Tag geht es weiter, neue Türen öffnen sich, die zu neuen Wegen führen. Das ist es, was das Leben und die Liebe ausmacht. Sie ist vielfältig, kraftvoll und leuchtend. Wir können nicht vorhersagen, was als Nächstes passiert, nur eines ist sicher: Wenn uns die wahre Liebe trifft, werden unsere Gefühle zu Schlüsseln für unzählige Türen, die vielfältige Momente für uns bereithalten.

Schöne, aber auch traurige. Momente, in denen wir Angst verspüren oder Freude. Mit einem Mal werden Schmerz und Triumph des anderen zum eigenen, die Liebe größer und Pläne konkreter. Ein Herz, das man sich plötzlich teilt. Es ist nicht so, als ob man ohne den anderen nicht mehr leben könnte – man will es nicht. Weil dann etwas fehlt.

Wenn du diese Liebe fühlst, musst du sie genießen. Du musst keine Angst haben vor dem, was passiert, die Liebe wird stark genug sein, alles zu überwinden – und vielleicht noch ein bisschen mehr. Sie wird wachsen an gemeinsamen Momenten und Erinnerungen. Sie wird vergeben. Sie wird auch in dunklen Momenten so hell brennen, dass die Finsternis keine Möglichkeit hat, sich festzusetzen. Du darfst dein Herz niemals verschließen.

Denn wen immer wir lieben und welcher Mensch auch zu uns gehört, bestimmt allein unser Herz.

Als ich den letzten Punkt gesetzt hatte, lehnte ich mich in meinem Schreibtischstuhl zurück, vollkommen erschöpft und erleichtert zugleich. Denn das, was ich mir gerade von der Seele geschrieben hatte, war genau das, was unsere Geschichte ausmachte. Etwas verrückt, definitiv anders, aber auf jeden Fall echt. Sie erzählte von der Liebe, die ich nicht verstanden hatte oder nicht hatte verstehen wollen und nach der ich nun eine solche Sehnsucht hatte.

Ich öffnete mein Mailprogramm, tippte Esthers Namen in die Adresszeile, packte Volkers darunter und hängte an, was ich eben geschrieben hatte. Denn das war die Geschichte, die ich erzählen wollte. Und sie sollte niemals enden.

KAPITEL 33

immer

»Hey, Lina, ich melde mich wegen des Artikels. Erst wusste ich nicht genau, was ich von der Wendung halten soll, aber dann … Das, was du da geschrieben hast, ist wirklich toll. Es wird noch heute im Magazin erscheinen. Und wenn du in ein paar Minuten auf unsere Homepage gehst, sollte es sogar schon online stehen.«

Ich konnte nicht glauben, was Esther da gerade am anderen Ende der Leitung gesagt hatte. »Ist das wirklich euer Ernst?« Mein Herz klopfte mir bis zum Hals.

»Natürlich, unser voller Ernst.« Ich konnte das Grinsen in ihrer Stimme hören.

»Ich weiß, es ging erst in eine ganz andere Richtung, aber …«, stammelte ich.

»Die Richtung ist perfekt«, schnitt mir Esther das Wort ab. »Es ist lustig, es ist echt und ja, ich bin mir sicher, dass unsere Leser und Leserinnen das genauso sehen werden. Aber Lina, für dich persönlich … da fehlt noch das Ende der Geschichte. Du weißt, was ich meine?«

Ich nickte. Ja, ich wusste, was sie meinte. »Wenn ich das nur auch selbst schreiben könnte …«

Nachdem wir das Telefonat beendet hatten, ging ich in die Küche zu Emma, die vor meinem Laptop am Tisch saß. Als sie mich hereinkommen hörte, blickte sie auf.

»Das ist so unglaublich schön«, schniefte sie. Tränen liefen ihr übers Gesicht. »Das musst du auf alle Fälle online stellen. Du triffst damit einen wirklich wichtigen Punkt und …«

»Mich hat eben Esther angerufen«, unterbrach ich sie. »Der Artikel erscheint noch heute im Magazin. Online ist er schon in ein paar Minuten. Ich kann es gar nicht glauben!«

»Ehrlich?« Emma sprang auf und drückte mich an sich.

»Ja!«

»Das ist unglaublich, Lina, dein erster eigener Artikel und dann auch noch im Printmagazin!« Ich strahlte sie an. »Weißt du, was? Ben muss das lesen.«

Das Strahlen verschwand und ich schüttelte den Kopf. »Nein, auf keinen Fall darf er das wissen.«

»Aber warum? Was du da zu Papier gebracht hast, mal im Ernst, das ist doch genau das, was du ihm sagen willst. Im Prinzip ist es ein Brief an ihn. Dieser ganze Beitrag ist ein Brief an Ben. Und du willst nicht, dass er ihn liest?« Emmas Stimme war ganz sanft, doch ich hatte Angst davor. Es war das eine, unsere Geschichte und meine Gedanken dazu aufzuschreiben, aber etwas ganz anderes war es, Ben zu *sagen*, was ich fühlte. Einem echten, keinem virtuellen Ben, einem, der vor mir stand und mich mit seinen warmen braunen Augen anschaute.

»Du klickst jetzt auf *Drucken* und dann bringst du es ihm. Sonst mach ich es.«

Erschrocken riss ich die Augen auf. »Was? Nein!«

»Doch!« Emma beugte sich nach unten zu meinem Laptop.

»Wann denn?«, fragte ich panisch.

»Jetzt! Du musst ihm den Text zeigen, wirklich«, wiederholte sie mit Nachdruck.

»Meinst du?«, fragte ich unsicher.

Sie drehte sich wieder zu mir. »Ja. Soll ich dir mal was sagen? Du schreibst, dass du immer stark sein wolltest, um dein Herz zu schützen. Aber wahre Stärke ist es, wenn man sein Herz auch mal ein bisschen verliert, oder? Du hast die Challenge vielleicht verloren, Lina, aber in der Liebe hast du gewonnen.«

KAPITEL 34

Ich stand vor Bens Wohnung und starrte auf den Klingelknopf. Mit zitternden Fingern drückte ich darauf. Ich dachte daran zurück, wie ich das erste Mal hier gestanden hatte und wie anders alles inzwischen war.

Diesmal ging es schneller. Schon kurz nach dem ersten Klingeln hörte ich Schritte in der Wohnung und nur einen Augenblick später öffnete sich die Tür.

»Lina?« Ben starrte mich mit weit aufgerissenen Augen an und erinnerte mich damit mal wieder an Scrat. Ich schluckte. Er trug das Shirt, das er bei unserem Pizzadate getragen hatte – und das ich ihm hastig vom Körper gezerrt hatte. Nur sein Blick war ein anderer.

»Ich muss dir …« Ich schaute zu Boden. *Stärke ist, wenn man sein Herz auch mal ein bisschen verliert*, erinnerte ich mich an Emmas Worte. »… was geben.« *Angekommen*, schoss es mir durch den Kopf, als ich ihn wieder hob und in Bens Gesicht sah. Tausende von Worten, die uns beschreiben könnten, Tausende von Worten, die ich verfasst hatte. Doch dieses eine kleine Wort, es reichte aus. Ich fühlte es. Ich war angekommen.

Ben räusperte sich. »Was wolltest du mir denn geben?«, hakte er nach. Wieder blitzte diese Neugier in seinem Blick auf wie bei unserem ersten Treffen im *Hinz und Kunz*.

»Ich weiß nicht, ich habe da was geschrieben und … eigentlich auch egal. Aber du wolltest ja was von mir lesen und deswegen habe ich was für dich ... und ich wollte dir damit was sagen.« Ich sah ihm fest in die Augen.

Sein Blick wurde weicher. »Und das wäre?«

»Ich wollte dir sagen, dass du mir nicht egal bist und dass ich ... dass ich dich vermisse. Denke ich. Dass ich nicht will, dass du weg bist, und dass ich so vieles verstanden habe. Nicht alles mit Sicherheit, aber ...«

»Aber du magst mich? Mehr noch, du liebst mich?« Seine Mundwinkel zuckten, als er sich mit verschränkten Armen an den Türrahmen lehnte.

Ich schluckte. »Ich ... nein.«

Er stieß sich ab und trat ganz nah an mich heran. »Lügnerin. Doch, tust du. Sag es, Lina.«

Ich grinste und sah, wie sich seine Lippen ebenfalls zu einem Grinsen verzogen. »Okay, ich mag dich, irgendwie. Keine Ahnung, warum. Und ich mag all dieses Zeug, das du machst, Händchen halten und reden und ... Das mit dieser Challenge war dumm. Weil man nicht bestimmen kann, wen man liebt, deswegen ...«

»Wen man liebt? Also magst du mich doch nicht nur?«, fragte er schmunzelnd.

Ich musste lachen. »Nein, ich mag dich nur.«

»Lügnerin.« Nun lachte auch Ben. »Ich habe deinen Artikel längst gelesen. Er steht schon online.« Er nahm meine Hände in seine. »Ich mag dich, Lina. Und ich habe auch keine Ahnung, warum. Und möglicherweise ... ja, möglicherweise liebe ich dich sogar.«

Mein Atem stockte. »Ehrlich? Obwohl ich so verrückt war und das alles gemacht habe mit der Challenge und ...«

»Ja, vielleicht sogar deswegen noch ein bisschen mehr.«

Unsere Blicke trafen sich und er legte seine Hand an meine Wange. Mein Herzschlag beschleunigte sich, als seine Lippen näher kamen, immer näher. »Und du?«

»Ich mag dich nur«, presste ich atemlos hervor, während mein Brustkorb zu explodieren drohte.

Ben lächelte. »Lügnerin.«

»Ich weiß«, stieß ich noch immer atemlos hervor.

»Dann sag es.« Ich spürte seinen Atem auf meiner Haut und seine Worte in meinem Herzen.

»Okay, ich ... ich liebe dich, Ben.« Und dann küssten wir uns. Zart und voller Liebe. »Keine Geheimnisse mehr, was meinst du?«, flüsterte ich gegen seine Lippen.

Ben ließ von mir ab und sah mich an. »Wenn das so ist ... ein allerletztes wäre da noch offen. Bereit?«

KAPITEL 35

immer

»Und wo versteckt sich nun das große Geheimnis?« Ich sah mich um, aber so recht konnte ich nicht erkennen, worauf Ben hinauswollte. »Wo sind wir hier?«

Er lächelte. Wir waren gut zwanzig Minuten gefahren, hatten das Auto an einem Feldweg geparkt und waren dann eine Weile zu Fuß durch den Wald gegangen. Diesmal hatte ich nicht gefragt, ob er mich verschleppen wolle. Diesmal wäre ich ihm überallhin gefolgt.

Irgendwann hatten wir eine kleine Lichtung erreicht und Ben war stehen geblieben. Hier waren wir nun und ich blickte mich erneut um, doch begriff noch immer nicht, was er mir zeigen wollte. »Was hat es mit diesem Ort auf sich? Ist er das Geheimnis?«

Ben lächelte noch immer. »Komm, setzen wir uns. Die Sonne geht gleich unter.«

»Finden wir überhaupt wieder zurück, wenn es dunkel ist?«, fragte ich skeptisch.

»Natürlich, zur Not haben wir noch unsere Handys und … wir haben uns. Ich halte dich, weißt du doch.« Er reichte mir seine Hand und sofort begannen meine Finger zu kribbeln.

»Okay, und im Rucksack hast du wieder Getränke? Willst du die Natur genießen oder …«

Er legte seinen Finger auf meine Lippen. »Warte, es dauert nicht mehr lange, okay?«

Ich nickte. »Okay.« Er ließ meine Hand kurz los und zog eine Decke aus seinem Rucksack. Er breitete sie vor unseren Füßen aus und holte schließlich eine Kamera hervor.

»Du hast eine Kamera dabei?«, wollte ich erstaunt wissen.

»Richtig erkannt.« Er setzte sich auf die Decke und klopfte neben sich. »Es dauert nicht mehr lange, Lina, nur einen Moment, okay?«

Seufzend gab ich mich geschlagen. »Okay, ja, ich schweige. Genieße die Natur und ...« Ben lachte, und ehe ich weitersprechen konnte, zog er mich zu sich auf die Decke und legte seinen Arm um mich. Ich lehnte mich an ihn und genoss diesen perfekten Moment.

Während die Sonne hinter den Bäumen versank, hörte ich Ben ganz nah an meinem Ohr flüstern: »Gleich wirst du sehen, was ich dir zeigen will.«

Ich sah zu ihm hoch. Wie glücklich ich mit ihm war. Wie skeptisch ich anfangs gewesen war. Wie sehr sich doch die Dinge geändert hatten.

Und schließlich passierte es wie von Zauberhand. Inmitten der Dämmerung, in der wir saßen, leuchteten tausend winzig kleine Lichter um uns herum auf. Sie entflammten regelrecht.

»Na, was sagst du, ist es schön?«, raunte mir Ben ins Ohr.

Ich war überwältigt. »Es ist ... es ist unheimlich schön. Und ...« Ich richtete mich auf und sah ihn an. »Ich weiß, wo wir sind! Das hier ist die Kulisse von dem Bild. Von dem Ort, von dem du nicht erzählen wolltest.« Ich lächelte und betrachtete sein Gesicht im Gegenlicht. »Und jetzt kommt die rührende Geschichte dazu. Ich bin gespannt.«

»Ja, jetzt kommt sie.« Ben strich mir eine Strähne aus dem Gesicht. »Als ich diesen Ort entdeckt habe, hat er mich sofort beeindruckt. Er hat mich berührt, aber ich wusste nicht so recht, welche Geschichte zu ihm passt. Bis ich dich getroffen habe. Denn dieser Ort ist schuld, dass ich mehr über dich wissen wollte. Ich habe dir erzählt, dass ich nicht wusste, warum ich dich näher kennenlernen wollte, aber das war nicht wahr. Nach dem Abend im Club habe ich diesen Ort gefunden. Ich war mit der Kamera unterwegs, so lange, dass es schon wieder hell wurde, und wie aus dem Nichts entdeckte ich diese Lichter. Ich kannte die Lichtung, sie war mir aber nie sonderlich spektakulär vorgekommen. Doch dann war da dieses Leuchten.« Ich schluckte, während ich an Bens Lippen hing. »Wie von Zauberhand war es da. Einfach so und wunderschön. Zu Hause habe ich nachgesehen. Man nennt diese Blumen Lunaria. Wenn die Fruchtblätter abgefallen sind und sie in einem besonderen Licht stehen, wirkt es beinahe so, als würden sie leuchten.« Er stupste meine Nase mit dem Finger an. »Nichts ist, wie es scheint, Lina. Das wusste ich immer. Aber wirklich verstanden habe ich es erst in diesem Augenblick. Ich wollte wissen, was hinter dir steckt, hinter dir als Mensch. Erst dachte ich: Worauf habe ich mich da bloß eingelassen? Was ist mit diesem verrückten Mädchen los?« Er lachte, als ich ihm in die Seite boxte. »Aber dann habe ich zugehört, hingesehen. Und plötzlich war da kein verrücktes Mädchen mehr, sondern eins, das schon früh Verantwortung übernehmen musste und immer in der Angst gelebt hat, dass alles im Chaos versinken würde. Deswegen hat es versucht, alles um sich herum zu kontrollieren. Vor allem sein Herz. Aber das geht nicht, das schafft keiner.« Er drehte sich nun vollständig zu mir und sein Gesicht sah wunderschön aus in dem sanften Abendlicht, das durch die Pflanzen zu uns drang. »Ich wollte dir die Kontrolle geben, damit du spürst, dass du bei mir sicher bist. Dein Herz kann sich sicher sein. Das war alles, was ich wollte.«

Ich konnte kaum begreifen, was Ben da sagte. Er hatte die Lunaria gefunden – und damit mich.

Ich beugte mich vor und küsste ihn. »Das ist also die Geschichte dieses Ortes?«, fragte ich gegen seine Lippen.

»Ja, das ist seine Geschichte. *Unsere Geschichte.*«

Ich lächelte. »Dann solltest du sie festhalten, was meinst du?« Ben gab mir noch einen Kuss und stand auf. Die Kamera richtete er auf mich.

»Es sieht toll aus in deinem Flur«, flüsterte ich Ben zu und er nickte.

»Ja, sehe ich auch so. Es ist genau richtig, du und der Ort. Es passt perfekt zusammen.« Er legte seinen Arm um mich.

»Obwohl ich auch das Bild hier ziemlich lustig finde.« Ich konnte es noch immer nicht glauben, dass wir tatsächlich ein Liebesschloss an der Brücke angebracht hatten. »Ich bin genau das, was ich immer kritisiert habe. Ich bin die absolute Kitschqueen geworden. Das ist so verrückt!«

Ben lachte. »Ja, das ist es. Aber so ist doch unsere ganze Geschichte, oder?«

»Das stimmt.« Ben schlang nun beide Arme um mich und gab mir einen Kuss. Einen Kuss von so vielen, die noch folgen würden.

Ich liebte es, mit ihm zusammen zu sein, und konnte es kaum erwarten, noch weitere Geschichten mit Ben zu schreiben.

Er hatte seine Hand gerade an meine Wange gelegt, als mein Handy klingelte. Ich fischte es aus der Hosentasche und entdeckte Kaias Namen auf dem Display.

»Oh, was sie wohl will?«, wunderte ich mich.

»Das werden wir sicher gleich erfahren«, entgegnete Ben und fügte flüsternd hinzu: »Denn gute Geschichten enden nie.«

ENDE – UND DOCH ERST DER ANFANG …

DANKESCHÖN

Am Ende dieses Buches ist es Zeit, Danke zu sagen. Danke an die vielen Menschen, die mich unterstützen, damit ich meinen Traum leben und das tun kann, was ich liebe. Als ich angefangen habe zu schreiben, habe ich mir immer gewünscht, dass meine Bücher viele Leser*innen finden. Dass ich ihnen mit meinen Gedanken ein Lächeln ins Gesicht und Wärme ins Herz zaubern und schöne Lesestunden schenken kann. Und ich bin unheimlich dankbar, dass sich dieser Traum erfüllt hat.

Dieses Buch war ein kleiner gefühlsmäßiger Aufruhr. Gerade hat sich in meinem Leben vieles verändert und ja, diese Geschichte ist eine Veränderung an sich. Wie immer in meinen Büchern steckt vieles darin, was mich selbst beschäftigt. In dieser Geschichte hat Lina Angst, ihr Herz zu öffnen. Auch mir ging es oft so, denn wenn man liebt, kann man verletzt werden, und jeder hatte doch schon mal Liebeskummer, oder? Und, na ja, was soll ich sagen, es ist nie schön und Herzschmerz ist einfach ein ganz gemeines Gefühl. Wenn man liebt, weiß man, dass man verletzlich ist.

Aber Liebe ist einfach auch ein so wunderbares Gefühl. Und ich habe gelernt, es lohnt sich immer, sein Herz zu öffnen und sich nicht zu verschließen. Man braucht ab und an Kraft, man braucht Mut, um seinen Weg zu gehen. Aber es lohnt sich immer, nicht aufzugeben. Denn für die Liebe lohnt sich alles. Es war schön, diese Geschichte von Lina und Ben aufzuschreiben und sich daran zu erinnern.

Ich danke von Herzen dem Loewe Verlag und meiner wundervollen Lektorin Elena, die mich dabei unterstützt und mit mir an diesem Buch gearbeitet haben. Zeit, Liebe und Mühe investiert und an mich geglaubt haben, als ich es selbst nicht getan habe.

Voller Liebe möchte ich auch den Menschen danken, die immer in meinem Herzen sind. Zuerst meiner Familie: meiner Mama, meinem Papa und meiner Schwester. Ich bin dankbar für alles, was ihr mir gebt. Meinen Kindern – meine Liebe zu euch ist unendlich und ich bin dankbar, dass ich euch habe.

Und ja, große Zeiten, große Veränderungen. Verlieren und ankommen. All das gehört im Leben dazu. Mit dir habe ich die Liebe gefunden. Mein Herz hat deines gefunden und deines meines. Unsere Geschichte hat diese hier geprägt, sie hat mir beim Schreiben geholfen und dafür danke ich dir. Ich bin froh, wie alles gekommen ist. Ohne Zufall, einfach weil es so sein sollte. Ich liebe dich, Flo, und ich freue mich auf unsere Geschichte.

Euch allen wünsche ich Liebe, die nie endet. Träume, die sich erfüllen. Mut, immer durchzuhalten, Veränderungen anzunehmen, denn so entstehen neue Geschichten, jeden Tag. Ich wünsche mir, dass jede*r von euch immer offen ist für die Liebe, denn Herzen, die zusammengehören, finden sich … immer.

Eure Michelle

Die New-Adult-Reihe geht weiter ...

ISBN 978-3-7432-1165-0
erscheint im Februar 2022

ISBN 978-3-7432-1166-7
erscheint im August 2022

Obwohl sie Schwestern sind, könnten Lina, Kaia und Nika unterschiedlicher nicht sein. Während Lina ihr Leben in vollen Zügen genießt, ist Kaia hauptberuflich Vorzeigestudentin. Nika hingegen fällt immer wieder auf Herzensbrecher herein – doch gemeinsam kämpfen die drei gegen alle Widrigkeiten im Leben und in der Liebe.

Geschichten zum Verlieben und Träumen

ISBN 978-3-7432-1149-0
erscheint im Februar 2022

ISBN 978-3-7432-1150-6
erscheint im Juli 2022

ISBN 978-3-7432-1151-3
erscheint im Oktober 2022

Anna, Polly und Anouk sind die allerbesten Freundinnen. Dass jede nach dem Abi ein anderes Ziel verfolgt, stört sie nicht, ganz im Gegenteil: Sie müssen jetzt fester zusammenhalten denn je. Schließlich gibt es eine Menge über das Erwachsenenleben, worauf sie niemand vorbereitet hat – vom Liebesleben ganz zu schweigen!

Einfach unwiderstehlich

ISBN 978-3-7432-1095-0
erscheint im Juli 2021

ISBN 978-3-7432-1096-7
erscheint im Oktober 2021

ISBN 978-3-7432-1097-4
erscheint im März 2022

Die Studentinnen Gabriella, Joana und Karla leben zusammen in einer WG. Um sich das Studium zu finanzieren, jobben sie gemeinsam für eine Catering-Firma. In München verwirklichen die drei jedoch nicht nur ihre beruflichen Träume, sondern finden auch die ganz große Liebe.